Das Buch

Tjorben sah Christin an und sagte hoffnungsvoll: »Vielleicht könntest du doch auf Föhr heimisch werden. Wenn es jemanden gäbe, bei dem du dich sicher fühlen würdest. Jemand, der ein Schiff hat und dich jederzeit zum Festland bringen könnte, zum Beispiel wenn eine Sturmflut vorhergesagt ist. Du hättest dein persönliches Rettungsboot. Dann bräuchtest du keine Angst zu haben.«
»Ja, das würde helfen.« Ihre Wangen glühten so heiß wie die Sonne, die direkt über ihnen stand. Ihre eigene Sehnsucht spiegelte sich in seinem Blick. In diesem Moment schien alles möglich zu sein.
Doch schon einen Augenblick später war Christin nicht mehr sicher, ob sie seine Worte richtig verstanden hatte. Daher riss sie sich von ihm los und beobachtete die Surfanfänger bei ihren ersten Stehversuchen auf dem Board im Wasser.

Die Autorin

Marie Schönbeck hat sich in das Nordfriesische Wattenmeer verliebt. Für sie sind die Küsten und Inseln Sehnsuchtsorte. Oft fährt sie mit ihrem Mann und ihren Hunden an die Nordsee, um lange Spaziergänge am Strand zu machen und die wildromantische Natur zu genießen. Während sie eines Tages in einem Strandcafé saß, Tee trank und friesisches Mandelgebäck mit Schokoladenguss aß, kam ihr die Idee zur Romanreihe um die kleine Inselpension *Lüttes Glück* auf Föhr.

Lieferbare Titel

978-3-453-42513-2 – Schokolade am Meer – Süße Wünsche
978-3-453-42514-9 – Schokolade am Strand – Süße Träume
978-3-453-42515-6 – Schokolade am Leuchtturm – Süßes Erbe
978-3-453-42603-0 – Lüttes Glück – Ein Traum am Nordseestrand

Marie Schönbeck

Ein Geheimnis am Nordseedeich

LÜTTES GLÜCK

ROMAN

WILHELM HEYNE VERLAG
MÜNCHEN

Penguin Random House Verlagsgruppe FSC® N001967

3. Auflage
Originalausgabe 05/2024
Copyright © 2024 by Marie Schönbeck
Copyright © 2024 dieser Ausgabe
by Wilhelm Heyne Verlag, München,
in der Penguin Random House Verlagsgruppe GmbH,
Neumarkter Str. 28, 81673 München
Redaktion: Dr. Loel Zwecker
Umschlaggestaltung: zero-media.net
unter Verwendung von Finepic®, München
Satz: Uhl + Massopust, Aalen
Druck und Bindung: GGP Media GmbH, Pößneck
Printed in Germany
ISBN: 978-3-453-42604-7

www.heyne.de

»Die Zukunft hat viele Namen.
Für die Schwachen ist sie das Unerreichbare.
Für die Furchtsamen ist sie das Unbekannte.
Für die Tapferen ist sie die Chance.«

Victor Hugo, französischer
Schriftsteller

(Einige der Nebenfiguren sind durch reale Personen inspiriert, aber die Dialoge und ihr Handeln sind frei erfunden.)

Kapitel 1

Als Christin Horvat abends von der Arbeit nach Hause kam und die Haustür ihres Reihenhauses aufschloss, hörte sie drinnen schon das Telefon klingeln. Rief Franjo etwa an, um ihr mitzuteilen, dass er keine Überstunden machen und also doch rechtzeitig zum Abendessen zu Hause sein würde?

Sein Smartphone benutzte er fast nie. Er besaß es nur für Notfälle und mochte es nicht, dass viele Menschen nur noch auf ihr Mobiltelefon starrten. Er arbeitete im Pfandleihhaus seiner Eltern und regte sich oft auf, dass so manch ein Kunde seinen Ehering oder das goldene Babyarmband, das er zur Geburt seines Kindes geschenkt bekommen hatte, versetzte, um seine Handyrechnung bezahlen zu können.

Voller Hoffnung beeilte sie sich trotz der Hitze, die Köln in einen Backofen verwandelt hatte. Christin trat ins Haus, warf die Tür hinter sich zu und eilte ins Wohnzimmer, das nach den Vanilleduftkerzen, die im Raum verteilt standen, roch.

Die Telefonnummer, die auf dem Display aufleuchtete, war nicht die von Franjo. Christin ließ die Mundwinkel hängen, doch dann erkannte sie die Vorwahl von Föhr, und ihre Enttäuschung wich großer Freude. Anja rief an!

Aufgeregt riss Christin das Telefon aus der Station und meldete sich: »Hallo Anja. Wie schön, von dir zu hören!«

»Moin, Christin«, schallte es fröhlich durch die Leitung. »Hast du Zeit zum Schnacken?«

Christin legte ihren Schlüsselbund und ihre Handtasche auf den Schuhschrank. »Du klingst schon norddeutsch.«

»Das sehen die Norddeutschen bestimmt anders«, erwiderte ihre beste Freundin mit einem Lächeln in der Stimme. »Ich hatte dir doch versprochen, mich zu melden, wenn die ersten Gäste da sind.«

»Und? Sind sie nett? Fühlen sie sich im *Lüttes Glück* wohl? Wie ist es, eine eigene Pension zu führen? Ist es so, wie du es dir vorgestellt hattest? Erzähl schon! Ich platze vor Neugier«, sprudelte es aus Christin heraus, während sie die Bluse, die an ihrem verschwitzten Rücken klebte, von ihrer Haut wegzog. Sie beneidete ihre Freundin um ihren Mut. Sie hätte es sich nicht getraut, ihr altes Leben in Köln über Bord zu werfen und auf einer Nordseeinsel noch einmal neu anzufangen.

Ihr Blick fiel auf ihr erhitztes Gesicht im Spiegel, der über dem Sideboard hing, damit das kleine Wohnzimmer größer wirkte. Plötzlich kam sie sich furchtbar langweilig vor. Sie trug ihr hellblondes Haar noch immer glatt, wie schon als Kind, nur dass es ihr inzwischen nicht mehr bis zu den Hüften reichte, sondern zu den Schultern. Sie arbeitete noch immer in der Bank, in der sie ihre Ausbildung gemacht hatte, und war mit ihrem Schulfreund Franjo verheiratet.

»Alles ist neu für mich, was irre spannend, aber auch anstrengend ist«, erzählte Anja. »Mir fehlt die Routine. Ich bin froh, dass Hilde den Frühstücksservice übernommen hat und mir mit Rat und Tat zur Seite steht.«

»Dann verstehst du dich mit der Vorbesitzerin jetzt besser als am Anfang?«, fragte Christin. Sie setzte sich auf die Couch und streifte sich die Ballerinas und Söckchen von den Füßen. In der Bank musste sie auch im Hochsommer geschlossene Schuhe tragen, was im temperierten Gebäude erträglich, aber draußen eine Qual war. Ihre Freundin dagegen lebte nach ihren eigenen Regeln. Christin beneidete sie um diese Freiheit.

»Ja.« Amüsiert fuhr Anja fort: »Manchmal denkt sie noch, sie hätte das Kommando, aber wir sitzen öfters zusammen auf der Holzbank im Garten. Früher hat sie nur zu Beuteltee gegriffen. Inzwischen weiß sie meinen losen Tee zu schätzen, gibt es aber nicht zu. Typisch Hilde eben. Manchmal lässt sie beiläufig fallen, dass sie eine Tasse mittrinken würde, sollte ich zufällig eine Kanne zubereiten.«

»Sag mir nicht, dass du komplett auf Kaffee verzichtest?«, fragte Christin überrascht und machte sich plötzlich Sorgen, dass sie sich mehr als nur räumlich voneinander entfernt haben könnten. Sie musste daran denken, wie oft sie hier auf dem Sofa nebeneinandergesessen und Milchkaffee mit köstlich süßem Sirup getrunken hatten. Sie sehnte sich nach diesen Zeiten.

»Nein, auf keinen Fall. Das könnte ich niemals.« Anscheinend empfand Anja dieselbe Sehnsucht wie Christin, denn sie fügte mit sanfter Stimme hinzu: »Ich vermisse unseren Kaffeeklatsch.«

Christin setzte sich auf die Couch und sah auf den leeren Platz neben sich. »Und ich vermisse dich, sehr.«

»Ich dich auch, Süße. Wir müssen uns dringend mal

wiedersehen. Wann kommst du mich auf Föhr besuchen?«
Stille am anderen Ende der Leitung.

Dann antwortete Christin zögerlich: »Bald, bestimmt.«

Der nächste Urlaub stand erst im Herbst an, weil nach den Schulferien die Preise fielen und Franjo ein Sparfuchs war. Zudem war er ein Gewohnheitsmensch und hatte schon dasselbe Zimmer in dem Hotel in Dubrovnik gebucht, wie jedes Jahr. Sie konnte ihn einfach nicht davon überzeugen, mal woanders hinzufahren. Er hatte schon als Junge die Sommerferien mit seinen Eltern an der Adria verbracht.

Petar, sein Vater, hatte dort das Licht der Welt erblickt und einundzwanzig Jahre später in der malerischen Altstadt Dubrovniks Monika, die aus Köln stammte und im Süden Kroatiens Urlaub machte, kennengelernt. Ein Jahr später war er zu seiner großen Liebe nach Deutschland gezogen, und sie hatten geheiratet.

Schon wegen der Liebesgeschichte seiner Eltern hatte Franjo ein besonderes Verhältnis zu der Küstenstadt. Außerdem brauchte er Beständigkeit, das wusste Christin. Veränderungen verunsicherten ihn.

Christin war auch kein Freund von Überraschungen und fuhr gerne in gewohnten Gewässern, aber in diesem Fall sehnte sie sich nach Abwechslung.

»Ich habe mich nicht vollkommen verändert, falls das deine Sorge ist«, kam Anja auf ihr Gespräch über ihren gestiegenen Teekonsum zurück. »Tee habe ich schon immer getrunken, aber nicht mit dir, weil du ihn ja nicht magst. Inzwischen brauche ich meine tägliche Tasse zum Wohlfühlen, genauso wie meinen Becher Kaffee am Morgen.«

»Damit kann ich leben«, erwiderte Christin und lachte.

»Vielleicht solltest du dem Tee doch noch eine Chance geben«, schlug Anja vor.

»Nein, ich denke eher nicht. Ich habe ihm noch nie etwas abgewinnen können.« Bestimmt sagte Christin: »Ich gehöre vollkommen zum Team Kaffee.«

»Wenn du herkommst, werde ich dir einen leckeren Ostfriesentee mit Sahnewölkchen und Kluntje machen«, kündigte Anja fröhlich an. »Das schmeckt köstlich! Den wirst selbst du mögen.«

»So habe ich ihn noch nie getrunken«, gab Christin zu.

»Dann wird es aber Zeit«, zwitscherte Anja heiter.

Christin fragte sich, wann sie das letzte Mal etwas Neues ausprobiert hatte, und da fiel ihr bloß eine Schokolade vom Discounter ein, weil Franjo sie ermahnt hatte, preisgünstiger einzukaufen.

Die Miete für das Reihenhaus war immer mehr gestiegen und hatte astronomische Höhen erreicht, aber Franjo wollte unbedingt neben seinen Eltern wohnen bleiben. Christin hatte vorgeschlagen, in den Speckgürtel von Köln zu ziehen oder noch weiter raus, wo die Mieten zwar immer noch hoch waren, man aber beim Blick auf die Abbuchung keine Schweißausbrüche bekam. Zudem war das Umland grüner, und es gab weniger Verkehrslärm. Doch Franjo hatte sich nicht überzeugen lassen.

Die Schokolade war viel zu süß und krümelig gewesen, also kaufte Christin heimlich wieder ihre alte Marke, die Quittungen verlangte Franjo schließlich nicht. Er war sparsam, aber kein Kontrollfreak.

»Wie läuft *Martinas Gartencafé* an?«, wollte Christin wissen und wünschte sich, sie könnte das Café auf der Terrasse der kleinen Inselpension, das Anja nach ihrer verstorbenen Mutter benannt hatte, mit eigenen Augen sehen.

Ihre Freundin hatte ihr zwar Fotos vom *Lüttes Glück* und von Walsum mit der großen Trauerweide auf dem Dorfanger geschickt, doch sie hätte gerne selbst herausgefunden, ob tatsächlich ständig Schafsgeruch vom Stall des Nachbarn Sören Schippmann durch den kleinen Ort zog. Sie wollte den dicken schwarzen Kater Kimi, der so etwas wie das Maskottchen der kleinen Gemeinde war, streicheln und Maikes hochgelobten Blechkuchen kosten. Und sie wollte endlich Joris Graf, Anjas neuen Freund, kennenlernen.

»Es ist noch Luft nach oben, und wir müssen viel Kuchen selbst essen.« Anja lachte verlegen. »Aber es finden immer wieder Gäste zu uns. Maikes *Nordseewellen* stehen hoch im Kurs, und auch meine Waffeln und *Heiße Liebe* werden oft bestellt. Dazu werden Kaffee und Tee getrunken, oder *Pharisäer* und *Tote Tante*.«

Obwohl es viel zu heiß war, um etwas zu essen, lief Christin das Wasser im Mund zusammen. »*Tote Tante* kenne ich als *Lumumba*. Aber was ist *Heiße Liebe*?«

»Vanilleeis mit heißen Himbeeren, auf Wunsch mit viel Schlagsahne«, erklärte ihre Freundin. »Für die Erwachsenen gibt's einen Schuss Himbeergeist, wenn sie möchten.«

»Jetzt habe ich Lust auf was Süßes! Ich wünschte, ich wäre im *Lüttes Glück* und könnte dir helfen, die Reste zu verspeisen«, sagte Christin schmunzelnd. Sie glaubte, das Rauschen des Meeres durch die Leitung zu hören.

»Alles Schöne hat auch eine Schattenseite. Durch die zusätzlichen Kalorien nehme ich immer mehr zu, und das, obwohl ich auf der Insel viel mit dem Fahrrad unterwegs bin.« Anjas Stimme wurde so weich wie Samt, als sie den Namen ihres Freundes erwähnte: »Joris liebt jedes Pfund an mir, ich aber nicht.«

»Wie süß von ihm! Wenn du von ihm sprichst, klingst du richtig verträumt. Dich hat es voll erwischt, oder?«, fragte Christin ihre Freundin. Sie freute sich für sie.

Sie sah zu ihrem Hochzeitsfoto, das eingerahmt auf dem Sideboard stand, doch der Anblick löste bloß ein Gefühl von Vertrautheit in ihr aus. Was hatte sie denn erwartet? Franjo und sie waren kurz vor dem Abitur zusammengekommen und bereits seit zwölf Jahren verheiratet. Nach sechzehn gemeinsamen Jahren hatte man eben keine Schmetterlinge mehr im Bauch.

»Ja, trotz einiger Anfangsschwierigkeiten sind wir inzwischen total glücklich. Und es gibt Neuigkeiten.« Durch die Leitung war zu hören, dass Anja ein Fenster schloss. »Joris will diese Woche bei mir einziehen.«

»Ins *Lüttes Glück*?«, fragte Christin überflüssigerweise und wurde sich bewusst, dass sie nie allein gelebt hatte. Sie war von ihren Eltern direkt zu Franjo gezogen. »Ich meinte nur … Nicht jeder kann sich vorstellen, in einer Pension zu wohnen, mit dem Trubel der ständig wechselnden Feriengäste.«

»Jetzt zeigt sich, dass es auch etwas Gutes hat, dass Hilde und Godo die Einliegerwohnung besetzen. Eigentlich hätte ich ja dort einziehen sollen, aber im Erdgeschoss würde sich

Joris nicht wohlfühlen. Das wäre ihm zu sehr mittendrin.« Fröhlich fuhr Anja fort: »Aber meine Dachgeschosswohnung findet er wirklich gemütlich, und sie liegt etwas abseits, auch wenn es nur die Treppe hoch ist. Das ist für ihn in Ordnung.«

Christin hatte plötzlich großen Durst. Während sie in die Küche ging, fragte sie: »Dann sind Hilde und Godo noch zusammen?«

»Ja. Überrascht dich das?«, kam es von Anja zurück.

Christin goss sich ein Glas Wasser ein und trank gierig einen Schluck. »Du hattest Hildes spitze Zunge erwähnt. Es wäre gut möglich, dass sie Godo damit bereits vergrault hätte.«

»Er weiß sie zu nehmen.« Amüsiert erklärte Anja: »Wenn sie schlechte Laune hat, ist er besonders nett zu ihr und nimmt ihr dadurch den Wind aus den Segeln.«

»Clever.« Christin kamen die Personen, über die sie sprachen, vertraut vor, dabei kannte sie sie bloß aus Anjas Erzählungen.

»Godo kümmert sich um den Garten und hat sich dazu bereit erklärt, später den kleinen Campingplatz neben dem *Lüttes Glück* zu führen. Die Vorbereitungen für die Zeltwiese und die Wohnmobilstellplätze laufen auf Hochtouren«, berichtete Anja. »Joris hat die Wiese hinter der Linde gesichelt, sie war so zugewachsen, dass man mit dem Rasenmäher nicht durchkam. Ole Bohnsack, unser Elektriker, war da und hat die elektrischen Anschlüsse verlegt. Sobald die Stromsäulen geliefert sind, wird er sie anschließen. Es geht voran.«

»Hast du dir nicht zu viel auf einmal vorgenommen?«, fragte Christin vorsichtig und öffnete den Kühlschrank. Rasch neigte sie sich vor und genoss die kühle Luft, die über ihr Gesicht strich.

»Nein, ich bin ja umgeben von vielen lieben Menschen, die mir helfen und mich motivieren. Aber natürlich tun mir abends die Füße weh, und ich bin platt«, gab Anja zu. »Trotzdem bereue ich nichts. Das *Lüttes Glück* zu ersteigern und nach Föhr zu ziehen, war die beste Entscheidung meines Lebens.«

In Gedanken hörte Christin Franjo sagen, dass es Energieverschwendung wäre, den Kühlschrank so lange offen stehen zu lassen, und schloss die Tür wieder. Dann zog sie die Rollläden hoch und sah auf die menschenleere Straße. Eine Glocke aus Sommerhitze lag über Köln und machte das Atmen schwer. Selbst im Haus war es stickig, obwohl Christin alle Jalousien geschlossen hatte, bevor sie sich am Morgen auf den Weg zur Arbeit gemacht hatte. Bestimmt waren die Temperaturen auf Föhr selbst im Hochsommer durch den steten Wind angenehm. Wie gerne wäre ich jetzt dort, dachte sie. »Du klingst beneidenswert glücklich.«

»Bist du es denn nicht?«, fragte ihre Freundin besorgt.

Christin horchte in sich hinein. Warum musste sie überhaupt darüber nachdenken? Hätte sie nicht sofort mit Ja antworten sollen? Sie hatte doch alles, was man sich wünschen konnte – eine langjährige Ehe, eine unbefristete Arbeitsstelle und genug Geld, um ein ganzes Haus mieten und einmal im Jahr in Urlaub fahren zu können. Ausweichend antwortete sie: »Ich schätze mich glücklich.«

»Jetzt hörst du dich wie mein Ex-Freund Ralf an«, sagte Anja amüsiert. »Als hättest du die Fakten überprüft. Aber was sagt dein Herz?«

Christin ging nicht darauf ein. »Ich arbeite ja auch bei einer Bank, natürlich bin ich vernunftgesteuert.«

»So warst du früher nicht. Da hast du auf einer Party auch schon mal auf dem Tisch getanzt«, erinnerte sich Anja und lachte.

Etwas wehmütig wandte Christin ein: »Das ist lange her. Damals war ich noch in der Schule.«

»Warst du zu der Zeit glücklich?«, wollte Anja von ihr wissen.

Eine Erinnerung zauberte ein Lächeln auf Christins Gesicht. Sie musste daran denken, wie sie sich mit sechzehn in einer heißen Sommernacht mit Anja auf das umzäunte Grundstück eines Baggersees geschlichen hatte. Sie hatten ignoriert, dass es gefährlich war, in dem künstlichen Gewässer zu schwimmen, sich bis auf die Unterwäsche ausgezogen und waren ins Wasser gesprungen. Das war nicht nur erfrischend gewesen, sondern es hatte ihnen auch einen Kick gegeben, etwas Verbotenes zu tun. Wie leicht und unbeschwert das Leben als Jugendliche gewesen war! »Ja.«

»Vielleicht brauchst du einen Tapetenwechsel und solltest darüber nachdenken, dir eine neue Stelle zu suchen«, schlug Anja vor.

Christin fühlte sich in der Bank tatsächlich unwohl und hatte darüber auch schon mit ihrer Freundin gesprochen, dennoch wiegelte sie ab: »Ich bin nicht wie du.«

»Nicht so verrückt, alles hinzuschmeißen?«, fragte Anja ironisch.

»Das meinte ich nicht«, stellte Christin klar, »sondern dass ich nicht so mutig bin wie du.«

»Doch, doch, das war verrückt von mir«, gab Anja zu, »und sehr riskant. Man sollte nie alles auf eine Karte setzen.«

Am Küchenfenster ging ein Mann vorbei, der sich mit einem Taschentuch übers Gesicht wischte und dann einen kräftigen Schluck aus einer Plastikflasche nahm. Seinem T-Shirt nach zu urteilen, konnte er gar nicht so viel trinken, wie er schwitzte. Christin wandte sich vom Fenster ab. »Du hast hoch gepokert und gewonnen. Das Glück kann aber nicht jeder haben.«

»Du hast natürlich recht. Man muss ja auch nicht gleich sein komplettes Leben umkrempeln, wie ich das getan habe. Vielleicht bist du auch nur reif für die Insel. Wenn du eine Auszeit brauchst, sag einfach Bescheid! Dann reserviere ich dir ein Gästezimmer.«

»Ich bin unzufrieden und weiß selbst nicht warum«, gestand Christin nicht nur ihrer Freundin, sondern auch sich selbst das erste Mal ein. »Vielleicht liegt es nur an dieser schrecklichen Hitze. Selbst nachts bleiben die Temperaturen über zwanzig Grad. Wer soll da schlafen können? Vor lauter Müdigkeit mache ich in der Bank Fehler, die mir sonst nicht passieren. Mein Vorgesetzter hat mich schon ermahnt. Das war mir echt peinlich.« Sie seufzte schwer. »Manchmal denke ich, dass mein Leben nur noch aus Arbeit und Verpflichtungen besteht. Kennst du das?«

»Nur allzu gut«, antwortete Anja, ohne zu zögern.

Christin ruderte zurück, es war ihr mit einem Mal unangenehm, so niedergeschlagen zu klingen. Das sah ihr gar nicht ähnlich: »Im Moment bin ich oft allein. Schon möglich, dass ich einfach nur zu viel Zeit zum Grübeln habe.«

»Jetzt fühle ich mich schlecht. Es tut mir leid, dass ich aus NRW weggezogen bin«, sagte Anja bedauernd.

»Lügnerin!«, schalt Christin sie lächelnd.

Anja lachte. Dann stellte sie mit leiser Stimme klar: »Wegen dir tut es mir leid.«

Mit jemand anderem hätte Christin nicht so offen über ihre Gefühle geredet, aber bei Anja fiel es ihr leicht, sich zu öffnen. »Ich habe mich zu sehr auf Franjo konzentriert und meine Freundschaften vernachlässigt. Es ist traurig, aber du bist meine einzige Freundin. Zu allen anderen von früher habe ich den Kontakt verloren, oder sie sind inzwischen nur noch Bekannte.«

»So ist das doch oft bei Paaren. Bei Ralf und mir war es nicht anders. Unser Alltag hat sich nur um unser gemeinsames Baby, die Werbeagentur, gedreht, und wir haben oft sogar am Wochenende gearbeitet«, erzählte Anja. »Da blieb nicht mehr viel Zeit für Familie, Freunde oder Hobbys.«

Christin ging ins Badezimmer und spritzte sich kaltes Wasser ins Gesicht. Welch eine Wohltat! Während sie sich mit einem Handtuch über die Wangen tupfte, erzählte sie: »Jetzt sind meine Schwiegereltern auch noch im Urlaub, und Franjo muss die Pfandleihe allein führen. Sie haben zwar vor Kurzem eine zusätzliche Mitarbeiterin eingestellt, weil die Geschäfte gut laufen und Franjo ja auch mal krank werden kann. Aber Patrizia soll wohl sehr langsam in allem sein, und er muss ihr ständig auf die Finger schauen, damit sie nichts falsch macht. Er sagt, er hätte sie nach der Probezeit nicht eingestellt, aber seine Eltern wollten sie unbedingt behalten. Jedenfalls muss er oft Überstunden machen und ist abends müde. Ich kann ihm nicht verübeln, dass er nach Feierabend nur noch seine Ruhe haben will.«

»Aber du fühlst dich vernachlässigt, oder?«, fragte Anja. Das Rascheln von Papier war zu hören. Dann steckte sie sich etwas in den Mund. Den Geräuschen nach musste es sich um ein Bonbon handeln.

Nun, da Anja geduldig auf eine Antwort von ihr wartete, wurde sich Christin mit einem Mal der Stille um sich herum bewusst.

Sie musste daran denken, dass sie sich als Zwölfjährige sehnsüchtig einen Hund gewünscht hatte. Jemanden, der sie voller Freude begrüßte, wenn sie von der Schule nach Hause kam. Sie war ein Schlüsselkind gewesen. Ihre Eltern hatten den ganzen Tag gearbeitet, und somit war Christin oft allein gewesen, während ihre Freundinnen zumindest mit einem Elternteil zu Mittag aßen und von ihrer Mutter oder ihrem Vater zum Ballettunterricht oder Schwimmkurs gefahren wurden. Damals hatte sie ihre Freundinnen beneidet.

»Sei doch froh, dass du allein bist! So kannst du machen, was du willst«, pflegten ihre Eltern zu sagen. »Außerdem ist da niemand, der darauf besteht, dass du zuerst die Hausaufgaben machst, bevor du mit dem Fahrrad ins Freibad fährst.«

Aber Christin konnte sich nicht freuen. In den Stunden, bis ihre Freundinnen Zeit für sie hatten oder ihre Eltern von der Arbeit kamen, fühlte sie sich einsam. Darum wünschte sie sich einen Freund, einen Hund. Sie redete mit Engelszungen auf ihre Eltern ein, aber die ließen sich nicht erweichen.

»Wir sind den ganzen Tag weg und könnten nicht mit ihm Gassi gehen«, erklärte ihr Vater und setzte sich neben sie aufs Bett, in dem Christin schmollte.

Hoffnungsvoll sah Christin ihn an. »Aber das könnte ich doch nach der Schule machen.«

»Du bist noch zu jung, um allein die Verantwortung für ein Haustier zu übernehmen«, erklärte er. »Außerdem wäre der Hund trotzdem zu viele Stunden sich selbst überlassen. Er würde sich zu Recht vernachlässigt fühlen.«

Ihre Augen wurden feucht. »So geht es mir doch auch. Darum will ich ja ein Tier.«

Da schwieg ihr Vater betreten.

Nun, dreiundzwanzig Jahre später, war Christin wieder allein und unglücklich darüber. Normalerweise saßen Franjo und sie um diese Zeit in der Küche und aßen zu Abend. Anja fand es spießig, jeden Tag um dieselbe Uhrzeit dasselbe zu tun, und sie hatte nicht unrecht. Christin fühlte sich oft wie in ein Korsett gepresst, mit diesem Alltag, bestimmt von ihrer Arbeit bei der Bank, von Franjo und seinen Eltern, die im Reihenhaus nebenan wohnten. Aber nun, da ihr Mann ständig Überstunden machte, fehlte ihr die gewohnte Zweisamkeit, die alles war, was Christin noch hatte.

Köln hat mehr als eine Million Einwohner, und ich bin einsam, dachte sie bitter.

Sie hängte das Handtuch zurück an den Haken und

atmete einmal tief durch. Der Pfirsichduft der Seife, die in einer Schale aus Olivenholz lag, stieg ihr in die Nase. »Ja, ich fühle mich vernachlässigt.«

»Hast du das Franjo mal gesagt?«, wollte Anja von ihr wissen. Beim Sprechen stieß das Bonbon gegen ihre Zähne.

»Nein, ich will ihn nicht mit Vorwürfen belasten. Er hat schon genug um die Ohren. Ich muss da einfach durch, es ist bestimmt nur eine Phase.« Zu ihrer eigenen Beruhigung fügte Christin an: »Wenn seine Eltern aus dem Urlaub zurück sind, wird ja wieder alles normal laufen.«

»Vielleicht kannst du ihn heute Abend vom Stress ablenken, indem du sein Lieblingsessen kochst«, schlug Anja ihr vor.

»Franjo isst am liebsten den rheinischen Sauerbraten seiner Mutter.« Christin verdrehte die Augen. Sie hatte sich wirklich bemüht, den Braten so hinzubekommen, wie seine Mutter ihn zubereitete, aber Franjo hatte stets einen Unterschied geschmeckt. Schließlich hatte sie begriffen, dass es ein typisches Mama-Essen war – ein Gericht, das nur die eigene Mutter perfekt kochen konnte, weil er mit ihm schöne Erinnerungen an die Kindheit verband. Also hatte Christin ihre Bemühungen irgendwann eingestellt. »Aber ich könnte uns etwas beim China-Imbiss um die Ecke holen. Franjo liebt Dim Sum. Wenn ich ihm das vorschlage, wird er zwar einwenden, dass wir unser Geld zusammenhalten sollten. Aber wir reden ja nicht von einem Urlaub auf den Bahamas.«

»So ist es«, pflichtete Anja ihr bei. »Man lebt nur einmal und sollte sich auch mal eine Kleinigkeit gönnen, sonst bekommt man schlechte Laune.«

Plötzlich wusste Christin, wie sie Franjo eine Freude bereiten und gleichzeitig ihre eigene Stimmung aufhellen konnte. Sie lächelte ihr Bild im Badezimmerspiegel an. »Ich habe eine Idee! Ich werde jetzt sofort zum Chinesen fahren, eine doppelte Portion Teigtaschen mit Garnelen und Bambussprossen für Franjo und frittierte Sesambällchen für mich holen und ihn dann damit im Pfandleihhaus überraschen.« Christin verließ das Badezimmer, ging in die Küche und sah auf die Wanduhr. »Die Pfandleihe hat jetzt geschlossen, und Patrizia dürfte inzwischen Feierabend gemacht haben, Franjo ist also allein.«

»Er wird sich bestimmt sehr freuen! Und wer weiß, wohin das führt. Liebe geht bekanntlich durch den Magen«, sagte Anja mit einem Lächeln in der Stimme.

Christin konnte förmlich sehen, wie ihre Freundin am anderen Ende der Leitung zwinkerte. »Na ja, die Anziehungskraft zwischen uns ist nach all den Jahren nicht mehr so stark.«

»Natürlich ist es aufregend, einen neuen Körper zu erkunden. Ich spreche da aus Erfahrung«, spielte Anja auf ihre noch junge Beziehung mit Joris an und giggelte. »Aber der Sex wird doch mit den Jahren immer besser. Man ist sich vertraut, darum kann man sich vollkommen fallen lassen und weiß, was der andere mag.«

»So sollte es sein, aber so ist es bei uns nicht«, erwiderte Christin bedrückt.

Der Geschlechtsverkehr war schon vor Jahren langweilig geworden, weshalb sie wohl beide die Lust daran verloren hatten. Es hatte eine Zeit gegeben, da hatte sie Franjo versucht zu ermutigen, mal etwas Neues ausprobieren, um Schwung in ihr Intimleben zu bringen, er hatte jedoch nicht gewollt.

Er war allerdings nicht allein schuld an der Flaute im Bett. Als sie noch miteinander geschlafen hatten, war Christin oft angespannt gewesen und manchmal sogar so traurig geworden, dass sie hatte weinen müssen, weil sie daran erinnert wurde, was sie nicht haben konnte, ein Baby. Erotik spielte schon lange keine Rolle mehr zwischen Franjo und ihr.

»Ralf und ich haben uns zum Schluss auch nicht mehr zueinander hingezogen gefühlt.« Anja wurde wohl bewusst, dass Christin andeutete, ihre Ehe könnte ebenfalls dem Ende zugehen, denn sie sog scharf die Luft ein. Dabei verschluckte sie ihr Bonbon und musste husten.

Aber Christin glaubte nicht, dass es Franjo und ihr genauso ergehen würde. Als Ehepaar trennte man sich nicht leichtfertig. Für Christin war das Wörtchen Scheidung wie ein Schreckgespenst. Dann hätten Franjo und sie sich ein Scheitern eingestehen müssen. Sie hatten sich immerhin gegenseitig geschworen, in guten wie in schlechten Zeiten zueinander zu stehen, und sechzehn Jahre in tiefer Verbundenheit verbracht. Sie hatten zusammen Abitur gemacht, sich gegenseitig immer wieder motiviert, ihre Ausbildungen zur Bankangestellten und zum Kaufmann durchzuhalten, und sich ein solides gemeinsames Leben aufgebaut. Das warf man nicht so schnell weg.

Christin wollte jedenfalls etwas dafür tun, dass ihre Ehe wieder besser lief, die nicht nur im Bett mehr Schwung gebrauchen konnte. »Es tut mir leid, aber ich muss jetzt

Schluss machen«, sagte sie entschlossen zu Anja. »Ich weiß ja nicht, wie lange ich beim Imbiss warten muss. Nicht, dass sich Franjo schon auf den Weg nach Hause gemacht hat, wenn ich im Pfandleihhaus ankomme.«

»Dafür habe ich vollstes Verständnis«, versicherte Anja ihr mit einer vom Husten kratzigen Stimme. »Ich wünsche euch beiden einen schönen Abend.«

»Lieb von dir, danke. Das wünsche ich Joris und dir auch«, sagte Christin in den Hörer. »Ich drücke dir die Daumen, dass das *Lüttes Glück* bald ausgebucht, *Martinas Gartencafé* rappelvoll und der Campingplatz startklar sein wird.«

Anja keuchte am anderen Ende der Leitung. »Jetzt, wo du meine Geschäftsfelder aufzählst, klingt das doch alles recht viel auf einmal.«

»Du schaffst das schon, du bist doch eine Powerfrau«, erwiderte Christin zuversichtlich. »Mach's gut.«

»Bis bald«, verabschiedete sich Anja.

Christin beendete das Telefonat. Gut gelaunt schnappte sie sich ihren Schlüsselbund und eilte zu ihrem Wagen. Sie hatte Glück, der China-Imbiss war leer, und sie kam sofort dran. Mit einer Tüte voll köstlich duftendem Dim Sum auf dem Beifahrersitz machte sie sich auf zum *Pfandleihhaus Horvat*.

Kapitel 2

Auf den Straßen war, vielleicht wegen der Hitze, weniger Verkehr als sonst, und so kam sie bald beim Pfandhaus an. Aufgeregt und voller Vorfreude auf Franjos überraschtes Gesicht, parkte Christin auf dem Hinterhof neben seinem Auto. Sie hatte ihn nicht verpasst, er war noch im Laden.

Mit wild klopfendem Herzen steuerte sie den Angestellteneingang an und schloss die Tür mit ihrem Ersatzschlüssel auf. Während sie durch die Korridore ging, wurde sie nervös. Wie würde Franjo reagieren? Er mochte eigentlich keine Überraschungen, aber er musste doch Hunger haben und wusste die liebevolle Geste bestimmt zu schätzen. Doch als sie an den Büroräumen ankam, waren sie leer.

Christin machte sich auf die Suche nach Franjo. Sie sah im Verkaufsraum nach, fand ihren Mann dort aber auch nicht. Also blieb nur noch das Lager übrig.

Als sie zwischen den Regalen mit den Gegenständen, die die Kunden verpfändet hatten, hindurchschritt, hörte sie Geräusche. Sie war anscheinend auf der richtigen Spur. Allerdings konnte sie die Laute nicht zuordnen. Sie klangen, als hätte Franjo Schmerzen.

War er etwa überfallen und niedergeschlagen worden und konnte keine Hilfe rufen, weil er sein Mobiltelefon nie bei sich trug? Stellte es sich als segensreicher Zufall heraus, dass sich Christin gerade an diesem Abend dazu entschieden hatte, mal aus der Routine auszubrechen und in der Pfandleihe vorbeizufahren?

Bald kam Christin am Ende der Regalreihen an, und ein offener Bereich mit einem Arbeitstisch tat sich vor ihr auf. Da sah sie, was wirklich vor sich ging. Ihr Mann war nicht Opfer eines Überfalls geworden. Sie erkannte ihn von hinten am Tisch stehend, mit einer Frau, die ihre Beine um ihn geschlungen hatte.

Erst als Christin vor Schreck die Tüte mit dem chinesischen Essen fallen ließ, drehte sich Franjo mit dem Oberkörper um und riss bestürzt die Augen auf. Er schob die Frau weg und zog hektisch die Hosen hoch.

»Weg, Patrizia!«, herrschte er sie an. »Nun geh schon weg, verdammt noch mal!«

Christin konnte kaum glauben, was sie da sah. Sie kam sich wie eine Idiotin vor, wollte schreien, brachte aber keinen Ton heraus. Vor Entsetzen war ihre Kehle wie zugeschnürt. Auf dem Parkplatz hatte sie noch geschwitzt, jetzt war ihr mit einem Mal eiskalt.

Sie musterte die Schwarzhaarige, die schnell ihren Rock zurechtrückte und dastand, nicht wissend, was sie machen sollte. Es war die neue Angestellte. Die so langsam arbeitete. Die Franjo nach ihrer Probezeit angeblich nicht hatte übernehmen wollen. Wegen der er Überstunden machte, weil er ihr während der regulären Arbeitszeit ständig auf die Finger schauen musste und darum seine eigenen Aufgaben vernachlässigte.

Alles gelogen, zischte Christin in Gedanken.

Ihr Mann strich über die Stelle an seinem Hinterkopf, wo das Haar seit drei Jahren immer lichter wurde. Das tat er immer dann, wenn er verlegen war. Schrill fragte er Christin: »Wie kommst du hier herein?«

»Durch den Hintereingang«, brachte sie gepresst hervor. Ein Wirbelsturm der Entrüstung tobte in ihrem Inneren. Am liebsten hätte sie Franjo eine schallende Ohrfeige verpasst, aber sie konnte sich nicht bewegen. Sie war vor Fassungslosigkeit wie gelähmt.

»Aber der ist doch immer abgeschlossen«, sagte er und stopfte sein weißes Hemd in die Jeans, »und du hast keinen Schlüssel.«

»Deine Eltern haben mir ihren vor der Abreise gegeben, für Notfälle.« Tränen schossen ihr in die Augen.

Während er seinen Ledergürtel schloss, sagte er mit belegter Stimme: »Das habe ich gar nicht mitbekommen.«

»Du bist ja in letzter Zeit auch mit deinen Gedanken ständig woanders. Jetzt weiß ich, wo.« Sie warf Patrizia einen giftigen Blick zu, die verschämt den Kopf senkte, und musterte sie. Die neue Mitarbeiterin war viel hübscher, als er sie beschrieben hatte.

Attraktiver als ich, dachte Christin und fühlte sich elend. Ihr schoss durch den Kopf, dass sie sich nicht einmal die Zeit genommen hatte, sich frisch zu machen, bevor sie hergefahren war, weil sie Franjo nicht hatte verpassen wollen.

»Rede keinen Unsinn! Das ...« Nervös richtete er die schmale schwarze Lederkrawatte, die seinen Hals umfasste wie ein Strick. »Das gerade ist einfach passiert ...«

Aufgebracht schrie Christin: »Sex passiert nicht einfach!«

»Es ist nicht … es hat keine Bedeutung«, stammelte Franjo und sah sie flehend an.

Sie wollte ihm an den Kopf werfen, dass er fremdgegangen war und es daran nichts zu deuteln gab, aber sie brachte die Worte nicht über die Lippen, weil sie zu sehr geschmerzt hätten. »Da bin ich anderer Meinung.«

»Ich denke, ich gehe jetzt besser«, sagte Patrizia endlich kleinlaut. Sie stakste an Christin vorbei und eilte zum Ausgang.

Betreten sah Franjo ihr hinterher.

»Wie oft habt ihr es schon miteinander getrieben?«, fragte Christin.

»Das heute war das erste Mal, ich schwöre es«, versicherte er ihr und faltete die Hände.

Warum wurde er dann rot? Sie dachte an die vielen Überstunden, die er gemacht hatte, seit seine Eltern in Urlaub gefahren waren. Feindselig starrte sie ihn an. »Das nehme ich dir nicht ab!«

»Es hatte nichts zu bedeuten«, wiederholte Franjo. »Ich liebe nur dich, das musst du mir glauben.« Er streckte die Arme nach ihr aus und kam auf sie zu.

Abweisend riss Christin die Hände hoch, er blieb erschrocken stehen. »Warum sollte ich? Du hast mich von Anfang an belogen, was sie betraf. Wieso solltest du diesmal die Wahrheit sagen?«

»Weil es die Wahrheit ist«, erwiderte er und sah auf seine Schuhe. Dann versuchte er erneut kleinzureden, dass er sie betrogen hatte: »Es war eine einmalige Sache, ein Ausrutscher. Jeder macht doch mal einen Fehler und hat eine zweite Chance verdient.«

»Ich weiß nicht, ob ich dir verzeihen kann«, sagte sie. Sie fühlte sich zutiefst verletzt. Die Seen in ihren Augen drohten überzulaufen, aber sie wollte nicht vor Franjo weinen. »Komm nicht nach Hause! Ich will dich heute nicht mehr sehen.«

Er wirkte hilflos wie ein Hund, der von seinen Haltern auf einem Rastplatz zurückgelassen worden war. »Aber wo soll ich denn hin?«

»Schlaf hier im Pfandleihhaus, nimm dir ein Hotelzimmer oder übernachte im Haus deiner Eltern.« Im Grunde war es ihr egal, wo er die Nacht verbringen würde. Außer bei Patrizia. Plötzlich hatte Christin Angst, ihn durch ihre Zurückweisung weiter in deren Arme zu treiben. Doch sie konnte die Nacht nicht unter einem Dach mit ihm verbringen. Sie musste allein sein und darüber nachdenken, wie es mit ihnen weitergehen sollte.

»Im Lager stinkt es«, sagte sie, rümpfte die Nase und rannte zu ihrem Auto.

Wie betäubt fuhr sie nach Hause. Kraftlos sank sie auf die Couch und ließ ihren Tränen endlich freien Lauf. Sie heulte sich die Augen aus. Ihre Welt war von einem Moment auf den anderen wie ein Kartenhaus zusammengefallen.

Sie hätte Franjo niemals zugetraut, sie zu betrügen. Dafür war er eigentlich nicht der Typ, zumindest hatte sie das gedacht. Er hatte seine tägliche Routine und wich nie davon ab, eine Affäre hatte darin keinen Platz. Er war nicht einmal besonders lebenslustig oder kontaktfreudig. Wie er einmal gesagt hatte, fühlte er sich unattraktiv, seit seine Haare am Hinterkopf lichter wurden, und das schon im Alter von 36 Jahren.

Aber vielleicht lag darin auch der Grund für seinen Seitensprung. Womöglich hatte er sich mit Patrizia nur eingelassen, um sich zu beweisen, dass er noch bei einer Frau landen konnte. Wahrscheinlich ging es ihm gar nicht um Patrizia, sondern um die Selbstbestätigung. Aber machte das die Sache besser?

Nein, dachte Christin. Ihr Herz war schwer. Sie fühlte sich von ihrem engsten Vertrauten verraten.

Wie sollte sie Franjo morgen wieder unter die Augen treten? Oder übermorgen? Sie dachte daran, eine Weile zu ihren Eltern zu ziehen, aber sie wusste, dass sie dort auf wenig Verständnis stoßen würde.

»Das war wirklich abscheulich von ihm«, würde ihre Mutter zwar sagen. Dann würde sie jedoch unter Garantie zu bedenken geben: »Keine Ehe ist perfekt, mein Kind. Ab und zu muss man eben eine Faust in der Tasche machen. Das wird sich schon wieder einrenken, allerdings nur, wenn du jetzt zu Franjo fährst und mit ihm sprichst. Es bringt nichts, sich bei uns zu verkriechen. An einer Trennung sind immer beide Partner schuld, heißt es, und da ist etwas Wahres dran.«

Und ihr Vater würde klarstellen: »Scheidung gibt es in unserer Familie nicht.«

Nein, zu ihren Eltern wollte Christin wirklich nicht, nicht einmal für eine Nacht. Sie brauchte Zeit, um ihre Wunden zu lecken, und wünschte sich jemand, der sie in die Arme nahm und schimpfte: »So ein Scheißkerl! Franjo soll zur Hölle fahren für das, was er dir angetan hat.«

Da kam nur Anja infrage. Aber sie war weit weg. Allerdings hatte sie sie eingeladen, sie jederzeit zu besuchen. Christin hatte weder Kinder noch Haustiere. Nichts hielt sie in Köln, außer ihrem Job. Die ganze Nacht über grübelte sie, weinte immer wieder und wälzte sich in ihrem Kummer hin und her.

Am nächsten Morgen hatte sich der Wunsch, Köln eine Weile den Rücken zu kehren und bei ihrer besten Freundin Trost zu suchen, gefestigt. Beherzt rief sie in der Bank an, behauptete ihrem Vorgesetzten gegenüber, dass es in ihrer Familie einen Notfall gäbe und sie unbedingt ihren restlichen Jahresurlaub nehmen müsste. Daraufhin sprach ihr Chef mit der Personalabteilung. Alle zeigten sich wenig begeistert über ihr Anliegen, da im August viele Mitarbeiter verreist waren. Aber sie hörten wohl, wie verzweifelt Christin klang, und bewilligten den Urlaub widerstrebend.

Zitternd packte sie das Nötigste ein, stieg am frühen Vormittag in ihr Auto und machte sich auf zur Nordseeküste. Vor Aufregung vergaß sie glatt, Anja Bescheid zu geben.

Kapitel 3

Franjos Seitensprung und ihre eigene Spontaneität brachten Christin so durcheinander, dass sie erst daran dachte, Anja anzurufen, als sie bereits im Hafen von Dagebüll auf die Überfahrt wartete.

Touristen tummelten sich am Fähranleger. Den heiteren Gesprächen entnahm Christin, dass einige von ihnen auf Föhr oder Amrum ihren Urlaub antreten wollten, andere wiederum machten nur einen Tagesausflug. Christin suchte sich zum Telefonieren einen ruhigen Platz am Rande der Mole.

Während sie mit dem Mobiltelefon am Ohr darauf wartete, dass sich ihre Freundin meldete, schirmte sie die Augen mit der Hand vor der Sommersonne ab und sah aufs ruhig daliegende Meer.

Plötzlich fühlte sich Christin fehl am Platz. Die Nordsee sah so friedlich aus, dabei tobte in Christins Innerem ein Sturm. Die Feriengäste waren bester Laune, nur ihr war zum Heulen zumute. Die Stimmung um sie herum passte so gar nicht zu ihrem Kummer.

Die Hand, in der sie ihr Smartphone hielt, zitterte. Als sich Anja endlich meldete, platzte es aus Christin heraus: »Gestern bei unserem Telefonat hast du durchblicken lassen, ich wäre zu vernunftgesteuert. Heute will ich dir beweisen, dass ich durchaus spontan sein und auch mal aus dem Bauch heraus entscheiden kann.«

»Wovon um alles in der Welt redest du?«, fragte Anja neugierig.

Christin atmete tief durch, dann gestand sie ihr: »Du wirst es nicht glauben, aber ich bin auf dem Weg nach Föhr.«

»Du kommst mich besuchen?«, fragte Anja überrascht.

Christin schob sich die Haare, die der Wind ihr ins Gesicht geweht hatte, aus den Augen. »Genau genommen werde ich schon in etwas mehr als einer Stunde bei dir sein. Die Fähre legt bald ab.«

»Du bist schon in Dagebüll? Versteh mich bitte nicht falsch. Ich freue mich natürlich, aber gestern hatte es sich noch so angehört, als würdest du vorerst keine Zeit haben herzukommen. Ist etwas passiert?«

Wie gut ihre Freundin sie doch kannte! »Ja. Franjo …« Christin hatte einen Kloß im Hals. »Ich habe ihn in flagranti mit seiner neuen Kollegin erwischt.«

Anja schnappte nach Luft. »Dein Franjo?«

»Ja, ich weiß, schwer vorstellbar«, erwiderte Christin. »Aber er hat mich betrogen. Ich habe ihn mit Patrizia im Pfandleihhaus auf frischer Tat ertappt, als ich ihn mit dem Dim Sum überraschen wollte.«

»Dieser elende Mistkerl«, zischte Anja aufgebracht. »Wie konnte er dir das nur antun? Wenn ich den in die Finger kriege … Er hat Glück, dass ich nicht in Köln bin.«

Genau diesen Schulterschluss hatte Christin gebraucht. Wärme breitete sich in ihr aus. Sie schlenderte zurück zum

Fähranleger. »Ich muss einfach für eine Weile raus aus Köln, weg von ihm.«

»Das kann ich gut nachvollziehen. Das tut mir so leid«, sagte Anja mitfühlend. »Ich wiederhole mich nur allzu gerne: Du bist jederzeit willkommen.«

Hoffnungsvoll fragte Christin: »Dann hast du im *Lüttes Glück* ein freies Zimmer für mich?«

»Nein, leider nicht«, antwortete ihre Freundin bedauernd.

»Nicht?« Abrupt blieb Christin stehen. Damit hatte sie nicht gerechnet. War es unter diesen Umständen überhaupt sinnvoll, die Fähre nach Föhr zu besteigen? »Ich dachte, du würdest gerade mal die ersten Gäste beherbergen.«

»Das stimmt, aber ab jetzt geht es Schlag auf Schlag. Bis zum Wochenende werden wir restlos ausgebucht sein.« Verlegen lachte Anja. »Wir haben ja auch nur zehn Doppelzimmer.«

»Das ist doch toll! Ich freue mich für dich«, sagte Christin begeistert. Sie ließ nicht zu, dass Anja, bescheiden, wie sie war, den Erfolg kleinredete. Dann bat sie: »Kannst du mir vielleicht helfen, eine Unterkunft zu finden?«

»Das könnte nicht ganz einfach werden. Aber das kriegen wir schon irgendwie hin.«

Christins Wangen brannten. Ihre Nerven waren ohnehin schon strapaziert. Anscheinend war sie nicht gut darin, spontan zu sein. Seufzend rieb sie sich über die Augen, die vom vielen Weinen immer noch wehtaten. »Ich bin völlig durch den Wind. Meinen Wagen muss ich auch auf dem *Inselparkplatz* in Dagebüll stehen lassen, weil ich keinen Platz mehr für ihn auf der Fähre bekommen habe.«

»Mach dir keinen Kopf«, erwiderte Anja. »Ich hole dich in Wyk ab.«

»Das ist echt lieb von dir«, rief Christin. »Aber ich will dir nicht zur Last fallen, ich kann mir auch ein Taxi nehmen.«

»Das kommt gar nicht infrage. Du schläfst erst einmal bei mir, dann sehen wir weiter. Noch ist eine Hälfte meines Doppelbetts ja frei.«

Christin reihte sich in die Schlange der Fahrgäste ein, die fröhlich schwatzend und mit leuchtenden Augen darauf warteten, das Schiff zu betreten. »Wollte Joris nicht bei dir einziehen?«

»Ja, aber das muss dann eben noch warten«, antwortete Anja, ohne zu zögern.

Als würde Franjos Ehebruch nicht schon schwer genug wiegen, lastete jetzt auch noch das schlechte Gewissen auf Christin. Aber sie hatte keine andere Wahl, als das großzügige Angebot anzunehmen. Morgen würde sie nach einer anderen Übernachtungsmöglichkeit suchen. »Das würdest du für mich tun?«

»Du bist doch meine beste Freundin«, erwiderte Anja.

Da flossen Tränen über Christins Wangen. Sie wandte sich ab, damit die Feriengäste um sie herum es nicht mitbekamen. Ein Mädchen von vielleicht neun Jahren merkte es dennoch und reichte ihr stumm ein Papiertaschentuch. Zum Dank schenkte Christin ihr die Packung Bonbons von *Dat Bontjehuus*, die sie auf der Fahrt an einer Tankstelle gekauft und noch immer in der Hosentasche hatte. Sie tupfte sich mit dem Taschentuch über das feuchte Gesicht und entschuldigte sich bei Anja: »Es ist mir unangenehm, dass ich jetzt schon heule.«

Plötzlich hörte Christin im Hintergrund eine Männerstimme. Offenbar sagte jemand etwas zu Anja, Christin konnte es aber nicht verstehen.

Dann meldete sich Anja zurück: »Joris ist gerade hier. Er meint, dass sein Bruder Tjorben um diese Uhrzeit mit seinem Ausflugsboot im Hafen von Wyk anlegt und die Touristen von Bord lässt. Danach macht er noch klar Schiff und fährt dann mit dem Auto nach Dunsum, wo er sich mit Touristen trifft, die eine Wattwanderung bei ihm gebucht haben. Tjorben würde dich bestimmt mitnehmen und den Abstecher nach Walsum machen. Soll ich ihn anrufen und fragen?«

Christin zögerte. »Ich befürchte, ich habe gerade keine Nerven für Small Talk.«

»Das trifft sich gut, denn Tjorben redet auch nicht gerne. Da kommt er nach seinem Vater Johan«, erklärte Anja amüsiert. »Joris ist da ganz anders. Denk dir nichts dabei, falls Tjorben auf den ersten Blick grimmig aussieht. Er ist ein netter Kerl. Wirklich!«

Christin zog eine Augenbraue hoch. »Grimmig?«

»Na ja, er trägt seine Haare schulterlang, hat einen Vollbart und sieht einen manchmal an, als wollte er einen fressen. Ich habe ihn mal darauf angesprochen, er ist sich dessen nicht bewusst.«

»Ein Werwolf«, scherzte Christin.

Anja lachte herzhaft. »Ein sturmerprobter Seemann mit einem butterweichen Herz. Aber verrate ihm nicht, dass ich das gesagt habe. Er sieht sich gerne als harten Kerl.«

»Jetzt machst du mich neugierig«, gestand Christin und war froh über die Ablenkung.

»Ist natürlich nicht so wichtig, aber es wäre halt praktisch, wenn er dich abholen könnte«, sagte Anja. »Dann könnte ich schon mal das Gartencafé vorbereiten, und wenn du ankommst, hätte ich mehr Zeit für dich, bis am Nachmittag die ersten Gäste eintrudeln.«

Das war ein Argument. »Also gut«, sagte Christin.

Im Hintergrund war das Bellen eines Hundes zu hören. »Das ist Elke, der Mops meiner ersten Feriengäste. Die schwarze Hündin ist ein Clown, du wirst sie lieben. Hilde hat Angst vor ihr, kannst du dir das vorstellen?«, fragte Anja amüsiert.

Christin konnte es kaum erwarten, in Walsum einzutreffen und Anjas schrullige Mitbewohner Hilde und Godo und die illustre Schar an Nachbarn, von denen sie schon so viel gehört hatte, zu treffen. »Ich freue mich, alle kennenzulernen.«

»Ich überzieh gleich mal mein Bett frisch und erwarte dich mit einer großen Kanne Kaffee und einem Blech Marzipan-Beeren-Kuchen, frisch aus Maikes Ofen«, kündigte Anja heiter an.

Christin bestieg die Fähre und konnte die Überfahrt schon fast genießen. Das Schiff schnitt durch das ruhige Fahrwasser wie ein Messer durch Butter. Möwen folgten ihnen und stießen immer wieder kurz herab, weil ein Junge sie fütterte. Er riss die Scheibe Toastbrot, die er zu seiner Brühwurst bekommen hatte, in Stücke und warf sie in hohem Bogen über die Reling. Dabei quiekte er vor Freude. Seine Mutter sah ihn liebevoll an und reichte ihm auch ihre Scheibe Brot zum Verfüttern.

Bei dem rührigen Anblick wurde Christins Herz schwer. Früher hatte sie davon geträumt, Kinder zu haben. Sie hatte sich ganz klassisch in einem Häuschen mit Franjo, einem Jungen, einem Mädchen und einem Hund gesehen. Vermutlich würde nichts davon wahr werden. Daran trug nicht nur Franjo Schuld, sondern auch ihr Körper.

Wie die meisten Frauen war sie nicht vollkommen mit ihrem Aussehen zufrieden. Ihre Haare hingen wie Spaghetti herab, ihre Augenbrauen waren so hellblond, dass sie sie mit einem Augenbrauenstift nachzog, und ihre Unterlippe war breiter als die obere. Aber das mit Abstand größte Problem von allen konnte man von außen nicht sehen, es war die Tatsache, dass sie keine Kinder bekommen konnte.

In Wyk verließ Christin die Fähre und schaute sich nach einem Mann um, der wie Tjorben Graf aussah. Unterdessen stiegen die Touristen in ihre Busse. Anja hatte ihr ein Foto von Tjorben geschickt.

Endlich machte sie ganz hinten in der Menge einen Mann aus, der ein Stück Pappe hochhielt, auf dem *Christin Horvat* stand. Das musste Tjorben sein. Ihren Nachnamen zu lesen, versetzte ihr einen Stich. Bei der Hochzeit vor zwölf Jahren hatte sie Franjos Namen angenommen. Dieser Schritt war für ihn selbstverständlich gewesen.

Während sie auf Tjorben zuging und kraftlos ihren Rollkoffer hinter sich herzog, musste sie an ein Gespräch mit Franjo vor dreizehn Jahren zurückdenken.

Christin hatte ihn eher aus Spaß darauf angesprochen, dass er ja auch ihren Mädchennamen *Marktschreier* annehmen könnte. »Ich mache mich doch nicht lächerlich«, hatte er geantwortet. »Wie stände ich denn da?«

»So würden alle sehen, wie sehr du mich liebst«, wandte sie mit süßlicher Stimme ein. Sie hatte zwar mit dieser Reaktion gerechnet, war aber trotzdem enttäuscht darüber, wie rigoros er ihren Vorschlag abschlug. Sein Nein hätte er auch diplomatischer und liebevoller verpacken können.

Flehend sah Franjo sie an. »Das kannst du doch nicht von mir verlangen. Jeder würde denken, ich wäre ein Weichei und würde unter deiner Fuchtel stehen.«

»Und andersherum denken die Leute das nicht?«, entgegnete sie entrüstet und merkte, wie ihr gespielter Widerstand sich in echten verwandelte.

»Unsinn. Wir sind selbstverständlich gleichberechtigt«, versicherte Franjo ihr.

Wenn Christin jetzt auf ihre Ehe zurückblickte, war sie sich da nicht mehr sicher. Aber das lag nicht allein an Franjo. Sie hatte es ihm leicht gemacht, über sie zu bestimmen, hatte sich aus Liebe zu oft nach ihm gerichtet, und dies nicht nur beim Nachnamen.

Nun erinnerte er sie vor allem daran, dass sie mit Franjo verbunden war, egal wie weit sie sich von ihm entfernte. Wie ein Schatten verfolgte er sie. Ihr Nachname rief ihr ins Gedächtnis, dass ihr Ehemann sie angelogen und hintergangen hatte. Der Mensch, dem sie von allen am meisten vertraut hatte. Ausgerechnet er hatte sie getäuscht.

Sie hatte viele seiner Marotten ertragen, zum Beispiel, dass er kein aufgewärmtes Essen aß und von ihr verlangte, nach jeder Dusche mit einem Abzieher über die Wandfliesen zu gehen, damit sich ja kein Kalkfleck bilden konnte. Aber nun hatte er jede Grenze überschritten! Wut schäumte in ihr auf, wie das Meer, wenn es sich bei Sturm zornig gegen die Nordseeküste warf.

Als sie Tjorben erreichte, blieb sie vor ihm stehen und versuchte, sich das Gefühlschaos, das in ihr tobte, nicht anmerken zu lassen.

Sie musste zu ihm aufblicken, denn er war einen Kopf größer als sie. Tjorben sah aus, als könnte er mit bloßen Händen einen Baum umhauen. Er hatte die Ärmel seines admiralblauen T-Shirts hochgekrempelt, wodurch seine kräftigen Arme zur Geltung kamen. Auf dem Shirt schipperte ein stilisiertes Schiff übers Meer. Darüber stand *Kapitän* und darunter *Seewievke*. Sie vermutete, dass das der Name seines Ausflugsschiffes war.

Nervös zeigte sie auf das Pappschild in seiner großen Hand. »Das bin ich.«

»Moin«, sagte er knapp und warf das Schild in einen Mülleimer. Ohne zu fragen, ob sie Hilfe benötigte, nahm er ihr den Rollkoffer ab und ging in Richtung Parkplatz.

Sie eilte ihm hinterher. »Du bist dann wohl Tjorben, Joris' Bruder.«

»Ja, der Mittlere der Inselgrafen.« Er blieb hinter einem meergrünen Wagen stehen und öffnete den Kofferraum.

Was für eine ungewöhnliche Farbe für ein Auto, dachte Christin. Tjorbens tiefe Stimme überraschte sie ebenso, aber sie passte zu seiner kräftigen Statur und dem Bart. »Inselgrafen?«, fragte sie irritiert.

»So nennen uns die Einheimischen, weil wir uns für Föhr

engagieren und mit Nachnamen Graf heißen. Mir gefällt's, egal ob das wohlwollend oder scharfzüngig gemeint ist«, erklärte er im selben routinierten Tonfall, den er vermutlich auch anschlug, wenn er Touristen durchs Watt oder über die Insel führte. Er lud Christins Koffer in den Wagen.

»Scharfzüngig?«, fragte sie. Hoffentlich hielt er sie nicht für einfältig, weil sie schon das zweite Mal seine Worte wiederholte.

»Einige Spacken sind der Meinung, wir würden uns in alles einmischen.« Tjorben zuckte mit den breiten Schultern und warf schwungvoll den Kofferraum zu. »Mit dem Vorwurf können Joris, Arian und ich leben. Wir werden uns trotzdem weiter für die Insel einsetzen.«

Sie stiegen ein und fuhren los. Das leise Summen des Elektromotors machte Christin schläfrig, in der vergangenen Nacht hatte sie lange wach gelegen und gegrübelt.

Stumm starrte Tjorben auf die Fahrbahn. Er fragte nicht, wo Anja und sie sich kennengelernt hatten, oder was sie nach Föhr führte. Das störte Christin. Sie wusste selbst nicht, warum. Es konnte ihr doch egal sein. Die Fahrt in den Norden der Insel würde ohnehin nicht lange dauern. Aber er nahm sie nicht einmal richtig wahr und schien nicht daran interessiert, sie kennenzulernen.

Jedenfalls machte er auf sie einen angespannten Eindruck. Er war nicht unfreundlich und hatte ihre Fragen beantwortet, aber er schenkte ihr auch nicht seine ganze Aufmerksamkeit. Aus einem unerfindlichen Grund wünschte sie, es wäre anders.

Weil Tjorben schwieg, während sie ein kurzes Stück

durch Wyk fuhren, hatte Christin das Gefühl, etwas sagen zu müssen. »Es tut mir leid, dass du wegen mir den Umweg über Walsum machen musst.«

»Kein Problem«, erwiderte er knapp und strich sich die schulterlangen, dunkelbraunen Haare hinter die Ohren.

Er hatte dickes, welliges Haar, um das sie ihn beneidete. »Wirklich?«, fragte sie skeptisch. Ihr rutschte heraus: »Das kommt anders rüber.«

»Ach ja? Wie denn?«, wollte er neugierig wissen und bog auf den Siedlerweg ab.

»Ist auch egal. Ich hätte das nicht sagen sollen. Sorry, ich bin wohl gerade etwas gereizt.« Daran trug Franjo Schuld. Sie ärgerte sich über ihren Mann und übertrug das wohl unbewusst auf Tjorben, das tat ihr leid.

»Rück schon raus mit der Sprache!«, forderte er sie salopp auf. Erwartungsvoll sah er sie an. »Manchmal bin ich mir nicht bewusst, wie ich auf andere Menschen wirke.«

Sein Blick machte sie nervös, aber nicht auf unangenehme Art und Weise. Um sich abzulenken, klappte sie die Blende runter und betrachtete sich im Schminkspiegel. Wie blass sie aussah! Plötzlich wünschte sie sich, wenigstens etwas Rouge auf die Wangen aufgetragen zu haben. Beiläufig antwortete sie: »Du machst einen genervten Eindruck.«

»Das kannst du trotz Vollbart erkennen?« Herausfordernd blinzelte er sie an.

Ihre Blicke trafen sich. Wenn Tjorben die Augen so zusammenkniff, wirkte er durchaus angsteinflößend. Christin wurde heiß, sie fuhr das Seitenfenster herunter. Sie war es nicht gewohnt, mit Männern umzugehen, die aussahen, als könnten sie einen Kampf mit einem Grizzlybären gewinnen. Zaghaft sagte sie: »Dein Bart könnte schon mal wieder gestutzt werden, finde ich.«

»Ich mag ihn so«, stellte er klar, strich über seine Gesichtsbehaarung und lächelte sie plötzlich neckisch an.

Ein Leuchten trat in seine Augen, das stand ihm gut. Es machte ihn attraktiv, und er sah gleich weniger beängstigend aus. »Eigentlich mag ich glatte Gesichter lieber«, gab Christin schon wieder etwas mutiger zu, »aber dir steht der Bart.«

»Danke. Ich bin nicht genervt. Es ist bloß so, dass ich die Zeit im Nacken habe. Meine nächste Wandergruppe wartet in Dunsum auf mich, und ich will nicht zu spät kommen. Das macht einen schlechten Eindruck und bringt negative Bewertungen im Internet«, erklärte Tjorben und schaltete das Autoradio ein, worauf ein Shantychor Seemannslieder schmetterte.

Ungläubig fragte sie: »Deine Bootstouren werden im Netz bewertet?«

»Wie so ziemlich alles heutzutage.« Er verdrehte die Augen. Dann bemühte er den Suchlauf, bis er bei einem alten Hardrocksong von Guns n' Roses landete. Über den Gesang von Axl Rose hinweg, der in die *Paradise City* mitgenommen werden wollte, sagte Tjorben laut: »Ich bin heute echt gut drauf.«

Das überraschte Christin. Sie frotzelte: »Echt jetzt? Wie siehst du dann erst aus, wenn du schlecht gelaunt bist?«

Seine Augen funkelten amüsiert. Er schlug im Takt des Liedes aufs Lenkrad. Als sie an eine Kreuzung kamen, erklärte er: »Rechts liegt die nördlichste Ecke Föhrs, und geradeaus geht es zur Vogelkoje Boldixum. Anja wird dir bestimmt alles zeigen.«

»Ich dachte, das wäre dein Job. Du bist doch Naturführer«, wandte sie ein und fragte sich, ob sie ihn gerade ermunterte, sich mit ihr zu einer Wandertour über die Insel zu verabreden. Was war bloß los mit ihr? Franjos Untreue musste sie mehr durcheinandergebracht haben, als sie gedacht hatte.

Das Lied im Radio wurde von einem rockigen Bon-Jovi-Song abgelöst, in dem es um ein Mädchen ging, das von zu Hause weggelaufen war. Tjorben erwiderte lächelnd: »Ja, das bin ich. Wenn du willst, kannst du eine private Führung bei mir buchen.«

Sie sollte ihn bezahlen? Entrüstet zog sie eine Augenbraue hoch und erwiderte kühl: »Aber du machst doch Gruppenführungen, hast du eben erwähnt.«

»Ja, das auch.« Er nickte und sang den Chorus von *Runaway* mit.

»Und warum sollte ich dann eine Einzelführung buchen?« Ihr wurde erneut heiß, als sie auf eine Antwort wartete.

»Unsere Kabbeleien hält doch niemand lange aus, das würde die anderen Teilnehmer vergraulen«, zog er sie mit einem Lächeln in der Stimme auf und lenkte das Auto nach links, mitten hinein in die Marsch.

War das wirklich der einzige Grund? Verlegen wich sie seinem Blick aus, indem sie aus dem Fenster sah. Nichts als Wiesen und Felder zogen vorbei. Nach ihrem Alltag in der Großstadt war das fast wie ein Schock.

Eine Schar Stare stoben von einem Stoppelfeld auf, als sie an ihnen vorbeifuhren. Die hellen Punkte auf ihren dunklen Federn glänzten in der gleißenden Sommersonne, als hätte man Goldfäden in ihr Federkleid gesponnen. Hier und da schillerte ein metallisches Grün oder Lila durch. Christin war noch nie aufgefallen, wie schön diese Vögel waren, aber sie hatte sie ja auch noch nie genauer betrachtet.

Tjorben räusperte sich und fragte, ohne sie anzusehen: »Ist dein Mann schon auf Föhr, oder ist er zu Hause geblieben?«

Vor Schreck verschluckte sie sich beinahe an ihrer Zunge. Sie hatte ihren Ehering am Vortag ausgezogen, weil ihr der Finger wehgetan hatte, als wäre der Ring ihr von einem Tag auf den anderen zu klein geworden. Erst hatte sie ihn in Köln lassen wollen, doch dann hatte sie ihn in ihre Kulturtasche gesteckt und mit auf die Reise genommen.

Verunsichert wollte sie von Tjorben wissen: »Hat Anja etwa Franjo erwähnt, als sie dich angerufen hat, um zu fragen, ob du mich zum *Lüttes Glück* mitnehmen würdest?«

»Ich tippe mal darauf, dass Franjo dein Mann ist«, zählte Tjorben eins und eins zusammen. Er schüttelte den Kopf. »Nein, hat Anja nicht.«

»Woher weißt du dann, dass ich verheiratet bin? Oder wolltest du nur herausfinden, ob ich in festen Händen bin?«, brach es aus ihr heraus. Kaum hatte sie die Worte ausgesprochen, bereute sie sie auch schon. Sie wurde rot.

Tjorben zog die Augenbrauen hoch. Dann schmunzelte er. »Es tut mir leid, dich enttäuschen zu müssen, aber ich bin zurzeit ein glücklicher Single. Mich kriegt auch keine in den Hafen der Ehe. Ich habe ja gesehen, wohin das bei Joris geführt hat.«

Von Anja wusste Christin, dass Joris geschieden war. Bei dem Thema zog sich ihr Magen zusammen.

Ohne zu ahnen, was Tjorben durch die Bemerkung in ihr ausgelöst hatte, fuhr er fort: »Da segele ich lieber ungebunden über die Meere.«

»Niemand ist gern allein«, wandte sie ein und ballte in ihrem Schoß die Hände zu Fäusten. Ihr wurde bewusst, was es bedeutete, wenn sie sich nicht dazu durchringen konnte, Franjo den Seitensprung zu verzeihen. Sie würde die Scheidung einreichen, sich eine eigene Wohnung suchen und wäre nach sechzehn Jahren wieder solo. Die Aussicht bedrückte sie.

Tjorben grinste frech. »Wer sagt, dass ich allein bin?«

Missbilligend zog Christin eine Augenbraue hoch. »Du bist also ein Draufgänger.« Wie mein Mann, dachte sie wütend.

»Ganz und gar nicht, bloß freiheitsliebend. Ich wollte nur klarstellen, dass ich ab und zu eine Freundin habe. Es ist nicht so, als hätte ich mich von der Damenwelt abgewandt.« Er zwinkerte. »Frauen sind toll, ich liebe sie.«

»Aber deine Liebe hält anscheinend nie lange an«, stichelte Christin. Waren denn alle Männer so leicht von einer Beziehung abzulenken? Bissig bemerkte sie: »Das hört sich für mich an, als wärst du noch nie wirklich verliebt gewesen.«

Tjorben schwieg einen kurzen Moment und gab dann leise zu: »Schon möglich. Aber es hat halt nie gepasst. Es ist ja nicht so, dass ich nicht auch schon verlassen worden bin.«

War das der Grund, warum er lieber allein blieb? War er verletzt worden und ließ deshalb keine tiefen Gefühle mehr zu? Neugierig hakte sie nach: »Hattest du schon immer so einen starken Freiheitsdrang?«

»Wir haben genug über mich gesprochen«, wiegelte er ab und sah wieder starr nach vorne. Ironisch meinte er: »Es war schöner mit dir, als wir noch geschwiegen haben.«

»Und witzig bist du auch noch«, bemerkte Christin bissig. »Dabei hat Anja gemeint, du würdest nicht gerne reden.«

»So, hat sie das?«, brummte er. »Damit hat sie auch recht. Ich hatte den Eindruck, dass du dich unterhalten willst, und wollte bloß nett sein.«

Sie schickte ihm einen giftigen Blick, aber das bekam er nicht mit. Eine Frage brannte ihr noch auf der Zunge: »Wie bist du darauf gekommen, dass ich verheiratet bin?«

»Du hast einen weißen Streifen am Ringfinger«, antwortete er.

Tjorben hatte anscheinend eine gute Beobachtungsgabe. Christin hätte nie gedacht, dass sie das mal tun würde, aber sie verfluchte ihre Sommerbräune. In diesem Fall hatte sie sie verraten. Bestimmt konnte sich Tjorben nun denken, dass sie Eheprobleme hatte und deshalb allein nach Föhr gekommen war. »Franjo ist noch in Köln«, beeilte sie sich zu sagen. »Es ist gerade etwas kompliziert.«

»Das dachte ich mir schon, aber du musst mir nichts erklären«, stellte er mit sanfter Stimme klar. »Eigentlich hatte ich das Thema nur angesprochen, um dir zu sagen, dass du dich auf Föhr sicher fühlen kannst. Falls dein Mann dir nachreisen und Ärger machen sollte. Du kannst auf mich zählen.«

»So ein Typ Mann ist er nicht, aber danke.« Sie lächelte in sich hinein. Franjo würden schon die Knie schlottern, wenn Tjorben ihn bloß mit zusammengekniffenen Augen ansah.

Sie fuhren immer weiter hoch in den Norden der Insel. Weit und breit machte Christin fast nur sattgrünes Marschland aus. Ab und zu gab es eine Abbiegespur zu einem Bauernhof, der inmitten von Feldern lag. Die Dünen kamen immer näher, sie hielten den Wind aber nicht vollkommen ab. Eine kräftige Brise schüttelte die Grashalme und das Getreide.

Laut der Anzeige des Autocomputers betrug die Außentemperatur dreiundzwanzig Grad. Christin öffnete das Seitenfenster ein kleines Stück und atmete den Duft von reifem Korn ein. Nach der Hitze, unter der sie in Köln gelitten hatte, genoss sie die vergleichsweise kühle Luft.

Als Tjorben den Wagen in das Inseldörfchen Walsum lenkte und vor dem *Lüttes Glück* parkte, kam Anja auch schon aus dem zweigeschossigen Reetdachhaus mit den roten Backsteinen herausgestürmt. Christin stieg aus und wurde sofort von ihrer besten Freundin fest in die Arme geschlossen. Die herzliche Umarmung war tröstlich. Sie wärmte Christin wie eine Heizdecke in einer frostigen Winternacht.

»Danke, dass du meine Freundin abgeholt hast.« Anja berührte Tjorben am Arm. Ihre Hand wirkte klein auf seinem kräftigen Bizeps.

»Kein Ding«, antwortete er und lud das Gepäck aus. Er sah Christin an, als er hinzufügte: »Habe ich gern gemacht. Die Fahrt war unterhaltsam.«

Verlegen wich sie seinem Blick aus, indem sie sich auf dem Dorfanger umsah. In der Mitte ließ eine Trauerweide ihre Äste schwermütig hängen, kurz fragte sich Christin, ob Walsum der richtige Ort war, um ihre Wunden zu lecken.

»Willst du auf einen Tee reinkommen, Tjorben?«, fragte Anja.

»Lieb von dir, aber ich habe wirklich keine Zeit. Ich muss sofort weiter, mein nächster Termin wartet schon.« Er stieg ein. Lächelnd streckte er den Kopf aus dem Fenster und sagte: »Willkommen auf Föhr, Christin. Es tut mir leid, wenn ich am Anfang brummig rübergekommen bin. Keine Sorge, nicht alle Insulaner sind wie ich.«

»Schade«, erwiderte sie aus dem Bauch heraus und spürte, wie Hitze in ihre Wangen stieg.

Er schmunzelte. Der Motor seines Elektroautos schnurrte wie eine zufriedene Katze, als er davonfuhr.

»Schön, dass du hier bist«, sagte Anja und strahlte übers ganze Gesicht. Anders als damals in Köln war sie ungeschminkt. Sie hatte einen braunen Teint und rosige Wangen. »Ich freue mich so, dich zu sehen.«

»Ich mich auch. Die sehen aber hübsch aus!« Christin zeigte auf die roten Jutesäcke, die Anja über die Pflanzkübel neben dem Eingang gezogen hatte. *Moin* war auf einem zu lesen. In den Pflanztöpfen standen mannshohe Zierapfelbäume mit appetitlichen Fruchtansätzen, an denen gerade eine Amsel pickte. Doch die Früchte waren wohl noch nicht reif, denn der Vogel flog wieder davon.

Anja strich ihr weißes Sommerkleid, das sie über türkisfarbenen Leggings trug, glatt. Unsicher fragte sie: »Wirken sie nicht zu weihnachtlich?«

»Nein«, beruhigte Christin sie. »Das Rot ist sommerlich, und es sind ja ein Anker und eine Möwe darauf zu sehen. Ich finde, das ist eine total sympathische Begrüßung.«

Anja seufzte erleichtert. Beiläufig verscheuchte sie eine Fliege, die auf ihrem Fuß gelandet war. Sie trug weiße Riemchensandalen, und ihre Zehennägel waren in der Farbe von Klatschmohn lackiert. »Ilse Graf, die Mutter von Joris, Tjorben und Arian, hat die Jutesäcke verziert.«

»Wie lieb von ihr! Dann verstehst du dich gut mit ihr?«, wollte Christin wissen. Sie selbst kam mit ihren Schwiegereltern zwar gut zurecht, aber sie standen sich auch nicht nahe. Dafür waren sie zu unterschiedlich. Christin fand, dass Monika und Petar Horvat manchmal verstaubtere Ansichten als ihre Großeltern hatten. Sie konnte sich nicht vorstellen, etwas allein mit ihnen zu unternehmen.

Freudig erzählte Anja: »Ja, wir sind Freunde geworden. Hatte ich schon erwähnt, dass sie Künstlerin ist und im Frühstücksraum ein Bild malt, das die ganze Wand hinter dem Buffet bedecken wird?«

»Ja, hast du, und zwar fast bei jedem Telefonat«, konnte sich Christin nicht verkneifen zu sagen. Durch die Aufregung nahm sie erst jetzt den Schafgeruch wahr, der über dem Örtchen lag. Zweifellos kam er aus dem Stall am Ortseingang. Sie spähte hinüber und sah, dass die Schafe auf der Weide hinter dem Gebäude grasten. Ein dicker schwarzer Kater lief selbstbewusst mitten durch die Herde.

»So oft?« Anja legte die Hände an die Wangen und lachte.

»Die Strandszene ist noch nicht fertig, sie ist aber jetzt schon überwältigend schön. Ich bin Ilse unendlich dankbar, dass sie mir diesen großen Wunsch erfüllt. Sie leidet an Migräne und verlässt nur selten ihr Haus, aber für mich macht sie eine Ausnahme und kommt täglich her, um zu malen.«

»Dann musst du ihr viel bedeuten. Ich kann es kaum erwarten, das Wandbild zu bestaunen und deine neuen Freunde kennenzulernen.« Neugierig sah Christin sich weiter um. Auf beiden Seiten der kleinen Inselpension wuchsen windschiefe Linden. Hinter der linken machte sie die Wiese für den Campingplatz aus.

Über das aufgeregte Schnattern einiger Gänse, die im Schilf saßen und nicht zu sehen, aber zu hören waren, hinweg, bemerkte Anja: »Einen meiner Freunde hast du ja schon getroffen, obwohl du gerade erst angekommen bist.«

»Tjorben«, pflichtete Christin ihr bei und wunderte sich darüber, wie weich ihre eigene Stimme klang, als sie seinen Namen aussprach.

»Und, welchen Eindruck hast du von ihm?«, fragte Anja, während sie den Rollkoffer hinter sich herzog und Christin ins Haus führte.

»Er sieht aus wie ein Wikinger«, antwortete Christin scherzhaft, aber es lag ein Fünkchen Wahrheit darin. Bei ihm konnte sich eine Frau sicher fühlen. Er machte den Eindruck, schlagkräftig zu sein. Aber bei einem Streit mit einem Widersacher kam es vermutlich gar nicht erst zu einer Schlägerei, seine grimmige Miene schreckte die meisten Gegner bestimmt davor ab, die angespannte Situation eskalieren zu lassen.

Anja lachte. »Ihm würde es gefallen, das zu hören.«

»Ich habe meinen Schulfreund geheiratet, und Tjorben macht einen großen Bogen um den Hafen der Ehe. Unterschiedlicher könnten wir in dem Punkt nicht sein«, erzählte Christin und strich über die kamillengelbe Tapete im Korridor, an der Ölgemälde mit Motiven von der Insel hingen, signiert von Arian Graf. Unter jedem stand der Hinweis, dass er weitere Bilder in seiner Galerie *Strandmohn* in Wyk ausstellte. Sie vermittelten eine Atmosphäre der Frische und Modernität, Christin gefielen sie sehr gut.

Sie nahm sich vor, einen Ausflug zum *Strandmohn* zu machen, und vielleicht würde sie dort rein zufällig auf Tjorben treffen. Sie wollte wirklich gerne herausfinden, ob er tatsächlich ein eingefleischter Single war oder das nur vorschob, weil er mal verletzt worden war.

Überrascht blieb Anja stehen. »Ihr scheint ja sehr persönliche Gespräche geführt zu haben.«

»Das hat sich so ergeben.« Auf der Kommode am Eingang stand eine Skulptur aus Treibholz. Eine Meerjungfrau und ein Wassermann, die in der Nordsee herumtollten, so die Erklärung auf einem Schild davor. Für Christin sah es so aus, als würden sie sich küssen. Amüsiert stellte Christin klar: »Tjorben sieht mit seinen breiten Schultern und seinem Bart total männlich aus, aber ich halte ihn für einen Kindskopf.«

»Immerhin hat er es geschafft, dich zum Lächeln zu bringen«, wandte Anja sanft ein. »Ich dachte, du würdest völlig aufgelöst hier eintreffen, aber du wirkst gefasst. Darüber bin ich wirklich sehr froh.«

Christin bekam ein schlechtes Gewissen. Anja hatte recht. Sollte sie nicht eigentlich ihr Gesicht an die Schulter ihrer Freundin drücken, verzweifelt schluchzen und Rotz und Wasser heulen? Doch dann sagte sie sich trotzig, dass Franjo ihre Tränen gar nicht verdiente. Außerdem machte ihr Kummer wegen der vielen neuen Eindrücke und ihrer Begegnung mit Joris' Bruder bloß eine Pause. Ganz sicher würde er zurückkehren. »Das habe ich Tjorben zu verdanken. Er hat mich kurzzeitig abgelenkt. Sind alle Nordfriesen wie er?«

»Nein, er ist ein Original«, antwortete Anja und trug den Koffer die Treppe hoch.

Christin wollte ihr das Gepäck abnehmen, aber ihre Freundin ließ das nicht zu. Während sie Anja folgte, grübelte sie weiter über Tjorben nach. Sie behielt für sich, wie interessant sie ihn fand. Christin stellte sich vor, dass sie oft hitzig über dies und jenes diskutieren würden, aber immerhin wäre es mit ihm wohl nie langweilig.

Wahrscheinlich würde sie ihn ohnehin nicht wiedersehen. Sie hatte nicht vor, lange auf Föhr zu bleiben. Sie wollte sich nur ein paar wenige Tage den Kopf vom Nordseewind freipusten lassen, ihre Gefühle ordnen und in Ruhe nachdenken. Sollte sie eine Unterkunft in einem der anderen Inseldörfer finden, konnte sie sich vorstellen, zwei Wochen zu bleiben. Falls nicht, würde sie schon bald wieder zurück nach Köln fahren, denn sie wollte ihrer Freundin nicht zur Last fallen.

Kapitel 4

Anja brachte sie in ihre Dachgeschosswohnung und stellte den Koffer ins Schlafzimmer.

Christin blieb vor dem Wohnzimmertisch stehen, auf dem eine Thermoskanne, ein Tablett mit Kuchen und vanillegelbes Geschirr standen. »Hm«, machte sie voller Vorfreude. »Das sieht aber appetitlich aus!«

»Ich hätte auf der Terrasse gedeckt, aber ich dachte, hier oben sind wir ganz ungestört.« Anja ging zum weit geöffneten Fenster und schaute hinaus. »Hilde und Godo machen Gartenarbeit.«

Neugierig stellte sich Christin neben sie und sah hinaus in den Garten. Eine ältere Frau mit weißem Dutt stand neben einem älteren dürren Herrn auf der Obstwiese und sah ihm zu, wie er die unreifen Äpfel, Birnen und Kirschen, die die Bäume abgeworfen hatten, zusammenrechte.

Ungeduldig strich Hilde immer wieder über ihr erdbeerrotes Twinset, das sie über einer hellen Caprihose trug. Laut rügte sie Godo: »Du übersiehst ständig Früchte. Da liegen noch welche und da auch.«

»Tatsächlich. Danke für den Hinweis«, erwiderte er gelassen und rieb sich über die Augen. »Du siehst noch so viel besser als ich.«

»Ja, das tue ich. Und ich arbeite auch schneller. Ach, gib

schon her!« Sie nahm ihm die Harke ab und fuhr damit energisch über den Rasen.

Godo trat zur Seite und wischte sich die Handflächen an seinem braunen T-Shirt, das ihm viel zu groß war, ab. Dann stellte er sich neben den Korb, in dem schon einige Früchte lagen, und lächelte verschmitzt.

»Hat er sich absichtlich ungeschickt angestellt?«, fragte Christin überrascht. Da sie von Anja nur ein Schulterzucken als Antwort bekam, fuhr sie fort: »Die beiden sind unterhaltsam.«

»Ja«, pflichtete Anja ihr bei. »Und manchmal auch anstrengend.«

Das konnte sich Christin vorstellen. »Nach dem, was du mir über sie erzählt hast, dachte ich, dass Hilde ihn unterbuttert, aber das ist anscheinend nicht der Fall.«

Anja schüttelte den Kopf, wodurch sich einige braune Strähnen aus ihrem lockeren Haarzopf lösten. »Godo ist ein ganz lieber Kerl und gibt meistens nach, aber das muss nicht zu seinem Nachteil sein.«

»Ja, das sehe ich«, erwiderte Christin belustigt. Sie beobachtete, wie sich Hilde mit dem Handrücken über die Stirn fuhr, weil sie ins Schwitzen gekommen war, während Godo die Augen schloss und sein Gesicht genießerisch in die Sonne hielt.

»Hilde hält sich für die Schlauere, aber meiner Meinung nach ist das Godo.« Anja zwinkerte. Dann knetete sie den bunten Zugluftstopper, der auf der Fensterbank lag, und erklärte: »Den hat Ilse gestrickt. Einen für mich und einen für jedes Gästezimmer.«

Schmunzelnd sagte Christin: »Sie scheint die perfekte Schwiegermutter zu sein.«

»Ja, nicht wahr?« Anjas Wangen färbten sich rot, und sie lächelte verträumt. »Aber Joris und ich sind noch nicht so weit, um über eine Hochzeit zu sprechen. Er wurde ja gerade erst von seiner Frau Carla geschieden.«

Christins Magen zog sich zusammen. Ihr liefen heißkalte Schauer über den Rücken. Falls sie jemals geschieden werden würde, hätte sie das Gefühl, versagt zu haben.

Ihre Freundin bemerkte offenbar, was los war. »Das wird Franjo und dir nicht passieren«, beeilte sie sich klarzustellen. »Keine Sorge. Das passt gar nicht zu euch.«

Bis gestern hätte Christin das auch so gesehen. Aber nachdem sie Franjo mit Patrizia auf frischer Tat ertappt hatte, war sie sich nicht mehr so sicher.

»Greif bitte zu«, forderte ihre Freundin sie auf und nahm Platz. »Maikes Kuchen schmeckt köstlich. Ich wünschte, ich könnte genauso hervorragend backen wie sie. Marzipan und Beerenfrüchte passen perfekt zusammen.«

Das habe ich von Franjo und mir auch mal gedacht, kam es Christin in den Sinn.

Sie setzte sich neben Anja. Seit einem Apfel gestern Nachmittag hatte sie nichts mehr gegessen. Sie hatte großen Hunger, wusste jedoch plötzlich nicht, ob sie auch nur einen einzigen Bissen herunterkriegen würde.

Mit sanfter Stimme fragte Anja: »Wie geht es dir?«

»Das weiß ich selbst nicht so genau«, antwortete Christin. »Im ersten Moment war ich schockiert und verletzt. Als ich von der Pfandleihe heimgefahren bin, fühlte ich mich dann wie betäubt. Ich weiß gar nicht, wie ich nach Hause gekommen bin. An den Weg kann ich mich nicht mehr erinnern. Die ganze Nacht über habe ich nur geheult. Für mich war das nicht bloß ein Seitensprung, sondern ein Vertrauensbruch, der unsere Ehe in den Grundfesten erschüttert hat.«

»Es tut mir so unendlich leid, dass du das durchmachen musst«, sagte Anja leise, während sie Christin Kaffee eingoss.

»Mir auch.« Christins Stimme versagte. Sie nahm einen Schluck, verbrannte sich die Zunge und verzog das Gesicht. »Ich bin so enttäuscht von Franjo. Ich dachte, er wäre solide, loyal und berechenbar.«

Anja stellte die Thermoskanne ab und sah sie stirnrunzelnd an. »Berechenbar?«

»Ich dachte, ich wüsste, was ich an ihm habe«, erklärte Christin und massierte ihre Schläfen. Schon den ganzen Vormittag über pochte es dahinter. Sie bekam meistens Kopfschmerzen, wenn sie viel weinte. »Er ist kein Schönling, das war er nie, aber er hat andere Vorzüge, die ich zu schätzen weiß. Ich kann mich immer auf ihn verlassen, er hält seine Versprechen. Wenn er mich von der Bank abholt, kommt er nicht eine einzige Minute zu spät. Er nimmt mich so, wie ich bin, und drängt mich nicht dazu, abzunehmen oder doch endlich mal eine neue Frisur auszuprobieren.« Sie atmete tief durch und fuhr leiser fort: »Außerdem akzeptiert er, dass wir nie Kinder haben werden, weil ich keine bekommen kann. Das rechne ich ihm hoch an.«

Anja verteilte Kuchen auf die Teller. »Das gibt ihm aber keinen Freifahrschein für Affären.«

»Nein, natürlich nicht«, stimmte Christin ihr zu. »Bisher habe ich nie gedacht, dass Franjo Interesse an anderen Frauen hätte. Er hat nie irgendeiner auf den Hintern oder in den Ausschnitt gestarrt.«

»Oder du hast es nicht gemerkt.«

»Schon möglich«, brachte Christin gepresst hervor. Sie ballte ihre Hände zu Fäusten und drückte sie in ihren Schoß. »Du hast gefragt, wie ich mich fühle. Nun, im Moment bin ich immer noch verletzt und enttäuscht, aber in erster Linie bin ich wütend. Wie konnte Franjo mir das nur antun?«

Anja zischte: »Dieser schwanzgesteuerte Kerl!«

»Ich war naiv und habe geglaubt, dass Franjo und mir so etwas nicht passieren könnte.« Christin schüttelte den Kopf und fuhr sich seufzend mit der Hand übers Gesicht.

Sie gehörten schon so lange zusammen, dass sie die Sicherheit ihrer Beziehung für selbstverständlich gehalten hatte. Das hatte sich als Fehler erwiesen. Sie hatte auch ihre Ehe nie infrage gestellt, wofür schwor man einander denn, bis ans Lebensende zusammenzubleiben.

Nun, aus der Distanz, erkannte sie, dass ihr Zusammenleben bloß noch aus täglicher Routine bestand. Sie funktionierten wie eine gut geölte Maschine. Aber eine Maschine besaß keine Gefühle. Der Gedanke brachte Christin ins Grübeln.

Sanft strich Anja ihr eine Haarsträhne hinters Ohr. »Mach dir keine Vorwürfe! Du bist nicht diejenige, die fremdgegangen ist.«

»Das stimmt schon, aber vielleicht trage ich eine Mitschuld.« Christin fühlte sich elend und ließ die Schultern hängen.

»So einen Unsinn will ich gar nicht hören!«, rügte Anja sie.

»Einige unserer Schulkameraden sind schon wieder geschieden. Neulich habe ich Sabine Krömer getroffen. Erinnerst du dich an sie?«, fragte Christin. »Sie saß im Matheleistungskurs neben uns.«

»Da klingelt etwas. Nicht sagen, bitte. Ich komme schon selbst darauf. Gedächtnistraining lohnt sich auch in jungen Jahren«, murmelte Anja und schloss die Augen.

Während ihre Freundin nachdachte, sah sich Christin im Wohnzimmer um. Erst jetzt nahm sie die Fotos wahr, die an der Wand in hellen Holzrahmen hingen. Gleich neben dem Bild, auf dem Joris von hinten die Arme um Anja schlang und glücklich in die Kamera lächelte, war ein Schnappschuss von Anja und ihr. Die Kirmes am Deutzer Rheinufer vor einem Jahr. Sie hielten bonbonfarbene Zuckerwatte in den Händen. Im Hintergrund sah man das Riesenrad und *Mr. Mais*, eine Essensbude in Form eines riesigen Maiskolbens mit Gesicht und Brille. Damals war die Welt noch in Ordnung gewesen.

Anja öffnete ihre Augen wieder. »Sabine – ist das die, die Schauspielerin werden und Karriere in Hollywood machen wollte?«

»Ja, genau. Heutzutage geht sie in ihrem Beruf als Krankenschwester auf und ist sehr glücklich darüber, nicht ausgewandert zu sein«, erzählte Christin. »Sie hat gesagt, manchmal wäre es gut, wenn Träume nicht wahr würden, weil es die falschen waren.«

»Damit hat sie recht.« Eifrig nickte Anja. »Mitunter ist

man auf dem Irrweg und merkt es lange nicht, wie ich mit Ralf und der Werbeagentur. Manche Dinge sind auch nur eine Zeit lang gut, dann werden sie schal.«

Christin sah wieder zu dem Kirmesschnappschuss hinüber und nahm zurück, dass noch alles in Ordnung gewesen war, als das Foto aufgenommen wurde. Der Schein trügte, schon damals war Anja unzufrieden mit ihrer Arbeit und ihrer Beziehung gewesen. Möglicherweise traf das auch auf sie zu, auf ihre Ehe mit Franjo. »Sabine meinte, wie romantisch es doch wäre, dass Franjo und ich seit der Oberstufe zusammen sind. Die meisten Paare aus der Schulzeit hätten sich schon lange wieder getrennt. Unsere Liebe sei etwas Besonderes.«

»Vielleicht ist sie das trotz allem«, warf Anja ein und zuckte mit den Schultern.

»Nein, den Beweis hat Franjo mir gestern geliefert. Aber vielleicht kränkelte unsere Ehe schon länger, und ich wollte es nur nicht wahrhaben.« Leise gab Christin zu: »Die Liebe von Franjo und mir ist abgekühlt.«

»Das ist doch normal. Mit den Jahren lässt die Leidenschaft nach, dafür wächst eine besondere Vertrautheit.« Fürsorglich schob Anja ihr ein Gobelin-Kissen mit einem knallroten historischen Segelboot drauf in den Rücken.

»Leidenschaft? Bei Franjo?«

»Na ja«, sagte Anja zögerlich.

»Eigentlich schon damals nicht«, bemerkte Christin, worauf sie beide in Gelächter ausbrachen. Nachdem sie sich beruhigt hatten, stellte Christin klar: »Franjo hat andere Vorzüge. Er nimmt mir vieles ab, was mir lästig ist, wie mit dem Wagen zum TÜV zu fahren oder die Versicherung mit dem besten Preis-Leistung-Verhältnis zu finden. Als unsere Waschmaschine neulich kaputtging, hat er tagelang das Internet durchforstet, um das beste Modell für uns zu finden. Er plant unsere Kroatienreisen akribisch, was mich zu Hause nervt, aber wenn wir vor Ort sind, fühle ich mich dadurch in dem fremden Land sicher. Es ist mir wichtiger, einen zuverlässigen Partner an meiner Seite zu haben als einen Hengst im Bett.«

Zustimmend nickte Anja, während sie an ihrem Kaffee nippte.

»Aber jetzt ist alles anders. Ich kann mich nicht mehr auf ihn verlassen, ich traue ihm nicht mehr. Klingt es übertrieben, wenn ich sage, dass er mir in den Rücken gefallen ist?« Christin kam sich schrecklich unerfahren vor. Vor Franjo hatte sie nur einen anderen festen Freund gehabt. Mit fünfzehn hatte sie sich in Mario aus dem Nachbarhaus verknallt. Die drei Jahre, die ihre Beziehung dauerte, war er stets treu gewesen, zumindest soweit sie wusste.

Anja beruhigte sie: »Wenn du es so empfindest, dann nicht.«

»Franjo behauptet, dass es ein einmaliger Ausrutscher war«, erzählte Christin. Durfte sie ihre Ehe wegen eines einzigen Fehltrittes abschreiben? Sechzehn Jahre lang hatten sie Höhen und Tiefen zusammen durchgestanden. Sie hatten sich ein gemeinsames Leben aufgebaut. Der nächste Urlaub war schon geplant. »Einmal ist keinmal, sagt man doch. Soll ich ihm verzeihen, was meinst du?«

»So weit bist du noch lange nicht. Vielleicht wirst du es

nie sein. Lass dir Zeit, um über alles nachzudenken«, schlug Anja in sanftem Ton vor. »Du bist gerade erst auf Föhr angekommen und noch sehr durcheinander.«

»Du hast natürlich recht. Tut mir leid. Die Gedanken schießen mir durch den Kopf und machen mich wahnsinnig.« Christin vergrub ihr Gesicht in den Händen.

Wie sollte sie ihren Eltern nur erklären, dass sie sich von Franjo scheiden ließ, falls sie sich dazu entschied? Die beiden mochten Franjo. Für sie war er der perfekte Schwiegersohn, weil er sich aus ihrer Sicht stets gut kleidete und ein regelmäßiges Einkommen hatte. Dass er von den finanziellen Schwierigkeiten seiner Kunden lebte, spielte für sie keine Rolle. Christin jedoch hatte damit immer Probleme gehabt.

Sie stellte sich vor, Sabine Krömer noch einmal über den Weg zu laufen. Sie fände es sehr unangenehm, zugeben zu müssen, geschieden zu sein wie viele ihrer ehemaligen Klassenkameraden. Sie wäre nichts Besonderes mehr. Sie wäre nach einer Ewigkeit wieder allein. Sie konnte sich gar nicht mehr daran erinnern, wie es war, Single zu sein.

Sachte rieb Anja ihr über den Rücken. »Iss etwas! Kuchen ist gut für die Seele.«

Gehorsam führte Christin die Gabel zum Mund. Der köstliche Geschmack von gemischten Beeren, Marzipan und Biskuitboden breitete sich in ihrem Mund aus. »Eine Wucht! Sag Maike bitte, wie lecker ich ihn finde.«

»Das kannst du bald selbst tun. Ich werde dir alle Nachbarn vorstellen.« Anja begann beherzt zu essen.

Christin lächelte sie dankbar an und kehrte dann zum

Thema zurück. »Ich nehme es Franjo nicht ab, dass er sich das erste Mal mit Patrizia vergnügt hat. Das halte ich für unwahrscheinlich. Möglicherweise bin ich aber auch nur zu gekränkt, um ihm glauben zu wollen.«

»Du könntest ihm beizeiten noch einmal auf den Zahn fühlen«, schlug Anja zwischen zwei Bissen vor.

»Ja, das werde ich tun. In einer Ehe sollte man Fehler verzeihen, sonst funktioniert sie auf Dauer nicht.« Christin nahm einen Schluck Kaffee und stellte fest, dass er inzwischen kalt war. »Aber selbst wenn der Seitensprung mit Patrizia bloß ein einmaliges Intermezzo war, muss er das ja nicht bleiben. Heißt es nicht, wer einmal fremdgeht, tut es wieder?«

»Ich weiß nicht, ob man das so pauschal sagen kann.« Der Kern einer Johannisbeere steckte zwischen Anjas Schneidezähnen.

Während Christin etwas heißen Kaffee in ihre Tasse nachgoss, schalt sie sich: »Vermutlich bin ich ungerecht.«

»Du bist verletzt, da sagt man so einiges«, wandte Anja ein und lächelte sie nachsichtig an.

Christin war wirklich froh, in Anja eine Person zu haben, die ihr geduldig zuhörte, ihr aber nicht nach dem Mund redete. Sie brauchte jetzt eine ehrliche Meinung von jemanden, der einen anderen Blick auf ihre Ehe und mehr Erfahrungen mit Beziehungen hatte. »Franjo hat behauptet, nur mich zu lieben. Aber wie kann er das, wenn er mit seiner Mitarbeiterin intim geworden ist?«

»Manche Menschen können Liebe und Sex trennen«, gab Anja zu bedenken.

»Ich nicht. Seine Gefühle für mich müssen stark nachgelassen haben. Sonst würde er sich doch nicht einer anderen Frau zuwenden.« Die Erkenntnis versetzte Christin einen Stich. Sie fühlte sich ungeliebt. Franjo hatte schon lange nicht mehr versucht, sie zu verführen. Anscheinend lag das an ihr, sie übte keinen Reiz mehr auf ihn aus. Aber andersherum war das genauso, musste sie sich eingestehen.

Während Anjas Teller bereits leer war, hatte Christin ihr Stück Kuchen kaum angerührt.

Ihre Freundin leckte genießerisch die Gabel ab. »Ich will ihn nicht in Schutz nehmen, aber … Vielleicht hat er auch nur eine Chance, die sich ihm bot, genutzt.«

»Ich will Patrizia nicht die ganze Schuld in die Schuhe schieben«, wiegelte Christin ab. Sie trank ihren lauwarmen Kaffee in einem Zug leer und stellte die Tasse geräuschvoll ab. »Selbst wenn sie die treibende Kraft war … Es würde den Ehebruch nicht besser machen, wenn Franjo sich von ihr hätte herumkriegen lassen.«

Anja rümpfte die Nase und goss ihr Kaffee nach. »Außerdem hat sie gewusst, dass er verheiratet ist.«

»Ja, und es war ihr egal. Diese Schlampe! Ich könnte ihr die Augen ausstechen«, zischte Christin und hielt ihre Gabel wie eine Waffe. Die Eifersucht brachte ihre dunkle Seite zum Vorschein. »Das meine ich natürlich nicht so …«

»Lass alles raus!« Verständnisvoll zwinkerte Anja ihr zu. »Es bleibt doch unter uns.«

Erleichtert, dass ihre Freundin ihre verbalen Entgleisungen nicht verurteilte, aß Christin weiter. Der Kuchen war köstlich, aber jeder Bissen brachte ihren Magen aufs Neue in Aufruhr. »Ich weiß nicht, ob ich Franjo jemals wieder vertrauen kann. Plötzlich sehe ich nur noch das Schlechte an ihm«, gab Christin zu. Sie erwartete, Schuldgefühle zu bekommen, aber die blieben aus. »Seien wir doch mal ehrlich, er ist leider ein richtiger Langweiler und Pedant geworden.«

Anja lächelte befangen. Schweigend holte sie Papierservietten mit dem Motiv einer niedlichen Robbe aus dem Küchenschrank, legte sie auf den Couchtisch. Vielleicht dachte sie insgeheim genauso über ihn.

Christin steckte eine Himbeere, die vom Kuchen heruntergefallen war, in den Mund und ließ sie sich auf der Zunge zergehen. Sie erinnerte sie an die unbeschwerten Nachmittage, die sie als Kind im Garten ihrer Großeltern verbracht hatte. In diesen dunklen Stunden sehnte sie sich dorthin zurück.

Sie dachte laut nach: »Franjo lässt auch keinen Platz für Spontanität und Abenteuer. Er ist wie ein Zug, der auf ständig perfekt gewarteten Gleisen dahinfährt, und ich sitze gut behütet im Waggon und sehe neidisch durch das Fenster den Menschen zu, die ihr Leben genießen.«

»Alles Gute hat eben auch seine Schattenseite«, wandte Anja ein. »Du musst herausfinden, was du willst. Abenteuerlust birgt immer ein gewisses Risiko. Als ich das *Lüttes Glück* ersteigert habe, habe ich alles auf eine Karte gesetzt. Das hätte auch schiefgehen können.«

»Ich will ja nicht mein Leben von Grund ändern, sondern bloß auch mal woanders Urlaub machen als in Dubrovnik. Ich möchte nicht einen Großteil meiner knappen Freizeit mit meinen Schwiegereltern verbringen. Ich komme mit Monika und Petar gut klar, aber wir haben kein herzliches Verhältnis. Für meinen Geschmack nehmen sie zu großen Einfluss auf unser Leben. Seit wir neben ihnen wohnen, hocken wir oft zusammen, dabei sieht Franjo die beiden doch schon bei der Arbeit. Ich fühle mich von ihnen beobachtet und kontrolliert. Sie kriegen alles mit, was Franjo und ich machen. Neulich kamen sie einfach durch den Garten zur Terrassentür und standen plötzlich bei uns im Wohnzimmer. Ich habe mich fast zu Tode erschreckt.« Wütend kaute Christin auf einem Bissen Kuchen herum. Sie schluckte schwer und spülte kräftig mit Kaffee nach. »Es nervt mich, dass Franjo es seinen Eltern stets recht machen will. Meine Meinung wird zwar gehört, aber oft werde ich von den dreien überstimmt.«

»Hast du ihm das mal klipp und klar gesagt?«, wollte Anja wissen.

»Ja, er hat bloß geantwortet, dass es schließlich seine Eltern wären. Also habe ich geschwiegen, ich will ihn ja nicht von ihnen fernhalten oder Ärger machen. Er soll sich nur ab und zu mal auf meine Seite stellen oder tun, was *ich* möchte.« Christin stopfte einen Bissen nach dem anderen in sich hinein. Sie sah nicht ein, dass sie sich von Franjo den Appetit verderben ließ.

»Du bist seine Frau, er sollte auch dich glücklich machen, nicht nur seine Eltern«, stimmte Anja ihr zu.

»Wie wahr! Ich passe mich ihm zu sehr an und fresse zu viel in mich hinein.« Christin erschrak wegen ihrer eigenen Worte, denn ihr Teller war leer. Würde auf die Appetitlosigkeit nun das Frustfressen folgen? »Wahrscheinlich geht er auch diesmal davon aus, dass ich nachgebe, bald wieder nach Hause komme und ihm sage, dass ich ihm verzeihe, aber so einfach kommt er mir nicht davon.«

»Lass ihn ruhig schwitzen«, stimmte Anja ihr zu. Dann zeigte sie auf den Kuchen und fragte: »Möchtest du noch ein Stück?«

Christin hielt Anja ihren Teller hin. »Ja, danke. Franjo mag es, dass ich schlank bin. Ich nehme gerne ein paar Kilo zu, um ihn zu ärgern.«

»Das machen wir anders. Ich schenke dir einfach meine überflüssigen Pfunde«, schlug Anja augenzwinkernd vor und gab ihr ein Stück Kuchen. »Dann bin ich sie los, und Franjo wird Augen machen, wenn ihr euch wiedertrefft. Später kannst du sie ja weiterverschenken.«

Christin verdrehte die Augen. »Wenn es doch nur so einfach wäre.«

Sie lachten.

Wie ein Schutzpanzer hatte der Zorn Christin eine Weile vor anderen Gefühlen abgeschottet. Als sie lachte, fiel er jedoch in sich zusammen und legte ihre Unsicherheit frei. Mit einem Mal fühlte sie sich wieder wie die schüchterne Jugendliche in der Pubertät. War sie etwa nicht liebenswert, nicht hübsch, nicht gut genug? Sie schob eine Brombeere auf ihrem Teller hin und her. Zögerlich fragte sie: »Glaubst du …?«

»Was?« Auffordernd sah Anja sie an.

»Glaubst du, ich könnte Franjo in Patrizias Arme getrieben haben? War ich zu fordernd, zu anstrengend? Denkt er heimlich dasselbe über mich wie ich über ihn, nämlich dass ich langweilig geworden bin? Findet er mich nicht mehr attraktiv? Ich gebe ja zu, dass ich mehr aus meinem Äußeren machen könnte. Ich könnte engere Kleidung tragen und meine Haare in demselben Rot wie Marleen Lohse färben. Franjo schaut jede Wiederholung von *Nord bei Nordwest*. Seine Augen leuchten, wenn sie ins Bild kommt.«

»Red keinen Unsinn! Das wärst nicht du«, wiegelte Anja ab. Dann wusch sie ihr gehörig den Kopf: »Ich erlaube es dir nicht, dass du Ausreden für Franjo suchst. Du hast nichts falsch gemacht. Wenn er unglücklich in eurer Ehe ist, hätte er mit dir darüber reden sollen.«

»Du hast ja recht.« Mit einem Lächeln in der Stimme bat Christin: »Hör bitte auf, mit mir zu schimpfen.«

»Ich meine es ja nur gut mit dir.« Anja nahm sie in die Arme und hielt sie tröstend fest. Dann packte sie ihre Schultern und sah ihr direkt in die Augen. »Du hast seine Marotten viel zu lange ertragen und seinen Egoismus entschuldigt. Jetzt ist es Zeit, an dich selbst zu denken. Du musst nicht bei ihm bleiben, nur weil ihr verheiratet seid. Geh nur zu ihm zurück, wenn es das ist, was du wirklich möchtest.«

Als Christin nickte, pochte es wieder hinter ihren Schläfen. »Um das herauszufinden, bin ich hergekommen. In Köln konnte ich nicht klar denken. Da lauern an allen Ecken die gemeinsamen Erinnerungen.«

»Komm erst einmal richtig an. Ich werde dir in den nächsten Tagen alle meine Freunde vorstellen, das wird dich von deinem Liebeskummer ablenken«, kündigte Anja fröhlich an. »Außerdem werde ich dich mit Kuchen, Eis und

Waffeln vollstopfen, das lindert erst einmal den Schmerz des gebrochenen Herzens.«

Christin wurde schlagartig bewusst, dass es gar nicht gebrochen war. Ihr Stolz war verletzt, und sie fühlte sich gedemütigt und hintergangen von dem Menschen, der ihr am nächsten stand. Doch ihr Herz war noch heil.

Das wunderte sie doch sehr und verwirrte sie. Bedeutete es, dass sie über die Kränkung hinwegkommen und Franjo mit etwas Abstand verzeihen konnte? Oder dass sie ihren Mann nicht mehr so liebte, wie eine Ehefrau es tun sollte?

Kapitel 5

Tjorben saß gerade mit seiner ersten Tasse Tee an diesem Morgen in der Küche vor dem Laptop und studierte die Wettervorhersage, als sein älterer Bruder anrief.

»Joris hier.« Er klang wie ein Kessel, der unter Druck stand.

Tjorben riss sich vom Display los. »Ist etwas passiert?«

»Ja. Ich habe gerade Lutz Beck gesehen«, platzte es aus Joris heraus.

Überrascht riss Tjorben die Augen auf. »Den Stalker unserer Mutter?«

»Ein Mitarbeiter von mir hat einen Mann im Lager der Strandkorbmanufaktur erwischt«, erzählte Joris schwer atmend. »Als er den Eindringling angesprochen hat, ist er weggerannt. Ich habe ihn vom Bürofenster aus davonlaufen sehen. Ich glaube, es war Beck.«

»Aber sicher bist du dir nicht?«

»Ich konnte sein Gesicht nicht erkennen«, gab Joris zu. »Aber Statur und Gang passten.«

Tjorben klappte das Notebook zu. »Das letzte Mal trat er doch im Mai in Erscheinung, als er in der Galerie Streit mit Arian und dir anfing. Das ist fast drei Monate her.«

»Das war nicht das letzte Mal«, widersprach Joris. »Er ist im Juli um das *Lüttes Glück* herumgeschlichen, an dem Abend von Anjas Einweihungsparty im Garten.«

Als Tjorben ein neues Kluntje in seine leere Tasse gab und Tee drauf goss, knisterte es leise. Das Geräusch löste ein Wohlgefühl in ihm aus. Schon deshalb ließ er sich nicht so leicht von Joris' Aufregung anstecken. Zu früh, zudem. Er war kein Morgenmuffel, brauchte aber eine ganze Kanne Tee, um wach zu werden.

»Jemand hat das Grillfest beobachtet«, antwortete er gelassen. »Aber wir wissen nicht sicher, wer da in der dunklen Marsch gestanden hat.«

»Wer sollte es sonst gewesen sein?«, fragte sein Bruder grimmig.

»Selbst wenn es Lutz Beck war, seitdem ist er verschwunden.« Tjorben bemühte sich, zuversichtlich zu klingen, als er fortfuhr: »Er hat Föhr bestimmt schon vor Wochen verlassen.«

»Vielleicht ist er zurückgekehrt«, wandte Joris in bitterem Ton ein.

»Warum sollte er das tun?«, wollte Tjorben wissen. Sie beschützten ihre Mutter Ilse, so gut es ging. Sie fuhren sie zum Arzt, begleiteten sie beim Einkaufen und besuchten sie, so oft es ihre Berufe zuließen. Ihre Mutter hatte sich schon beschwert, dass sie sich nun nicht mehr von Lutz Beck verfolgt fühlte, sondern von ihren drei Söhnen.

»Weil er eine Stinkwut hat«, brachte Joris gepresst hervor.

Nachdenklich goss Tjorben Sahne in seinen Tee. Beck hatte behauptet, dass ihre Mutter seine Familie zerstört hätte, und sie hatte widerstrebend zugegeben, große Schuld auf sich geladen zu haben.

»Dafür werde ich in die Hölle kommen«, hatte sie mehr

zu sich selbst als zu ihren drei Söhnen gesagt. Dieser Satz hatte sich in Tjorbens Erinnerung eingebrannt.

Aber was zwischen ihr und Becks Familie vorgefallen war und worin genau ihre Schuld bestand, hatten Tjorben und seine Brüder nicht in Erfahrung bringen können. Lutz Beck hatte das Weite gesucht, und ihre Mutter blockte jedes weitere Gespräch über das Thema ab.

»Wut verraucht mit der Zeit«, sagte Tjorben, auch um sich selbst zu beruhigen. »Ich denke, da ist nur jemand in deine Manufaktur eingestiegen und wollte etwas stehlen.«

»Am helllichten Tag?«, fragte Joris skeptisch.

»Gelegenheit macht Diebe.« Tjorben stellte sich das so vor: »Der Typ hat bemerkt, dass die Tür zum Lager offen stand, und wollte nachsehen, ob es etwas zu holen gibt.«

»Schon möglich«, lenkte Joris ein. »Aber wer kann schon gebrauchen, was wir zur Fertigung der Strandkörbe benutzen?«

»Das konnte der Dieb ja nicht wissen«, gab Tjorben zu bedenken und nippte an seinem Tee. Heiß und süß floss er seine Kehle hinab und weckte seine Lebensgeister wieder ein Stück mehr.

»Jetzt bin ich unsicher geworden«, gestand Joris. »Vielleicht hast du recht, und ich mache mir unnötige Sorgen.«

»Das wird es sein.« Tjorben hoffte sehr, dass der Spuk vorbei war.

Sie beendeten das Telefonat.

Tjorben stellte sich ans Küchenfenster und sah hinaus auf die Straße, auf der bereits die ersten Touristen spazieren gingen, eingepackt in hochgeschlossene Windjacken, aber bestens gelaunt. Doch er nahm sie kaum wahr. Er geriet ins Grübeln.

Ihre Mutter war nicht mehr so lebenslustig. Früher hatte Ilse sich gerne mit Freunden getroffen, mit Nachbarn geschnackt und sich sehr auf der Insel engagiert. Sie hatte bei der Planung und Durchführung von Wohltätigkeitsbasaren geholfen, war bei jeder Aktion des Heimatvereines *Fering Ferian* dabei gewesen, hatte Ausstellungen als Inselmalerin gemacht und die Galerie *Strandmohn* erst allein und dann mit Arian geführt.

Die letzten Monate blieb sie lieber im Schutz der ehemaligen Windmühle, die sie und Tjorbens Vater Johan umgebaut hatten. Ilse hatte Arian die Galerie überschrieben und sich von heute auf morgen vollkommen aus dem Geschäft zurückgezogen. Sogar das Malen gab sie auf. Erst Anja konnte sie dazu bewegen, den Pinsel wieder in die Hand zu nehmen und sich an etwas völlig Neuem zu versuchen, einem Wandbild im Frühstücksraum des *Lüttes Glück*. Auch dafür war Tjorben Anja dankbar.

Seit einem mysteriösen Telefonanruf im Januar hatte seine Mutter immer wieder unter Migräne gelitten, doch nun war sie schon seit Wochen schmerzfrei. Sollte Lutz Beck jedoch eines Tages wieder vor ihr stehen, würde sie womöglich einen Rückfall erleiden.

Ilse hatte ihm und seinen Brüdern strikt verboten, ihren Vater auf die Sache anzusprechen. Einmal wagte Tjorben es doch und machte eine Andeutung, um zu sehen, wie er reagierte.

»Mutter ist anders als früher«, sagte er vage.

»Sie wird älter und ruhiger«, antwortete sein Vater. »Menschen verändern sich nun einmal.«

Johan schluckte den letzten Bissen seines Fischbrötchens runter, zu dem Tjorben ihn an einem Sonntag Ende Juli eingeladen hatte. Dann wischte er sich die Hände mit einer Papierserviette ab und warf sie in einen Mülleimer.

Tjorben hatte nicht erwartet, dass es auf dem Fischmarkt im Wyker Binnenhafen so früh schon so voll sein würde. Massen an Einheimischen und Touristen schoben sich an den Verkaufsständen vorbei, weshalb er nicht so offen sprechen konnte, wie er es wollte.

»Du hast dich nicht verändert«, sagte er. »Zumindest nicht sehr.«

»Das stimmt, aber ich bin ja auch ihr Fels in der Brandung.« Sein Vater lachte verlegen über seine eigene Bemerkung und nahm einen Schluck Inselbier.

»Deine Mutter war schon immer so lebendig wie die Gezeiten«, fuhr er fort und rieb sich dabei über die grobporige Wange. »Mal sanft und mal wild, mal ruhig und mal schäumend. Das liebe ich an ihr. Sie ist wie die Nordsee, ohne die ich nicht leben kann.«

Sein Vater schlug sich gegen die Brust. »Aber ich war schon immer gleich, wie ein Stein in der Kaimauer, der immer an Ort und Stelle bleibt.«

»Die Mauersteine werden vom Meer glatt geschliffen, und Algen und Muscheln wachsen auf ihnen«, wandte Tjorben ein.

»Ja, das ist wohl wahr, auch ich werde alt«, erwiderte sein

Vater schmunzelnd. »Aber die Steine bewegen sich nicht. Sie sind kühl, und an ihnen prallt alles ab.«

Johan nahm seine Fischermütze ab und knüllte sie zusammen. »Manchmal denke ich, dass deine Mutter jemand bräuchte, der mehr wie sie ist: immer in Bewegung, wie das Nordfriesische Wattenmeer.«

Tjorben hatte bereits mitbekommen, dass es in der Ehe seiner Eltern kriselte, und die Antwort seines Vaters bestärkte ihn in seiner Sorge um die beiden. Um die Wogen zu glätten, wiegelte er ab: »Nein, das denke ich nicht. Das würde nichts Gutes bringen. Sie braucht jemand, an dem sie sich reiben kann. Der nach einem Streit immer noch da und nicht so flüchtig ist wie die Nordsee bei Ebbe.«

»Das hast du schön gesagt.« Lächelnd klopfte sein Vater ihm auf die Schulter. »Und jetzt spendiere mir noch ein Krabbenbrötchen, ja? Aber erzähle es nicht deiner Mutter. Ihr gefällt mein Wohlstandsbauch nicht.«

Tjorben kehrte ins Hier und Jetzt zurück. Ihm lief die Zeit davon, er musste dringend los, konnte nicht einmal seine Kanne Tee zu Ende trinken. Das Telefonat mit Joris und die Erinnerung an das Gespräch mit seinem Vater bedrückten ihn. Grimmig verließ er das Haus in Wrixum, in dem seine Wohnung lag, und fuhr zum Hafen.

Zu allem Übel war auch noch der Himmel bewölkt und somit nicht das, was die Fahrgäste erwarteten. Das drückte bei manchen auf die Stimmung, und er tat sich schwerer bei seinem Anliegen, sie für den Nationalpark Wattenmeer, den Erhalt der Meere und die faszinierende Tierwelt in der Nordsee zu begeistern.

Es hatten sich auch nicht so viele Urlauber angemeldet, wie er mitnehmen konnte. Eine ausgebuchte Beobachtungstour zu den Seehundbänken wäre ihm lieber gewesen. Das Meer war rau. Noch am Morgen hatte er nicht sagen können, ob er überhaupt mit der *Seewievke* auslaufen konnte. Aber der Wind ließ langsam nach, und die Wellen flachten ab, die Bootsfahrt konnte stattfinden.

Plötzlich sah Tjorben, dass zusammen mit den anderen Fahrgästen am Anleger Christin auf ihn wartete. Als sie ihn bemerkte, strahlte sie ihn an. Sein Herz begann schneller zu schlagen, und seine schlechte Laune besserte sich blitzartig. Es konnte also doch noch ein guter Tag werden.

»Moin«, sagte er laut in die Runde, nickte Birthe, Anjas Nachbarin, zu, und sah dann Christin an. Sie trug eine Jeansjacke. Wahrscheinlich war sie aus Nordrhein-Westfalen höhere Sommertemperaturen gewöhnt und musste sich erst noch akklimatisieren. Er fand das Wetter jedenfalls sehr angenehm, ihm wurde schnell zu warm. »So eine Überraschung!«

»Guten Morgen«, erwiderte sie fröhlicher, als er erwartet hatte.

In ihren Augen erkannte er jedoch die Traurigkeit, die sie in ihrem Inneren verbarg.

Während sie ihre Handtasche knetete, erklärte sie: »Anja hat mir so von deinen Qualitäten als Kapitän und Naturführer vorgeschwärmt, dass ich unbedingt einen Ausflug mit dir machen möchte.«

Er wünschte, er hätte sich dieses Bartöl, das die Gesichtsbehaarung weicher machte und gut duften ließ, gekauft, statt es als lächerlich abzutun, als Arian es ihm empfohlen hatte. Er benutzte keine Pflegeprodukte, aber vielleicht hätte er wenigstens diesem Öl eine Chance geben sollen. »Dann werde ich mein Bestes geben, dich nicht zu enttäuschen.«

»Anja hat keine Zeit, also begleite ich sie«, warf Birthe gut gelaunt ein. Ihr roter Lippenstift biss sich mit dem Pink ihrer Haare.

»Wie nett von dir!« Tjorben mochte Anjas Nachbarin, auch wenn er fand, dass ihr und jedem anderen eine weniger schrille Haarfarbe besser stand, aber die Geschmäcker waren eben unterschiedlich. Trotz seiner Sympathie hätte er es lieber gehabt, wenn Christin allein gekommen wäre.

Birthe war eine Plaudertasche. Über das Flattern ihrer teegrünen Bluse hinweg erzählte die Halbschwedin: »Ich habe gerade einen schwedischen Krimi ins Deutsche übersetzt und etwas Zeit, bis ich mich ans nächste Projekt machen muss, die Übersetzung eines Liebesromans in Briefform. Wie auch immer, Christin wollte unbedingt mit dir rausfahren, aber nicht allein.«

Christin wurde rot und sah Birthe vorwurfsvoll an, was er süß fand. Halb besorgt, halb neckend fragte er sie: »Bist du als Landratte denn seefest? Der Hafen schützt die Boote etwas, aber weiter draußen wird der Wellengang uns ganz schön durchschütteln.«

»Wetten wir, dass ich nicht über der Reling hängen werde?« Herausfordernd blinzelte sie ihn an.

»Einverstanden«, antwortete Tjorben und schmunzelte. »Um was wetten wir?«

Sie zog ihre Augenbrauen hoch. »Das war doch nur so

gesagt. Aber gut ...« Sie biss sich auf die Unterlippe, während sie nachdachte, dann schlug sie vor: »Du hast doch bestimmt einen Lieblingsort auf Föhr. Sollte ich verlieren, werde ich dich zu einem Fahrradausflug mit Picknick dorthin einladen.«

»Kannst du dir mich auf einem Rad vorstellen?«, fragte Tjorben entsetzt.

Durch die Arbeit auf dem Boot, das er auch selbst reparierte und wartete, hatte er Oberarme wie Popeye. Man sah ihm nicht an, wie muskulös er war, weil er aß, was immer er wollte. Schließlich lebte man nur einmal, und er brauchte die Kalorien für die Arbeit.

Schon als Kind war er größer und kräftiger als seine Brüder gewesen. Als er noch Fahrrad gefahren war, hatten die Menschen ihm grinsend hinterhergeschaut, und er war sich vorgekommen wie ein Walross auf einem Kinderrad. Sobald er sich ein Auto leisten konnte, hatte er sich diese Peinlichkeit erspart und seinen Drahtesel verschenkt.

»Mein Wetteinsatz ist nicht verhandelbar«, stellte Christin belustigt klar.

»Ganz schön frech«, kommentiert er. Das gefiel ihm. Außerdem wollte er nicht, dass sie ihn für faul und träge hielt. Er musste an Arians schlanke Figur denken. Es konnte nicht schaden, ein paar Kilo abzunehmen. Dann wären seine Muskeln endlich nicht mehr sein süßes Geheimnis und er konnte Christin beeindrucken. »Also gut.«

»Was ist *dein* Wetteinsatz?«, wollte sie wissen und drehte die Anhänger an ihrem Charms-Armband.

Aus dem Bauch heraus antwortete Tjorben: »Wenn ich

gewinne, zeige ich dir trotzdem meinen Lieblingsplatz, aber wir fahren mit dem Auto hin.«

»Also machen wir so oder so einen Ausflug?« Überrascht sah sie ihn an.

»Ja«, erwiderte er grinsend. Es machte ihm Spaß, sich mit ihr zu kabbeln. Und dann würden sie auch wieder allein sein. Nur zu verständlich, dass Anja Christin mit ihrem Liebeskummer nicht allein lassen wollte, aber Birthe kam ihm vor wie eine Anstandsdame. Ohne Beobachterin war er weniger befangen. »Und ein Picknick wird's auch auf jeden Fall geben.«

Christin hielt ihm ihre Hand hin. Auf ihren Fingernägeln glänzte perlmuttfarbener Nagellack. »Abgemacht.«

»Die Wette gilt. Für dich hoffe ich, dass du gewinnen wirst. Wäre doch schade, wenn du die Fahrt nicht genießen könntest, weil dir übel ist.« Sanft schlug er ein. Ihre Hand fühlte sich klein in seiner Pranke an. Plötzlich hatte er Angst, Christin wehzutun. Sie wirkte so zerbrechlich, nicht körperlich, sondern emotional. Und er verhielt sich manchmal wie ein Elefant im Porzellanladen. Schnell ließ er sie wieder los.

Tjorben hatte die anderen Fahrgäste in der Zeit, in der er Christin begrüßt hatte, warten lassen. Manchmal musste man eben Prioritäten setzen. Nun hieß er die Touristen auf der Beobachtungstour zu den Seehundbänken willkommen und gab dann Franziska ein Zeichen, dass sie die Passagiere an Bord lassen sollte.

Kika, wie sein einziges Crew-Mitglied genannt werden wollte, half ihm seit dem Frühjahr auf den Bootsfahrten. Er hatte die Vierundzwanzigjährige mit den schwarzen kinnlangen Haaren und dem Nasenring in erster Linie deshalb angestellt, damit sie seinen kühlen Nordfriesencharme, den manche schon mal als ruppig wahrnahmen, mit ihrer Offenheit und Fröhlichkeit ausglich. Davon abgesehen konnte sie aber für ihre geringe Körpergröße auch erstaunlich kräftig mit anpacken. Kika hatte sich als ein Glücksgriff erwiesen. Er hoffte, dass sie länger als eine Sommersaison für ihn arbeiten würde.

Christin konnte es anscheinend kaum erwarten, auf die *Seewievke* zu kommen, und bestieg als eine der Ersten das Boot. Über die Schulter hinweg sah sie sich nach Birthe um, die mit Tjorben hinter den letzten Passagieren an Bord ging. Ihr Blick saugte sich an ihm fest. Auch er konnte nicht weggucken, sie machte ihn nervös. Ihre Wangen röteten sich, rasch drehte sie das Gesicht wieder nach vorne.

Birthe neigte sich zu ihm herüber: »Findest du es angebracht, dich mit Christin zu einem Rendezvous zu verabreden? Sie ist verheiratet.«

»Das ist doch kein Date«, wiegelte Tjorben empört ab. »Ich bin nur nett zu ihr und versuche, sie von ihrem Liebeskummer abzulenken.«

»Du weißt von den Problemen zwischen ihr und ihrem Mann?«, entgegnete Birthe überrascht.

»Ja. Ich habe allerdings nicht vor, ihre Ehekrise auszunutzen, falls es das ist, was du befürchtest«, stellte er klar. »So etwas würde ich niemals tun.«

»Natürlich nicht. Das hätte ich dir auch nicht zugetraut.« Grinsend flüsterte Birthe ihm zu: »Aber sie gefällt dir, habe ich recht?«

»Christin ist nett, aber nicht mein Typ.« Tjorben stand auf Frauen mit rotlackierten Zehennägeln und bunten Perlen im hüftlangen Haar. Auf Frauen, die Boho-Kleider und Flipflops trugen und nach warmer Sonnencreme dufteten. Die so unkompliziert waren wie ein Sommertag am Meer. Christin dagegen kleidete sich konservativ, war eher der nordische Typ und hatte Probleme im Gepäck.

Birthe zwinkerte ihm zu. »Dein Verhalten sagt mir etwas anderes.«

»Soll ich mich ab sofort zurückhalten?«, fragte er. Ihr Rat bedeutete ihm viel. Er wollte verhindern, dass er Christin versehentlich wehtat. Es ging ihr ohnehin schon schlecht, und er wollte ihr nicht noch mehr Kummer machen.

»Nein. Sie braucht jetzt schöne Erlebnisse. Du tust ihr gut, und ich glaube, sie dir auch. In ihrer Gegenwart wird der Grizzly plötzlich zum Gute-Laune-Bär«, fügte sie frotzelnd hinzu.

»Sei vorsichtig, was du sagst«, warnte Tjorben sie. »Ich bin der Kapitän und könnte dich jederzeit von Bord werfen, selbst auf hoher See.«

»Dann ist es ja gut, dass wir nur zu den Seehundbänken fahren.« Birthe streckte ihm die Zunge raus.

Er bemerkte ihr Piercing. Hatte sie das schon immer gehabt, oder war das neu? Es passte zu der flippigen Birthe. Aber er, der Kaffee verabscheute, konnte sich eher dazu überwinden, Espresso zu trinken, als sich einen Metallstift durch so ein empfindliches Organ wie die Zunge stechen zu lassen.

Er sah ihr nach, als sie zu Christin ging. An der Kölnerin

hätte ein Zungenpiercing wie ein Fremdkörper ausgesehen, genauso wie an ihm. Er fragte sich, wie es wohl sein mochte, eine Frau mit einem Piercing im Mund zu küssen, und erschrak innerlich über diesen Gedanken. Mit Birthe wollte er bestimmt nicht intim werden, zumal sie genauso auf Frauen stand wie er. Warum dachte er dann plötzlich übers Küssen nach?

»Hör auf, die Blonde anzustarren, und hilft mir!«, raunte Kika ihm belustigt zu, bevor sie wieder von Bord eilte und die Leinen von den Pollern löste.

Tjorben überspielte seine Verlegenheit, indem er eilig die Seile auffing und verstaute.

Die *Seewievke* war ein ehemaliger Fischkutter, den er ständig reparieren musste. Das alte Holzboot konnte nicht mit den modernen Ausflugskähnen mithalten, aber er brachte es nicht übers Herz, es auszumustern. Außerdem wehte ein Hauch von Nostalgie übers Deck, das mochten viele Fahrgäste. Tjorben sparte auf ein Schiff mit Elektroantrieb. Dafür würde er allerdings noch einige Bootstouren und Naturführungen machen müssen. Hoffentlich hielt seine betagte ›Meerjungfrau‹ noch so lange durch.

Tjorben betrat die Steuerkajüte und lenkte das Ausflugsschiff routiniert aus dem Hafen heraus.

»Tach, ich bin Kika«, wandte sich seine Mitarbeiterin über das Geräusch des Motors hinweg an die Passagiere. »Freuen Sie sich auf die Seehunde! Sie werden auf jeden Fall welche sehen. Das ist nicht wie bei vielen Waltouren, wo man eine Fifty-fifty-Chance auf eine Sichtung hat. Und das Tolle ist, dass die Robben im Juni und Juli Junge bekommen haben. Die Kleinen wurden bei Niedrigwasser auf den Sandbänken geboren und werden dort vier bis sechs Wochen lang gesäugt. Vielleicht können wir noch eins der Spätgeborenen dabei beobachten, wie es von seiner Mutter gefüttert wird.«

Ein Raunen ging durch die Menge, ein Kind schrie begeistert auf.

»Heuler heißen sie übrigens nur, wenn sie dauerhaft von der Mutter verlassen wurden und nach ihr rufen. Sollten Sie einen kleinen Seehund am Strand finden, halten Sie bitte Abstand und rufen Sie das Robbenzentrum in Wyk an. Wenn er allein ist, bedeutet das nicht zwangsläufig, dass er seine Mutter verloren hat. Oft hört sie sein Heulen und holt ihn. Ich werde gleich Kärtchen mit den Notfallnummern verteilen, die Telefone sind rund um die Uhr besetzt.« Ein Lächeln trat in Kikas Stimme: »Sollten Sie eine Sichtung melden, kann es sogar sein, dass unser Kapitän Tjorben Graf vorbeikommt, um die Situation einzuschätzen. Er engagiert sich nämlich ehrenamtlich für das Robbenzentrum. Dufte, wa?«

Die Fahrgäste applaudierten.

Tjorben winkte, aber er wollte keinen Dank. Er setzte sich mit Leib und Seele für seine Heimat ein, und dazu zählte für ihn nicht nur die Insel Föhr, sondern auch das Nordfriesische Wattenmeer.

»Die gemeinnützige Initiative ist das ganze Jahr über rund um die Uhr erreichbar und freut sich über jede Spende, egal, wie kleen se ist. Dort hinten steht eine Spardose. Unser Kapitän wird den Erlös weiterreichen«, teilte Kika den Urlaubern mit und strich sich den asymmetrischen Pony aus der Stirn. »Die Seehunde hier in der wunderschönen Nordsee fressen vor allem Plattfische wie Seezungen und Schollen, aber auch andere Fische, und Krebse. Darum sehen viele Fischer sie als Konkurrenz, auch weil die Population in den vergangenen Jahren stark zugenommen hat. Es werden auch immer mehr Kegelrobben im Wattenmeer gesichtet. Man kann sie leicht durch ihren spitz zulaufenden Kopf und den massigen Körper von den Seehunden unterscheiden. Kiek hier!«

Tjorben warf einen Blick über seine Schulter und sah, dass Kika zwei Fotos hochhielt, um die Unterschiede zu zeigen. Dabei bemerkte er, dass Christin ihn ansah. Spontan forderte er sie mit einer Geste auf, zu ihm ins Steuerhaus zu kommen. Ungewiss, ob sie ihn verstanden hatte oder seiner Aufforderung überhaupt folgen wollte, sah er wieder nach vorne in Fahrtrichtung.

In seinem Rücken versicherte Kika: »Unsere Bootsausflüge sind mit dem Nationalparkamt abgestimmt. So wird sichergestellt, dass keener die Seehunde stört und Sie die Tiere in Ruhe beobachten können. Bevor ich jetzte meine Gusche halte, damit Sie die Schiffsfahrt genießen können, muss ich Ihnen noch etwas mitteilen. Entscheiden Sie selbst, ob die Nachricht gut oder schlecht ist.« Sie machte eine Pause, dann fuhr sie fort: »Der Ausflug wurde mit zweieinhalb Stunden angekündigt. Durch den Wellengang wird er aber wahrscheinlich etwas länger dauern, und die Rückkehr nach Wyk verzögert sich ein wenig.«

Sie hatte den Satz noch nicht beendet, da brach bereits Jubel aus.

Zufrieden lächelte Tjorben.

Christin tauchte am Eingang zur Steuerkajüte auf. Eine kräftige Brise bauschte ihre Jeansjacke auf. »Kika ist nicht von hier, oder?«

»Nein, aus Spandau«, antwortete Tjorben und hatte Mühe, seinen Blick von ihr loszureißen und wieder auf die Fahrrinne zu lenken. Sie hatte rosige Wangen bekommen, was ihr gut stand.

»Ab und zu fällt sie in einen leichten Berliner Akzent, das finde ich süß.« Ihre Haare flatterten im Fahrtwind wie filigrane Tentakel, als sie fragte: »Solltest nicht du als Einheimischer den Fahrgästen das Leben der Seehunde im Nordfriesischen Wattenmeer erklären?«

Sein schlechtes Gewissen meldete sich. »Bis zur letzten Saison habe ich das auch getan, aber seitdem Kika bei mir angeheuert hat, übernimmt sie das. Sie bringt die Informationen charmanter rüber als ich und kommt gut bei den Fahrgästen an, das beweisen die Bewertungen im Internet. Ich wirke wohl manchmal grimmig.«

»Ist nicht wahr?«, erwiderte Christin in ironischem Ton.

Warnend kniff Tjorben die Augen zusammen, musste dann aber grinsen. Sie dachte wohl an ihre erste Begegnung, als er sie von der Fähre abgeholt hatte. Er war so im Stress gewesen, dass er sich ihr gegenüber nicht sehr freundlich verhalten hatte. Das hatte er aber erst gemerkt, nachdem sie sich bei ihm für die Unannehmlichkeiten, die sie ihm bereitete, entschuldigt hatte. Sein Verhalten tat ihm leid, und er wünschte sich, er hätte einen besseren ersten Eindruck bei ihr hinterlassen.

»In einer Onlinebewertung wurde ich sogar mit Gregory Peck als Captain Ahab verglichen. Hast du die alte Moby-Dick-Verfilmung mal gesehen?«

»Ja, aber den Vergleich hast du nicht verdient«, versicherte sie ihm, streckte die Hand ins Führerhaus und legte sie ihm tröstend auf die Schulter.

Nachdem Christin sie wieder weggenommen hatte, spürte Tjorben die Berührung immer noch. »Da war sogar mal ein Junge, der Angst vor mir bekommen hat.«

»Was hast du getan?« Christin hielt sich am Türrahmen fest, da sich die *Seewievke* durch die Wellen immer höher aufbäumte, wie ein bockendes Wildpferd.

»Gar nichts, ehrlich.« Ihm machte der Wellengang nichts aus, aber ihr zuliebe drosselte er den Motor. »Er hat geweint und auf mich gezeigt. Als seine Mutter ihn gefragt hat, was los sei, hat er gesagt, dass ich die Zähne fletschen würde wie ein Wolf, dabei habe ich ihn bloß angelächelt.«

»Das ist übel«, sagte Christin mitfühlend, kicherte dann jedoch.

»Ich weiß ja, dass ich große Zähne habe, aber die Reaktion hat mich dann doch getroffen. Ich habe seiner Mutter natürlich versichert, dass ich ihren Sohn keinesfalls erschrecken wollte und dass es mir leidtat. Das müsste es nicht, hat sie gesagt. Den Wolfsvergleich hätte ihr Sohn nur wegen der vielen Haare in meinem Gesicht gemacht. Wenn mein Bart erst einmal ergraut wäre, hat sie völlig ernst hinzugefügt, dann würde ihr Sohn mich für den Weihnachtsmann halten und lieben.«

Da lachte Christin schallend. »Also gibt es ja noch Hoffnung für dich.«

»Ich werde immer wieder missverstanden.« Tjorben zuckte mit den Schultern. Erst jetzt fiel ihm auf, dass Christin Silberohrringe in Form von Oktopussen mit Bernsteinaugen und die passende Kette dazu trug. Der Schmuck gefiel ihm. Ob sie ihn auf Föhr gekauft hatte?

»Armer Inselgraf«, sagte sie.

»Spotte du nur!«, zischte er. »Vielleicht hilft es ja schon ein wenig, dass ich den Bart auf deinen Rat hin gestutzt und meine Haare im Nacken zusammengebunden habe.«

»Auf jeden Fall. Jetzt siehst du immerhin wie ein zivilisierter Wilder aus«, frotzelte sie.

Tjorben überlegte, ob er ihr eins auswischen sollte, indem er das Boot so lenkte, dass eine Welle die *Seewievke* voll traf und sie gehörig hin- und hergeschaukelt würde, aber so gemein wollte er dann doch nicht sein. Nicht auszudenken, wenn Christin über Bord gehen würde. Das wollte er nicht riskieren, vermutlich würde sie ihm das niemals verzeihen. Er hatte ihr gesagt, dass sie sich bei ihm sicher fühlen konnte, und dafür wollte er auch sorgen.

»Du bist frecher, als du aussiehst«, erwiderte er also nur.

»Das Erscheinungsbild kann täuschen«, wandte sie ein. »Das weißt du besser als jeder andere.«

Er zog eine Grimasse. »Auch wieder wahr!«

»Außerdem kennst du mich eben nicht.« Der Tanz des Holzboots auf den Wellen brachte Christin gehörig ins Schwanken.

»Stimmt, aber das können wir ändern.« Lächelnd winkte er sie herein und zeigte auf einen Sitz. »Du kannst ruhig in die Steuerkajüte reinkommen und dich setzen.«

Sie folgte seiner Aufforderung und trat ein, blieb jedoch neben ihm stehen. »Was für ein Privileg!«

Eigentlich war es das nicht. »Auf jeder Fahrt hole ich die Kinder zu mir, und sie dürfen die *Seewievke* kurz lenken«, erklärte Tjorben. »Möchtest du auch mal?«

»Sehr gerne!«, rief Christin jauchzend.

Als er ihr nach einer kurzen Einweisung das Steuerrad überließ und sich dicht neben sie stellte, wehte der Wind ihr zartes Maiglöckchenparfüm zu ihm. Die Wolkendecke riss auf, und ein Stück blauer Himmel kam zum Vorschein.

Draußen drängelten sich seine Passagiere an der Reling, bestaunten die Küste Föhrs und winkten den Urlaubern, die auf den Stränden geschützt in Strandkörben saßen oder auf den Deichen spazieren gingen. Immer wieder machten Möwen mit waghalsigen Flugmanövern auf sich aufmerksam in der Hoffnung, gefüttert zu werden.

Tjorben bereitete es große Freude, den Touristen die Schönheit der Nordfriesischen Inseln und des Wattenmeers nahezubringen. Die Bootsausflüge und Wattwanderungen waren für ihn nicht nur Beruf, sondern auch Berufung.

Ab und zu korrigierte er den Kurs oder gab Christin die Lenkrichtung vor, damit die *Seewievke* in der Fahrrinne blieb. Einmal musste er ihr sogar plötzlich ins Steuerrad greifen und helfen, eine Welle so zu nehmen, dass sie nicht zu sehr durchgeschüttelt wurden. Dabei legte er versehentlich seine Hand auf ihre.

Überrascht sah Christin ihn an. Ihre Blicke trafen sich. Wie klein sie neben ihm aussah, fast schon zerbrechlich.

Er konnte ihre Hand erst loslassen, nachdem sie sich

wieder in ruhigerem Fahrwasser befanden, und sein Herz klopfte noch eine Weile hart gegen seine Brust.

Der Himmel riss immer mehr auf, und Tjorbens Puls beruhigte sich langsam wieder. Entschuldigend sah er Christin an. »Ich hoffe, ich habe nicht zu fest zugepackt.«

»Nein, gar nicht.« Als sie den Kopf schüttelte, löste sich ihr Haargummi. Sie band ihren Zopf neu.

Mit offenen Haaren gefiel Christin ihm besonders gut. Was hielt sie von ihm? Das hätte er zu gerne gewusst.

Es ging ihn eigentlich nichts an, aber Tjorben konnte nicht anders, als sie auf die winzige Veränderung, die er an ihr festgestellt hatte, anzusprechen. »Du trägst deinen Ehering wieder«, bemerkte er beiläufig und versuchte, sich seine Enttäuschung darüber nicht anmerken zu lassen.

»Nein, das ist er nicht«, widersprach sie leise. Verlegen betastete sie den silbernen Kraken an ihrer Halskette. »Ich habe einen anderen Ring angezogen, um den weißen Streifen an meinem Finger zu verdecken. Nicht jeder muss wissen, dass es in meiner Ehe kriselt.«

»Ich hätte dich auf der Fahrt nach Walsum nicht darauf ansprechen sollen«, entschuldigte er sich. »Damit habe ich dich in eine unangenehme Situation gebracht.«

»Etwas Peinlicheres, als meinen Ehemann in flagranti mit seiner neuen Mitarbeiterin zu erwischen, kann mir nicht passieren«, platzte es wütend aus ihr heraus. Sie presste die Lippen zusammen und sah weg.

»So ein Arsch«, knurrte Tjorben und packte das Steuerrad so fest, dass seine Fingerknöchel weiß wurden. »Es tut mir wirklich leid für dich.«

Als Christin ihm wieder das Gesicht zuwandte, schimmerten ihre Augen feucht. Sie berührte seinen Arm. »Behalte es aber bitte für dich.«

»Selbstverständlich«, versicherte er ihr.

Sie lächelte ihn dankbar an, aber innerlich musste sie genauso aufgewühlt sein wie die Nordsee am heutigen Morgen.

Christin wischte sich mit dem Handrücken über die Augen und atmete tief durch. Während sie eine junge Silbermöwe, die vergeblich versuchte, auf dem Bug zu landen, beobachtete, sagte sie mit fester Stimme: »Denk aber nicht, dass ich deshalb meine Meinung geändert habe.«

»Was meinst du?« Er runzelte die Stirn.

»Trotz meiner persönlichen Probleme bleibe ich eine Verfechterin des Ehekonzepts. Franjos Seitensprung war ein Schlag in die Magengrube, aber er hat meine Meinung nicht ins Wanken gebracht.«

»Nimmst du Bezug auf unser letztes Gespräch?«, fragte er ein wenig verwirrt.

Sie nickte. »Nur weil mein Ehemann untreu war, denke ich keineswegs, dass Menschen nicht für Monogamie geschaffen sind und dass sie offene Beziehungen führen sollten.«

»Ich bin doch auch nicht für offene Beziehungen«, erklärte Tjorben.

»Aber ich dachte …« Christin wirkte verunsichert.

»Das hast du falsch verstanden. Wenn ich eine Freundin habe, bin ich ihr absolut treu«, sagte er. Er war kein Schürzenjäger. »Meine Partnerschaften haben nur nie lange gehalten. Ich bin entweder verlassen worden, oder mir wurde es zu eng. Viele meiner Freundinnen haben bloß als Saisonkräfte auf Föhr gearbeitet und sind im Herbst zurück in ihre Heimat gegangen oder im Winter in die Skigebiete weitergezogen. Oder sie wollten ernst machen und Zukunftspläne schmieden, aber ich war dazu noch nicht bereit.«

»War?«, hakte sie nach.

»Ich werde älter. Man verändert sich.« Tjorben zuckte mit den Schultern, als wäre das keine große Sache, aber das stimmte nicht.

Früher war er zufrieden gewesen, allein auf dem Strand zu sitzen, ein Inselbier zu trinken und den Sonnenuntergang zu genießen. Inzwischen wünschte er sich immer sehnlicher, schöne Augenblicke wie diesen gemeinsam mit einer Frau zu erleben. Er hatte erkannt, dass Glück erst vollkommen war, wenn man es mit jemandem teilte. Mit einer vertrauten Seele.

Christin zog eine Augenbraue hoch und bohrte nach: »Dann hättest du doch gerne eine Partnerschaft, die von Dauer ist?«

»Ja, inzwischen schon.« Nachdenklich kraulte er seinen Bart.

Früher hatte er sich bereits eingeengt gefühlt, wenn seine Freundin ihm sagte, sie wolle seinetwegen in der nächsten Saison wieder auf Föhr jobben, und ihn fragte, ob sie nicht in der Zeit bei ihm einziehen könnte. Es bedeutete ihm viel, selbstbestimmt zu leben. Doch jetzt, mit neununddreißig Jahren, wünschte er sich noch etwas anderes.

Vielleicht rührte sein Freiheitsdrang daher, dass er der

Zweitgeborene war, das Sandwichkind zwischen seinen beiden Brüdern. In ihrer Kindheit hatte sein älterer Bruder Joris oft auf ihn aufgepasst und ihn bevormundet. Später hatte Tjorben auf das Nesthäkchen Arian achtgeben müssen und war wieder nicht frei gewesen. Das hatte ihn geprägt.

Christin zog eine Augenbraue hoch und bohrte ihm ihren Zeigefinger in den Oberkörper: »Aber vor zwei Tagen auf der Fahrt vom Hafen zum *Lüttes Glück* hast du doch noch gesagt, dass du ein glücklicher Single bist.«

»Bis vor Kurzem traf das ja auch noch zu. Kerle geben halt nicht gerne zu, einsam zu sein«, gestand er. Ihre Augen funkelten schalkhaft, darum brummte er zur Warnung: »Und sag jetzt nicht wieder in diesem ironischen Ton: ›Armer Inselgraf‹.«

»Das würde ich niemals tun«, erwiderte sie grinsend. »Ich finde Männer, die über ihre Gefühle reden, süß.«

Tjorben lächelte in sich hinein und drosselte die Geschwindigkeit der *Seewievke*. Sie hatten die Sandbänke mit den Seehunden fast erreicht.

Bedauernd erklärte er: »Die Crux ist, dass ich auf Föhr als freiheitsliebend bekannt bin. Frauen, die sich für mich interessieren, wollen nicht heiraten und Kinder mit mir kriegen.« Irrte er sich, oder war Christin bei seinen letzten Worten zusammengezuckt? Bei welchem genau? Er konnte es nicht sagen.

»Dann such dir jemanden vom Festland«, schlug sie vor.

Er sah ihr tief in die Augen, sein Herz schlug schneller. »Ja, vielleicht mache ich das.«

Sie errötete, wandte den Blick jedoch nicht ab.

Da kam Kika in die Steuerkajüte und reicht Christin eine Postkarte mit einem niedlichen Heuler. »Hier! Das hätte ich beinahe vergessen, die Notfallnummern der Seehundstation in Wyk. Die stehen hinten drauf.«

»Danke.« Christin wollte die Postkarte annehmen, wirkte aber plötzlich nervös und griff nicht richtig zu. Der Wind riss sie ihr aus den Fingern und wehte die Karte durchs Steuerhaus.

Mit glühenden Wangen wollte sie sie aufheben, doch Tjorben war schneller. Er notierte seine Handynummer auf der Rückseite und reichte ihr die Postkarte. »Du kannst auch mich anrufen, egal wie der Notfall aussieht.«

Schmunzelnd sah Kika von ihm zu Christin und verschwand wieder.

»Was meinst du denn damit?«, wollte Christin wissen.

»Du könntest zum Beispiel so großen Hunger auf eine Pizza bekommen, dass du dafür töten würdest. Dann klingele lieber bei mir durch, bevor etwas Schlimmes passiert«, scherzte er. »In Walsum gibt es keine Pizzeria, in dem Kaff gibt es eigentlich gar nichts.«

»Doch«, widersprach Christin ihm. »Im *Lüttes Glück* bekommst du den leckersten Kuchen, die köstlichsten Waffeln und die beste *Heiße Liebe* von ganz Föhr.«

»Du hast natürlich recht«, pflichtete er ihr bei. Auch er hatte sich schon in *Martinas Gartencafé* von Anja mit kulinarischen Köstlichkeiten verwöhnen lassen. Joris' Freundin hatte die kleine Inselpension modernisiert, ohne den urigen Charakter zu zerstören. Das rechnete er ihr hoch an, ebenso dass sie seine kratzbürstige Tante Hilde ertrug. Aber das Wichtigste war, dass sie Joris glücklich machte.

»Und zum Frühstück habe ich den besten Schafskäse, den ich jemals gekostet habe, gegessen«, schwärmte Christin. »Anjas Nachbar, Sören Schippmann, lässt ihn aus der Milch seiner Schafe herstellen. Besonders der Weichkäse ist ein Traum! Er zerschmilzt auf der Zunge.« Dann legte sie die Hand aufs Herz und fuhr fort: »Aber ich verspreche, ich werde dich anrufen, wenn es mich nach etwas anderem gelüstet.«

Sie waren an den Seehundbänken angekommen. Tjorben stoppte die *Seewievke* und reichte Christin sein Fernglas. Aufgeregt stürmte sie zu Birthe an die Reling, um die putzigen Robben zu beobachten, die sich auf den Sandbänken in den ersten Sonnenstrahlen des Tages wärmten und sich von den Touristen nicht stören ließen.

Tjorben betrachtete Christin von der Tür der Steuerkajüte aus. Wie glücklich sie aussah! Er war sich sicher, dass sie den Grund, der sie nach Föhr geführt hatte, für den Moment vergessen hatte.

Plötzlich sah Christin ihn an. Sein Puls beschleunigte sich. Er fühlte sich ertappt und ließ seinen Blick weitergleiten, als würde er alle seine Fahrgäste betrachten und nicht nur sie allein. Er wollte sie nicht schon wieder anstarren. Sie sollte sich in seiner Gegenwart wohlfühlen.

Die dunklen Wolken am Himmel hatten sich nahezu alle aufgelöst, und die Nordsee hatte sich beruhigt. Sanft plätscherten die Wellen gegen den Bug der *Seewievke*. Durch die Sonnenstrahlen glitzerte die Wasseroberfläche wie ein

Mosaik aus blitzenden Scherben, und die brachten bekannterweise Glück. Der typische Geruch des Meeres nach Salz und Plankton wurde durch die Wärme stärker. Der Sommer kehrte ins Nordfriesische Wattenmeer zurück.

Gelassen trat Tjorben hinaus aufs Deck. Er lächelte, weil es doch noch ein wunderschöner Tag geworden war.

Kapitel 6

Am Abend saß Christin mit Anja zusammen auf der Holzbank im hinteren Teil des Gartens der kleinen Inselpension. Sie aßen Snacks. Dazu tranken sie den kräftig-würzigen Wermut vom Föhrer Weingut *Waalem* und versuchten den Strandflieder, die Wildrosen und den Meeresspargel, die unter anderem für die charakteristische Note verantwortlich waren, herauszuschmecken.

Die Sonne ging langsam hinter dem Deich unter. Die unterschiedlichsten Vögel bezogen ihr Nachtquartier im saftig grünen Marschland, das Walsum umgab. Christin trug ihren kuscheligen cremefarbenen Baumwollpullover, sodass der Nordseewind ihr nichts anhaben konnte, und genoss die urgemütliche Atmosphäre.

Begeistert erzählte sie ihrer Freundin von ihrem Schiffsausflug am Vormittag. »Ich hatte befürchtet, keinen einzigen Seehund zu Gesicht zu bekommen, aber auf den Sandbänken tummelten sich unzählige Tiere mit ihren süßen Knopfaugen. Sie waren so niedlich! Ich hätte sie alle mit nach Hause nehmen können. Kennst du Kika?«

»Ja, sie hilft Tjorben in dieser Saison auf der *Seewievke*«, erwiderte Anja und aß eine geräucherte und in Rapsöl eingelegte Sprotte.

Christin verzog ihr Gesicht, sie mochte weder Fisch noch

Meeresfrüchte. »Sie ist total nett und hat uns viel über die Robben erzählt. Danach durften wir Tjorben mit Fragen löchern. Er weiß ja wirklich alles über die Meeressäuger.«

Anja leckte sich die Finger ab. »Ja, er ist ein Fachmann.«

»Wirklich beeindruckend«, sagte Christin und knabberte an einem Cracker mit Schafsfrischkäse von Sören.

Sie hatte den Schäfer nachmittags kennengelernt und sofort gemerkt, dass Anja bei ihm einen Stein im Brett hatte. Gleich zweimal erwähnte er Christin gegenüber, wie dankbar er Anja für die Idee war, seine Produkte aus der Milch und der Wolle seiner Schafe unter der Marke *Föhrer Schafsflüsterer* zu verkaufen. Das Konzept war von Anfang an aufgegangen. Die meiste Zeit ließ er jedoch Anja reden und nickte und lächelte nur verlegen.

Er schien sich in den abgewetzten Jeans und den Gummistiefeln wohlzufühlen. Christin beneidete ihn um die Freiheit, anziehen zu dürfen, was er wollte. In der Bank wurde von ihr erwartet, immer klassisch gekleidet und adrett aufgemacht zu sein. Beruflich wie privat war sie zu oft fremdbestimmt.

Föhr scheint voller Originale zu sein, dachte Christin und musste wieder an Tjorben denken.

Seit der Bootstour zu den Seehundbänken spukte er durch ihren Kopf. Sollte sie nicht eigentlich an Franjo denken und darüber nachgrübeln, wie es mit ihrer Ehe weitergehen konnte? Sie hatte ein schlechtes Gewissen, beruhigte sich jedoch, indem sie sich sagte, dass ihr Unterbewusstsein sie durch die Gedanken an Tjorben bloß von ihrem Kummer ablenken wollte, wie eine Art Schutzmechanismus. Er hatte sie eben nicht enttäuscht. Mit ihm Zeit zu verbringen, war aufregend und machte Spaß. Wenn sie sich mit ihm freundschaftlich kabbelte, fühlte sich das Leben für einen kurzen Moment wieder leicht und sorglos an.

Franjo dagegen war ein rotes Tuch für sie. Sie war noch zu verletzt, um sich ernsthaft damit auseinanderzusetzen, ob sie ihm den Seitensprung verzeihen konnte. Dachte sie daran, hatte sie jedes Mal das Gefühl, ins Bodenlose zu fallen. Vielleicht hing sie noch zu sehr in der Vergangenheit fest, um sich mit der Zukunft beschäftigen zu können.

»Wie kann es sein, dass Tjorben ständig neue Freundinnen findet, obwohl er doch so brummig wirkt?«, wollte Christin von Anja wissen.

»Du magst ihn doch auch, trotz eures holprigen Starts«, antwortete sie und entzündete grinsend die Kerzen in den Windlichtern auf dem Tisch.

Wieder flammten Schuldgefühle in Christin auf, weil beim Gedanken an Tjorben ihr Herz schneller schlug, obwohl sie doch verheiratet war. Aber sie hatte ja nicht vor, eine Affäre mit ihm anzufangen, und Franjo war der Letzte, der von ihr hätte verlangen können, dass sie sich von anderen Männern fernhielt.

»Tjorben ist ein Frauentyp, auch wenn man ihm das auf den ersten Blick nicht ansieht«, sagte Anja und trank einen Schluck Wermut. »Er ist kein Schönling, kein Brad Pitt, strahlt aber eine archaische Männlichkeit aus. Das wirkt auf viele Frauen anziehend, denke ich.«

Christin fand ja auch, dass er etwas Besonderes an sich hatte, selbst wenn sie es nicht sofort erkannt hatte. »Brad

Pitt? Nein, wirklich nicht«, erwiderte sie amüsiert. »Eher die nordfriesische Ausgabe von Jason Momoa.«

Ihre Freundin prustete und tupfte sich dann den Mund mit einer Papierserviette ab.

»Hätte ich ihn unter anderen Umständen kennengelernt, hätte ich einen Bogen um ihn gemacht«, gestand Christin und fuhr zärtlich über die kleine Schiffsschraube aus Messing, die zum Beschweren auf dem Stapel Papierservietten lag. »Ich hätte ihn falsch eingeschätzt. Das muss anderen doch genauso gehen.«

Anja leckte einen Tropfen Wermut ab, der an ihrem Glas hinabbrann. »Vielleicht reizt es die Frauen, seine harte Schale zu knacken, oder sie finden es sexy, dass er manchmal wie der attraktive Schurke in einem Superheldenfilm wirkt.«

Christin lachte schallend. Sie ließ den Blick über die durchweg regionalen Delikatessen gleiten und entschied sich für eine mit Schinken umwickelte Gebäckstange.

»Was magst *du* an ihm?«, wollte Anja wissen.

Nachdenklich knabberte Christin an dem Gebäck. Schließlich antwortete sie: »Er ist voller Gegensätze, das macht ihn interessant. Man will ihm aus dem Weg gehen, wenn er böse guckt, dabei ist er bloß angespannt, weil er Stress hat oder sich Sorgen macht, dass alles glatt läuft. Aber wenn man ins Gespräch mit ihm kommt, stellt man fest, dass er locker drauf ist und sich selbst nicht ganz ernst nimmt.«

»Du hast ihn in der kurzen Zeit aber schon gut durchschaut«, stellte Anja anerkennend fest und prostete ihr zu.

Christin stieß mit ihr an. »Du hast recht, ich kenne ihn

kaum, aber ich mag es, dass dieser stämmige Kerl manchmal den Schalk im Nacken hat. Außerdem setzt er sich für seine Heimat, die Menschen, Tiere und die Natur insgesamt ein, das imponiert mir.«

»Du schwärmst ja richtig von ihm«, bemerkte Anja und grinste.

Christin fühlte sich ertappt. Rasch wiegelte sie ab: »Unsinn. Ich habe nur auf deine Frage geantwortet.«

»Tjorben gefällt dir«, stellte ihre Freundin fest und blinzelte sie an.

»Ich habe im Moment wirklich anderes im Sinn als fremde Männer«, stellte Christin klar. »Hinzu kommt … Sieht er mit seinen schulterlangen Haaren, dem Bart und der Statur eines Wikingers aus, als würde er in mein Beuteschema fallen?«

Fröstelnd rieb sich Anja über die nackten Arme. »Nicht, wenn man Franjo als Referenz nimmt. Tjorben ist so ziemlich das Gegenteil von deinem Ehemann.«

»Genau. Wahrscheinlich mag ich ihn gerade darum.« Christin beruhigte sich mit dem Gedanken, dass ihr Interesse an Joris' Bruder nur eine Trotzreaktion auf Franjos Seitensprung war. Sie hatte keine Lust auf noch mehr Chaos in ihrem Privatleben. »In Wahrheit bin ich sauer auf Franjo.«

Anja zog die Strickjacke, die neben ihr auf der Gartenbank lag, an. »Hat sich Franjo mal bei dir gemeldet?«

»Ja, aber nur über Messenger.« Christin rief den Chat auf ihrem Smartphone auf und zeigte ihn Anja.

Franjo hatte geschrieben: *Wo bist du? Du kannst doch nicht einfach abhauen. Ich mache mir solche Sorgen!*

Ich bin im Lüttes Glück *bei Anja,* hatte sie geantwortet, zum einen, damit er nicht mehr beunruhigt war, zum anderen, weil sie gehofft hatte, dass er nach Föhr kommen und sie zurück nach Köln holen würde.

Seine nächste Nachricht hatte nicht lange auf sich warten lassen: *Komm nach Hause, Schatz. Wir müssen reden, bitte.*

Noch nicht, hatte sie geantwortet.

Anja reichte ihr das Mobiltelefon zurück. »Das ist alles?«, fragte sie überrascht.

»Ja«, erwiderte Christin und konnte ihre Enttäuschung nicht verbergen. Aber wahrscheinlich wollte er ihr Zeit geben, um den Schock, ihn mit Patrizia erwischt zu haben, zu verdauen und nachzudenken.

»Das war vor zwei Tagen.« Entrüstet zischte Anja: »Sollte er nicht längst auf der Insel sein und vor dir auf Knien um Verzeihung bitten?«

Zögerlich antwortete Christin. »Ich glaube nicht, dass er kommen wird.«

»Das ist ja wohl das Mindeste.« Aufgebracht schlug Anja mit der flachen Hand auf den Tisch.

Christin widerstrebte es, ihren untreuen Ehemann zu verteidigen, aber sie sah das Dilemma, in dem er steckte. »Seine Eltern sind in Urlaub. Er führt das Pfandleihhaus zurzeit allein und kann nicht weg.«

Sie hatte erwartet, dass Anja sie ermahnen würde, nicht schon wieder Entschuldigungen für ihn zu suchen, doch stattdessen fragte ihre Freundin mit hochgezogener Augenbraue: »Bist du sicher, dass er allein ist?«

»Ich weiß es nicht«, antwortete Christin verbittert. Vor Wut verkrampften sich ihre Eingeweide. »Sein Problem ist, dass ihm die Arbeit in der Pfandleihe allein zu viel wird. Er braucht Hilfe.«

»Aber muss es denn die von Patrizia sein?«, fragte Anja.

Bedauernd erklärte Christin: »Nein, aber so schnell kann er keinen neuen Mitarbeiter finden und anlernen.«

»Dann musst du alles ertragen und Verständnis für ihn und seine Probleme haben, aber er braucht sich nicht ins Zeug zu legen oder auf dich zuzukommen?« Anja schnaubte.

Betreten schwieg Christin und knetete ihre Hände in ihrem Schoß. Ihre Freundin hatte ja recht. Er hatte ihr verdammt wehgetan, da konnte er ruhig mal ein Opfer bringen, wenn er wollte, dass sie ihm vergab. Sie konnte sich nicht vorstellen, dass er so dreist war und weiterhin mit Patrizia zusammenarbeitete. Doch letztlich hatte sie keinen blassen Schimmer, wie er ohne Hilfe klarkommen sollte. Das war allerdings auch nicht ihr Problem.

Energisch tippte Anja mit dem Zeigefinger auf den Tisch. »Meiner Meinung nach sollte Franjo alles stehen und liegen lassen und zu dir kommen. Er sollte Himmel und Hölle in Bewegung setzen, um dich zurückzugewinnen.«

Da weinte Christin, denn Franjo war kein Kämpfertyp. Er nahm, was ihm zufiel. Sie waren sich in der Oberstufe begegnet und sofort ein Paar geworden, und schon früh kristallisierte sich heraus, dass er eines Tages das Geschäft seiner Eltern übernehmen würde. Monika und Petar sorgten dann auch dafür, dass sie das Haus neben ihnen mieten konnten, obwohl es viele Interessenten gab. Christin konnte sich nicht daran erinnern, wann er sich mal selbst richtig um etwas hatte bemühen müssen.

Aber er hatte auch noch nie so kurz davorgestanden, jemanden, der ihm lieb und teuer war, zu verlieren. Bedeutete sie ihm nach sechzehn gemeinsamen Jahren noch so viel, dass er über sich hinauswachsen und alles dafür tun würde, sie zurückzuerobern? Vielleicht würde er sie ja überraschen. Ihre Tränen trockneten.

Während sich Christin mit einer Serviette über die feuchten Wangen tupfte, musste sie wieder an die aufregende Fahrt mit der *Seewievke* denken. Der Ausflug hatte sie für ein paar Stunden ihre Ehekrise vergessen lassen. »Tjorben und ich wollen eine Fahrradtour machen.«

»Niemals!«, sagte Anja erstaunt. »Er fährt nur, wenn er wirklich muss.«

»Ihm bleibt keine andere Wahl, er hat eine Wette verloren.« Von all dem Geschaukle auf dem Boot war Christin flau im Magen geworden, aber sie hatte ihr Frühstück bei sich behalten. »Oder glaubst du, er hält sich nicht an die Abmachung?«

»Doch, das wird er auf jeden Fall. Er ist genauso verlässlich wie seine Brüder Joris und Arian«, versicherte Anja ihr. »Aber Tjorben wird es so deichseln, dass ihr nachts fahrt, damit ihn niemand sieht. Denn wenn er auf einem Fahrrad für Erwachsene daherkommt, wirkt das bei ihm so, als würde er auf einem Kinderrad sitzen.«

Christin wischte mit der Serviette ein paar Ölspritzer von der Tischplatte und schüttelte den Kopf. »Wir planen ein Picknick.«

»Ein Picknick im Mondschein, das wäre doch mal was anderes«, frotzelte Anja und schenkte ihnen Wermut nach. »Habt ihr schon einen Termin ausgemacht?«

»Nein.« Aber Christin hatte seine Handynummer.

Nun, wo sie darüber sprach, zweifelte sie allerdings daran, dass sie ihn jemals anrufen und von ihm verlangen würde, den Wetteinsatz einzulösen. Sie wollte nicht, dass er irgendwelche Absichten bei ihr vermutete. Auf keinen Fall sollten sie also um Mitternacht ein romantisches Picknick auf einer Düne veranstalten. Christin hatte die Sorge, eine rote Linie zu übertreten. Vielleicht hatte Franjos Fehltritt mit Patrizia genauso harmlos angefangen.

Ich werde Tjorben nicht anrufen, dachte Christin und bedauerte ihre Entscheidung, aber sie war richtig.

Kapitel 7

Christin träumte davon, mit Franjo einen Schiffsausflug zu machen. Sie hatte ihn dazu überreden müssen, denn er verließ den sicheren Hafen nie. Er fühlte sich auf dem Meer unwohl, weil er keinen festen Boden mehr unter den Füßen und nicht mehr alles unter Kontrolle hatte. Normalerweise gab sie nach, diesmal blieb sie jedoch hartnäckig.

Schließlich tat er ihr den Gefallen und ging mit ihr zum Verleih im Hafen von Wyk. Im Traum wunderte sie sich nicht darüber, dass man ihnen ein Motorboot anvertraute, obwohl keiner von ihnen einen Führerschein dafür besaß.

Nun freute sich Christin sehr darüber, über die Nordsee zu schippern, hin und wieder Spritzer der Gischt im Gesicht zu spüren. Sie fühlte sich frei und sorglos.

Zu ihrer Überraschung fand sogar Franjo Gefallen daran. Er hielt zwar das Steuerrad krampfhaft fest, grinste jedoch immer breiter und wurde langsam lockerer.

Christin saß schräg hinter ihm. Fröhlich rief sie ihm zu: »Siehst du! Es ist gut, auch mal neue Dinge auszuprobieren. Manchmal findet man Gefallen daran.« Doch der Wind riss ihre Worte fort. Sie wusste nicht, ob Franjo sie gehört hatte, denn er erwiderte nichts.

Schließlich ließ er sich von ihrer Begeisterung anstecken und fuhr immer schneller. Christin musste sich festhalten, um nicht hin- und hergeworfen zu werden. Irgendwann schaffte sie es kaum noch, sitzen zu bleiben. Lautstark bat sie Franjo, das Tempo zu drosseln, doch er reagierte nicht.

Sie stand auf. Auf wackeligen Beinen wollte sie zu ihm gehen. Da krachte eine hohe Welle gegen den Bug, das Motorboot wurde hochgerissen, und Christin ging über Bord. Sie tauchte in der Nordsee unter. Für einen Moment wusste sie nicht, wo oben und wo unten war. Wild ruderte sie mit den Armen. Schließlich stieß ihr Kopf durch die Wasseroberfläche. Christin prustete und füllte gierig die Lungen mit Luft.

Fassungslos sah sie dem Motorboot, das sich immer weiter entfernte, hinterher. Der Name *Patrizia*, der seitlich am Bug stand, war schon kaum mehr zu lesen. Franjo schien nicht mitbekommen zu haben, dass sie ins Wasser gefallen war. Sie unterstellte ihm keine Absicht, er war zu abgelenkt durch den Geschwindigkeitsrausch, aber das machte die Situation nicht besser. Es versetzte ihr einen Stich, dass er ihr Fehlen nicht einmal bemerkte. Er schien sie für den Moment vergessen zu haben.

Etwas berührte ihren Fuß. Christin schrie vor Schreck auf und bekam Panik. Sie sah nach unten, doch das Wasser war zu dunkel, um zu erkennen, was da unter ihr schwamm. Hoffentlich war es nur ein niedlicher Seehund.

Aus Verzweiflung brannten Tränen in ihren Augen. Was sollte sie denn jetzt machen? Das Ufer von Föhr war weit weg. Sie würde es niemals schaffen, dorthin zu schwimmen.

Da hörte sie Motorengeräusche hinter sich. Sie klangen wie ein altersschwaches Tuckern und nicht wie das Schnurren des modernen Bootes, das Franjo und sie gemietet hatten.

Christin drehte sich um ihre eigene Achse und sah die *Seewievke* auf sich zu schippern. Hoffnung breitete sich in ihr aus. Sie winkte heftig und schrie sich die Seele aus dem Leib. Als der ehemalige Fischkutter neben ihr anhielt und Tjorben ihr auf sein Ausflugsschiff half, verspürte sie eine große Erleichterung.

Schluchzend warf sich Christin in seine starken Arme. »Du bist meine Rettung!«

»Jetzt ist alles wieder gut«, flüsterte er ihr zu und strich ihr tröstend über den Rücken.

Dankbar sah sie zu ihm auf. Sie konnte den Blick nicht von ihm lösen, und Tjorben schien es genauso zu gehen. Er betrachtete sehnsüchtig ihre Lippen und kam ihrem Gesicht immer näher. Christin wusste nicht, ob sie den Kuss zulassen sollte oder nicht, immerhin war sie verheiratet. Aber Franjo hatte sie im Stich gelassen, außerdem wollte sie Tjorben küssen. Was sollte sie bloß tun?

Bevor Christin eine Entscheidung treffen konnte, wachte sie auf. So durcheinander und aufgewühlt, wusste sie im ersten Moment nicht, wo sie war. Dann sah sie, dass Anja und nicht ihr Ehemann neben ihr im Bett lag.

Anja hatte das safrangelbe Raffrollo nicht zugezogen. Der Mond schien hell ins Zimmer. Das Fenster stand weit offen. Von draußen drangen der strenge Geruch des Schafstalls und die fremden Geräusche der Marsch ins Dachgeschoss der kleinen Inselpension. Ganz in der Nähe raschelte Schilf. Eine Gans schnatterte leise. Dann bellte ein Hund, vielleicht war es Elke, der Mops der Feriengäste, die direkt unter ihnen wohnten.

Christin setzte sich im Bett auf und fuhr sich mit der Hand durchs Gesicht. Was hatte sich ihre Fantasie denn da für einen eigenartigen Traum zusammengesponnen? Er hat nichts zu bedeuten, redete sie sich ein. Ihr Gehirn hatte bloß die Erlebnisse der letzten Tage verarbeitet. Aber ein Rest Unsicherheit blieb.

Anscheinend wünschte sie sich unterbewusst, Tjorben zu küssen. Sie machte sich Vorwürfe. Doch dann sagte sie sich, dass sie nicht einmal im Traum an einen anderen Mann gedacht hätte, wenn Franjo nicht vorher fremdgegangen wäre.

Stundenlang konnte sie nicht aufhören, darüber nachzudenken, welche Entscheidung sie bezüglich des Kusses getroffen hätte, wenn sie nicht vorher aufgewacht wäre.

An Schlaf war nicht mehr zu denken, also stand sie auf und ging auf Zehenspitzen ins Wohnzimmer. Was sollte sie jetzt tun? Sie wollte Anja auf keinen Fall wecken. Die Arbeitstage ihrer Freundin waren lang.

Vielleicht würde sie in dieser Nacht doch noch einmal einschlafen, nachdem sie Entspannungsübungen gemacht hatte. Seit ein paar Jahren machte sie Tai-Chi. Die Kombination aus Meditation und Bewegungsabläufen half ihr, vom Stress des Alltags runterzukommen.

Eigentlich bestand Franjo darauf, dass sie, wenn er Feierabend hatte, zusammen aßen, immer pünktlich um dieselbe Zeit. Ein Ritual, auf das er Wert legte, weil sie sich den ganzen Tag nicht sahen und schon getrennt frühstückten und zu Mittag aßen. Wenigstens abends wollte er mit ihr zusammensitzen, hören, was sie in der Bank erlebt hatte, und erzählen, welche kuriosen Gegenstände im Pfandleihhaus abgegeben worden waren.

Widerstrebend hatte sich Franjo dazu bereit erklärt, die Routine donnerstags zu unterbrechen, damit sie den Tai-Chi-Kurs machen konnte. An diesem Tag ging er rüber zu seinen Eltern und ließ sich von seiner Mutter bekochen.

Aber Christin würde die Übungen nicht in der Dachgeschosswohnung machen können. Sie hätte erst die Möbel verrücken müssen, und davon wäre Anja aufgewacht.

Sie überlegte, in den Garten zu gehen, entschied sich aber dagegen, weil Hilde und Godo im Erdgeschoss schliefen und das Fenster stets weit offen stehen hatten.

Da kam ihr eine Idee! Sie würde sich Anjas Fahrrad ausleihen und zum Strand fahren. Dort war sie allein und störte unter Garantie niemandes Nachtruhe. In solch einer traumhaften Atmosphäre könnte sie bestimmt schnell abschalten. Sie wäre nicht nur um eine tolle Erfahrung reicher, sondern würde nach dem Ausflug auch wieder einschlafen können.

Voller Vorfreude schlüpfte Christin in eine weiße Stretchhose, ein helles Top mit Spaghettiträgern und in ihre Ballerinas. Dann zog sie den blau-weiß-gestreiften flauschigen Kapuzenpullover über, in den sie sich am Vortag in Wyk verliebt hatte und den sie unbedingt hatte kaufen müssen.

Während sie sich ihre zweite Neuerwerbung, den marineblauen Seidenschal mit den kleinen weißen Segelbooten, umband, wunderte sie sich darüber, wie spontan sie in den letzten Tagen war. Ihr Alltag zu Hause verlief in immer gleichen Bahnen. Aus dem Trott auszubrechen, war befreiend.

Sie würde zwar bloß allein nachts an den Strand fahren, verspürte jedoch einen Nervenkitzel, der ihren ganzen Körper kribbeln ließ.

Lächelnd stieg sie auf leisen Sohlen die Treppe hinab und radelte los.

Es gab niemanden, mit dem sie ihr Vorhaben absprechen musste. Keinen, der ihr die Risiken aufzählte, wie Franjo es gerne tat. Dass sie überfallen und ausgeraubt werden oder auf einen Triebtäter treffen konnte. Lächerlich. Was sollte schon passieren? Föhr war einer der sichersten Orte in Deutschland, hatte Anja ihr erzählt.

Für Franjo wäre es eine Fahrt ins Ungewisse, und das machte ihm Angst. Für Christin jedoch war der nächtliche Ausflug ein kleines Abenteuer.

Sie entschied sich für den Strand in Nieblum, obwohl sie dann quer über die Wattenmeerinsel radeln musste. Aber sie kannte den Weg, Birthe hatte ihn ihr gezeigt, und es gab einen langen Bohlenweg durch die Dünen, der ihr gefallen hatte und auf den sie ausweichen wollte, falls es ihr zu anstrengend wurde, die Tai-Chi-Bewegungsabläufe im Sand zu machen.

Eine himmlische Ruhe lag über der Marsch. Nur das sanfte Rascheln von Schilfrohr und Gräsern war zu hören. Der Wind, der im nördlich gelegenen Walsum kräftiger wehte, wandelte sich im Inneren Föhrs zum lauen Lüftchen.

Ging Christin nachts allein durch Köln, fürchtete sie sich ein wenig. Man wusste nie, wer in den finsteren Gassen und unbeleuchteten Hauseingängen lauern könnte. Hier machte die Dunkelheit ihr jedoch keine Angst. Föhr fühlte sich so friedlich an. Durch den fehlenden Lichtsmog konnte sie die

Sterne klar sehen. Der Mondschein erhellte den Weg. Verträumt trat sie gemächlich in die Pedale und sog die beschauliche Atmosphäre in sich auf.

Erst als sie nach Nieblum kam, drängte die Straßenbeleuchtung die Nacht in den Hintergrund. Das Dorf wirkte wie ausgestorben. Niemand war auf der Straße unterwegs. In keinem einzigen Fenster der Friesenhäuser brannte Licht. Die ganze Insel schien zu schlafen, außer ihr.

Als sie an den wunderschönen Häusern, in denen einst gut betuchte Walfänger und Kapitäne gewohnt hatten, vorbeikam, fuhr sie langsamer und bestaunte die historischen Gebäude. Reich blühende Rosen wuchsen davor und rankten manchmal sogar an der Häuserfront hoch. Welch eine üppige und beeindruckende Pracht!

Christin glitt über mit Meerkieseln gepflasterte Straßen dahin, vorbei an kleinen malerischen Geschäften. Sie nahm sich vor, nach Nieblum zurückzukehren, wenn sie geöffnet hatten. Dann wollte sie auch den Friedhof des Friesendoms, wie Birthe die St. Johannis-Kirche nannte, besuchen. Sie würde sich die berühmten sogenannten sprechenden Steine anschauen, die die Halbschwedin erwähnt hatte, denkmalgeschützte und mit Reliefs verzierte Grabsteine von Seeleuten, die von deren Leben erzählten.

Christin konnte nachvollziehen, warum sich Anja ausgerechnet in Föhr verliebt hatte, mit seinen malerischen Inseldörfern und den alten Reetdachhäusern, an denen sich Christin nicht sattsehen konnte. So viel Natur, man konnte jederzeit an den Strand, es war sowieso nirgends schöner als am Meer.

Christin hielt sich noch nicht lange auf der Insel auf, hatte aber den Eindruck, dass Föhr den Spagat schaffte, den Feriengästen etwas zu bieten und gleichzeitig bescheiden zu bleiben und die Einheimischen nicht auszubooten. Man verband Moderne mit Tradition. Hier ließ es sich bestimmt gut leben.

Außerdem bietet Föhr für jeden Geldbeutel Übernachtungsmöglichkeiten an, dachte Christin, als sie am Zeltplatz des Vereins *Unsere Welt* vorbeikam. Sie stellte ihr Rad am Ende des Meetswegs auf dem Fahrradparkplatz ab und ging zum Anfang des Bohlenwegs.

Als Christin die Nordsee sah, musste sie lächeln. Wie frisch und gleichzeitig würzig die Luft war! Der Mondschein spiegelte sich auf der Wasseroberfläche. Was für eine wundervolle Nacht!

Christin dachte an die tropischen Temperaturen, die aktuell in ihrer Heimatstadt herrschten, und genoss den lauen Wind, der die Wellen sachte gegen den Flutsaum schwappen ließ. Es kam ihr vor, als würde er das Wattenmeer sanft in den Schlaf wiegen.

Wer braucht schon Tai-Chi, wenn er am Meer ist, dachte Christin. Allein die Stimmung entspannte sie.

Der Horizont, an dem sich die nachtschwarze Nordsee mit dem Mitternachtsblau des Sternenhimmels traf, war so fern, und dazwischen lag eine Weite, die eine wohltuende Wirkung auf Christin hatte.

Ihre Bronchien weiteten sich, und sie konnte so frei durchatmen wie schon lange nicht mehr. Das lag nicht allein am Reizklima, das im Nordfriesischen Wattenmeer herrschte, sondern auch an dem Gefühl, vom Korsett des Alltags befreit zu sein.

Ihre Nackenmuskeln, ganz steif vom Wälzen im Bett, lockerten sich. Sie fühlte sich gelöst und gleichzeitig fest im Hier und Jetzt verankert, wie nach jedem Tai-Chi-Kurs.

Sie streckte sich wie eine Katze und überlegte, ob sie nach rechts abbiegen und am Strand in Richtung Wasserschule spazieren sollte, um sich am Goting Kliff die Schlafstrandkörbe anzusehen. Anja hatte ihr erzählt, dass die besonderen Möbelstücke in Joris' Manufaktur gefertigt wurden, und hatte ihr Werbeflyer gezeigt. Das hatte Christin neugierig gemacht. Auf dem Weg dorthin konnte sie ja an einer besonders schönen Stelle eine Pause einlegen und einige Übungen im kühlen Sand machen. Doch dann fiel ihr ein, dass die Schlafkörbe jetzt in der Hochsaison bestimmt besetzt waren, und sie wollte niemanden stören.

Also entschied sie sich dagegen und ging stattdessen nach links. Sie wusste noch nicht, ob sie den ganzen Weg bis zum Grevelingdeich an der Promenade in Wyk zurücklegen würde, weil sie die Entfernung nicht abschätzen konnte. In der Pension hatte sie sich den Bohlenweg im Reiseführer, Joris' Willkommensgeschenk, angeschaut, der Pfad führte am Weingut Waalem vorbei. Sie bezweifelte aber, dass sie es bei Nacht vom Strand aus sehen konnte, ebenso wenig wie den nahegelegenen Flugplatz.

Christin zog die Schuhe aus. Barfuß spazierte sie los. Sie genoss es, selbst bestimmen zu können, wo es langging. Mitten in den Dünen blieb sie stehen, streckte die Arme aus und ließ sich den Wind um die Nase wehen. In ihrem

Alltag blieb sie viel zu selten stehen, um den Moment zu genießen.

In der Bank hetzte sie von Kundentermin zu Kundentermin, oft standen auch noch interne Besprechungen an. An manchen Tagen jagte ein Meeting das nächste, sodass sie kaum ihre eigentliche Arbeit erledigen konnte. Nach Feierabend kaufte sie rasch Lebensmittel ein, tankte ihren Wagen auf, holte Franjos Medikament gegen Sodbrennen aus der Apotheke oder hielt bei einer Paketabholstelle, weil sie am Vortag eine Benachrichtigung im Briefkasten gehabt hatte. Alles unter Zeitdruck, denn Franjo bestand darauf, pünktlich um neunzehn Uhr zu Abend zu essen.

Oft legte sie einen Stopp bei ihren Eltern ein, weil die beiden ihre Hilfe brauchten oder ihr eine Handynachricht geschrieben hatten, dass sie Kuchen gekauft hätten und für sie ein Stück reserviert wäre. Christin fand das sehr lieb, hatte aber eigentlich zu viel um die Ohren für einen Kaffeeklatsch. Dennoch schob sie jedes Mal den Besuch ein, egal wie viel sie noch zu erledigen hatte, weil sie ihre Eltern nicht enttäuschen wollte. Außerdem schwang bei ihr immer die Sorge mit, sie frühzeitig durch eine Krankheit oder einen Unfall zu verlieren, wie Anja ihre geliebte Mutter Martina durch Krebs.

Der tägliche Plausch mit den Schwiegereltern am Gartenzaun musste auch sein. Nur einmal, an einem Samstag, als sie Kopfschmerzen plagten, hatte sie Monika und Petar erklärt, dass sie keine Zeit für eine Unterhaltung hätte, sie müsse noch das ganze Haus putzen und die Wäsche machen.

Insgeheim hatte sie gedacht, dass sie ja am Sonntag ohnehin bei den Schwiegereltern zum Mittagessen eingeladen waren und dann in Ruhe reden konnten. Da hatten Franjos Eltern ihn gleich gefragt, ob sie etwas falsch gemacht hätten und Christin sauer auf sie wäre, woraufhin sie Schuldgefühle bekommen hatte.

Christin wollte gerade weitergehen, da erregte etwas ihre Aufmerksamkeit. Ein Schatten lag am Flutsaum und wurde von den Wellen hin- und hergeschaukelt. Angestrengt sah sie in die Richtung, konnte jedoch in der Dunkelheit und auf die Entfernung nicht erkennen, was es war.

Hatte sie etwa Treibgut entdeckt? Vor Aufregung juckte es sie im Nacken. Ihre Fantasie sprudelte über.

Es mochte ein Rucksack sein, der von einem Boot gefallen war und sich mit Wasser gefüllt hatte. Vielleicht handelte es sich auch um eine aufgeblasene Rettungsweste. Sah sie die Umrisse eines Müllsacks, den ein Seemann ins Meer geworfen hatte, um illegal Abfall zu entsorgen?

Konnte es eine Boje sein, die sich losgerissen hatte und von der Strömung nach Föhr getrieben worden war? Oder hatte sie in der Dunkelheit ein Kuscheltier ausgemacht, dessen Verlust einem Kind nun eine schlaflose Nacht bescherte?

Sie erinnerte sich, vor einigen Jahren waren Tausende Überraschungseier in Langeoog an den Strand gespült worden. Damals waren einige Container bei Sturm über Bord eines Schiffes gegangen, vermutlich hatte einer davon die Plastikeier enthalten. Hatte das Treibgut dort hinten ein ähnliches Schicksal?

Ihre Abenteuerlust erwachte. Christin verließ den Bohlenweg bei der nächsten Gelegenheit und ging über den

Strand zurück. Während der kühle Sand bei jedem Schritt durch ihre Zehen rieselte, fragte sie sich, ob sie gleich eine Kostbarkeit finden würde.

Vielleicht würde sie noch in dieser Nacht mit einem Drybag voller Goldschmuck oder Banknoten zur Polizeistation radeln. Dort würde man ihr sagen, dass es sich um Diebesgut handelte, und ihr Foto würde im *Insel-Boten* landen. In dem Fall würde Anja sie auf Föhr niemandem mehr vorstellen müssen.

Mehr Freude hätte sie allerdings an einem kuriosen Fund, einem, den sie nie mehr vergessen würde und der, egal ob schön oder hässlich, einen Ehrenplatz in ihrer Wohnung bekommen würde. Von dem sie noch ihren Kindern erzählen würde. Ein Stich fuhr ihr ins Herz. Sie ärgerte sich über diesen dummen Gedanken. Sie würde nie eine eigene Familie haben. Keine Tochter, deren zarte Kinderhaut sie fürsorglich mit Sonnenlotion eincremen würde, und keinen Sohn, den sie daran erinnern musste, seinen Sommerhut aufzusetzen.

Christin blinzelte aufsteigende Tränen weg. Würde sie sich jemals damit abfinden können, unfruchtbar zu sein? Diese unumstößliche Tatsache saß wie ein Dorn in ihrem Fleisch, und die Stelle entzündete sich immer wieder aufs Neue.

Ihr Puls beschleunigte sich, als sie sich dem geheimnisvollen Schatten näherte. Die Aufregung vertrieb ihre Traurigkeit wieder. Ihr Nacken juckte inzwischen so stark, dass sie sich kratzte, doch das Gefühl der prickelnden Anspannung blieb.

Eine unbändige Neugier trieb sie an, so gruselig ihr die Situation zugleich schien. Der Mondschein tauchte den Strand in ein unheimliches Zwielicht, sie fühlte sich allein, und ihr fielen plötzlich auch lauter schauderhafte Dinge ein, die sie auf keinen Fall entdecken wollte.

Endlich kam sie bei dem Schatten an. Ein ovaler Körper schälte sich aus der Dunkelheit. Noch immer rollten die Wellen ihn hin und her. Sie schafften es jedoch nicht, das schwere Tier an den Strand zu heben.

Dass es sich um ein Tier handelte, erkannte Christin schon am Geruch. Die Nacht schärfte ihre Sinne. Nun, da sie dicht vor ihm stand, erkannte sie auch sein kurzes Fell, das in dem diffusen Licht eher wie eine gefleckte Haut aussah.

Christins Herz raste. Eine Vorahnung drückte ihr unangenehm auf die Kehle. Um besser Luft zu bekommen, lockerte sie den Sommerschal um ihren Hals. Sie ließ die Ballerinas einfach fallen. Mit zittriger Hand holte sie ihr Smartphone aus der Tasche ihres Kapuzenpullovers und schaltete die Taschenlampe an.

Als der Lichtkegel auf die Robbe traf und sie die schlimmen Verletzungen sah, taumelte Christin rückwärts und trat auf eine Muschel. Schmerz fuhr ihr in den Fuß. Das Mobiltelefon entglitt ihr und fiel in den Sand. Der Seehund lag wieder im Dunkeln, nur das diffuse Mondlicht ließ seine Silhouette erkennen.

War er tot? Höchstwahrscheinlich.

Christin musste nachsehen, bevor sie jemanden anrief, um korrekte Angaben machen zu können. Sie tastete nach ihrem Handy und bekam eine Gänsehaut. Es kostete sie Überwindung, die Lampe erneut einzuschalten. Das Herz schlug ihr bis zum Hals, als sie die Robbe ableuchtete. Ihr Magen zog sich zusammen.

Das arme Tier, dachte sie mitfühlend. Was mochte ihm zugestoßen sein?

Plötzlich sah der Seehund sie an.

Es durchfuhr sie. Sie hatte vermutet, dass die Robbe an ihren Kopfverletzungen gestorben oder so schwer verletzt war, dass sie sich nicht bewegen konnte. Teilnahmslos lag der Meeressäuger da, ließ sich vom Meer hin- und herschaukeln und schien aufgegeben zu haben. Doch sein Blick flehte sie an, ihr zu helfen.

Hastig rief sie Tjorben an. Nach dem Ausflug mit der *Seewievke* hatte sie seine private Handynummer in ihr Smartphone eingegeben. Nur für den Notfall, hatte sie sich eingeredet, aber nicht damit gerechnet, dass wirklich einer eintreten würde.

Jetzt rufe ich ihn ja doch an, dachte Christin, dabei hatte sie sich vorgenommen, genau das nicht zu tun. Aber sie würde ihm keine falschen Signale senden, sondern es ging um eine Seehundrettung. Trotzdem klopfte ihr Herz wie verrückt, während sie darauf wartete, dass er den Anruf annahm.

»Ich hoffe, es ist wichtig«, meldete sich Tjorben brummig und schlaftrunken.

Sie zog den Schal aus, doch ihr war immer noch zu warm. »Das ist es. Hier ist Christin.«

»Du bist es!« Plötzlich schien er hellwach zu sein. »Wie viel Uhr haben wir?«

Christin sagte es ihm. »Es tut mir leid, dich so spät, oder früh, zu stören, aber das ist ein Notfall.«

»Was ist passiert? Bist du okay?«, wollte Tjorben wissen. Ein Quietschen war auf seiner Seite der Leitung zu hören.

Sie vermutete, dass er sich im Bett aufgesetzt hatte. »Ich habe am Strand einen verletzten Seehund gefunden. Er hat Wunden am Rücken und am Kopf. Sein Zustand ist, glaube ich, schlecht. Du musst sofort herkommen, bitte.«

»Selbstverständlich.« Es knarrte, Tjorben musste aufgestanden sein. Das Geräusch nackter Füße, die über Fliesen gingen, drang durch die Leitung. Über das Rauschen von Wasser hinweg, fragte er: »Was machst du mitten in der Nacht am Strand?«

Keinesfalls wollte sie jetzt über ihre Ehekrise reden und erst recht nicht ihren verwirrenden Traum erwähnen. Ausweichend antwortete sie: »Ich konnte nicht schlafen und wollte zur Entspannung Tai-Chi machen.«

»Tai-Chi? Bewegt man sich dabei nicht im Zeitlupentempo?« Stoff raschelte. Vermutlich zog er sich an, während er weitertelefonierte.

Sie hörte es ihm an, dass er wenig davon hielt. »Solltest du auch mal probieren. Es geht um Körperspannung, Achtsamkeit und die richtige Atmung.«

»Du musst atmen lernen?«, fragte er ironisch.

»Spotte du nur«, zischte sie. »Ein chinesisches Sprichwort sagt, dass man davon geschmeidig wird wie ein Baby, stark wie ein Holzfäller und so gelassen wie ein Weiser. Die eingeübten Bewegungsabläufe sind körperliches Training und Meditation zugleich und verbinden Körper und Geist.«

»Die sind bei mir von Haus aus fest miteinander verankert«, erwiderte Tjorben trocken. »Außerdem, glaubst du ernsthaft, dass jemand mit meiner Statur geschmeidig wie ein Baby werden kann?«

Christin hatte da so ihre Zweifel, behielt sie aber für sich. »Jeder kann Tai-Chi machen.«

»Aber nicht jeder will das«, wandte er ein. Es klimperte, wahrscheinlich hatte er sein Schlüsselbund gegriffen. »An welchem Strand bist du?«

»Nieblum. Ich habe mein Fahrrad am Ende des Meetswegs abgestellt und bin etwa zehn Minuten über den Bohlenweg spaziert«, erklärte sie ihm und konnte es kaum erwarten, dass er bei ihr war. Sie kam sich schrecklich hilflos vor, und er wusste genau, was bei einer Seehundrettung zu tun war.

»Bleib, wo du bist«, wies er sie sanft, aber bestimmt an. »Ich werde dich schon finden. Und, Christin?«

»Ja?« Sie erwartete, dass er ihr Anweisungen geben würde, zum Beispiel, dass sie die Robbe nicht anfassen sollte, weil die aus Angst beißen könnte, oder dass sie die Handytaschenlampe einschalten sollte, damit er sie schon von Weitem sah.

Doch er sagte: »Schön von dir zu hören, auch wenn die Umstände es nicht sind.« Ohne ihre Antwort abzuwarten, beendete er das Telefonat.

Sie setzte sich in den Sand und wartete ungeduldig auf Tjorben. Nervös wickelte sie den Schal um ihre Hand. Sie überlegte, ob sie den Seehund auf den Strand heben sollte, bezweifelte aber, dass sie die Kraft dazu haben würde. Außerdem befürchtete sie, ihm wehzutun. Vermutlich würde sie ihn rollen müssen, und dabei würde sich Sand in die Wunden setzen. Also beschloss sie, ihn zu bewachen und darauf zu achten, dass er nicht zurück in die Nordsee gespült wurde.

Es dauerte nicht so lange, wie sie befürchtet hatte, bis Tjorben kam. Seine Taschenlampe erzeugte einen großen Lichtkegel, er trug eine Transportbox. Seine Haare waren offen und zerzaust. Energisch schritt er durch den Sand.

Nachdem er Christin begrüßt hatte, stellte er die Box ab und leuchtete den Seehund an. »Oh, mein Gott!«

»Ja, die Verletzungen sehen furchtbar aus«, pflichtete sie ihm bei. Ihr war übel vor Mitleid mit dem armen Tier.

»Du warst aber schnell hier«, sagte Christin staunend.

Tjorben hockte sich neben die Robbe. Während er die Wunden genauer betrachtete, erklärte er: »Ich wohne nicht weit weg, in Wrixum bei Wyk, ganz in der Nähe der historischen Windmühle, falls dir das etwas sagt.«

Sie schüttelte den Kopf und ging neben ihm in die Hocke. Der Gestank, der von dem Tier ausging, wurde stärker, aber sie blieb, wo sie war. Der Seehund sah zu Tjorben auf, und sie fragte sich, was er wohl dachte. Hatte er Angst vor Tjorben? Hoffte er, dass er ihn retten würde? Oder wünschte er sich, von seinem Leid erlöst zu werden? Sie kämpfte gegen Tränen an.

»Neben der Mühle ist ein wunderschöner Garten mit Apfelbäumen und Rosen. Den solltest du dir mal ansehen. Wenn du das tust, kannst du gerne bei mir auf einen Tee reinschauen«, sagte Tjorben.

Ihr Herz schlug einen Takt schneller. Sagte er das bloß,

um sie von dem entsetzlichen Anblick des Meeressäugers abzulenken? »Das ist nett, aber den mag ich nicht. Ich trinke nur Kaffee.«

Er konzentrierte sich wieder auf den Seehund. Beiläufig sagte er: »Kaffee habe ich leider nicht da. Den rühre ich nicht an.«

Eine unangenehme Stille trat ein.

Tjorben rief die Tierärztin an und beschrieb ihr die Lage. Er beendete das Telefonat mit den Worten: »Bis gleich, Janine. Ich schicke dir schon mal einige Fotos. Dann weißt du, was auf dich zukommt.« Dann machte er schnell Bilder.

Christin kam sich überflüssig vor. Doch Tjorben schenkte ihr ein Lächeln, das Bernstein wieder zu fossilem Harz werden lassen konnte.

»Hilfst du mir, die Robbe in die Box zu heben?«, bat er.

Sie war froh, endlich etwas tun zu können. »Selbstverständlich.«

Tjorben breitete ein Tuch aus, mit dessen Hilfe sie das verletzte Tier hochhoben. Christin war überrascht von dem Gewicht. Die Umlagerung klappte reibungslos, sie musste sich aber ziemlich anstrengen. Tjorben dagegen bewegte den Patienten so leicht hoch, als handelte es sich um ein Stofftier.

»Wir sind ein gutes Team«, sagte er.

Grinsend stimmte sie ihm zu: »Ja, das finde ich auch.«

»Wir kümmern uns um dich«, flüsterte er einfühlsam der Robbe zu und schloss den Deckel der Transportbox.

Gemeinsam trugen sie das Tier über den Strand zurück zum Meetsweg, was Christin gehörig ins Schwitzen brachte.

»Sollen wir langsamer gehen?«, fragte Tjorben sie und musterte ihr Gesicht. Vermutlich war es knallrot vor Anstrengung.

»Geht schon«, wiegelt sie ab. »Hauptsache, unser Patient wird so schnell wie möglich ärztlich versorgt.«

Sie verspürte eine große Erleichterung, als sie die Box endlich auf den Rücksitz seines Wagens abstellten, denn ihre Arme brannten gehörig. Sie schüttelte ihre Muskeln aus. Es machte sie verlegen, dass sie keine gute Kondition hatte.

Statt Tai-Chi sollte ich wohl eher Ausdauertraining machen, dachte sie. Im Gegensatz zu Tjorben war sie keine körperliche Arbeit gewohnt. Er jedenfalls schnaufte kein bisschen.

Erschöpft setzte sie sich auf den Beifahrersitz.

Er öffnete die Fahrertür. Überrascht sah er sie quer durchs Auto an. »Du brauchst mich nicht zu begleiten.«

»Ich will unbedingt mitkommen«, stellte sie klar.

Er lächelte und stieg ein. »Was ist mit deinem Plan, am Strand im Schneckentempo Karate Kid zu mimen?«

»Mit Karate lässt sich kein Seehund retten«, antwortete sie und erntete ein herzliches Lachen.

Er hielt ihr seine große Hand hin und sie schlug ein. Dann startete er den Motor und fuhr los.

Mit heftig klopfendem Herzen sah Christin zur Transportbox auf dem Rücksitz. Sie konnte zwar nicht hineinsehen, lauschte aber, ob der Meeressäuger sich rührte. Tat er nicht. Keuchend wandte sie sich wieder nach vorne. »Du bist beneidenswert gelassen.«

»Das wirkt nur so. Mich nimmt das Schicksal des See-hundes auch sehr mit. Solche Wunden habe ich noch nie gesehen. Vielleicht weiß Janine, was da passiert sein könnte. Janine ist unsere Tierärztin. Sie hat mit André, ihrem Mann, das *Robbenzentrum* gegründet. Ihre Praxis liegt gleich dane-ben, genau wie ihr *Tierhuus*, eine Auffangstation für Wild- und Fundtiere.« Während er erzählte, lenkte Tjorben seinen Wagen ziemlich schnell über die Straße, die nach Wyk führte.

Doch sie wies ihn nicht darauf hin, denn die Uhr tickte für den armen Meeressäuger. »Sie setzt sich aber sehr für Tiere ein«, kommentierte Christin.

»Ja.« Er nickte, ohne den Blick von der Fahrbahn zu neh-men. »Sie und ihr Mann haben viel auf Föhr bewegt.«

Sie schwiegen. Jeder hing seinen Gedanken nach.

Tjorben, Janine und André taten so viel Gutes. Es be-schämte Christin, dass sie kein Ehrenamt hatte und in kei-nem sozialen Beruf arbeitete. In der Bank engagierte sie sich zwar für ihre Kunden, aber im Grunde half sie doch nur ihrem Arbeitgeber, mehr Geld zu scheffeln.

Sie brauchte die tägliche Dosis Süßigkeiten, um sich zu motivieren. Als Lohn dafür, den stressigen Arbeitstag überstanden zu haben, oder weil sie dringend Glücksge-fühle oder neue Energie brauchte. Nur so bekam sie auch noch die Verpflichtungen nach Feierabend gewuppt. Letzt-lich versuchte sie dabei jedoch, eine Leere in sich zu füllen.

Würde sie einen Beruf ausüben, der ihr eine tiefe Zufrie-denheit schenkte, wäre sie mit ihrem Privatleben glücklich, bräuchte sie doch gar keine Belohnung und Motivation, um den Tag zu überstehen. Diese Erkenntnis beschäftigte sie.

Warum gehe ich nicht zu Franjo und suche Trost und Stärkung in seinen Armen, hatte sich Christin in letzter Zeit immer wieder verwundert gefragt. Stattdessen stopfte sie Kalorien in sich hinein. Sie wusste, es war eine Ersatzbefriedigung. Sie nahm nur deshalb nicht zu, weil sie in der Bank vor Stress oft nicht dazu kam, zu Mittag zu essen.

Als sie vor dem Robbenzentrum parkten, stürzte Janine sofort heraus. Während sie Tjorben half, die Transportbox aus dem Auto zu heben, begrüßte sie Christin. Sie warf einen Blick auf die Robbe und riss entsetzt die Augen auf.

Christin spannte die Kiefer an. Wenn der Anblick selbst die Tiernotretterin, die schon so viel Leid gesehen hatte, schockierte, musste es schlecht um den Meeressäuger stehen. Doch Christin wollte die Hoffnung nicht aufgeben. Wer konnte der Robbe besser helfen als Tjorben und Janine, mit all ihrer Erfahrung!

Die beiden brachten das Tier in den Untersuchungsraum. Christin folgte ihnen. Ihre Beine waren wie Gummi, ihre Kehle wie zugeschnürt. Sie drückte die Daumen, dass alles gut werden würde, mehr konnte sie nicht tun.

Vorsichtig hoben Tjorben und Janine den Patienten aus der Box. Er gab keinen Laut von sich. Christin befürchtete, dass er auf dem Weg zur Seehundstation gestorben war, doch dann öffnete das Tier die Augen und sah die Ärztin an.

Janine redete beruhigend auf den Seehund ein, dann zog sie Latexhandschuhe an und untersuchte ihn behutsam.

Tjorben gab ein Brummen von sich. »Ich kann mir keinen Reim auf die Verletzungen machen. Sie sehen anders aus als alles, was ich bisher gesehen habe.«

»Ja, du hast recht. Sie könnten von einem Boot stammen und doch wieder nicht. Sie sind nicht so ausgeprägt und charakteristisch«, sagte die Ärztin nachdenklich.

Seine Miene verfinsterte sich. »Der kleine Kerl hat selbst am Bauch Schrammen und Abschürfungen. Wahrscheinlich wurde er am Kopf getroffen und war so benommen, dass er nicht mehr untertauchen und fliehen konnte.«

»Ja, er trieb vermutlich reglos im Meer, und jemand hat ihn immer wieder überfahren.« Erzürnt presste sie hervor: »Absichtlich oder unabsichtlich.«

Er ballte eine Faust. »Mir wird übel vor Wut, wenn ich mir vorstelle, dass das mutwillig war.«

Auch Christin drehte sich der Magen um. Sie fragte sich, ob es auf Föhr einen Tierquäler gab. Verbrachten nicht die meisten Feriengäste ihren Urlaub hier, weil sie sich an der Natur und der Tierwelt erfreuen wollten? Und achteten die Insulaner nicht die hiesige Flora und Fauna, schon weil viele vom Tourismus lebten?

Janine beugte sich über die Robbe. »Ich sehe keine charakteristischen Verletzungen durch einen Kiel oder eine Schiffsschraube.«

»Was war es dann, etwa ein Sumpfboot?«, fragte Tjorben ironisch und fuhr sich seufzend mit der Hand durch seine Löwenmähne. »Sorry, das war eine dumme Bemerkung. Ich bin bloß sauer, weil der arme Kerl das durchmachen muss und ich zu spät gekommen bin, um den Verursacher zu erwischen.«

»Das war keine dumme Bemerkung.« Sie richtete den Oberkörper wieder auf. »Theoretisch würde ein Flachboot ohne Außenbordmotor zu den Wunden passen, außerdem ist es schnell und wendig.«

»Solche Wasserfahrzeuge gibt es im Nordfriesischen Wattenmeer nicht«, wiegelte er ab.

Janine zuckte mit den Schultern. »Vielleicht ist es etwas Neues.«

»Dann hätte mein Vater mir davon erzählt«, wandte Tjorben ein. »Als Hafenmeister kriegt er sowas mit. Ich denke auch nicht, dass die Behörden den Einsatz bei uns vor der Küste erlauben würden.«

»Es passt ohnehin nicht vollkommen zu den Wunden.« Die Tierärztin zeigte auf einige Furchen auf dem Rücken und am Bauch des Seehundes. »Siehst du die Rillen hier, hier und hier? Ein Flachboot hat so etwas meines Wissens nicht.«

»Ja, stimmt. Dann stehen wir wohl wieder am Anfang.« Tjorben klang aufgebracht. »Hast du jemanden gesehen?«, fragte er Christin.

»Nein«, antwortete sie betreten. »Da war weit und breit kein Boot. Ich habe auch kein Motorengeräusch gehört.«

»Und auf dem Strand«, fragte er weiter, »ist dir da jemand begegnet?«

Christin schüttelte den Kopf. »Niemand. Ich war ganz allein.«

Janine lehnte sich mit dem Rücken gegen den Arzneimittelschrank. »Ich befürchte, ich habe schlechte Nachrichten.«

Eine böse Vorahnung ballte sich wie eine Faust um Christins Magen.

»Ich kann nichts mehr für den Seehund tun, außer ihn von seinem Leid zu erlösen«, erklärte die Ärztin. Sie zog eine Schublade auf und nahm eine Spritze und eine Kanüle heraus.

Christin wurde es eiskalt. Tränen nahmen ihr die Sicht.

Tjorben legte den Arm um sie und sagte leise: »Wenn Janine das sagt, dann ist es das Beste für den kleinen Kerl.«

»Seine Chancen stehen einfach zu schlecht«, erklärte Janine. »Er ist dem Tod näher als dem Leben. Ihn weiter zu behandeln, würde nur sein Leiden verlängern. Tieren in Not zu helfen, bedeutet manchmal auch, sie gehen zu lassen.«

Christin schluchzte und nickte. Sie lehnte die Stirn gegen Tjorbens Brustkorb und weinte leise. Sein T-Shirt saugte ihre Tränen auf. Tröstend streichelte er sie im Nacken.

»Lass uns nach nebenan gehen«, schlug er vor. »Du musst das nicht mitansehen, Janine wird bis zum Schluss bei ihm bleiben. Komm! Ich möchte dir etwas zeigen.«

Er nahm ihre Hand und führte sie in die Abteilung mit den Patienten, die verletzt oder von der Mutter verlassen und ins Robbenzentrum gebracht worden waren. Die meisten von ihnen waren auf dem Weg der Besserung oder sogar kurz davor, in der Nordsee freigelassen zu werden.

»So schmerzhaft es auch ist, wir können nicht alle retten.« Er machte eine ausladende Geste. »Aber viele schon!«

Christin schaute in große dunkle Seehundaugen, die sie neugierig und müde ansahen. Der Anblick berührte sie. Ihre Tränen trockneten.

»Danke«, sagte sie zu Tjorben.

Sanft fuhr er mit den Fingern über ihre feuchten Wangen.

Sein Blick glitt über ihr Gesicht, blieb einen Moment lang an ihrem Mund haften, dann sah er ihr tief in die Augen.

Christins Herz klopfte schneller. Ihr wurde heiß. Sein warmer Atem strich über ihre Lippen. Wie gebannt starrte sie ihn an. Die Umgebung verblasste. Sein Kuss kam nicht unerwartet. Sie hatte ihm angesehen, dass er es tun wollte, und sie ließ es zu. Sein gestutzter Bart kratzte leicht, aber seine Lippen waren samtweich.

Er küsste sie so gefühlvoll, wie sie schon lange nicht mehr geküsst worden war. Sie konnte sich gar nicht mehr daran erinnern, wann sie sich das letzte Mal so begehrt gefühlt hatte. Wie gut das tat! Balsam für ihre wunde Seele.

Es war nicht richtig, sich dem Kuss hinzugeben, doch sie genoss die zärtliche Leidenschaft. Tjorben stillte ihre Sehnsucht nach Liebe.

Ihre Knie wurden weich. Auf der Suche nach Halt tastete sie über seinen Oberkörper. Schließlich schlang sie einen Arm um seine Taille und hielt sich mit der anderen Hand an seinem kräftigen Oberarm fest.

Wie stark sich Tjorben anfühlte. Er wirkte bärig, aber unter seiner bequemen Kleidung steckte ein von der Arbeit auf der *Seewievke* und den Wanderungen gestählter Körper.

Im Traum hatte sie sich gefragt, ob sie es zulassen würde, dass er sie küsst, und nun kannte sie die Antwort.

Kapitel 8

Am nächsten Morgen lag Christin auf dem Bett in Anjas Dachgeschosswohnung des *Lüttes Glück*. Noch müde lauschte sie den Geräuschen, die von draußen durch das geöffnete Schlafzimmerfenster zu ihr drangen.

Auf dem Dorfanger rief ein Mädchen: »Elke.«

Ein Hund gab bellend Antwort. Ein Ball titschte immer wieder auf, und Krallen fetzten über den Asphalt.

»Fein gemacht«, sagte ein Junge lobend.

Die beiden Kinder spielten anscheinend mit ihrem Mops, und alle drei hatten großen Spaß.

Plötzlich war da ein Trampeln, und Schafe blökten. Ein Mann gab merkwürdige kehlige Geräusche von sich, dann schnalzte er mit der Zunge. Das musste Sören Schippmann sein, der seinen Tieren Kommandos gab. Anscheinend trieb der Schäfer seine Herde zum Grasen in Richtung Dünen. Anja hatte Christin erzählt, dass er keinen Hütehund brauchte, seine Tiere folgten ihm auch so. Christin fand das erstaunlich. Sören hatte offenbar eine besonders innige Beziehung zu seinen Schafen.

Der Stallgeruch zog fast immer durch die kleine Gemeinde Walsum, aber nun wurde er intensiver. Christin konnte die Herde selbst hier unterm Dach riechen. Sie empfand das nicht als unangenehm. Es passte zur ländlichen Umgebung hoch oben im Norden Föhrs und zu ihren Urlaubsgefühlen, die sich immer stärker einstellten.

Ein Fahrrad hielt quietschend an. Ein Mann schrie aufgeregt: »Halt! Nicht weglaufen!«

»Von Laufen kann keine Rede sein«, entgegnete Sören trocken. »Wir schleichen, weil Ömchen nicht schneller kann. Ömchen ist mein ältestes Schaf, das da. Sie schläft als Einzige bei mir im Bett, da ist es wärmer als im Stall.«

»Ooookay.« Der Fremde klang irritiert. Dann erzählte er außer Atem vom Radfahren: »Ich habe Walsum gesucht wie die Nadel im Heuhaufen. Die Einheimischen wirkten verunsichert, als ich sie nach dem Weg gefragt habe.«

»Die wissen oft selbst nicht, wo genau wir zu finden sind. Halt irgendwo in der Marsch«, erwiderte Sören. »Aber das wird sich bald ändern, wenn das *Lüttes Glück* erst zum Touristenmagneten geworden ist.«

Christin wollte das Gespräch nicht belauschen, konnte sich nach dem wenigen Schlaf in der vergangenen Nacht aber nicht dazu aufraffen aufzustehen, obwohl es schon zehn Uhr war.

Der Urlauber räusperte sich. »Was ist das: *Lüttes Glück*?«

»Na, die Pension hinter Ihnen«, antwortete der Schäfer fast ungehalten.

»Oh! Und die ist ein Geheimtipp?«, fragte der Feriengast zweifelnd.

»Im *Gartencafé* gibt es den besten Kuchen auf ganz Föhr«, erklärte Sören. »Den müssen Sie probieren, sonst verpassen Sie was. Meine Nachbarin Maike backt ihn selbst. Anja – ihr gehört die Pension – serviert auch hausgemachte

Waffeln nach einem Rezept der Vorbesitzerin Hilde. Die wohnt auch noch da.«

Überrascht wollte der Tourist wissen: »Und das gibt keinen Ärger?«

»Noch leben beide«, erwiderte Sören mit einem Lächeln in der Stimme. »Anja hat auch Eiscreme.«

»Klingt gut. Dann werde ich heute Nachmittag noch einmal herkommen und meine Frau mitbringen«, versprach der Mann. »Ach, herrje. Meine Frau! Sie wartet ja mit dem Frühstück auf mich, und wenn sie Hunger kriegt, wird sie schlecht gelaunt. Und wenn sie schlechte Laune hat, ist sie so unerträglich wie die Rote Königin.«

»Wie wer?«, fragte Sören.

Der Feriengast erklärte: »Das ist nur eine Figur aus dem Roman, aus dem ich meiner Frau jeden Abend ein Kapitel vorlese.«

Christin fand das romantisch und lächelte in sich hinein.

»Sind Sie der *Föhrer Schafsflüsterer*?«, wollte der Radfahrer von Sören wissen.

»Jo. Das bin ich wohl.« Aufgeregt fügte Sören hinzu: »Meine Schafe sind Stars auf TikTok.«

Der Feriengast ging nicht auf die Bemerkung ein. »Kann ich bei Ihnen den leckeren Weichkäse aus Schafsmilch kaufen? Unsere Bekannten haben uns so davon vorgeschwärmt, und jetzt hätte meine Frau ihn gerne zum Frühstück.«

»Den finden Sie im Selbstbedienungsautomaten gleich vor dem Stall, auch Frischkäse, Schnittkäse und Salzlakenkäse.« Der Schäfer klang etwas verschnupft, vielleicht weil der Tourist nichts zu seinem Interneterfolg gesagt hatte.

»Sagen Sie das doch gleich«, erwiderte der Mann ungeduldig. »Meine Frau wartet auf mich.«

»Sie haben ja jetzt erst danach gefragt«, wandte Sören missmutig ein und zog mit seiner Herde weiter. Laut sagte er zu seinen Schafen: »Zum Glück bin ich nicht verheiratet. Vor euch muss ich wenigstens keine Angst haben.«

Diplomatie war wohl nicht seine Stärke, dachte Christin und lächelte nachsichtig. Sie setzte sich im Bett auf, gähnte und reckte sich. Plötzlich hatte sie großen Kaffeedurst.

Die Mutter der Kinder, die auf dem Dorfanger mit Elke spielten, trat gerade aus dem *Lüttes Glück* und rief ihnen zu: »Kommt jetzt rein und macht euch fertig. Wir wollen endlich nach Borgsum aufbrechen. Ihr habt doch immer noch Lust auf *Adventure Golf*, oder?«

Der Junge und das Mädchen kreischten vor Freude. Einer der beiden lief zur Mutter und gab ihr einen lauten Schmatzer auf die Wange.

Wie eine Welle brach die Erinnerung an Tjorbens Kuss über Christin herein und drückte sie unter die Oberfläche eines Ozeans aus Schuldgefühlen. Einen Moment lang meinte sie, keine Luft mehr zu bekommen. Was hatte sie nur getan? Sie hätte den Kuss nicht zulassen dürfen, schließlich war sie verheiratet.

Sie beruhigte sich, sagte sich, dass sie Tjorben ja bloß geküsst hatte, mehr nicht. Ein kleiner Aussetzer, verzeihbar. Dann dachte sie jedoch daran, mit welchem Argument Franjo versucht hatte, seinen Seitensprung kleinzureden. Er hatte behauptet, es wäre ein einmaliger Ausrutscher gewesen. Zugegeben, ihr Kuss mit Tjorben war lang und von einer zärtlichen Leidenschaft gewesen, aber mehr war nicht passiert.

Tjorben hatte sich wie ein Gentleman verhalten und sie mit seinem Wagen zu ihrem Fahrrad, das noch am Bohlenweg in Nieblum stand, gebracht. Er hatte vorgeschlagen, das Rad in den Kofferraum zu packen und sie nach Walsum zu fahren, sie hatte abgelehnt.

Christin hatte auf dem Rückweg allein sein und ihre Gefühle ordnen wollen. Doch war sie noch zu durcheinander gewesen, um zu wissen, was der Kuss zu bedeuten hatte.

Während sie durch die Inseldörfer und das Marschland radelte, sah sie mit einem Dauergrinsen zu den Sternen und dem Mond auf. Aus einer Laune heraus ließ sie sogar den Lenker los und streckte die Arme von sich, als wäre sie ein Vogel und könnte jeden Moment abheben. Seit ihrer Jugend war sie nicht mehr freihändig gefahren. Sie wunderte sich, dass es überhaupt noch ging.

Vor Euphorie fühlte sich ihr Körper wie elektrisiert an. Sie legte die Hände wieder an den Fahrradlenker und trat kräftig in die Pedale, weiterhin fühlte sich das Radeln wie Fliegen an.

Christin war berauscht von der Geschwindigkeit und vor Glück. Sie fühlte sich so unbeschwert wie in jungen Jahren, als sie von einer Party im *Volksgarten*, auf der sie mit Anja eine Flasche prickelnden Fruchtwein getrunken und einen Jungen kennengelernt hatte, nach Hause geradelt war.

Später im Bett redete sie sich ein, dass das Hochgefühl nichts mit dem Kuss im Robbenzentrum zu tun hatte. Es waren bloß typische Sommergefühle. Sie verdankte sie der herrlichen lauen Nacht und den schönen Eindrücken in der Natur, nicht Tjorben.

Doch nun war das Gefühl wieder da, kaum dass Christin an ihn dachte. Während sie sich die Zähne putzte und die Haare kämmte, sah sie sich kein einziges Mal im Spiegel an. Gewissensbisse nagten an ihr. War sie eine schlechte Ehefrau und kein bisschen besser als Franjo? Sein Seitensprung gab ihr nicht das Recht, es ihm gleichzutun.

Merkwürdig, trotz Schuldgefühlen bereute sie den Kuss nicht. Wie passte das zusammen? Christin, zutiefst verwirrt, verstand sich selbst nicht mehr.

Sehnte sie sich etwa so sehr nach Zuneigung und Bestätigung, dass sie sich dem erstbesten Mann, der bereit war, ihre Sehnsüchte zu stillen, zugewandt hatte? Dürstete es sie nach Zärtlichkeiten, weil sie sie von ihrem Ehemann nicht bekam, oder hatte sie unbewusst Rache für Franjos Betrug üben wollen? Er war bei seiner Mitarbeiterin schwach geworden, und sie hatte sich von Tjorben küssen lassen. Was sagte das über ihre Ehe aus?

Während Christin duschte, fragte sie sich, wie sie sich bei der nächsten Begegnung Tjorben gegenüber verhalten sollte. Es würde bestimmt unangenehm werden, zu viel Ungesagtes stand zwischen ihnen.

Was empfand Tjorben für sie? Hatte er sie mit dem Kuss bloß trösten wollen, in der traurigen Situation mit dem verletzten Seehund? Fühlte er sich nur körperlich zu ihr hingezogen, oder empfand er mehr für sie?

Bestimmt hatte er genauso viele Fragen an sie. Fragen, auf die sie noch keine Antworten wusste.

Hatte sie ernste Absichten, oder sah sie nur einen Sommerflirt in ihm? Christin hatte sich nicht offiziell von Franjo getrennt und nie ernsthaft über Scheidung nachgedacht, aber nun, da sie in sich hineinhorchte, wurde ihr eines klar. Zum jetzigen Zeitpunkt konnte sie sich nicht vorstellen, zu ihm zurückzukehren, und das hatte nicht nur mit seiner Untreue zu tun. Ihr Herz hatte das schon früher gewusst.

Und dann hatte Tjorben ihr gezeigt, dass ein einfacher Kuss einen Wirbelsturm entfesseln konnte. Ein Sturm, so gewaltig, dass man mitgerissen wurde, ob man es wollte oder nicht. Der einen so sehr berauschte, dass man nicht mehr wusste, wo oben und wo unten war, und der einem den Boden unter den Füßen wegzog. Der einen in den Himmel hob, als könnte man fliegen, und der alles vergessen ließ, sogar dass man liiert war.

Es war lange her, dass Franjos Küsse oder Berührungen ein heftiges Prickeln in ihr ausgelöst hatten. Hatte sie bei ihm überhaupt jemals so stark empfunden? Sie konnte sich kaum noch daran erinnern. Sechzehn gemeinsame Jahre waren eine lange Zeit.

Zudem hatte sich Franjo nie durch Leidenschaftlichkeit ausgezeichnet. Er hatte eben andere Qualitäten. Doch durch Tjorben hatte sie erkannt, dass ihr etwas fehlte.

Früher hatte Franjo Christin geküsst, bevor er sich auf den Weg zur Arbeit machte. Als er vor einigen Jahren damit aufgehört hatte, war es ihr egal gewesen. Wenn er sie heutzutage in den Arm nahm, verspürte sie kein Herzklopfen mehr.

Vielleicht hatte sie etwas Mitschuld daran, dass ihre Ehe

nicht mehr aufregend und ihre Gefühle abgekühlt waren. Sie steckte im Winter schon lange nicht mehr ihre kalten Füße unter seine Bettdecke, sondern zog stattdessen gestrickte Strümpfe an. Sie kuschelte sich auf der Couch nicht mehr an ihn wie früher, sondern wickelte sich in eine Baumwolldecke ein. Wenn sie abends ins Bett ging, gab sie ihm keinen Gutenachtkuss. Das fehlte ihr nicht einmal.

Als sie das letzte Mal zusammen geschlafen hatten, war sie enttäuscht gewesen. Vielleicht hatte er genauso empfunden, denn seitdem hatte er keinen weiteren Versuch gemacht, sie zu verführen.

Wie sah das wohl bei Tjorben aus, fragte sich Christin verträumt, als sie aus der Dusche trat und sich abtrocknete.

Was machst du dir überhaupt Gedanken über ihn, fragte sie sich tadelnd, während sie sich anzog. Bis sie sich nicht offiziell von Franjo getrennt hatte, würde sie ihr Herz keinem neuen Mann schenken, und für ein kurzes Abenteuer war sie noch nie zu haben gewesen.

Plötzlich klingelte ihr Mobiltelefon. Ihr Puls beschleunigte sich. War das Franjo? Wollte er versuchen, die Wogen zu glätten, damit sie nach Hause kam?

Nervös ging sie ins Schlafzimmer, nahm ihr Smartphone von der Nachtkonsole und las den Namen, der auf dem Display stand. »Horvat«.

Unschlüssig blieb sie stehen. Eine Stelle mitten auf ihrem Rücken juckte, genau da, wo Christin nicht drankam, um sich zu kratzen.

Der Anruf kam vom Festnetzanschluss ihrer Schwiegereltern, aber sie waren ja noch in Urlaub. Vermutlich nutzte

Franjo den Apparat, weil er befürchtete, Christin würde nicht drangehen, wenn er es mit seinem Handy, über den Anschluss in ihrem Haus oder in der Pfandleihe versuchte.

Einen Augenblick lang erwog sie, den Anruf zu ignorieren, doch man löste keine Probleme, indem man ihnen aus dem Weg ging.

Ihr Herz klopfte wie verrückt, als sie sich meldete. »Christin.«

»Ich bin es, Monika«, antwortete ihre Schwiegermutter.

»Oh«, machte Christin überrascht. »Hallo.«

Mit einem hoffnungsvollen Lächeln in der Stimme sagte Monika: »Du klingst enttäuscht.«

Insgeheim war Christin eher erleichtert, weil sie somit auch keine Entscheidung treffen musste, ob sie Franjo verzeihen wollte oder nicht. Ob sie ihn noch liebte oder nicht.

Auf der einen Seite wünschte sie sich, dass er anrufen und um sie kämpfen würde, auf der anderen hatte sie Angst vor dem Gespräch. Es würde Salz in ihre offene Wunde streuen.

Darum ließ sie den Satz unkommentiert, obwohl sie ahnte, dass ihre Schwiegermutter mit der Bemerkung einen Köder ausgeworfen hatte.

Monika seufzte vorwurfsvoll. »Was höre ich denn da für Sachen von dir!«

»Wie bitte?«, fragte Christin irritiert und ließ sich aufs ungemachte Bett fallen. Das klang ja, als hätte sie etwas falsch gemacht.

»Franjo hat uns in Dubrovnik angerufen und mitgeteilt, dass du einfach nach Föhr abgehauen bist. Er war vollkommen fertig, so habe ich ihn noch nie erlebt.«

»*Einfach*?« Christin zog die Augenbraue hoch und erwiderte gepresst: »So würde ich das nicht formulieren.«

»Wir haben selbstverständlich sofort unseren Urlaub abgebrochen und sind nach Hause gekommen«, sagte Monika.

Christin bekam Schuldgefühle. »Das wäre doch nicht nötig gewesen.«

»Den Kroaten geht die Familie über alles. Petar und natürlich auch ich hätten es uns niemals nehmen lassen, unserem Sohn in dieser schweren Zeit beizustehen«, beteuerte ihre Schwiegermutter.

»Moment mal!«, entfuhr es Christin entrüstet. Sie sprang vom Bett auf. »Franjo hat Mist gebaut. Aus deinem Mund klingt es, als hätte ich unsere Ehe aufs Spiel gesetzt. Hat er euch überhaupt erzählt, was er getan hat?«

»Ja«, würgte Monika hervor. »Wir haben unsere Mitarbeiterin sofort fristlos entlassen.«

»Ihr?« Die Enttäuschung, die Christin empfand, legte sich schwer wie ein Stein auf ihre Brust. »Hatte Franjo das nicht bereits getan?«

»Er hatte sich Sorgen gemacht, dass er die Arbeit nicht allein schaffen kann, aber da muss er jetzt durch. Petar und ich waren fassungslos und stinksauer, als wir gehört haben, dass Patrizia Franjo verführt hat«, stieß Monika empört aus. »Das hätten wir ihr niemals zugetraut. Aber Franjo hat gemeint, dass sie ihm von Anfang an schöne Augen gemacht hätte. Sie hat wohl ständig versucht, mit ihm allein zu sein, aber er hat das nicht zugelassen. Als wir dann im Urlaub waren, hat sie das schamlos ausgenutzt und ist nur noch in ultrakurzen Miniröcken zur Arbeit erschienen.«

»Zu einem Seitensprung gehören immer zwei«, entgegnete Christin. »Außerdem wissen wir nicht, von wem die Initiative ausging, und es spielt auch keine Rolle für mich.« Es fiel Christin unglaublich schwer, Patrizia beizuspringen. Aber sie fand es nicht richtig, dass allein die Schuld auf die Mitarbeiterin geschoben wurde.

»Du hast natürlich recht. Verzeih mir!«, bat Monika und schluchzte. »Ich kann nicht aus meiner Haut. Ich bin Franjos Mutter und habe das Bedürfnis, ihn in Schutz zu nehmen.«

Das konnte Christin nachvollziehen, dennoch sagte sie verdrießlich: »Franjo hat es nicht verdient, dass du Partei für ihn ergreifst. Er ist fremdgegangen. Damit hat er unsere Ehe mit Füßen getreten und mich tief verletzt.«

»Das muss schlimm für dich sein«, erwiderte Monika mitfühlend. »Aber musstest du gleich nach Föhr reisen? Du hättest doch für ein paar Tage in unser Haus ziehen können, es stand leer.«

Dort hätte Christin keine Luft bekommen. Sie schloss das Schlafzimmerfenster und sah durch die Scheibe hinaus auf den Dorfanger. Walsum war so friedlich, die Sonne schien, und der Augusthimmel war wolkenlos, doch in ihr tobte ein heftiger Sturm. »Ich brauche Abstand und wollte ohnehin meine beste Freundin Anja besuchen.«

»Wie wollt Franjo und du euch denn versöhnen, wenn du so weit weg bist?«, fragte ihre Schwiegermutter weinerlich. »Das macht man doch nicht am Telefon, sondern von Angesicht zu Angesicht.«

»Du hast recht, aber ich sehe Franjo hier nirgends«, antwortete Christin sarkastisch.

Monika schnäuzte sich die Nase. »Er muss doch das Pfandleihhaus führen.«

»Aber ihr seid doch aus dem Urlaub zurück«, erwiderte Christin verständnislos. Franjo hätte sich längst ins Auto setzen und unterwegs an die Nordseeküste sein können.

»Wir sind noch nicht offiziell zurück, und wir haben auch nicht vor, wieder ins Geschäft zu gehen. Wir wollen den restlichen Urlaub zu Hause verbringen«, druckste Monika herum. »Petar mit seinem Bluthochdruck und ich mit meinem Diabetes brauchen dringend eine Auszeit. Uns ging es in letzter Zeit gesundheitlich nicht gut, das hat Franjo doch bestimmt erwähnt. Zu viel Stress, jetzt setzt uns auch noch eure Ehekrise zu.«

So viel zum Thema Familiensinn, dachte Christin enttäuscht. Selbstverständlich hatte sie Verständnis dafür, dass Monika und Petar sich erholen wollten. Aber die beiden hätten die Pfandleihe ja bloß für ein paar Tage übernehmen brauchen, damit Franjo zu ihr kommen konnte. Außerdem waren sie ihre eigenen Chefs und konnten den Urlaub problemlos nach hinten verschieben und freimachen, sobald Franjo Christin heimgeholt hätte.

Es gab auch noch die Möglichkeit, das Geschäft für eine Woche zu schließen. Die wirtschaftlichen Einbußen wären verschmerzbar und müssten es Monika und Petar doch wert sein, wenn sich so die Ehe ihres Sohnes retten ließ. Anscheinend erwarteten sie jedoch, dass Christin zur Versöhnung nach Köln zurückkehrte.

Während Christin ins Wohnzimmer ging, wollte sie in

bitterem Ton wissen: »Und warum hat Franjo nicht angerufen, sondern du?«

»So sind die Männer eben«, antwortete Monika und lachte verlegen.

Gereizt fragte Christin: »Was soll das denn heißen?«

»Sie kriechen nicht gerne zu Kreuze. Das lässt ihr Stolz nicht zu.« Mit einem nachsichtigen Lächeln in der Stimme fuhr Monika fort: »Darum lieben wir Frauen sie doch, nicht wahr? Weil sie stark und stolz sind.«

»Das sehe ich anders«, widersprach Christin und zupfte aufgeregt die sandfarbene Decke, die über der alten Couch lag, zurecht. Ihre Nerven wurden auf eine harte Probe gestellt.

Während ihre Schwiegermutter einen Monolog darüber hielt, wie gern sich auch die modernen selbstständigen Frauen heutzutage noch an starke Schultern anlehnten und wie die Emanzipation nur dazu geführt hatte, dass Frauen an dem Spagat zwischen Haushalt, Kindern und Beruf fast verzweifelten, gingen Christins Gedanken auf Wanderschaft.

Ihr war schon aufgefallen, dass Monika und Petar das klassische Rollenbild von Mann und Frau lebten, mal abgesehen davon, dass Monika im Pfandleihhaus mitarbeitete. Aber nach Feierabend stand Monika in der Küche und kochte das Abendessen, während Petar im Gartenstuhl oder im Wohnzimmersessel ein Nickerchen machte und darauf wartete, dass er von ihr an den Esstisch gebeten wurde.

Bei Anschaffungen hatte er das letzte Wort, weil seine Frau sich bei Produkten angeblich oft vom äußeren Schein blenden ließ, er aber Wert auf die Funktionalität und Langlebigkeit legte. Petar gab ihr sogar monatlich Haushaltsgeld, weil er angeblich besser mit Geld umgehen konnte. Zu Christins Verwunderung fühlte sich Monika keineswegs unterdrückt, sondern sah das alles genauso.

Franjo kam zum Glück nicht nach seinem Vater. Oder täuschte sie sich? Hatte Christin nur die Distanz gefehlt, um das zu erkennen? Sie setzte sich aufs Sofa und geriet ins Grübeln.

Früher war Franjo entspannter gewesen, doch seit ein paar Jahren gab er ihrem Alltag immer festere Strukturen, die Christin zunehmend als Gefängnis empfand.

Er bestand auf festen Essenszeiten, seine Eltern aßen auch immer um dieselbe Zeit. Es stand für ihn außer Frage, dass sie jeden Sonntag zu seinen Eltern zum Mittagessen gingen, wie seine Eltern das auch bei deren Eltern getan hatten, als Monika und Petar ein paar Jahre in Dubrovnik gelebt hatten.

Christin zweifelte keine Sekunde daran, dass sie auch noch gemeinsam in den Urlaub gefahren wären, wenn sie dafür nicht das *Pfandleihhaus Horvat* schließen und auf Einnahmen verzichten hätten müssen.

Als sie in das Reihenhaus neben seinen Eltern zogen, kaufte er die gleiche Küche wie seine Eltern und platzierte die Wohnzimmermöbel so, wie sie sie stehen hatten. Er trug selbst im Hochsommer langärmelige Hemden wie sein Vater und trank dasselbe kroatische Bier wie er.

Plötzlich erkannte sie, dass Franjo immer mehr wie sein Vater wurde. Doch im Gegensatz zu ihrer Schwiegermutter würde Christin nie zufrieden damit sein, dass man ihr alle Entscheidungen abnahm.

Hatte Christin am Anfang des Telefonats noch gehofft, Monika könnte ihren Sohn davon überzeugen, um sie zu kämpfen, befürchtete sie nun, dass ihre Schwiegereltern genau das Gegenteil taten. Sagten sie Franjo, dass er ihr nicht hinterherlaufen sollte wie ein Schoßhündchen?

Christin malte sich aus, wie die beiden auf ihn eingeredet hatten: »Männer rennen Frauen nicht hinterher, denn dann würden sie uns für schwach halten, und wir würden ihren Respekt verlieren«, hörte sie seinen Vater in ihrer Vorstellung sagen.

Seine Mutter versicherte Franjo: »Christin kriegt sich schon wieder ein, mein Junge, denn sie liebt dich doch.«

»Dinge passieren. Männer sind eben hormongesteuerter als Frauen«, entschuldigte Petar die Untreue seines Sohnes. »Dein Herz gehört deiner Frau, nur das zählt.«

»Christin kommt schon zurück. Sie weiß, was sie an dir hat. Du bringst gutes Geld nach Hause und wirst eines Tages ein florierendes Geschäft übernehmen.« In Christins Fantasie packte seine Mutter dann das Totschlagargument aus: »Außerdem akzeptierst du, dass sie dir keine Kinder schenken kann. Da bringst du ein großes Opfer. Als Gegenzug kann sie ja wohl über diesen kleinen Fehltritt hinwegsehen.«

Christins Augen wurden feucht. Sie spürte einen Stich im Herzen. Anscheinend bedeutete sie Franjo nicht genug, dass er um sie kämpfte. Von allen Menschen hatte er ihr in den letzten sechzehn Jahren am nächsten gestanden, mit ihm hatte sie alt werden wollen. Jetzt sah sie beim Blick in die Zukunft nur ein schwarzes Loch, das ihr Angst machte.

Mit zitternder Hand fuhr sich Christin durchs Gesicht. Eben noch hatte sie Franjo nicht zurückhaben wollen, nun war sie doch wieder verunsichert. An Beziehungen ließ sich arbeiten. Vielleicht sprach ja nur die Furcht vor dem Alleinsein aus ihr, aber sie konnten versuchen, ihre Liebe neu aufleben zu lassen. Dafür mussten allerdings beide Partner bereit sein. Bei Franjo sah sie diese Bereitschaft nicht.

Plötzlich fragte Monika: »Hörst du mir noch zu?«

»Ja, ich bin nur nachdenklich geworden«, entschuldigte Christin ihre geistige Abwesenheit.

»Aber glaube ja nicht, dass du Franjo egal bist«, sagte Monika, und für Christin schwang in den Worten die Angst ihrer Schwiegermutter mit, Christin könnte nicht zu Franjo zurückkehren. »Er leidet sehr unter der räumlichen Trennung«, fuhr Monika fort. »Er isst kaum noch etwas. Du solltest ihn mal sehen! Er läuft herum wie ein Gespenst.«

Christin wusste nicht, ob sie ihr glauben sollte. »Würdest du Petar so einfach verzeihen?«

Zögerlich gestand Monika: »Petar und ich waren mal ein halbes Jahr lang getrennt.«

»Das wusste ich gar nicht«, sagte Christin überrascht.

»Wir reden in der Familie nicht darüber.« Monika klang, als würde ihr jemand die Kehle zudrücken. »Damals war Franjo gerade erst auf die Welt gekommen. Er hatte Dreimonatskoliken und schrie Tag und Nacht. Das machte Petar wahnsinnig, darum floh er oft in seine Stammkneipe.«

»Das war aber nicht nett von ihm«, konnte sich Christin

nicht zu sagen verkneifen. »Du konntest ja auch nicht einfach gehen.«

»Ich bin eben die Mutter«, verteidigte Monika ihren Mann.

»Und er ist der Vater«, wandte Christin entrüstet ein und rutschte zur Sitzkante vor. »Er trug dieselbe Verantwortung.«

»Früher sah man das anders. Eines Tages lernte er am Tresen eine Frau kennen«, fuhr Monika in bitterem Ton fort. »Das ist schon so lange her, aber ich erinnere mich immer noch an ihren Namen. Helene. Ich weiß noch, wie ich dachte: Das ist ein viel zu schöner Vorname für eine Ehebrecherin.«

»Das muss wehgetan haben«, sagte Christin leise und rieb über die blaue Tischdecke mit den Seesternen und rosafarbenen Muscheln. Warum verstand Monika ihren Wunsch, erst einmal so viele Kilometer wie möglich zwischen Franjo und sich zu bringen, dann nicht?

»Petar zog zu ihr, aber Helene konnte ihn nicht glücklich machen, so wie ich. Es war eine schwere Zeit für mich, aber nach sechs Monaten kam er zu mir und Franjo zurück. Nur das zählt. Wir sind seine Familie, nicht diese Schlampe«, zischte Monika und lachte dann verlegen. »Dagegen ist so ein kleiner Seitensprung doch gar nichts.«

Aus ihrer Sicht mochte das stimmen, doch für Christin war Franjos Ehebruch keine Bagatelle. Sie schienen unterschiedliche Schmerzgrenzen zu haben.

Zudem hatte bei Franjo und ihr schon länger einiges im Argen gelegen. Franjos Seitensprung hatte sie aus dem Alltagstrott gerissen, das Hamsterrad zum Halten gebracht und ihr, so schmerzhaft es sein mochte, die Möglichkeit gegeben, über ihre Ehe nachzudenken und sie infrage zu stellen. Was sie dann erkannt hatte, hatte sie überrascht und bestürzt. Sie lebten nebeneinanderher, und ihr Eheleben bestand nur noch aus Gewohnheiten. Franjos Untreue hatte ihr die Augen geöffnet.

Plötzlich wurde Christin klar, dass sie nicht einmal selbst wusste, ob sie für ihre Ehe kämpfen wollte. Wie konnte sie das dann von Franjo verlangen?

Im Treppenhaus waren Schritte zu hören. Kurz darauf betrat Anja die Dachgeschosswohnung. Sie trug ein Frühstückstablett. Als sie sah, dass Christin telefonierte, blieb sie stehen und fragte: »Störe ich?«

Christin schüttelte den Kopf, dankbar, einen Grund zu haben, das Telefonat zu beenden. »Es tut mir leid, Monika, aber ich muss jetzt Schluss machen.«

»Sei stark und steh über den Dingen, so wie ich damals«, bat ihre Schwiegermutter sie. »Dann wird alles wieder gut werden, wie bei Petar und mir.«

»Danke für deinen Anruf«, brachte Christin gepresst hervor. Ich will auf keinen Fall so enden wie meine Schwiegereltern, dachte sie, als sie das Smartphone weglegte.

Anja stellte das Tablett ab und verteilte zwei Tassen, eine Thermoskanne Kaffee, einen Korb mit Brötchen, Schälchen mit Marmelade und Quark und einen Teller mit Wurst- und Käseaufschnitt auf dem Couchtisch. »Wenn du nicht zum Frühstück runterkommst, kommt das Frühstück eben zu dir rauf.«

»Das ist lieb von dir, aber das wäre nicht nötig gewesen. Du hast doch schon genug um die Ohren.« Sanft berührte Christin ihren Arm.

Sie fragte sich, wer das alles essen sollte, aber dann sah sie, dass Anja zwei Teller mitgebracht hatte. Wie nett von Anja, dachte Christin begeistert. Allein hätte sie keinen Bissen herunterbekommen, aber in Gesellschaft würde ihr das vielleicht doch gelingen.

Lächelnd stellte Anja klar: »Du bekommst von mir das Rund-um-Wohlfühlpaket, und dazu gehört exklusiver Zimmerservice.«

»Es war absolut die richtige Entscheidung, zu dir zu kommen.« Hier konnte Christin ihre Wunden lecken und wurde von Anja verwöhnt. Das hätte in Köln niemand getan. Und im *Lüttes Glück* fühlte sie sich pudelwohl. Das reetgedeckte Backsteinhaus hatte seinen alten Charme behalten, aber Anja hatte die kleine Inselpension auch mit fröhlichen Farbtupfern aufgehübscht, mit den sanddornfarbenen Wänden im Frühstücksraum, der seegrünen Bettwäsche in den Gästezimmern und den safrangelben Raffrollos an den Fenstern. »Du bist ein Schatz!«

Seufzend ließ sich Anja neben ihr nieder. Sie kleidete sich ganz anders als früher. In ihrem alten Leben hatte sie klassische Blazer und Blusen in gedeckten Farben getragen. Doch heute hatte sie ein bodenlanges Kleid mit kleinen gelben und weißen Blüten an. Der fließende Stoff umschmeichelte sanft ihren Körper. Dezentes Rouge schimmerte auf ihren Wangen, und ihre Wimpern waren schwarz getuscht, mehr nicht. Ihre Fingernägel waren pink lackiert. Zu dieser schrillen Farbe hätte sie früher niemals gegriffen. Ihre Fuß-nägel leuchteten in einem Sonnengelb.

Christin gefiel die neue Anja, sie wirkte fröhlicher als früher. Aber ihr entging nicht, dass ein Schatten über ihrem Gesicht lag. Sie machte sich Sorgen, dass ihre Freundin sich übernahm. »Die Arbeit ist doch ein wenig viel für eine Person, oder?«

»Nein, Hilde, Godo und Maike helfen mir ja. Joris, Birthe, Sören, und auch Imke und Elkmar Paulsen, die in dem weißen Friesenhaus mit den blauen Fensterrahmen wohnen, sind immer für mich da. Du wirst die beiden älteren Herrschaften noch kennenlernen. Das ist es nicht, was mich belastet.« Während Anja Kaffee einschenkte, erzählte sie: »Leonie hat angerufen. Nico und sie hatten einen furchtbaren Streit. Sie ist völlig fertig.«

»Das tut mir leid zu hören«, erwiderte Christin. Offenbar hatte nicht nur sie gerade Beziehungsprobleme. »Hat sie in Thailand denn Freunde?«

»Na ja, es sind meistens Stammkunden. Die deutschen Auswanderer, die sie auf Koh Samui kennen, sind wohl bloß gute Bekannte. Darunter ist niemand, bei dem sich meine kleine Schwester ausheulen will, hat sie mir erzählt.« Anja seufzte. »Sie und ihr Freund haben sehr viel getan, um ihre Bar bekanntzumachen. Inzwischen läuft sie gut, aber Angestellte können sie sich trotzdem nicht leisten.«

»Und das bedeutet noch mehr Arbeit und noch weniger Freizeit«, sagte Christin und gab Milch in ihren Kaffee.

»Genau. Da bleibt kaum Zeit fürs Privatleben. Das hatten sie sich anders vorgestellt. Leonie leidet unter der Situation. Sie hat gemeint, dass Nico und sie nur noch Geschäftspartner, aber kein Liebespaar mehr wären. Das kommt mir bekannt vor. So war es bei Ralf und mir vor der Trennung auch.«

Manchmal wünschte sich Christin, den Job zu wechseln und etwas vollkommen Neues, Aufregenderes anzufangen. Den eintönigen Pfad zu verlassen und mal etwas zu wagen. Aber sie hätte niemals den Mut, auszuwandern und noch einmal bei null anzufangen. Sie stellte sich vor, in ein fremdes Land zu ziehen, in dem man nur einen einzigen Menschen kannte. Wenn man sich dann mit der Person stritt, musste man sich sehr einsam fühlen. »Klingt nicht wie die Erfüllung ihrer Träume.«

»Nein, wahrlich nicht. Bis zum Frühjahr war das hohe Arbeitspensum kein Problem. Leonie und Nico hatten ein gemeinsames Ziel. Aber nun ist der Zauber, der dem Neuanfang auf einer exotischen Insel innewohnte, verblasst und der Alltag hat sie eingeholt.« Anja hielt Christin den Korb mit Brötchen hin. »Eigentlich wollten sie in ihrer Freizeit am Strand liegen und es sich gut gehen lassen.«

Christin nahm ein Croissant und nickte. »Sie haben die perfekte Work-Life-Balance gesucht.«

»Genau. Aber wenn sie mal frei haben, wollen sie nur noch Schlaf nachholen.« Anja gab ein Mohnbrötchen auf ihren Teller. »Wegen des Klimas ist Nico wohl oft gereizt. In der Regenzeit zwischen September und Dezember ist das Wetter launisch, es kommen weniger Touristen auf die Insel, der Umsatz sinkt. Außerdem schüttet es manchmal tagelang, und es ist unerträglich drückend. Ab März erleben sie dann das andere Extrem. Es wird heißer, und es geht kaum ein Wind.«

»Ja, das hört sich nicht so an, als hätte er sich vorher klargemacht, worauf er sich da einlässt«, kommentierte Christin.

»Leonie meiner Meinung nach auch nicht, und sie kannte Nico erst seit neun Monaten, als sie ausgewandert sind. Nun hat sich herausgestellt, dass er ein Pedant ist. Die Gläser, die sie spült, sind ihm oft nicht sauber genug, die Flaschen und Utensilien hinter der Theke müssen stets exakt nach seinen Vorstellungen angeordnet sein. Wegen der Buchhaltung gibt es immer wieder Ärger. Die Bar muss immer auf die Minute pünktlich öffnen, sonst kriegt er schlechte Laune. Solche Dinge. Dabei sieht er mit den Dreadlocks und der Strickmütze in den Jamaika-Farben aus wie ein Rastafari, aber die Gelassenheit der Rastas hat er nicht.« Anja zwinkerte.

»Ich wette, deine Schwester mag es gar nicht, dass er ihr vorschreibt, wann und wie sie was zu tun hat«, vermutete Christin. »Sie geht doch eher entspannt durchs Leben und ist sehr eigenständig.«

»So ist es, es brodelt in ihr. Nico wirft Leonie vor, die Arbeit zu locker zu nehmen. Sie würde zu lange mit den Gästen reden, anstatt sie zügig zu bedienen und für mehr Umsatz zu sorgen. Leonie sieht das anders. Sie meint, dass Small Talk und eine lockere Atmosphäre zum Geschäft gehören. Nur wenn die Gäste sich wohlfühlen, kämen sie auch wieder.«

Christin stimmte Leonie zu: »Da hat sie nicht unrecht.«

»Ich will keine Partei ergreifen. Ich bin nicht vor Ort und kenne nur die Sicht meiner Schwester. Aber was ich am Telefon so mitbekomme, wenn Nico im Hintergrund mit ihr redet ...« Anja zog die Augenbrauen hoch. »Zu Hause hätte sie sich seinen Ton nicht gefallen lassen, aber in Thailand kann sie nicht so einfach alles hinschmeißen. Deutschland ist weit weg, und sie kann Nico mit der Bar nicht allein lassen.«

Christin nickte. Da war sie in einer komfortableren Situation gewesen. Sie hatte sich bloß ins Auto setzen und in den Norden fahren brauchen, um Abstand von Franjo und Trost von Anja zu bekommen. »Was will sie denn jetzt tun?«

»Durchhalten, bis es zwischen ihr und Nico wieder besser läuft«, antwortete Anja und biss ein kleines Stück von dem Plunderteilchen ab.

Christin strich etwas Aprikosenmarmelade auf ihr Croissant. »Und wenn sich nichts verändert?«

»Darüber will sie nicht nachdenken, das macht ihr Angst.« Anja trank einen Schluck Kaffee und zeigte mit dem Franzbrötchen auf Christins Smartphone. »War das gerade Franjo?«

Christin, die gerade von ihrem Croissant abgebissen hatte, kaute schneller. Da sie den Mund noch voll hatte, schüttelte sie den Kopf. »Nein, meine Schwiegermutter«, antwortete sie schließlich.

»Er hat seine Mutter vorgeschickt?«, fragte Anja entgeistert. »So ein Muttersöhnchen!«

»Ich weiß es nicht«, entgegnete Christin. »Vielleicht hat sie auch von sich aus angerufen.«

Tjorben hätte bestimmt niemanden für sich übernehmen lassen, kam es Christin in den Sinn. Er regelte seine Angelegenheiten selbst. Anjas Erzählungen nach zu urteilen, gab es zwar auch in der Familie Graf eine starke Verbundenheit. Trotzdem war Tjorben viel selbstständiger als Franjo. Er packte die Dinge an, Franjo saß sie aus.

»Angeblich will Franjo mich zurück«, fuhr sie fort. »Aber warum sagt er es mir dann nicht selbst?«

Missbilligend kniff Anja die Augen zusammen. »Weil er feige ist.«

»Oder er meint es nicht ernst mit der Versöhnung«, dachte Christin laut nach und spürte einen Stich. Es tat weh, dass sie ihrem Ehemann noch nicht einmal einen Anruf wert war. Was ging nur in ihm vor? Meinte er, seine Mutter würde sie schon zurückholen? War es ihm zu peinlich, dass Christin ihn auf frischer Tat ertappt hatte, und er hatte sich in sein Schneckenhaus zurückgezogen? Oder traf er sich weiterhin mit Patrizia und erhoffte sich eine neue Beziehung mit ihr? Hatte er den Hafen der Ehe nicht bloß für ein Abenteuer verlassen, sondern für immer? »Beides würde jedenfalls nicht für ihn sprechen.«

Tröstend zog Anja Christin in ihre Arme.

Kapitel 9

Als am darauffolgenden Tag plötzlich Tjorben vor ihr stand, bekam Christin Herzklopfen. Sie saß am Holztisch im hinteren Teil der Obstwiese und lackierte gerade ihre Fingernägel mit dem gelben Nagellack, den sie sich von Anja ausgeliehen hatte. Das ganze Grün im Garten rahmte Tjorben ein und stand ihm genauso gut wie das Blau des Meeres.

Er ist nicht nur ein Seebär, sondern auch ein Naturbursche, dachte sie und lächelte in sich hinein. Aber in einer Großstadt wie Köln wäre er fehl am Platz gewesen. Die Erkenntnis enttäuschte sie.

»Hast du vielleicht Zeit?«, fragte er. Sein Bart sah frisch gestutzt aus und glänzte, als hätten sich Sonnenstrahlen darin verfangen.

Christin sah auf ihre Hände, die Fingernägel an der rechten Hand waren noch nicht gemacht. »Ja, klar. Wofür?«, antwortete sie trotzdem.

»Ich möchte meinen Wetteinsatz einlösen.« Eine Wespe flog ihn an. Ruhig schob er sie mit seiner großen Hand von seinem Gesicht weg. »Eine Wandergruppe hat gerade eine gebuchte Tour abgesagt. Ich hätte spontan heute Vormittag Zeit. Ich könnte dir meinem Lieblingsplatz zeigen.«

»Das musst du nicht. Das mit der Wette war doch bloß ein Spaß«, sagte Christin und schraubte den Nagellack zu.

Nachdem sie sich beim letzten Treffen geküsst hatten, machte sie sich Sorgen, wie ihr Ausflug enden könnte. Sie wollte nichts mit Tjorben anfangen, solange sie sich nicht offiziell von Franjo getrennt hatte.

Und zugleich konnte sie nicht garantieren, dass sie ihn abweisen würde, wenn er sie wieder zu küssen versuchte. Tjorben stellte ihre Prinzipien auf eine harte Probe.

»Wettschulden sind Ehrenschulden.« Er schüttelte den Kopf, schob seine schulterlangen dunkelbraunen Haare locker hinter die Ohren und lächelte verschmitzt. »Du hast jetzt die seltene Möglichkeit, mich Fahrrad fahren zu sehen. Was ist nun?«

»Stimmt, das darf ich mir wirklich nicht entgehen lassen«, erwiderte sie und spürte ein angenehmes Prickeln im Bauch. Es würde eine Fahrt ins Ungewisse werden, sie wusste nicht, was zwischen ihnen passieren würde oder auch nicht. Aufgeregt nahm sie den Nagellack und stand auf. »Ich sag nur kurz Anja Bescheid.«

»Nimm einen Badeanzug mit.« Seine tiefe Stimme ging ihr durch und durch. »Wir treffen uns vor der Pension.«

Wohin es gehen sollte, wollte er offenbar nicht verraten. Gab es einsame Strände auf Föhr? Wohl eher nicht. Wollte er etwa mit der *Seewievke* raus aufs Meer fahren, an einer abgelegenen Stelle ankern und den Tag dort verbringen, nur sie allein? Ihr wurde heiß. »Hast du deine Badehose schon an?«, wollte sie wissen.

»Selbstverständlich. Ich werde die ganze Zeit an deiner Seite sein. Ich würde ja sogar deine Hand halten, aber ich fürchte, das wird nicht gehen«, sagte Tjorben geheimnisvoll.

Ihr Mund war mit einem Mal ganz trocken. »Wobei? Was hast du mit mir vor?«

Er zuckte mit den Schultern. Seine braunen Augen funkelten.

Wahrscheinlich wollte er ihr nur Angst machen, und es ging bloß zum Sonnenbaden auf einen Deich. Ob ihm gefallen würde, was er zu sehen bekam? »Unter meiner Kleidung bin ich weiß wie Schnee«, sagte sie verunsichert. »Nur meine Arme und mein Gesicht sind gebräunt.«

»Das wird sich heute ändern. Wovor hast du Angst?« Beruhigend strich er ihr über die Wange.

Davor, dass er ihren leicht bekleideten Körper nicht anziehend finden könnte. Dass mehr zwischen ihnen passieren könnte als ein Kuss. Dass sie sich in ihn verlieben könnte. In seiner Nähe prickelte ihre Haut am Bauch. Darum hätte sie ihn von sich aus auch nicht an ihre Wette erinnert. Sie hatte sich von ihm fernhalten wollen. Doch nun, da er dicht vor ihr stand, konnte sie nicht absagen. Sie war bereits in seinen Sog geraten.

»Nun gut. Bis gleich«, sagte sie nervös und eilte ins Haus.

Während Christin sich umzog und auf Verdacht ein paar Sachen für einen Ausflug zusammenpackte, bekam sie Schuldgefühle Franjo gegenüber. Doch die verflogen schnell wieder. Sie würden letztlich ja nur ans Meer radeln. Tjorben wollte lediglich seinen Wetteinsatz einlösen und ihr seinen Lieblingsort auf Föhr zeigen. Mehr würde nicht geschehen, mehr würde sie nicht zulassen, redete sie sich ein. Doch sie ahnte, dass sie sich damit etwas vormachte. Tjorben war ihr Kryptonit, er machte sie auf bittersüße Art und Weise schwach.

Als sie in den Frühstücksraum ging und Anja wegen der Radtour Bescheid sagte, fragte sie ihre Freundin: »Oder glaubst du, ich sollte besser im *Lüttes Glück* bleiben und auf Franjo warten?«

»Wie kommst du denn darauf?« Anja, die gerade das Panoramafenster putzte, hielt inne. »Hat er etwa angerufen?«

»Nein«, antwortete Christin bedrückt. »Aber ich habe doch gestern mit seiner Mutter telefoniert. Vielleicht hat sie Franjo nach unserem Gespräch den Kopf gewaschen. Vielleicht hat er sich heute Morgen doch endlich ins Auto gesetzt. Vielleicht steht er gerade am Fähranleger in Dagebüll.«

»Das sind viele *Vielleichts*«, merkte Anja mit einem skeptischen Blick an. »Hast du nicht schon lange genug auf ihn gewartet? Er hätte längst hier sein, vor dir auf die Knie fallen und dich um Vergebung bitten müssen.«

»Du hast ja recht«, pflichtete Christin ihr bei und ließ die Schultern hängen. »Ich habe vermutlich nur Angst, dass er genau dann vor der Tür stehen könnte, wenn ich unterwegs bin und mich mit einem anderen Mann amüsiere. Wenn er das erfahren würde …«

»Vielleicht wäre das genau der Schlag in die Magengrube, den Franjo braucht«, gab Anja zu bedenken. »Vielleicht wäre der Schock heilsam. Er würde begreifen, dass er sich mehr ins Zeug legen muss, um dich zurückzugewinnen. Vielleicht …«

»Schon gut. Hab's verstanden.« Sachte knuffte Christin sie. Ihre Freundin hatte recht. Und warum sollte sie sich auch nicht von Tjorben aufmuntern lassen, wenn ihr eigener Mann kaum noch Interesse an ihr zeigte? Christin deutete auf die Wand hinter Anja. »Das Wandbild ist wieder ein gutes Stück gewachsen.«

»Ja«, sagte Anja begeistert und wandte sich um. »Ilse kommt schneller voran, als ich dachte. Ich hatte die Strandszene ja bereits als Skizze gesehen, und da hat sie mir schon sehr gut gefallen, aber in groß ist sie der Hammer.«

»Bis später.« Christin drückte ihre Freundin und ging zur Zimmertür.

»Und ja, selbstverständlich darfst du dir mein Fahrrad ausleihen«, rief Anja ihr augenzwinkernd hinterher.

Christin blieb an der Tür stehen, drehte sich zu ihr um und sah sie schuldbewusst an. »Tut mir leid, ich hätte fragen sollen, ob du es selbst brauchst.«

»Genau genommen ist es ja nicht einmal mein Rad, sondern eine Dauerleihgabe von Birthe. Nun geh schon zu deinem Wikinger«, forderte Anja sie lächelnd auf.

»Er ist nicht meiner«, stellte Christin klar und streckte ihr die Zunge heraus. Dann lachte sie verlegen, weil sie sich wie ein Schulmädchen aufführte.

Seit sie auf Föhr war, fühlte sie sich jünger. Wahrscheinlich einfach, weil sie sich mehr und mehr entspannte. Wenn sie nun aus der Entfernung auf ihr Leben in Köln sah, fand sie, dass ihr Alltags-Ich gebückt ging und griesgrämig dreinblickte, wie eine einsame alte Frau.

Nachdenklich verließ sie den Frühstücksraum.

Ob Anja es gut fand, wenn sie und Joris' Bruder Zeit zusammen verbrachten? Wenn mehr aus ihnen werden würde? Franjo und Anja waren nie wirklich Freunde geworden. Sie waren nicht auf einer Wellenlänge, aber sie hatten sich Christin zuliebe arrangiert.

Anja hatte nie etwas gegen Franjo gesagt, aber Christin wusste, dass ihre Freundin fand, dass sie ihn mit dreiundzwanzig Jahren zu früh geheiratet hatte. Wer blieb schon ewig mit seinem Schulfreund zusammen? Sollte sie am Ende recht behalten?

Außerdem hätte Anja sich einen Partner für Christin gewünscht, der sie herausforderte und an dem sie wachsen konnte. Sie fand, dass Franjo sie kleinhielt. Das war ihr mal herausgerutscht, als sie auf dem *Summerjam* am Fühlinger See zu viel getrunken hatte.

Anjas Ex-Freund Ralf hatte damals arbeiten müssen, und Franjo wäre eher tot umgefallen, als ein Reggae-Festival zu besuchen. Christin hatte darum kämpfen müssen, mit Anja allein hingehen zu dürfen. Natürlich hätte sie einfach losziehen können, aber sie hatte keinen Ehestreit riskieren wollen.

Möglicherweise sind Franjo und ich uns auch zu ähnlich, nämlich konservativ und wenig risikofreudig. Wir haben uns in unserem öden Leben bequem eingerichtet, dachte Christin selbstkritisch, während sie durch den kamillengelben Korridor zum Ausgang ging.

Tjorben war das genaue Gegenteil – abenteuerlustig und unkonventionell, was sie bewunderte. Eben deshalb wollte er die Freiheit jedoch auch behalten, immer das zu tun, was ihm vorschwebte. Wie ernst meinte er es mit seinem Wunsch, endlich die richtige Frau zu finden? Konnte sich jemand, der sich noch nie lange gebunden hatte, ändern?

Christin schirmte die Augen vor der Sonne ab, als sie aus der kleinen Inselpension auf den Dorfanger hinaustrat. Zuerst machte sie nur einen schwarzen Fleck unter der Sitzbank neben der Trauerweide aus. Dann erkannte sie, dass es eine Katze war, die lang ausgestreckt im Schatten döste. Kimi.

»Hast du Anja noch geholfen, die Gästebetten zu machen?«, frotzelte Tjorben und verschränkte die Arme vor dem Oberkörper.

Er hatte eine Kühltasche auf den Gepäckträger seines Fahrrads geschnallt und eine Baumwolldecke dabei, rotweiß gestreift wie der Leuchtturm an der Hafenmole in Wyk, den Christin bei der Einfahrt mit der Fähre gesehen hatte. Sie fragte sich, ob in der Tasche das versprochene Picknick war, während sie Anjas Rad nahm, das unabgesperrt an der Hauswand gelehnt hatte.

Langsam schob sie es auf Tjorben zu. »Sehr witzig.«

»Ich warte schon eine Ewigkeit«, beschwerte er sich, klang aber nicht ernsthaft verstimmt.

Achselzuckend blieb sie neben ihm stehen. »Heute musst du dich nach mir richten. Du hast schließlich die Wette verloren.«

»Soll das heißen, ich gehöre mit Haut und Haaren dir?« Herausfordernd blinzelte er sie an.

Das Kribbeln in ihrem Bauch wurde stärker. Sie schob ihr Kinn vor und antwortete: »Zumindest während du den Wetteinsatz einlöst.«

»Träum weiter«, sagte er grinsend und kam ihrem Gesicht ganz nah.

Wie verführerisch er duftete. Christins Knie wurden weich. Sie wollte etwas Kesses erwidern, aber ihr Kopf war plötzlich wie in rosarote Watte gepackt. Ihr Atem beschleunigte sich, und ihr Herz klopfte wie verrückt.

Während Tjorben den Fahrradständer einklappte, versuchte Christin, ihren Puls wieder zu beruhigen. Seite an Seite fuhren sie aus Walsum heraus. Eine Möwe, die auf dem Dach des Schafstalls saß, flog davon.

Heimlich musterte Christin ihn. Er hatte das Lenkrad so fest gepackt, als würde er ein Wildpferd einreiten, und trat in die Pedale, als würde es unter ihm bocken. Christin hatte den Eindruck, ihm helfen zu müssen.

»So schlimm, wie du angekündigt hattest, sieht es gar nicht aus«, rief sie ihm zu, auf dass er sich ein wenig beruhige.

Tjorben warf ihr einen kurzen Blick zu und runzelte die Stirn. Dann konzentrierte er sich sofort wieder auf die Straße, die durch das saftig grüne Marschland weiter hoch in den Norden führte.

»Danke«, antwortete er schließlich. »Ich habe es von einem Fahrradverleih, das größte Modell, das sie hatten. Joris meinte mal, ich wäre beim Radeln wie eine Wasserhose, die ein Schlauchboot durch die Gegend schleudert.«

Christin lachte.

Als er zwei Wanderern auswich, schlingerte sein Rad, aber er brachte es wieder unter Kontrolle.

Scharf zog Christin die Luft ein.

»Um das klarzustellen, ich bin nur etwas aus der Übung«, brummte er entschuldigend.

»Merkt man gar nicht.«

Warnend sah er sie an, aber seine Mundwinkel zuckten. »Das letzte Mal bin ich nachts gefahren, und da war niemand unterwegs. Das war nach Anjas Einweihungsparty.«

»Ich werde mir nie verzeihen, dass ich nicht kommen konnte.« Ihr wurde schwer ums Herz. »Aber meine Schwiegereltern hatten ausgerechnet an dem Tag Hochzeitstag.«

»Dann wären wir uns schon im Juli begegnet«, bemerkte er lächelnd.

»Ja.« Aber dann hätte Franjo sie begleitet, und Tjorben und sie hätten sich nie auf diese Weise kennengelernt. Alles hatte wohl so kommen müssen. »Was hast du mit deinem Bart gemacht?«

Der Fahrtwind wehte ihm das Haar aus dem Gesicht. »Was meinst du?«

»Er glänzt.« Die Sonne ließ die braunen Haare um seinen Mund herum funkeln wie flüssigen Bernstein.

»Ach, das ist bloß Bartöl«, erklärte er verlegen. »Arian hat es mir empfohlen, und ich wollte es mal ausprobieren.«

Er zeigte auf ein Auto, das ihnen entgegenkam. Vorsichtshalber reihte sich Christin hinter Tjorben ein.

»Es riecht gut nach Harz und Vanille«, sagte sie.

»Dann gefällt dir der Duft?«, fragte er über die Schulter hinweg, worauf das Rad unter ihm gefährlich wackelte.

»Ja, absolut, auch der Glanz.« Sein Bart sah nun viel gepflegter aus als bei ihrer ersten Begegnung. Christin schloss wieder zu ihm auf. »Du wirst noch zum Hipster.«

»Bestimmt nicht«, wiegelte er ab. »Mein jüngster Bruder kleidet sich wie ein Rockstar. Arian stehen extrovertierte

Klamotten, aber ich mag es einfach und bequem, ohne viel Schnickschnack, genauso wie Joris.«

Sie blickte zum blauen Himmel auf. Ein kleiner Flieger kreiste über Föhr und wartete wohl auf die Landeerlaubnis. »Wenn du nicht modebewusst bist, warum dann das Bartöl?«

Seine Wangen röteten sich. »Ich hatte gehofft, dass es dir gefallen würde.«

Sie fühlte sich geschmeichelt. Dann kam ihr ein Gedanke, der ihre Körpertemperatur in die Höhe trieb. »Ist das gerade etwa ein Date?«

»Nein, nein«, wiegelte Tjorben ab. Ernst starrte er geradeaus und behauptete: »Es geht nur um die Wette.«

»Dann ist ja gut«, hörte sie sich sagen und wünschte sogleich, sie hätte geschwiegen. So sehr sie sich auch zu Tjorben hingezogen fühlte, sie durfte nicht vergessen, dass sie liiert war. Man beendete erst eine Partnerschaft, bevor man sich auf jemand Neues einließ.

Plötzlich fiel ihr ein, dass sie ihn nie gefragt hatte, wie es bei ihm aussah. »Hast du eigentlich zurzeit eine Freundin?«

»Nein. Hast du dich mit deinem Mann versöhnt?«, fragte er.

Je mehr Zeit verging und Franjo nicht um sie kämpfte, desto unwahrscheinlicher wurde es, dass sie wieder zueinander fanden. Mit jedem Tag wuchsen Christins Wut und Enttäuschung. Außerdem wurde sie sich auf Föhr bewusst, was sie alles in ihrer Ehe vermisste: Spontanität und Abenteuer, genau das, was sie gerade mit Tjorben erlebte. »Nein.«

»Ich wünsche dir, dass wieder alles gut zwischen euch werden wird«, sagte Tjorben mit belegter Stimme.

Schwang da nicht auch Bedauern mit? Christin meinte, es herausgehört zu haben, war sich aber nicht sicher. »Und ich wünsche dir, dass du deine wahre Liebe findest. Eine Frau, nach der du auch noch nach vielen Jahren völlig verrückt bist. Ohne die du nie wieder sein willst. Die du brauchst wie die Luft zum Atmen.«

Tjorben warf ihr einen sehnsüchtigen Blick zu, kam von der Straße ab und wäre beinahe in einen Weidezaun gefahren. Eine Schar Gänse stob auf und beschwerte sich lautstark über sein Verkehrsverhalten. In letzter Sekunde riss er das Lenkrad herum und konzentrierte sich auf den Weg. Sein Gesicht war krebsrot. Die Kühe auf der Weide schauten ihm hinterher.

Die Marsch war wie für lange Fahrradausflüge geschaffen. Die Weite übte dieselbe Faszination auf Christin aus wie das Meer, bei dem man bis zum Horizont blicken konnte. Sie badete in dem Ozean aus sattem Grün, was ihrer Seele guttat, und genoss den warmen Fahrtwind.

Tjorben und sie kamen vorbei an natürlichen Wassertümpeln, die von den unterschiedlichsten Vögeln bevölkert waren. Friedlich schwammen sie auf dem Süßwasser oder hockten am Ufer nebeneinander. Christin bedauerte es, keinen Vogel benennen zu können, Tjorben kannte bestimmt den Namen von jedem einzelnen.

Er fuhr langsamer, machte eine ausladende Geste: »Die ganze Fläche gehört dem Verein *Elmeere*, das sind fast zwei Hektar.«

»Was macht der Verein?«, fragte Christin außer Puste und froh darüber, dass er das Tempo zumindest ein wenig drosselte.

»Er kauft Flächen auf, auf der intensive Landwirtschaft betrieben wurde, und renaturiert sie«, erklärte er begeistert.

»Lass mich raten«, sagte sie und passte auf, dass ihre Lenkräder nicht aneinanderstießen. »Du bist Mitglied im Verein.«

Tjorben lächelte sie an. »Ich finde, als Insulaner muss man das Projekt unterstützen, auch wenn einige Bauern anders darüber denken, weil Nutzflächen verloren gehen.«

»Ich begreife immer mehr, woher der Spitzname Inselgraf kommt.« Sie grinste. Anscheinend hatte er seine Finger überall mit drin.

»Wenn es um den Schutz von Föhr und des Nordfriesischen Wattenmeers geht, bin ich dabei. Das gilt auch für die Probleme und Sorgen der Einheimischen, natürlich auch der Landwirte«, erwiderte er ernst. »Aber wir müssen etwas für bedrohte Tier- und Pflanzenarten tun, auf Föhr genauso wie überall sonst.«

»Ich finde dein Engagement beeindruckend.«

Ein wenig verlegen zuckte Tjorben mit den Schultern. »Ich finde das selbstverständlich.«

Christin hatte erwartet, dass er den Deich im Nordwesten mit ihr besteigen wollte, doch zu ihrer Überraschung bog er links ab. Die abgelegene Küste hätte zu ihm gepasst, mehr als Wyk mit den schicken Läden und dem Trubel.

Sie folgten der Straße in Richtung Südwesten und fuhren durch die malerischen Inseldörfer Oldsum und Süderende.

War Tjorbens Hinweis auf den Badeanzug ein Scherz gewesen und sein Lieblingsort auf Föhr in Wahrheit ein Biergarten mit Strandkörben? Oder gab es hier irgendwo eine Sauna? Doch er hielt nirgends an.

Als wollte Tjorben sie absichtlich immer wieder in die Irre führen, fuhr er nach Dunsum. Den Küstenabschnitt kannte er bestimmt wie seine Westentasche, von dort aus starteten viele Wattwanderungen.

Christin hatte auf einem Flyer gelesen, dass man für eine Wanderung zur Nachbarinsel Amrum Badebekleidung brauchte, weil man einen tieferen Priel durchqueren musste. Aber Tjorben konnte ihr keine private Führung geben, es war Hochwasser. Wo wollte er dann hin?

Am Kurpark bog er ab und steuerte Utersum an. Als er jedoch nicht am Strandparkplatz anhielt, sondern weiter bis zum Hundestrand radelte, war Christin vollends verwirrt.

Er nahm die Kühltasche und die Picknickdecke vom Rad und ging auf die Düne zu, hinter der das Meer lag. Davor befand sich die Wassersportschule. Eine Gruppe junger Männer und Frauen in Neoprenanzügen tummelte sich vor den beiden ehemaligen Bauwagen, in der sich *Westend Surfing* befand. Ihre Haare waren nass, und sie strahlten vor Glück. Anscheinend kamen sie gerade erst aus dem Wasser.

Christin atmete die würzige Seeluft ein. »Was hast du vor?«, fragte sie.

»Ich soll dir doch meinen Lieblingsplatz zeigen«, antwortete er und zog sich die Schuhe und Socken aus. Barfuß stapfte er durch den Sand weiter.

Christin streifte sich die Riemchensandalen von den

Füßen und schloss zu ihm auf. »Der Hundestrand von Utersum?«

»Nein.« Er zeigte zwischen den Dünen hindurch zum Meer. »Mein Lieblingsort ist auf der Nordsee, mit dem Blick auf meine Heimatinsel.«

»Aber wenn wir mit der *Seewievke* rausfahren wollen, was machen wir dann am Strand?« Es machte sie nervös, dass sie nicht wusste, was auf sie zukam. Sie mochte Abenteuer, aber nur wenn sie wenigstens eine grobe Orientierung hatte.

»Ein Abenteuer ist gar keins, wenn das Risiko kalkulierbar ist«, hätte Tjorben wohl eingewandt.

Er blieb neben einem Transportkarren mit bunten Surfbrettern stehen. »Wie kommst du denn darauf, dass wir mit meinem Schiff rausfahren?«

»Mit wessen Boot dann?« Christin war verwirrt. Wie sollten sie sonst raus aufs Wasser kommen? Die Surfschule lag nicht am Hafen, und auf den Infotafeln stand nichts von Kajaks oder Kanus, die man mieten konnte.

»Mit keinem.« Sein Blick ging zur Wassersportschule.

Sie schluckte schwer. Er wollte doch wohl nicht Surfen? Oder noch schlimmer, Kitesurfen? Es faszinierte sie, anderen dabei zuzusehen. Sie konnte sich jedoch nicht vorstellen, sich selbst dermaßen den Elementen auszuliefern. »Langsam machst du mir Angst.«

»Hast du schon mal Stand-up-Paddling gemacht?«, fragte er lächelnd.

Einerseits war Christin erleichtert, weil man bei dieser Wassersportart langsam dahinglitt, zugleich fürchtete sie sich davor, raus aufs Meer zu paddeln, nur mit einem wackeligen Surfbrett unter sich. Verlegen verlagerte sie ihr Gewicht von einem Bein aufs andere. »Nein.«

»Ich auch nicht, aber das ändern wir jetzt. Ich habe uns heute Morgen für einen Einführungskurs angemeldet. Eigentlich nimmt der Betreiber nur fünf Personen pro Kurs an, aber er hat eine Ausnahme gemacht, weil wir schon so manches Bier zusammen gezischt haben.«

Zögerlich ging Christin hinter ihm her. Sie wusste nicht, ob sie ihm dankbar sein oder ihn verwünschen sollte. Wahrscheinlich glaubte er, er würde ihr mit dem Kurs eine Freude bereiten. Das schmeichelte ihr.

Aber die neue Herausforderung konfrontierte sie auch mit ihrer Angst vor tiefem dunklem Wasser. Wer wusste schon, was unter einem herschwamm? Sie liebte das Meer über alles, aber sie bevorzugte es, entweder mit den Füßen auf dem Grund zu stehen oder auf einem Schiff zu sein.

Doch sie verheimlichte ihm, in welches Gefühlschaos er sie stürzte. Als Seebär hatte er für ihre Bedenken wohl kaum Verständnis. Die Nordsee hatte bestimmt nichts Bedrohliches für ihn, er hatte sicher schon so manchen Sturm erlebt. Außerdem wollte sie nicht, dass er sie für feige hielt.

»Du bist ja verrückt«, rief sie.

»Ein bisschen, ja«, gab Tjorben zu. »Ich werde auf so einem Brett genauso deplatziert aussehen wie auf einem Fahrrad.«

»Warum hast du uns dann angemeldet?«

»Weil ich Stand-up-Paddling schon immer mal ausprobieren wollte«, antwortete er. Ein frei laufender Golden Retriever mit sandfarbenem Fell kam auf sie zu und schnupperte an der Kühlbox. Tjorben streichelte ihn und sah ihm dann hinterher, als er von seiner Halterin zurückgerufen wurde.

»Hast du denn keine Angst, dich lächerlich zu machen? Ich schon«, gab Christin zu. Ihre Wangen glühten. Für Stand-up-Paddling musste sie sich weit aus ihrer Komfortzone hinauswagen. Gerade vor Tjorben wollte sie sich nun wirklich nicht dumm anstellen. »Ich kann bestimmt schlechter die Balance halten als eine Hundertjährige«, sagte sie kleinlaut.

Aufmunternd drückte er ihre Schulter. »Mehr als ins Wasser fallen können wir nicht.«

»Da hast du auch wieder recht.« Sie war hin- und hergerissen. Was hatte sie schon zu verlieren? Sie wollte Tjorben nicht enttäuschen. Er hatte sich solch eine Mühe gegeben, ihr eine Freude zu bereiten.

»Die anderen Teilnehmer sind auch Anfänger. Hör auf, dir Sorgen zu machen und genieße es!« Zärtlich strich er ihr über die Wange. »Je lockerer zu bist, desto besser wird es laufen.«

»Ich werde es versuchen«, erwiderte sie weiterhin etwas unsicher.

»Es geht nicht darum, gut zu sein, sondern Spaß dabei zu haben, etwas Neues auszuprobieren«, beruhigte er sie mit sanfter Stimme. Seine warme Hand glitt von ihrem Gesicht zu ihrem Hals und blieb dort.

Etwas riss in Christin – wie ein Seil, das die ganze Zeit unter Spannung gestanden hatte. Sie erkannte, dass sie

Tjorben nur enttäuschen würde, wenn sie sich weigerte, dem Stand-up-Paddling eine Chance zu geben. Und es würde ihn schon beeindrucken, wenn sie es überhaupt versuchte. Sie musste sich nichts beweisen, sie musste nur an seiner Seite sein und sich amüsieren.

»Worauf warten wir?«, rief sie erleichtert.

Er schenkte ihr ein warmes Lächeln und lief zur Anmeldung.

Zwanzig Minuten später bekamen sie mit den anderen Teilnehmern am Strand die Einweisung. Vor Nervosität konnte Christin kaum stillstehen, ihr Magen hüpfte auf und ab. Mit Sorge sah sie hinaus aufs Meer, doch der Sonnenschein glitzerte auf der nahezu spiegelglatten Wasseroberfläche. Die Nordsee wirkte alles andere als bedrohlich.

Beim praktischen Teil lief es dann besser als erwartet. Trotz seiner Größe stellte sich Tjorben geschickt an. Sein Balancegefühl war durch die Bootsfahrten sehr gut, und das Wasser schien sein Element zu sein. Auch Christin hielt sich überraschend wacker auf dem Surfbrett.

Sie behielten ihre T-Shirts an, weil das Risiko, auf dem Wasser einen Sonnenbrand zu bekommen, höher war als an Land. Zu gerne hätte Christin Tjorben nur in Badeshorts gesehen. Wenigstens klebte sein T-Shirt an seinem Körper, nachdem er unfreiwillig baden gegangen war, und sie bekam eine Ahnung davon, wie gut gebaut er war. Warum verbarg er seine muskulöse Statur unter weiter Kleidung? Sein Aussehen schien ihm nicht wichtig zu sein, das fand sie sympathisch.

Tjorben hatte recht gehabt. Christin entspannte sich

immer mehr, und je lockerer sie wurde, desto besser konnte sie ihr Gleichgewicht halten. Ihre anfängliche Unsicherheit verschwand, und sie konnte die neue Erfahrung genießen.

Als sie schließlich mit ihren Boards ins seichte Wasser paddelten, bedauerte sie, dass die Kursstunde schon vorbei war. Die Zeit war wie im Flug vergangen. Ihre Lippen schmeckten salzig, wenn sie darüber leckte, ihre Haare klebten am Kopf, und sie ahnte bereits, dass sie am nächsten Tag Muskelkater haben würde, aber sie fühlte sich so ausgelassen und glücklich wie schon lange nicht mehr.

Tjorben stieg von seinem Board, legte das Paddel darauf und hielt ihr seine Hand hin. Dankbar nahm sie seine Hilfe an. Doch kaum stand sie im Schlick, fuhr ein Schmerz in ihre linke Fußsohle. Christin stieß einen dumpfen Schrei aus und taumelte nach vorne.

Geistesgegenwärtig fing Tjorben sie auf und hielt sie fest. Besorgt fragte er: »Bist du okay?«

»Mehr als das«, antwortete sie aus dem Bauch und der Euphorie heraus, über ihren eigenen Schatten gesprungen zu sein und als Belohnung ein wundervolles Erlebnis in ihr Album mit Erinnerungen kleben zu dürfen. Trunken vor Glückseligkeit lächelte sie ihn an.

Seine Augen funkelten belustigt, als er sie ansah.

»Ich bin auf eine Muschel getreten«, sagte sie schnell, wie um zu rechtfertigen, dass sie ihm so nahe gekommen war. Obwohl es stimmte, brannte ihr Gesicht, seine Hand lag auf ihrer Hüfte und verursachte ein heftiges Kribbeln.

»Lass mal sehen!«, forderte er sie auf.

Christin hielt sich an ihm fest und winkelte das Bein an.

Er fühlte sich fest an. Wie ein Fels in der Brandung, dachte sie. »Glaubst du mir etwa nicht?«

»Doch, aber je nachdem, wie tief die Wunde ist, sollte sie medizinisch versorgt werden, damit du keine Blutvergiftung bekommst.« Vorsichtig untersuchte Tjorben ihre Fußsohle und gab dann Entwarnung: »Zum Glück sind die Einschnitte nur oberflächlich.«

»Es tut auch nicht mehr weh«, versicherte sie ihm. »Geht schon wieder.«

»Trotzdem sollte die Wunde nicht schmutzig werden.« Plötzlich hob er sie hoch und trug sie aus dem Wasser.

Christin wurde heiß. Automatisch schlang sie die Arme um seinen Hals. Im ersten Moment war sie sprachlos.

Er gab dem Kursleiter ein Zeichen. »Sie hat sich geschnitten.«

»Ich kümmere mich um eure Surfbretter und Paddel«, erwiderte der Mann und zeigte zu den Dünen. »Wir haben einen Verbandskasten in der Surfschule.«

Tjorben nickte ihm zu. »Danke.«

Christin war seinem Mund ganz nah. Ich bräuchte mich nur ein bisschen nach vorne zu neigen, um ihn zu küssen, dachte sie mit Herzklopfen. Er duftete nach salzigem Meerwasser, sonnenverwöhnter Haut und Bartöl. Die Nähe war verführerisch. Schwach protestierte Christin: »Lass mich sofort runter.«

»Ich helfe nicht nur Seehunden.« Lächelnd stieg er mit ihr die Düne hoch.

»Wir ziehen alle Blicke auf uns«, bemerkte sie. Im ersten Moment war ihr das unangenehm, doch dann fühlte sie sich wieder wie damals, als sie noch jung und übermütig gewesen war, und genoss die Aufmerksamkeit, die sie bekam.

Die Menschen lächelten ihnen zu, als wüssten sie genau, was in ihnen vorging. Als würden sie sich entsinnen, wie sie einmal frisch verliebt gewesen waren.

»Und wenn schon!« Behutsam setzte er sie in der Nähe des Dünenwegs, der zu *Westend Surfing* führte, ab. »Bleib sitzen. Ich hole unsere Sachen aus der Surfschule.« Dann ging er los.

»Tjorben?«, rief Christin ihm hinterher.

Er blieb neben einer Stelle mit Strandhafer stehen und drehte sich zu ihr um. »Ja?«

»Danke«, sagte sie mit warmer Stimme und meinte weder, dass er sie auf Händen getragen hatte, noch ihre Sachen holen ging, sondern dass er sie daran erinnerte, wie schön das Leben sein konnte.

Nachdenklich rieb er über seinen gestutzten Bart. »Wofür?«

»Den großartigen Ausflug«, antwortete sie allgemein und lächelte ihn verliebt an. Christins Körper kribbelte überall, als würden die Gräser, die im Wind wehten, sanft über ihre Haut streicheln.

Tjorbens braune Augen strahlten, während ihm Wasser aus den Haaren auf die Schultern tropfte.

»Ich danke dir«, erwiderte er mit einer Wärme in der Stimme, die Christin die Kühle der Nordsee, die sich in ihrem Badeanzug und ihrem T-Shirt festgesetzt hatte, vergessen ließ.

Schmunzelnd ging er weiter.

Christin seufzte vor Zufriedenheit. Die laue Brise, die vom Meer ins Landesinnere wehte, streichelte sie sanft.

Christin schirmte ihre Augen vor der Sonne ab. Noch immer lag das Meer ruhig da. Am Horizont machte Christin einen Frachter aus, durch die Entfernung sah er aus wie ein Spielzeug. Ein junges Paar zeigte staunend auf eine luxuriöse Jacht, die an Föhr vorbeisegelte.

Wahrscheinlich wären sie jetzt gerne auf dem Boot, würden Champagner schlürfen und sich von der Crew verwöhnen lassen, aber ich möchte nirgendwo anders sein als auf der Insel bei Tjorben, dachte Christin verträumt.

Eine Gruppe Surfanfänger bekam eine Einweisung am Strand. Eine Frau warf ein knallrotes Frisbee, ihr Border Collie sprang ab und pflückte die Wurfscheibe aus der Luft. Alle hatten Spaß und taten nur das, was sie tun wollten. Die ausgelassene, fröhliche Urlaubsstimmung übertrug sich auf Christin. Wie wundervoll ein Tag am Meer doch war!

Es dauerte nicht lange, und Tjorben kehrte zu ihr zurück. Er breitete die leuchtturmfarbene Decke aus und half ihr, sich daraufzusetzen. Dann nahm er auf der anderen Seite Platz und öffnete die Kühltasche. Er nahm einen Aufbewahrungsbehälter heraus und entfernte den Deckel. Zum Vorschein kamen Käsestücke, Minisalami und kleine Mettwürstchen.

»Die sehen aber niedlich aus.« Christins Magen knurrte. Sie hatte gar nicht gemerkt, dass sie hungrig war.

»Ich wusste nicht, was du magst, also habe ich im *Inselkäse Hofladen* von allem eine kleine Portion mitgebracht«, erklärte er und stellte den Behälter vor sie hin. »Die Baguettebrötchen mussten ja auch noch in den Picknickkorb passen.«

Sie warf einen Blick in die Kühltasche und sah neben einem kleinen Glas mit Essiggurken auch noch frittierte Garnelen in einem durchsichtigen Beutel. »Da passt überraschend viel rein. Du bist bestimmt auch eine gute Hausfrau.«

»Hausmann, bitte«, antwortet er. »Als Erwachsener habe ich meistens allein gelebt. Das macht selbstständig.«

Neugierig wollte Christin wissen: »Hast du nie länger mit einer Frau zusammengewohnt?«

»Ich habe es zwei Mal versucht, aber es ging nie lange gut. Ich fühle mich schnell eingeengt. Das tut mir leid, aber so bin ich eben.« Verlegen fuhr er sich mit der Hand durchs Haar, das am Ansatz bereits trocknete. »Eine Frau muss mir Freiheiten lassen. Das ist für viele ein Problem. Und gerade weil ich so lange allein gelebt habe, bin ich eigenbrötlerisch. Das ist ein sich selbst verstärkender Prozess.«

Während Christin mit dem Finger ein Herz in den Sand zeichnete, gab sie zu Bedenken: »Oder du musst nur die Richtige treffen, die du so sehr liebst, dass du keine Sekunde von ihr getrennt sein willst.«

»Vielleicht hast du recht, und ich war noch nie richtig verliebt«, gestand Tjorben und malte einen Pfeil mitten durch das Herz.

Sie befürchtete, dass sie ihm bei ihrem ersten Aufeinandertreffen mit der Bemerkung auf die Füße getreten war. Aber sie war stinksauer auf Franjo gewesen, und Tjorben hatte so locker über Beziehungen gesprochen, dass die Worte aus ihr herausgeplatzt waren. »Als ich das auf der Autofahrt zum *Lüttes Glück* gesagt habe, wollte ich dich nicht angreifen. Es ist nicht deine Schuld, dass du der Frau deines Lebens noch nicht begegnet bist.«

»Ganz unschuldig daran bin ich nicht.« Er wurde nachdenklich. »Vielleicht hatte ich so große Angst, mich eingesperrt zu fühlen, dass ich die Liebe erst gar nicht zugelassen habe. Schon möglich, dass ich mir bisher selbst im Weg stand.«

Sie mochte es nicht, ihn so bedrückt zu sehen: »Erkenntnis ist der erste Schritt zur Besserung«, sagte sie schnell.

Das T-Shirt klebte an seinem Oberkörper, er zog den Baumwollstoff von seinem Brustkorb weg. »Wenn es so leicht wäre, sich zu ändern.«

»Was soll schon passieren? Du kannst nur vom Surfbrett runterfallen«, sagte Christin. Sie lächelte aufmunternd. »Du steigst einfach wieder auf und probierst es weiter.«

»Ich sollte wohl mal meine eigenen Ratschläge beherzigen«, erwiderte Tjorben und grinste. Er hielt ihr ein Gläschen mit Krabbenleberwurst hin. »Die Wurst ist aus Schweinefleisch und Nordseekrabben, du solltest sie unbedingt kosten. Klingt nach einer schrägen *Surf-and-Turf*-Kombination, ist aber megalecker.«

Weil sie ahnte, dass ihr Bekenntnis ihm nicht gefallen würde, zögerte sie. Doch ihr blieb nichts anderes übrig, als ihm schließlich zu gestehen: »Ich esse keinen Fisch und auch keine Meeresfrüchte.«

»Gar nicht?«, fragte er überrascht.

Sie schüttelte den Kopf. Feuchte Haarsträhnen fielen ihr ins Gesicht. Sie schob sie hinter die Ohren. Ihr Haarband hatte sie bei einem der Stürze ins Meer verloren. »Nein.«

»Du verpasst was«, brummte Tjorben und stellte das Gläschen weg. Er verscheuchte eine Fliege, die auf der Minisalami landen wollte.

Christin ließ den Kopf hängen. War er jetzt enttäuscht von ihr? Mit der Abneigung gegen Tee und Fisch punktete sie nicht gerade bei dem eingefleischten Nordfriesen.

»Trinkst du wenigstens Bier? Eigentlich wollte ich noch einen Piccolo einpacken, aber der passte nicht mehr in die Kühltasche. Ich kann dir auch schnell noch etwas anderes besorgen«, schlug er vor, zog seine Hose und Schuhe über den Sand näher zu sich heran und zerstörte dabei das Herz, ohne es zu merken.

Sie wollte erwidern, dass das nicht nötig wäre, aber er sprach weiter, bevor sie dazu kam.

»Ich hätte Mineralwasser einpacken sollen, aber ich trinke keins. Wasser ist nur zum Waschen da.« Sein Lachen klang bemüht. Er wich ihrem Blick aus, als er ernst hinzufügte: »Bestimmt denkst du anders darüber, wie über so vieles.«

Seine letzte Bemerkung versetzte Christin einen Stich. Sie nahm eine Flasche *Briars Brauhüs* und öffnete den Bügelverschluss. »Bier ist prima.«

Erleichtert stieß er die Luft aus.

Sie prosteten einander zu, dann aßen sie schweigend. Die ausgelassene Stimmung war leicht getrübt.

»Ich muss ständig an den armen verletzten Seehund denken, der nicht überlebt hat«, sagte Christin bedrückt.

»Aber wir haben wenigstens versucht, ihn zu retten«, erwiderte Tjorben mit sanfter Stimme. »Mehr konnten wir für den kleinen Kerl nicht tun.«

Sie seufzte schwer. »Leider.«

»Manchmal ist Tierschutzarbeit verdammt traurig«, sagte Tjorben.

»Und trotzdem machst du weiter.« Das fand Christin erstaunlich, dazu musste man erst einmal die Kraft aufbringen. Das Erlebnis hatte sie mitgenommen. »Belasten dich solche Schicksale nicht zu sehr?«

»Sie gehen mir nahe«, gab er zu. »Aber das darf mich nicht davon abhalten, um jede verlassene oder verletzte Seele zu kämpfen.«

Sie nickte. »Da hast du natürlich recht.«

Gerade als sich Christin ein Stück Bärlauchkäse in den Mund schob, zeigte er auf ihre Hand und bemerkte: »Du trägst keinen Ring mehr, um den hellen Streifen zu verdecken.«

»Wozu auch? Es wissen ja alle Bescheid, dass meine Ehe in einer Krise steckt.« Sie rollte mit den Augen.

»Föhr ist ein Dorf.« Tjorben zwinkerte. »So bräunt die Haut wenigstens nach. Bald wird niemand mehr sehen, dass an der Stelle mal dein Ehering gesteckt hat.«

»Ja«, erwiderte sie knapp, denn sie hatte schwer an seinen Worten und deren Tragweite zu schlucken. Mit jeder Stunde, in der Franjo nicht auf Föhr auftauchte oder sie anrief, trieben sie weiter auseinander, und Christins Gefühle für ihn kühlten immer mehr ab. Im Moment war sie weit davon entfernt, noch so etwas wie Liebe für ihn zu empfinden.

Behutsam wollte Tjorben wissen: »Darf ich fragen, woran du denkst?«

»Wenn ich die Feriengäste sehe, die fröhlich und ausgelassen bei schönstem Sonnenschein ihren Strandurlaub genießen, kann ich mir nicht vorstellen, nach Köln zurückzukehren.« Allein die Vorstellung, selbst im Hochsommer zugeknöpft bis oben hin in der Bank zu sitzen und sich nach Feierabend nach Franjo und seinen Eltern richten zu müssen, schnürte ihr die Kehle zu. Zu Hause war ihr gar nicht aufgefallen, dass sie flach geatmet hatte, bis sie nach Föhr gekommen war. Hier bekam sie wieder richtig Luft.

»Das können die Touristen in diesem Moment auch nicht«, gab Tjorben zu bedenken und schmunzelte. Er wischte sich den Sand von den Füßen und zog die langen Beine auf die Decke. »Das ist eben der Unterschied zwischen Urlaub und Alltag zu Hause. Auf Föhr gibt es aber auch ein Alltagsleben, das darfst du nicht vergessen.«

Christin nahm eine kleine Mettwurst und pflichtete ihm bei: »Da hast du natürlich recht, aber deine Werktage scheinen abwechslungsreich zu sein. Meine verlaufen immer gleich. Ich bin wie ein schwer beladener Frachter, der tagein, tagaus den Nord-Ostsee-Kanal auf- und abfährt.«

»Und da halten einige Menschen das Leben auf einer Insel für langweilig«, warf Tjorben ironisch ein.

Sehnsüchtig fuhr sie fort: »Ich sehe all die anderen Schiffe, die in ferne Länder schippern, und schaue ihnen neidisch hinterher.«

»Warum hast du deine Route nie verlassen, um im Bild zu bleiben?« Seinem Blick nach zu urteilen, hielt sich sein Verständnis dafür, dass sie ihre Wünsche nicht umsetzte, in Grenzen.

Das Gespräch wurde Christin unangenehm. Sie hatte kein Problem damit, mit Tjorben über Franjo zu sprechen, aber nur solange ihr Gespräch oberflächlich blieb. Doch nun tauchten sie tiefer in das Thema ein. Sie fragte sich, warum sie einen inneren Widerstand spürte. Die Antwort war so einfach wie problematisch. Weil sie sich zu Tjorben hingezogen fühlte. Aber noch hatte sie die Leine zu Franjo nicht gekappt, sie hatte Angst davor, dass sie es bereuen würde.

Leise antwortete sie: »Weil mein Ehemann mein Heimathafen war.«

»Ist er das denn jetzt nicht mehr?«, fragte er vorsichtig.

»Ich weiß es nicht. Selbst mein Job bei der Bank belastet mich. Mir ist gerade alles zu viel«, gestand sie und wedelte hektisch mit einer Hand vor ihrem Gesicht herum, weil ein Insekt um ihren Kopf herumschwirrte. »Ich fühle mich wie ein Schiff, das hilflos dahintreibt, weil der Kapitän von Bord gegangen ist.«

»Dann sei selbst der Kapitän«, ermutigte Tjorben sie und trank einen Schluck Bier. »Es ist jetzt allein dein Kahn.«

Ja, es war ihr Leben, und sie hatte sich das Steuer aus der Hand nehmen lassen. Aber wohin sollte sie schippern, nun da sie den Kurs angab? Zurück zu Franjo, in das Reihenhaus neben seinen Eltern? Zurück zum Leistungsdruck in der Bank? Bei der Vorstellung zog sich ihr Magen zusammen.

Sie legte die Wurst wieder weg, ohne einen Bissen genommen zu haben. »Ich bin verwirrt, denn eigentlich bin ich jemand, dem Routine Sicherheit gibt. Leider habe ich nicht deinen und Anjas Mut.«

»Vielleicht ist es bloß die falsche Routine, der du folgst. Nimm dein Ruder wieder selbst in die Hand, ändere den Kurs und steuere dorthin, wo es dir gefällt.« Er hielt ihr seine Bierflasche hin.

»Klingt so einfach.« War es aber nicht. Es ging schließlich darum, ihr Leben beruflich und privat neu auszurichten. Das überforderte sie. Aber dann sagte sie sich, dass sie ja nicht beides auf einmal machen musste. Sie stieß mit Tjorben an und nahm einen kräftigen Schluck Inselbier. Erfrischend rann die kühle Flüssigkeit ihre Kehle hinab. »Genau das mag ich daran, mich mit dir zu unterhalten. Du tickst so anders als ich und weitest mit deiner Sicht auf die Dinge meinen Horizont.«

Lächelnd erwiderte er: »Das höre ich gerne.«

Christin steckte die Zehen in den warmen Sand und fragte: »Bist du so zufrieden, weil du immer tust, was du willst?«

»Niemand tut nur das, was er will«, wandte er ein, während er eine Brötchenhälfte mit Krabbenleberwurst beschmierte. »Aber ja, ich versuche mein Leben weitestgehend so zu gestalten, wie ich es will. Meiner Meinung nach ist nichts falsch an gesundem Egoismus.«

»Das kannst du dir doch ohnehin leisten, schließlich engagierst du dich sehr für Föhr und sammelst dadurch reichlich Karmapunkte«, sagte Christin bewundernd. Sie wurde abgelenkt von einer Möwe, die in einiger Entfernung landete und auf sie zugehüpft kam.

»Auch das ist etwas, was ich nicht nur für die anderen tue«, gab Tjorben zu, starrte auf sein Brötchen und leckte sich voller Appetit über die Lippen. »Es macht mich glücklich, den Insulanern zu helfen und mich für den Schutz der Flora und Fauna einzusetzen.«

»Sozusagen eine Win-win-Situation«, bemerkte Christin. Der Seevogel blieb vor ihrer Decke stehen und beäugte das Picknick.

»Ja. Früher habe ich immer von einem eigenen Schiff geträumt und davon, selbstständig zu arbeiten. Beides habe ich erreicht. Jetzt fehlt mir nur noch das private Glück.« Sehnsüchtig sah Tjorben Christin an und klappte das Brötchen zu fest zusammen, sodass die Krabbenleberwurst herausquoll. Schnell leckte er den Überschuss ab.

Christin lachte in sich hinein. »Ich dachte, ich hätte es, aber ich habe es schon vor Franjos Seitensprung verloren und es jetzt erst gemerkt.«

»Das verstehe ich nicht«, sagte er und biss in das Baguettebrötchen. Die Möwe setzte sich neben ihn in den Sand und starrte ihn an. Er ließ sich von dem Betteln nicht beeindrucken.

»Ich habe in der Tretmühle festgesteckt«, erklärte sie. Ihre Kehle war plötzlich wie zugeschnürt, weil sich die Erkenntnis, dass sie so wie bisher nicht weitermachen konnte, wie eine Schlinge um ihren Hals legte. »Ich habe schon lange nicht mehr innegehalten und mich gefragt, wie es mir geht und was ich eigentlich will. Das habe ich erst wieder hier auf Föhr getan.«

»Wenn dir der Kurs, auf dem du fährst, nicht mehr gefällt, schlag einen anderen ein«, ermutigte Tjorben sie und spülte den Bissen mit einem Schluck Inselbier nach.

»Vielleicht führt er dich ja nach Föhr. Dir gefällt es hier doch.«

»Ja, sehr sogar! Aber ich bin nicht wie Anja«, wiederholte sie bedauernd.

Sie fand ihre Freundin unglaublich mutig und beneidete sie, aber selbst Anja war klar, dass sie neben ihrem Kampfgeist auch Glück gehabt hatte. *Lüttes Glück* und die Vorbesitzerin Hilde hatten sie bei ihrem Neuanfang auf der Insel auf eine harte Probe gestellt. Beinahe hätte sie ihren großen Traum von einem Leben auf Föhr begraben und wäre nach Köln zurückgekehrt. Doch die Liebe zu Joris und die liebenswerten und hilfsbereiten Einwohner des kleinen Inseldorfs hatten ihr die Kraft geschenkt, um durchzuhalten.

»Ich finde es hier traumhaft schön und fühle mich pudelwohl«, sagte Christin, schüttelte dabei jedoch den Kopf, »aber ich könnte nicht auf einer Insel leben.«

»Das verstehe ich nicht.« Tjorben leckte sich etwas Leberwurst aus dem Mundwinkel und sah der Möwe nach, die das Betteln aufgegeben hatte und davonflog.

»Man ist von allen Seiten von Wasser umgeben, das macht mir Angst«, gab sie zu und ahnte, dass Tjorben das nicht nachvollziehen konnte. Er war hier geboren. Für ihn war es normal, mit der Naturgewalt des Meeres zu leben. Und als Kapitän und Wattführer durfte er keine Angst davor haben.

Und tatsächlich antwortete er: »Ich finde gerade das toll.«

»Im Urlaub kann ich diese Tatsache verdrängen, aber auf Dauer wäre das unmöglich«, fügte sie hinzu und knetete ihre Hände.

Zwei Wochen auf einer Insel waren ein kalkulierbares Risiko. Aber wenn man hier lebte, würde man unweigerlich die wilde Seite des atlantischen Ozeans kennenlernen. Hohe Wellen leckten in jedem Winter an den Küsten. Die Insulaner wehrten sich zwar mithilfe des Küstenschutzes dagegen, das Land an das Schelfmeer zu verlieren, aber die Nordsee war nicht zu beherrschen.

»Föhr ist keine Hallig«, gab Tjorben zu bedenken. »Bei uns gibt es kein Land unter.«

»Aber die Strände und die Salzwiesen werden überflutet, und das Wasser schwappt sogar über die Molen im Hafen.« Christin hörte, wie aufgeregt sie klang, und bemühte sich, ruhiger fortzufahren. »Das habe ich in einem Bildband gesehen, den Hilde mir ausgeliehen hat.«

»Meine Tante sollte deine Angst vor dem Blanken Hans nicht noch schüren«, zischte Tjorben verärgert. »Wurde in dem Buch auch erwähnt, dass man die Stöpe mit einem Tor schließen kann, um die Wyker Innenstadt zu schützen?«

»Ja, schon. Aber wenn ich mir vorstelle, einer der Deiche würde brechen, verspüre ich schon leichte Panik.« Sie fächelte sich mit der Hand Luft zu. »Und der Meeresspiegel steigt, die Inseln im Wattenmeer sind in Gefahr.«

Ruhig erklärte er: »Das haben die zuständigen Behörden im Blick und erhöhen die Deiche frühzeitig.«

»Mag sein, dass ich überreagiere.« Sie lächelte verlegen und sagte entschuldigend: »Ich bin eben eine Landratte.«

Tjorben machte ein langes Gesicht und schaute aufs Meer, das friedlich vor ihnen lag und im Sonnenlicht glitzerte. Für einen Moment war er in Gedanken versunken.

Er schob die Augenbrauen zusammen und wirkte grimmig.

Bedrückt knabberte Christin an einem trockenen Baguettebrötchen. Was dachte er nun von ihr? Immerhin trank sie keinen Tee, aß keinen Fisch oder Meeresfrüchte und fand das Leben auf einer Insel beängstigend. Wahrscheinlich kam er zu dem Fazit, dass sie nicht nach Föhr passte und damit auch nicht zu ihm. Ihr wurde es schwer ums Herz.

Plötzlich entspannte sich Tjorbens Miene. Er sah Christin an und sagte hoffnungsvoll: »Vielleicht könntest du doch auf Föhr heimisch werden. Wenn es jemanden gäbe, bei dem du dich sicher fühlen würdest. Jemand, der ein Schiff hat und dich jederzeit zum Festland bringen könnte, zum Beispiel wenn eine Sturmflut vorhergesagt ist. Du hättest dein persönliches Rettungsboot. Dann bräuchtest du keine Angst zu haben.«

»Ja, das würde helfen.« Ihre Wangen glühten so heiß wie die Sonne, die direkt über ihnen stand. Ihre eigene Sehnsucht spiegelte sich in seinem Blick. In diesem Moment schien alles möglich zu sein.

Doch schon einen Augenblick später war Christin nicht mehr sicher, ob sie seine Worte richtig verstanden hatte. Daher riss sie sich von ihm los und beobachtete die Surfanfänger bei ihren ersten Stehversuchen auf dem Board im Wasser.

Während sie über seine Aussage nachdachte, begann ihr Herz heftig zu klopfen. War sein Vorschlag bloß freundschaftlich gemeint, oder hatte Tjorben ihr tatsächlich gerade durch die Blume einen festen Ankerplatz in seinem Leben angeboten?

Sie musste an den Kuss in der Seehundstation denken. Eigentlich hätte er ihr beweisen sollen, dass Tjorben romantische Gefühle für sie hatte. Aber wie viel bedeutete jemandem, der offenbar schon so viele Freundinnen gehabt hatte, ein einzelner Kuss? Sie wollte nicht eine Frau von vielen, sondern jemand Besonderes für ihn sein. Oder tat sie ihm Unrecht, wenn sie so über ihn dachte? Er wirkte auf sie nicht wie ein Casanova.

Schweigend aßen und tranken sie. Diesmal empfand Christin die Stille zwischen ihnen gar nicht als unangenehm, denn sie war erfüllt von Zuversicht.

Immer wieder warfen sie einander lange Blicke zu und lächelten verträumt. In diesen kleinen Gesten lag so viel mehr, als sie einander zu diesem Zeitpunkt sagen konnten. Sie sprachen zueinander ohne Worte und ließen den anderen wissen, dass da mehr zwischen ihnen war als Freundschaft.

Christin konnte noch nicht abschätzen, ob Tjorben überhaupt zu einer langen festen Beziehung fähig war und ob ihre Gefühle die Zeit überdauern konnten, aber darüber wollte sie jetzt auch nicht nachdenken. Dafür war es viel zu früh. Sie genoss den Moment und war einfach nur glücklich.

Irgendwann prüfte Tjorben die Uhrzeit auf seinem Smartphone. »Ich befürchte, wir müssen langsam los, sonst schaffe ich es nicht rechtzeitig zu meinem nächsten Termin. Ich muss ja noch duschen und mich umziehen.«

»Du kannst auch sofort nach Hause fahren«, schlug

Christin vor. »Ich schaffe es auch allein zurück nach Walsum.«

Während er zusammenpackte, stellte er klar: »Auf keinen Fall. Ich habe dich abgeholt, und ich werde dich auch wieder zum *Lüttes Glück* bringen. Außerdem macht das Fahrradfahren langsam Spaß.«

»Aber du musst doch nach Wrixum in den Südosten der Insel und ich in den Norden. Du wärst doppelt so lange unterwegs«, wandte sie ein. Er sollte sich ihretwegen keinen Stress machen und erst recht keinen Ärger mit seinen Kunden bekommen.

»Der Umweg macht mir nichts aus. Und jetzt keine weitere Diskussion«, sagte er bestimmt. »Ich werde dich zurück zum *Lüttes Glück* begleiten.«

Christin lächelte in sich hinein. Mit seinen vielen Haaren im Gesicht, der Statur eines Türstehers und dem finsteren Blick sah Tjorben aus wie ein Raubein, er war jedoch ein Kavalier.

Bei der Rückfahrt jetzt am Mittag war es weitaus wärmer als bei der Hinfahrt vormittags. Am Strand hatte eine laue Brise etwas Kühlung gebracht, im Inselinneren stand die Hitze. Christin begriff, warum Föhr auch die Friesische Karibik genannt wurde.

Der Fahrtwind erfrischte etwas, aber in der Marsch wurden sie von einem Traktor ausgebremst und konnten ihn nicht sofort überholen, weil ihnen auf der anderen Straßenseite eine Gruppe Fahrradfahrer entgegenkam. Sie mussten langsamer radeln, Christin kam ins Schwitzen.

Als sie an der kleinen Inselpension angelangt waren,

hatte sie drei große Wünsche. Sie dürstete nach Mineralwasser, freute sich darauf zu duschen und wünschte, sie könnte danach mit Tjorben zu Mittag essen. Doch der Abschied stand bevor. Das stimmte sie traurig.

Sie stieg vom Fahrrad. Da hatte sie eine Idee. Fröhlich sagte sie: »Ich würde dich gerne zum Dank für den wundervollen Strandausflug zum Abendessen einladen.«

»Es gibt nichts zu danken«, wiegelte er ab und klappte den Fahrradständer aus. »Ich habe doch meinen Wetteinsatz eingelöst.«

Enttäuscht fragte sie: »Dann hast du nur deine Schuld beglichen?«

»Natürlich nicht«, erwiderte er rasch. Er trat auf sie zu und lächelte sie warmherzig an. Mit weicher Stimme fügte er hinzu: »Das war der schönste Fahrradausflug, den ich seit Langem gemacht habe.«

Sie frotzelte: »Und auch der einzige.«

»Erwischt.« Tjorben zwinkerte. Besänftigend strich er mit der Hand über ihr Haar. »Ich mache nur Spaß. Es war sehr schön, mit dir zusammen eine neue Erfahrung zu machen. Ich wünschte, ich hätte mit dem Handy Fotos von dir beim Stand-up-Paddling geschossen. Das wäre doch eine tolle Erinnerung gewesen.«

»Gott bewahre«, rief Christin aus und riss entsetzt die Augen auf. »Zum Glück ging das nicht. Ich möchte nicht wissen, was für eine Figur ich auf dem Surfbrett gemacht habe.«

»Eine verdammt gute.« Zärtlich strich er mit dem Daumen durch die Furche auf ihrem Kinn.

Sachte knuffte sie ihn. »Lügner.«

»Mir hat dein Anblick gefallen.« Er schmunzelte und fuhr ihr mit den Fingern sanft über den Nacken.

Sie verspürte heiße Wellen. »Was ist nun mit meiner Einladung? Du hast doch bestimmt einen Geheimtipp, wo man auf Föhr das beste Essen bekommt.«

»Ich kann leider nicht«, sagte er bedauernd und nahm die Hand von ihrem Nacken. »Heute Abend trifft sich der *Fering Ferian*, der Heimatverein.«

»In dem du natürlich Mitglied bist«, erwiderte sie spitz, obwohl sie ihn für sein Engagement bewunderte.

Er nickte. »Schon seit Kindesbeinen an, genauso wie meine Eltern und meine beiden Brüder.«

»Dann wünsche ich dir viel Spaß.« Christin hörte, dass sie verschnupft klang, was ihr leidtat. Sie war bloß eifersüchtig auf alle, die den Abend mit ihm verbringen durften. Rasch fügte sie hinzu: »Das meine ich ehrlich. Entschuldige, wenn ich eingeschnappt klinge. Das bin ich nicht. Ich bin nur traurig, dass du meine Einladung ablehnst. Ich hatte eine schöne Zeit mit dir und hätte sie gerne heute Abend fortgesetzt.«

»Ich auch! Aber der Termin steht schon so lange fest, und ich möchte die anderen nicht hängen lassen. Ein andermal. Es tut mir leid, aber ich muss jetzt dringend weiter.« Er wandte sich seinem Rad zu und prüfte, ob die Kühltasche und die Picknickdecke noch festsaßen.

Christin musste daran denken, dass er ihr geraten hatte, wieder der Kapitän ihres eigenen Schiffes zu werden und ihr Schicksal selbst zu lenken. Sie sollte nicht ständig versuchen, andere zufriedenzustellen, sondern wieder das tun, was sie tun wollte. Sie befolgte seinen Rat und rief übermütig: »Tjorben, warte!«

Überrascht sah er sie an.

Als Christin zu ihm hinging, spürte sie ihren Herzschlag überall in ihrem Körper. Sie stellte sich auf die Zehenspitzen und küsste ihn.

Eine wahre Flut an romantischen Gefühlen stürmte auf sie ein und spülte auch noch den letzten Rest Zurückhaltung weg. Sie legte die Hände an seinen Oberkörper. Ihre Finger krallten sich in sein T-Shirt, das steif vom getrockneten Salzwasser war. Sie wollte nicht, dass der Ausflug vorbeiging. Wer wusste schon, wann sie sich wiedersehen würden und ob sie dann noch so entspannt miteinander sein könnten.

Wenn es nach ihr gegangen wäre, hätten sie sich sofort wieder auf die Fahrräder gesetzt und wären an eine entlegene Stelle auf der Insel gefahren. Wo sie allein waren. Einfach nur zwei Menschen, die sich zueinander hingezogen fühlten, ohne Vergangenheit oder Zukunft, ohne Ballast und ohne Sorgen. Wo sie für den Moment leben und ihre erblühende Liebe genießen konnten.

Tjorben schlang die Arme um ihre Hüften und zog sie an sich. Zärtlich erwiderte er ihren Kuss. Er strich liebevoll über ihren Rücken und verursachte einen wohligen Schauder.

Seine Lippen waren immer noch ein wenig salzig vom unfreiwilligen Bad in der Nordsee. Als der Kuss intimer wurde, schmeckte sie noch einen Hauch des Gartenkräuterkäses, der vom Picknick übrig geblieben war und den er vor ihrem Aufbruch noch schnell gegessen hatte.

Da löste Tjorben den Kuss. Lächelnd rang er nach Atem. Er legt die Hände an ihr Gesicht, streichelte mit den Daumen über ihre Wangen und sah ihr tief in die Augen.

Angenehme kleine Turbulenzen wirbelten durch ihren Körper und brachten ihr Blut zum Köcheln.

Gerade als er sie weiter küssen wollte, erregte etwas hinter ihr seine Aufmerksamkeit.

Er starrte zum *Lüttes Glück*. Seine Miene wurde ernst. Er ließ den Kopf hängen und wirkte erst nachdenklich, dann bedrückt.

Plötzlich machte er einen Schritt von ihr weg.

Christin war verwirrt. Sie sah über ihre Schulter zur Pension, aber da war niemand. Wahrscheinlich hatte er nirgendwo hingeschaut, und sein Blick war in Wahrheit nach innen gerichtet gewesen. Hatte die Stimme der Vernunft ihn etwa davor gewarnt, sich auf sie einzulassen?

»Es tut mir leid«, sagte Tjorben, ohne sie anzusehen. Er schwang sich auf sein Rad, bevor sie etwas erwidern konnte, und fuhr davon.

Was war denn das?, fragte sie sich stirnrunzelnd. Bereute er es, auf ihren Kuss eingegangen zu sein? Fühlte er sich bereits jetzt eingeengt? War es für ihn schon zu viel gewesen, dass sie sich mit ihm zum Abendessen verabreden wollte, obwohl sie den ganzen Vormittag zusammen verbracht hatten? Klammerte sie ihm bereits zu sehr?

Christin schlang die Arme um ihren Oberkörper, doch das schenkte ihr keinen Trost. Tjorbens Zurückweisung war wie ein Stich in ihr Herz.

Kapitel 10

Christins Blick brannte in Tjorbens Rücken, als er von ihr wegfuhr. Er hatte sie bestimmt enttäuscht und vielleicht sogar gekränkt, das tat ihm sehr leid.

Sie musste durcheinander sein. Immerhin war er zuerst auf ihren Kuss eingegangen und hatte sich dann abrupt und beinahe kühl von ihr verabschiedet.

Aber Hilde hatte in der Küche gestanden und sie beobachtet.

Sie sah ihn vorwurfsvoll an und schüttelte den Kopf. Ohne Worte tadelte sie ihn, wie nur seine Tante es konnte. Sie erinnerte ihn daran, dass die Frau, die er gerade fest an sich drückte, zu einem anderen Mann gehörte und Tjorben eine Grenze überschritt.

Ihre stumme Rüge glich einer schallenden Ohrfeige, sie traf ihn hart, denn Hilde hatte mit ihrem Vorwurf recht. Das, was er tat, fühlte sich so unglaublich gut an, aber es war falsch.

Also floh er aus der Situation. Er hatte darum gekämpft, ein eigenes Ausflugsschiff zu bekommen und als Wattführer anerkannt zu werden, aber in Beziehungen warf er schnell das Handtuch. Er war immer lieber allein gewesen, als mit seiner Freundin Probleme zu wälzen. Doch diesmal tat es mehr weh als sonst zu gehen.

Am liebsten wäre Tjorben umgedreht und zu Christin zurückgeradelt. Er hätte sie fest in die Arme geschlossen und sie zärtlich geküsst. Er wollte sich bei ihr entschuldigen und ihr ins Ohr flüstern, was für ein Narr er gewesen war, indem er die Frau, die er im Herzen trug, vor den Kopf gestoßen hatte.

Doch das durfte er nicht! Christin war verheiratet. Sein überschäumendes Verlangen, ihr nah zu sein, ließ ihn das immer wieder vergessen.

Trotzdem ging er milde mit sich ins Gericht, denn Christin kam ihm wie ein Single vor. Er kannte ihren Mann nicht, sie trug nicht einmal ihren Ehering. Und die Liebe schaltete bekanntlich manchmal den Verstand aus.

Wäre Tjorben ihr einen Monat zuvor bereits auf der Einweihungsparty des *Lüttes Glück* mit Franjo zusammen begegnet, hätte er sie als verheiratete Frau gesehen. Er wäre in der Seehundstation niemals schwach geworden, hätte stets im Hinterkopf gehabt, dass sie liiert und damit tabu für ihn war.

Doch so blieb Franjo für Tjorben bloß ein Name, den Christin mal erwähnt hatte. Er wusste nicht einmal, wie ihr Gatte aussah. Es fühlte sich an, als gäbe es ihn gar nicht.

Franjo lebte weit weg in Köln und scherte sich einen Dreck um Christin. Das machte Tjorben rasend. Würde Franjo auf Föhr wohnen, wäre er zu ihm hingegangen und hätte ihm gehörig den Kopf gewaschen. Auch wenn es ihm das Herz gebrochen hätte zu versuchen, die Ehe der beiden zu retten. Aber er wollte eben Christin glücklich sehen.

Obwohl nicht religiös, war auch für ihn die Ehe heilig.

Christin zu küssen, war nicht in Ordnung. Würde er es wieder tun? Unter gewissen Umständen schon, befürchtete er, denn allein der Anblick ihrer verführerischen Lippen machte ihn auf bittersüße Art und Weise schwach.

Im Allgemeinen ging Tjorben nicht so feinfühlig vor wie Arian und nicht so geschickt wie Joris. Seine Brüder sagten über ihn, dass er manchmal mit der Tür ins Haus falle, und an dem Vorwurf war etwas dran. Darum wollte er Franjo am liebsten seinen ganzen Frust entgegenbrüllen, wollte ihn schütteln und sein Gesicht unter eiskaltes Wasser halten, damit er aufwachte und sich darüber klar wurde, was er an Christin hatte.

Tjorben sah in ihr die Frau, die sie sein könnte. Sie war wie ein Vogel, der verlernt hatte zu fliegen. Aber sollte nicht die Liebe eines Ehemannes ihr Flügel verleihen? Was sagte das über Franjo aus?

»Er hat sie nicht verdient«, murmelte Tjorben gallig vor sich hin, als er in Wrixum ankam. Die Eifersucht gärte in ihm und färbte seinen Blick auf Franjo schwarz.

Eifersucht war ihm eigentlich fremd. Er hielt zwar nichts von offenen Beziehungen, ließ seinen Freundinnen aber viele Freiheiten und erwartete dasselbe von ihnen. Über Flirts sah er hinweg. Seine Partnerin durfte mit anderen Männern feiern oder essen gehen, so lange sie die Finger von ihnen ließ und in sein Bett zurückkehrte. Warum reagierte er nun ausgerechnet bei einer Frau, mit der er nicht einmal zusammen war, so eifersüchtig?

Mürrisch stellte er das Fahrrad vor dem Haus ab und betrat sein Apartment. Wie sehr würde es ihn doch freuen, wenn Christin hier auf ihn warten würde. Ihn bei seiner Heimkehr mit leuchtenden Augen empfangen würde. Sie würde ihm jeden Abend aufs Neue um den Hals fallen, ihren Körper an seinen schmiegen und ihn so begierig küssen, als hätten sie sich seit Wochen nicht mehr gesehen.

Was ist nur los mit dir?, fragte er sich, als er ins Badezimmer ging und sich auszog.

Erst die für ihn untypische Eifersucht und nun auch noch der Wunsch nach Häuslichkeit. Er hatte nie von einer eigenen Familie geträumt. Dabei war er in einem intakten Elternhaus aufgewachsen. Er wusste selbst nicht, woran es lag, dass er frei sein wollte wie die Zugvögel. Vielleicht wollten viele Kinder es anders machen als ihre Eltern, einfach um ihren eigenen Weg zu gehen.

Außerdem hatte er hautnah miterlebt, wie Joris' Ehe gescheitert war. Die letzten Jahre mit Carla hatten seinen Bruder an den Schläfen grau werden lassen. Die Spannungen Monate vor der Trennung, all die Streitigkeiten und verletzenden Vorwürfe, schließlich das Gerangel um das Sorgerecht für ihre beiden Jungs und die Tränen von Linus und Nathan, als sie mit ihrer Mutter von Föhr wegzogen und den Vater zurückließen – all das wollte sich Tjorben ersparen.

Aber hieß es nicht: Wer nicht wagt, der nicht gewinnt? Vielleicht war die Zeit reif, über den eigenen Schatten zu springen und vor den Traualter zu treten. Wer wusste schon, was daraus werden konnte? Möglicherweise würde er ja für immer glücklich sein. Vielleicht mit Christin.

Langsam hatte er es satt, allein zu sein. Er fühlte sich nicht einsam, das war es nicht, was ihn bedrückte. Dafür hatte er zu viele Freunde und Bekannte und engagierte sich in verschiedenen Vereinen. Aber er kehrte meistens in eine leere Wohnung zurück. Oft hatte er schon allein bei einer Veranstaltung am Tisch gesessen, während alle anderen mit ihren Partnerinnen oder Partnern gekommen waren.

Einmal hatte er Hilde besucht, um ihr seine neue Flamme vorzustellen, und sich dann in der Küche des *Lüttes Glück*, als er mit seiner Tante allein war, den Spruch gefallen lassen müssen: »Schon wieder eine Neue? Ich merke mir erst gar nicht mehr die Namen deiner Freundinnen.«

Tjorben hatte sich nicht anmerken lassen, wie sehr ihn das verletzt hatte. Es lag ein Körnchen Wahrheit in der Kritik. Die Ehrlichkeit seiner Tante konnte schmerzhaft sein. Sie nahm selten ein Blatt vor den Mund. Diplomatie zählte nicht zu ihren Stärken – einer der Gründe dafür, dass sie das *Lüttes Glück* verloren hatte. Ihre Kodderschnauze war bei den Feriengästen nicht gut angekommen.

Früher hatte er alles Neue aufregend gefunden, nun sehnte er sich nach Vertrautheit. Christins Bodenständigkeit könnte ihn erden und zur Ruhe kommen lassen. Er wurde eben auch nicht jünger. Immer öfter wünschte er sich, seinen fahrigen Geist bändigen zu können. Seine wilden Zeiten lagen schon länger hinter ihm.

Eigentlich sprachen ihn Frauen wie Christin nicht an, aber sie hatte etwas, das ihn reizte. Hinter ihrem klassischen Kleidungsstil und der einfachen Frisur lauerte eine ganze andere Seite von ihr, wie er beim Stand-up-Paddling gesehen hatte, und er wollte herausfinden, welche das war.

Tjorben trat unter die Dusche, nahm das Gel von der Ablage und seifte sich ein. Der frische herbe Duft eines kühlen Frühlingstags am Meer breitete sich im Badezimmer aus.

Er hatte noch nie mit einer Frau von Anfang an so offen über alles gesprochen. Meistens waren die Unterhaltungen doch recht oberflächlich gewesen, weil man sich noch nicht lange kannte. Doch zu Christin hatte er sofort einen besonderen Draht gehabt.

Sie war anders als seine Freundinnen, und vielleicht lag genau darin der Vorteil. Er hegte die Hoffnung, dass eine Partnerschaft mit ihr anders verlaufen würde als seine Liebesbeziehungen bisher. Dass sie tiefer gehen und ewig halten könnte.

Tjorben befürchtete allerdings, dass Christin womöglich nicht derselben Meinung war. Bestimmt lebte sie nach dem Motto: Gleich und gleich gesellt sich gern. Konnte sich eine konservative Großstädterin überhaupt an jemanden wie ihn binden? Einen Mann, der keinen klassischen Job, keine festen Arbeitszeiten und kein geregeltes Einkommen hatte.

Er verließ die Duschkabine, trocknete sich ab und stellte sich vor das Waschbecken. Nachdenklich betrachtete er sein Spiegelbild, während er seinen gestutzten Bart einölte.

Das erste Mal in seinem Leben kam der Wunsch in ihm auf, normaler zu sein. Wie würde er wohl mit kurzen Haaren, einem glatt rasierten Gesicht und fünf Kilo leichter aussehen? Wenn er dann noch eine schwarze Stoffhose, ein glänzendes Hemd und polierte Lederschuhe tragen würde statt der Jeans, den alten T-Shirts und den Turnschuhen, vielleicht konnte sich Christin dann vorstellen, mit ihm zusammenzukommen.

Es war offensichtlich, dass sie sich zu ihm hingezogen fühlte. Aber Tjorben ließ sich davon nicht in die Irre führen. Viele Touristinnen suchten im Urlaub die Nähe zu Männern, die in irgendeiner Form exotisch waren, konnten sich jedoch nicht vorstellen, mit ihnen ihren Alltag zu bestreiten. Darum ließ er die Finger von weiblichen Feriengästen. So kurz war seine Aufmerksamkeitsspanne nun auch wieder nicht. Er sehnte sich nach Liebe, nicht nach einer schnellen Nummer.

Seine Haare standen von seinem Kopf ab, weil er sie trocken gerubbelt hatte. Das erinnerte ihn an ein Gespräch, das er kürzlich geführt hatte.

Im Juli hatte ein Mädchen auf einer von Tjorben geführten Wattwanderung vom Dunsumer Deich zur vier Kilometer entfernten Kormoransandinsel zu ihm gesagt: »Hi, ich bin Emily. Du siehst aus wie der Typ aus *Der Mann in den Bergen.*«

»Wie wer?« Er schützte seine Augen mit der Hand vor der Sonne. Im Hintergrund sah man bereits die Südspitze Sylts.

»Ich weiß nicht mehr, wie er wirklich heißt«, antwortete sie munter plaudernd. »In der Fernsehserie nennen ihn alle Grizzly. Die lief in den Achtzigerjahren.«

»Kenn ich nicht«, hatte Tjorben erwidert. Er hatte noch nie viel ferngesehen. Tagsüber war er unterwegs, und abends ging er schon mal auf ein Bier in eine der Seemannskneipen oder hing mit den Surfern am Strand ab.

Emily blieb stehen und stemmte die Hände in die Hüften, während die Meeresbrise ihr den Pony aus der Stirn strich. »Aber die musst du kennen! Du bist doch schon alt.«

»Bin ich nicht, mein Bart täuscht«, widersprach er brummig und lief weiter. Aus der Sicht eines Kindes wirkte man mit Ende dreißig wahrscheinlich alt, aber er fühlte sich keineswegs so. Er war zwar in den Achtzigerjahren geboren, aber noch zu jung, um sich an viel aus dem Jahrzehnt zu erinnern. »Bist du nicht viel zu jung, um die Serie zu kennen?«, fragte er zurück.

Als sie rasch zu ihm aufschloss, schmatzten ihre Schritte im Schlick. Um ihren Hals hing eine Sonnenbrille mit einem roten Gestell an einem gelben Band, die beim Gehen hin- und herschwang.

Emily deutete auf ihre Eltern, die gerade hinter ihnen die Sandwellen, die die Gezeiten auf dem Meeresboden geformt hatten, bewunderten. »Meine Mutter«, antwortete sie, »hat die DVD, und wir haben sie neulich zusammen geschaut. Sie gibt es nicht zu, aber sie ist total verschossen in Grizzly.«

»Das hast du in deinen jungen Jahren natürlich sofort durchschaut«, bemerkte er ironisch, während er durch einen seichten Priel watete und ein Auge darauf warf, dass alle aus seiner Wandergruppe problemlos hindurchkamen.

»Ich bin schon zwölf«, erwiderte Emily empört.

Lächelnd lief Tjorben weiter auf die junge Sandinsel zu, die durch die veränderten Strömungsverläufe zwischen Föhr und Sylt und die daraus resultierende Abtragung des Hörnumer Strandes entstanden war. »So alt schon? Dann ist das natürlich etwas anderes. Entschuldige.«

»Grizzly lebt allein in der Wildnis, rettet Tiere und hat genauso ein süßes Lächeln wie du«, erklärte sie ihm und warf ihm dann einen schmachtenden Blick zu.

Verlegen holte er Pfefferminzbonbons mit Schokoladen-füllung aus seinem Rucksack und fragte sie, ob sie eins wolle.

»Ja, danke.« Sie ließ sich nicht vom Thema ablenken und fuhr begeistert fort: »Grizzly hat einen zahmen Bären und wohnt in einer Hütte in den Bergen.«

Tjorben reichte die Tüte mit Bonbons herum und meinte schmunzelnd zu Emily: »Das hätte ich mir bei dem Titel der Serie denken können.«

»Mach dich nur lustig. Aber du siehst ihm ähnlich.« Kurz bevor sie die Hochsandinsel erreichten, zeigte Emily ihm auf ihrem Smartphone Fotos aus der Fernsehserie. Sie lutschte bereits das dritte Bonbon. Es stieß gegen ihre Zähne, als sie herausfordernd fragte: »Siehst du?«

»Jetzt verstehe ich auch, warum man ihn Grizzly nennt«, sagte er. Der Mann in den Bergen kam wohl selten zum Fri-sör und zum Barber. Er sah sympathisch aus, aber auch ein wenig verwildert. Tjorben band sich sofort die vom Wind zerzausten Haare im Nacken zusammen und glättete seinen struppigen Bart mithilfe von etwas Meerwasser.

Nun, Jahre später, trug Tjorben seinen Bart, nachdem Christin vorgeschlagen hatte, ihn zu stutzen, ja ohnehin kurz. Er musste zugeben, dass er so gepflegter aussah. Es gefiel ihm, und er hatte nicht das Gefühl, sich für sie ver-bogen zu haben. Er sah immer noch aus wie ein hartgesot-tener Kapitän.

Tjorben kämmte sich die Haare und zog sich an, er war schon etwas spät dran.

Sein Blick fiel auf ein Bild an der Wand neben dem Spie-gel. Es zeigte ein aus Strandschnecken geformtes Segelschiff, das über ein Meer aus Schwertmuscheln fuhr. Das kindliche Kunstwerk hatte früher im *Lüttes Glück* gehangen. Hilde hatte es ihm geschenkt, als feststand, dass sie die kleine Inselpension verlieren würde.

Kurz vor der Zwangsversteigerung hatte sie zu ihm gesagt: »Dein Vater Johan hat es gebastelt, da muss er fünf oder sechs Jahre alt gewesen sein. Es hing schon im Flur, als unsere Eltern noch gelebt haben. So lange behalte ich es schon, als Erinnerung an sie und an die Zeit, in der es um das *Lüttes Glück* noch rosig stand.«

Sie drückte Tjorben das Bild in die Hand, und er nahm es an. Widerstand war bei seiner Tante ohnehin meistens zwecklos.

Bevor er etwas erwidern konnte, fuhr sie fort: »Aber mit dem neuen Eigentümer wird es bergab gehen, das steht mal fest. Bestimmt wird er das ganze Inventar wegwerfen und das Gebäude abreißen lassen, um eins dieser modernen charakterlosen Hotels zu bauen.« Sie schnaubte. »Die sehen alle gleich aus, sie riechen alle gleich, und man weiß nicht, auf welcher Nordseeinsel man sich gerade befindet. Das alte Föhr geht verloren.« Verstimmt kniff sie die Augen zusammen.

»Das weißt du nicht«, sagte er, um Hilde zu beruhigen. Ganz Walsum bangte damals darum, wie es mit der kleinen Inselpension weitergehen würde, weil das auch Auswirkungen auf den Ort haben würde. Wenn ein Inseldorf nur aus vier Wohnhäusern und einem Schafstall bestand, konnte die Neugestaltung eines einzigen Gebäudes den ganzen Ort verändern.

»Das tun doch alle Investoren. Wir dürfen kein Wunder erwarten! Wer auch immer die Pension ersteigert, wird kommen und alles verändern, aber ich werde ihm die Stirn bieten.« Seine Tante machte eine Faust. »Unsere Insel gehört bald nur noch Hamburger Investoren, und für uns Einheimische ist kein Platz mehr. Das dürfen wir uns nicht gefallen lassen.«

Tjorben teilte ihre Sorgen, wollte sie jedoch in dem Moment nicht bestätigen, damit sie nicht noch mehr unter der Situation litt. Stattdessen nahm er sie in die Arme und hielt sie einfach nur fest, um sie spüren zu lassen, dass sie nicht allein durch diese schwere Zeit musste.

Eine Weile schluchzte sie mit dem Kopf an seiner Schulter. Dann fing sie sich wieder, tupfte sich mit einem Taschentuch über die feuchten Wangen und tätschelte sachte seinen Arm. »Nimm du das Muschelbild und halte es in Ehren! Ich gebe ja zu, dass es nicht gerade schön ist. Johan hat noch nie ein Händchen für künstlerische Arbeiten gehabt. Er hat andere Talente, zum Beispiel war er schon immer ein guter Zuhörer, und er kennt sich mit Schiffstechnik und Nautik aus wie kein anderer. Außer dir vielleicht. Wie gesagt, das Bild ist nicht besonders hübsch, aber es ist ein Stück unserer Familiengeschichte.«

Also hängte Tjorben das Bild mit zwei fehlenden Muscheln und einer Staubpatina, die nicht mehr wegzukriegen war, in seinem Badezimmer auf.

Zum Glück war das Szenario, das seine Tante heraufbeschworen hatte, nicht eingetroffen. Das Wunder war geschehen! Das *Lüttes Glück* war zwar versteigert worden, aber kein reicher Investor hatte es gekauft, sondern Anja Blumenthal. Ein Hauptgewinn für die Pension und für Walsum.

Und für Joris, dachte Tjorben schmunzelnd.

Er erinnerte sich daran, wie verliebt Anja und Joris waren. Wie sie sich anschmachteten und die Finger nicht voneinander lassen konnten. Sie berührten sich ständig, als müssten sie sich versichern, dass der andere noch da und nicht bloß ein wunderschöner Traum war. Wie zwei Magnete wurden sie stark voneinander angezogen.

Christin stahl sich in seine Gedanken. Warum hatte er sich nur in eine Frau verliebt, die er nicht haben konnte? Mit einem sehnsüchtigen Ziehen in Bauch verließ er die Wohnung und stieg ins Auto.

Auf der Fahrt zum Hafen sah Tjorben erneut Hildes vorwurfsvolle Miene vor seinem geistigen Auge.

Zuerst wirkte sie von dem Kuss entsetzt, dann wandelte sich ihr Gesichtsausdruck, und sie schien besorgt zu sein. Vielleicht täuschte er sich, aber es kam ihm so vor, als wollte sie ihm sagen: »Tu ihr nicht weh.«

Das würde er niemals!

Manchmal verletzte man jedoch jemanden unabsichtlich, es ließ sich nicht mit Sicherheit ausschließen. Er hatte schon ein paar Frauen verlassen, weil seine Gefühle der Prüfung der Zeit nicht standgehalten hatten. Einige Freundinnen hatten sich auch von ihm getrennt, er kannte Liebeskummer.

Aber er hatte noch keine Beziehung geführt, die auch nur annähernd so lang war wie Christins Ehe, und er konnte nicht garantieren, dass es mit ihr anders laufen würde als mit seinen Partnerinnen zuvor.

Wenn Tjorben das alles bedachte, kam er zu einem schmerzhaften Schluss. Wenn er sichergehen wollte, dass er sie nicht verletzen würde, sollte er sich besser von ihr fernhalten. Nur, wie sollte er das schaffen? Es zog ihn mit aller Macht zu ihr.

In der Seehundstation war er seinem Bauchgefühl gefolgt. Er hatte nicht lange nachgedacht, welche Folgen der Kuss haben konnte, was die Überschreitung einer Grenze zwischen ihnen verändern und welche starken Emotionen das in ihm auslösen würde. Christin hatte so traurig ausgesehen, und er hatte sie trösten wollen, doch das war nur die halbe Wahrheit.

Er wollte auch herausfinden, wie sich ihre Lippen anfühlten und wie sie schmeckten. Sie ging mit einer Leidenschaft auf seinen Kuss ein, die ihn verblüffte und beeindruckte. Scheinbar der Typ kühle Blondine, hatte sie sich da von einer anderen Seite gezeigt. Das Feuer in ihr musste nur wieder entzündet werden.

Der Kuss vor der Pension, der von ihr ausging, verstärkte seine romantischen Gefühle für Christin noch, und sie hatten jegliche Vernunft unter sich begraben. Überraschung, Freudentaumel, gefühlvolles Begehren und dann zarte Liebe. Christin gehörte zu ihm, ihr Platz war an seiner Seite. Diese Klarheit wurde jedoch durch Hildes Blick erschüttert, der ihn jäh auf den Boden der Tatsachen zurückbrachte und daran erinnerte, dass Christin für ihn tabu sein sollte.

Aber nun hatten sie bereits die Freundschaftszone verlassen. Würden sie dorthin zurückkehren können? Wollte er das überhaupt? Über die Frage brauchte er gar nicht lange nachzudenken. Er kannte die Antwort, sie war eindeutig, und lautete: Nein.

Tjorben fuhr auf das Parkdeck der Stadtverwaltung Wyk, stellte sein Auto ab und schloss es an eine der Ladestationen an. Bis er mit der *Seewievke* wieder in den Hafen einlaufen würde, wäre sein Wagen aufgeladen.

Während er vom Rathaus zum nahe gelegenen Hafen ging, fragte er sich, ob Christin schon bereit für eine neue Liebe war. Oder wollte sie ihrem Mann nur eins auswischen, indem sie auch eine Affäre hatte? Dafür wollte sich Tjorben nicht hergeben.

Wahrscheinlich war es ohnehin aussichtslos, sich eine Beziehung mit ihr zu wünschen. Sie hatte eine Ehekrise, war jedoch nicht getrennt, und sie führte ein ganz anderes Leben.

Schweren Herzens nahm Tjorben sich vor, wieder auf Distanz zu ihr zu gehen, denn er wollte nicht mit Christin Schiffbruch erleiden.

Manchmal besuchte Tjorben seinen Vater in der Hafenmeisterei, aber heute hatte er dazu keine Zeit. Die Fähre von Dagebüll legte gerade im Hafen an. Möwen umschwirrten sie. Es dauerte nicht lange, und die ersten Autos fuhren von Bord, dann verließen auch schon die Fahrgäste zu Fuß das Schiff.

Plötzlich ertönte in seinem Rücken eine Fahrradklingel. Im nächsten Moment hielt auch schon Kika neben ihm an. Sie stieg ab und grüßte ihn fröhlich: »Hi.«

»Selber hi«, erwiderte er und blieb auf dem Kai stehen. Etwas an ihr war anders, aber er kam nicht sofort drauf. »Du bist spät dran.«

»Du ja auch.« Sie zwinkerte und rückte den Riemen ihres Rucksacks, der ihr in die Schultern schnitt, zurecht. Der schwarze Kajal um ihre Augen sah frisch aufgetragen aus.

Ganz schön frech, dachte Tjorben, aber genau darum mochte er sie. Er konnte keine Menschen leiden, die ständig Ja und Amen sagten und vor Vorgesetzten einen Diener machten. Trotzdem wies er sie darauf hin: »Aber ich bin der Kapitän.«

»Seit wann lässt du denn den Chef raushängen?«, fragte sie enttäuscht und kratzte sich nervös unter dem asymmetrischen Pony an der Stirn.

»Tut mir leid.« Seufzend fuhr er sich mit der Hand durchs Haar. Er sah zum Himmel auf. Schönstes Sommerwetter, perfekt für einen Bootsausflug. Seine Fahrgäste würden bestens gelaunt sein. Doch er selbst hatte eine Laune, als würde es aus Kübeln schütten. »War nicht so gemeint.«

»Bist du mies drauf?«, wollte Kika geradeheraus wissen. Sie sprach meistens frei aus, was sie dachte.

Tjorben zuckte mit den Achseln und ging weiter, vorbei an schwatzenden Touristen, die von der Fähre in die Innenstadt von Wyk strömten. Er hatte den ganzen Vormittag mit der Frau, die sein Herz höherschlagen ließ, am Strand verbracht und sie zur Krönung auch noch küssen dürfen. Er sollte auf Wolke sieben schweben, er sollte glücklich und dankbar sein, doch er war gereizt.

Kika schob das Fahrrad neben sich her. Sie steckte ihr kinnlanges Haar immer wieder hinter die Ohren, aber es hielt nicht. »Ist es wegen der Blonden neulich? Die, die mit uns zu den Seehundbänken rausgefahren ist und die meiste Zeit bei dir in der Steuerkajüte war.«

»Wie kommst du denn darauf?« Tjorben wurde es heiß. Seit wann war er so leicht zu durchschauen? Es war ihm immer leichtgefallen, seine Gefühle hinter seinem Bart zu verbergen. Vielleicht hätte er ihn doch nicht stutzen sollen.

»Ich habe mit dem Hund meines Vermieters auf dem Strand in Utersum gespielt. Das war heute Morgen, da habe ich euch gesehen«, erzählte Kika. »Ich habe sogar gewunken, aber ihr habt mich nicht bemerkt, weil ihr nur Augen füreinander hattet.«

»Du hättest ruhig zu uns kommen können«, sagte er aus Höflichkeit.

Sie winkte ab. »Ich wollte nicht stören.«

»Das hättest du nicht«, log er.

»Ja, klar«, erwiderte sie ironisch. »Da läuft doch was zwischen euch, das war nicht zu übersehen.«

Tjorben atmete tief ein und ganz langsam wieder aus, aber sein Puls beruhigte sich nicht. Das Thema ging ihm an die Nieren. Bedrückt sagte er: »Christin ist verheiratet.«

»Oh«, machte Kika und spielte verlegen an ihrem Nasenring herum. »Aber es hat doch gewaltig zwischen euch gefunkt, das sah man.«

»Sie ist bloß ein Vogel mit gebrochenem Flügel, und ich helfe ihr, wieder gesund zu werden«, erklärte er, was stimmte, denn er wollte, dass es ihr wieder besser ging, aber das war nur die halbe Wahrheit. Er wollte ihr auch nahe sein und so viel Zeit wie möglich mit ihr verbringen.

Eine Weile schwiegen sie, dann sagte Kika, begleitet vom leisen Quietschen des Fahrrads: »Manchmal bleiben Tiere, die man gerettet und in die Freiheit entlassen hat, trotzdem ein Leben lang bei einem.«

Tjorben lächelte traurig. Je unwahrscheinlicher ihm eine Liebesbeziehung mit Christin erschien, desto mehr begehrte er sie. Er hatte große Angst, dass Christin abreisen könnte und sie sich nie wiedersehen würden. Oder noch schlimmer, dass sie im Laufe des Jahres zusammen mit ihrem Ehemann nach Föhr zurückkehren könnte, glücklich vereint. Wie sollte er die Begegnung dann nur überstehen?

Er war erschöpft vom Grübeln, daher blieb er vor der *Seewievke* stehen und bat Kika: »Bevor wir ablegen, könnte ich zur Stärkung noch einen kräftigen Tee gebrauchen. Du auch?«

»Ja. Lass mich raten …« Sie tat so, als würde sie nachdenken, und tippte sich mit dem Zeigefinger gegen die gespitzten Lippen, auf denen farbloser Lipgloss glänzte. »Ich soll mich noch mal auf mein Fahrrad schwingen, in den Ort reinfahren und ihn für uns besorgen, richtig?«

Endlich fiel ihm ein, was anders an ihr war. Sie hatte dunkelblaue Strähnen in ihr schwarzes Haar machen lassen. Das hätte er auch früher merken können. Er war wohl zu sehr mit den Gedanken bei Christin. »Das wäre nett.«

»Kein Problem«, sie räusperte sich, »wenn eine Packung Butterkekse für mich dabei rausspringt.«

Tjorben schnaubte. »Das wird aber eine teure Tasse Tee für mich.«

»Du kriegst auch einen Keks von mir ab«, bot sie ihm an, grinste und hielt ihre Hand auf. Sie trug an ihrem Daumen einen schlichten silbernen Ring.

So leicht ließ er sich nicht abspeisen. »Ich will die halbe Packung.«

»Das ist zu viel.«

»Und ein Plätzchen ist mir zu wenig. Davon kriege ich nur Appetit auf mehr.«

»Dann kaufe ich eine Packung Gebäck für jeden, einverstanden?«

»Gute Idee«, erwiderte Tjorben, obwohl sie ihn gerade ausgetrickst hatte. Egal, Hauptsache, er bekam auch Butterkekse. Er gab ihr Geld.

Gut gelaunt fuhr sie los.

Als Tjorben die *Seewievke* betrat, spürte er sofort, dass etwas nicht stimmte. Er sah sich um, konnte aber auf den ersten Blick nicht erkennen, was das ungute Gefühl in ihm ausgelöst hatte. Alles war wie immer und auch wieder nicht.

Dann nahm er einen Hauch von Aftershave wahr. Der herbe Duft war nicht intensiv, aber er war eindeutig da, und er konnte nicht vom Pier zu ihm herziehen. Niemand hielt sich in seiner Nähe auf, und der Wind wehte ohnehin vom Meer in den Hafen. Also blieb nur eine Schlussfolgerung.

Ein Fremder war auf seinem Boot.

Wer mochte das sein? Tjorben überlegte, ob er etwas suchen sollte, mit dem er sich verteidigen konnte, ließ es aber bleiben. Wie gefährlich konnte schon jemand sein, der sich tagsüber auf ein Schiff schlich?

Vielleicht handelte es sich bloß um Jugendliche, die einen ruhigen Platz gesucht hatten, um herumzuknutschen. Oder jemand war von dem alten Holzschiff fasziniert und dreist an Bord des ehemaligen Fischkutters gegangen, um sich das sanierte Relikt genauer anzusehen.

Ein nervöses Kribbeln huschte über Tjorbens Rücken.

Er war zwar gebaut wie ein Wrestler, ließ aber wenn möglich nicht die Fäuste fliegen. Entweder drohte er dem Gegner zur Abschreckung, indem er ihn entschlossen ansah und sich mit seiner eindrucksvollen Körpergröße und seinen breiten Schultern vor ihm aufbaute, oder er versuchte zu deeskalieren. Denn sein Vater hatte ihn gelehrt, dass es ein Zeichen von Schwäche war, handgreiflich zu werden.

Da hörte er ein Geräusch aus der Kajüte. Jemand machte sich unter Deck zu schaffen. Früher, als der Fischkutter noch in Betrieb gewesen war, hatte man dort den Fang transportiert, doch Tjorben hatte den Bauch des Schiffes ausgebaut. Sein kleines Reich war eng und einfach, aber es reichte für ein Nickerchen zwischen zwei Bootstouren.

Leise ging Tjorben über die Planken zur Luke. Sie stand offen, und das Schloss war aufgebrochen. Er ballte die Hände zu Fäusten und presste die Kiefer zusammen. Ein Dieb schien die *Seewievke* plündern zu wollen. Tjorben wurde sauer, denn sein Boot war ihm heilig.

Unerschrocken schlich er näher heran. Er spähte die kurze Treppe hinunter, konnte aber nicht viel erkennen. Die Sonne blendete ihn. Die Kajüte wirkte von hier oben wie ein schwarzes Loch. Aber wer immer dort unten zugange war, saß in der Falle. Es gab nur einen Fluchtweg, und den blockierte Tjorben.

Plötzlich rumpelte es. Der Einbrecher durchsuchte wohl gerade den Einbauschrank, und etwas war herausgefallen, vielleicht warf er auch alles, das nicht wertvoll schien, achtlos auf den Boden. Es würde noch etwas in die Brüche gehen.

Tjorben hatte lange für ein eigenes Ausflugsschiff gespart und viele der Renovierungsarbeiten selbst gemacht. Anderen war ihr Auto das Liebste. Sie wuschen und polierten es jeden Samstag, bis es glänzte, und fuhren bei jeder kleinen Auffälligkeit sofort in die Werkstatt, um es durchchecken zu lassen. So ähnlich empfand er für die *Seewievke*, sein zweites Zuhause.

Auf dem alten Kahn verbrachte er viele Stunden im Jahr. Er besaß kein Haus und auch keine Eigentumswohnung, nur das Elektroauto, und das stotterte er noch ab. Seine teuerste Investition bestand im Kauf des ehemaligen Fischkutters, und der war abbezahlt. Er leistete ihm treue Dienste, hielt trotz seines Alters tapfer durch und half ihm, seinen Lebensunterhalt zu bestreiten.

»Die *Seewievke* ist die einzige Frau, mit der du es lange aushältst«, hatte sein Vater ihn mal aufgezogen, als er ihn auf dem Schiff besucht und gesehen hatte, wie sein Sohn liebevoll das Steuerrad und die Armaturen polierte.

Und nun machte sich ein Fremder an seiner ›Meerjungfrau‹ zu schaffen, beschädigte womöglich, was Tjorben sich hart erarbeitet hatte und was ihm lieb und teuer war. Tjorben sah rot.

Wütend stürmte er die Holzstufen hinunter, die er vor Beginn der Sommersaison vorsichtig abgeschmirgelt und mit Hingabe frisch gestrichen hatte. Er musste den Kopf einziehen, um stehen zu können.

Unter Deck fand er eine merkwürdige Situation vor. Ein Mann in einem schicken Freizeitjackett, einem weißen Hemd und hellen Lederschuhen hockte auf dem Boden. Tjorben runzelte die Stirn. So sah jedenfalls kein normaler Langfinger aus.

Der Mann hatte seinen Oberkörper in den einzigen Schrank hier unten gesteckt und die Rückwand abgeklopft, als würde er dahinter ein Geheimfach vermuten. Tjorbens Schritte hatten ihn jedoch alarmiert. Hektisch versuchte er gerade sich aufzurichten. Er knallte mit der Stirn gegen den Schrank und gab einen dumpfen Laut von sich. Fluchend zog er sich aus dem Schrank zurück und sah erschrocken zu Tjorben auf.

Wütend brüllte Tjorben ihn an: »Was zur Hölle haben Sie auf meinem Boot zu suchen?«

»Wenn Sie nicht sofort leiser sprechen, werde ich behaupten, Sie hätten mich geschlagen, und Sie können sicher sein, dass man mir glauben wird. Bei Ihrer Statur und Ihrem hitzigen Temperament«, erwiderte der Eindringling dreist. Als er auf die Beule an seiner Schläfe zeigte, rutschte der Ärmel seines Freizeitjacketts herunter.

Überrascht keuchte Tjorben. Einen Moment lang starrte er den Manschettenknopf mit dem Logo des Hamburger Sportvereins an. Die Zeit schien stillzustehen. Tausend Gedanken schossen ihm durch den Kopf.

Er musste bei der berühmten Raute, die vor allem der Fußballclub bekannt gemacht hatte, an das internationale Flaggensignal mit dem blauen Rechteck auf weißem Grund denken. Hatte früher ein Schiff den Blauen Peter als Signal gesetzt, wurde damit der Mannschaft, die auf Landgang war, ein Zeichen gegeben, dass man innerhalb der nächsten 24 Stunden auslaufen würde und sie zurück an Bord kommen musste.

Der geheimnisvolle Lutz Beck hatte solche Manschettenknöpfe getragen, als er im Frühjahr nach Föhr gekommen war und Unruhe in das Familienleben der Grafs gebracht hatte. Einen der beiden Knöpfe hatte er in Tjorbens Elternhaus verloren. Joris hatte ihn in der ehemaligen Windmühle gefunden und ihre Mutter Ilse darauf angesprochen, doch sie hatte behauptet, nicht zu wissen, wem er gehörte.

Joris und Arian hatten Beck getroffen, Tjorben selbst nicht. Daher konnte er nicht mit Sicherheit sagen, dass der Mann vor ihm Beck war, aber sein Bauchgefühl sagte ihm, dass er gerade den Stalker ihrer Mutter gestellt hatte.

Alles hatte damit angefangen, dass ihre Mutter seit Januar von Migräneattacken heimgesucht wurde. Joris glaubte, dass ein geheimnisvoller Anruf der Auslöser gewesen war, aber ihre Mutter sagte, sie könne sich nicht richtig daran erinnern.

Das nahm Tjorben ihr nicht ab. Sie wusste immerhin noch genau, dass er im Alter von fünf Jahren Leuchtalgen mit einem gespülten Marmeladenglas aus der Nordsee gefischt hatte, weil er hoffte, sie würden nachts sein Zimmer erleuchten. Damals hatte er sich eine Zeit lang im Dunkeln gefürchtet, nachdem er sich verbotenerweise einen Gruselfilm angesehen hatte.

Seine Mutter konnte noch die Worte wiedergeben, mit denen sie ihm erklärt hatte, dass die Einzeller in dem Glas nicht leuchten und ohne Nahrung wie Plankton sterben würden. Sie wusste noch genau den Strandabschnitt, an dem sie das Algenwasser zurück ins Meer gegossen hatten, und dass sie ihm eine Steckdosenlampe in Form eines Leuchtturms gekauft hatte, damit es in seinem Zimmer nicht vollkommen dunkel war.

Aber an den Anrufer Anfang des Jahres erinnerte sie sich nicht?

Seit dem Telefonat im Januar hatte sich seine Mutter verändert. Sie zog sich von allem zurück, überschrieb Arian die Galerie *Strandmohn* und hing das Malen, ihre große Leidenschaft, an den Nagel. Erst Anja hatte sie dazu überreden können, den Pinsel wieder in die Hand zu nehmen und das *Lüttes Glück* mit einem einzigartigen Wandbild zu verschönern.

Der Gesundheitszustand seiner Mutter hatte sich gebessert, und die Migräne trat inzwischen seltener und schwächer auf. Doch es hatte immer wieder mysteriöse Vorfälle gegeben, die dazu geführt hatten, dass sie sich wieder in ihr Schneckenhaus zurückzog. Wenn Tjorben sie darauf ansprach, spielte sie die Angelegenheit herunter, aber er vermutete, dass Lutz Beck ihr immer wieder aufgelauert hatte.

Nur einmal sagte sie, dass sie große Schuld auf sich geladen hätte. Die Aussage beunruhigte ihn zutiefst, denn bis dahin hatte er sie als Opfer von Lutz Beck gesehen. Stimmte das etwa gar nicht? War sie in Wahrheit die Täterin und Beck der Leidtragende? Das konnte sich Tjorben beim besten Willen nicht vorstellen. Sie konnte doch keiner Fliege etwas zuleide tun. Sie setzte sich für das Wohl der Föhrer ein. Sie war schließlich seine Mutter!

Es gab eine Verbindung zwischen seiner Mutter und Lutz Beck, aber bisher hatte keiner der beiden verraten, worin diese bestand. Tjorben befürchtete, dass die Auflösung ihm ganz und gar nicht gefallen könnte.

»Sind Sie etwa Lutz Beck?«, fragte er den Mann vor sich. Mit Schnöseln wie ihm konnte er nichts anfangen. Welten trennten sie. Tjorben trug nicht einmal auf offiziellen Feiern Sakkos, sie fühlten sich wie eine Zwangsjacke an.

Beck riss die Augen auf. »Woher kennen Sie meinen Namen?«

»Ich stelle hier die Fragen!«, sagte Tjorben schroff. »Sie sind schließlich auf mein Schiff eingedrungen.«

Beck zupfte an seinem Hemdkragen herum, öffnete aber keinen Knopf. Feindselig blinzelte er Tjorben an.

Der musterte sein Gegenüber. Lutz Beck sah genauso aus, wie Arian und Joris ihn beschrieben hatten. Er war schicker gekleidet als die meisten Feriengäste, und er sah Tjorben herablassend an. Es wirkte steif, wie er den Rücken durchdrückte und die Brust herausstreckte.

Die Überlegenheit, die Beck mit jeder Pore auszustrahlen versuchte, war offenkundig vorgeschoben, um etwas anderes zu verstecken. Im Grunde wirkte er unsicher, ja, schien sich sogar vor etwas zu fürchten. Diesen Umstand nutzte Tjorben aus.

»Sie werden mir ein paar Fragen beantworten«, sagte er bestimmt.

Der Mann vor ihm schob die dünnen Augenbrauen zusammen. »Wir werden sehen.«

»Warum verfolgen Sie meine Mutter?«, fragte Tjorben geradeheraus. Unter Deck stand die Hitze. Er wäre in dem Outfit, das Beck anhatte, weggeschmolzen.

»Ich habe Ilse Graf nur einmal zu Hause besucht. Die alte Mühle, in der sie wohnt, passt zu ihr.« Beck rümpfte die Nase. »Sie sieht genauso bäuerlich aus wie sie selbst.«

Tjorben ballte die Hände zu Fäusten. Nur zu gern hätte er Beck eine runtergehauen, aber er hielt seine Wut im Zaum. Er brauchte Antworten. »Das ist gelogen. Sie lauern ihr überall auf Föhr auf, Sie beobachten sie und jagen ihr Angst ein, indem Sie sie verfolgen.«

»Wenn Sie meinen«, erwiderte Lutz Beck und lächelte kalt. Er verschränkte die Arme vor dem Oberkörper und wirkte zufrieden.

Tjorben wusste nicht, ob sich Beck darüber freute, dass er Ilse Graf bange machte oder dass Tjorben sich darüber aufregte, vermutlich beides. »Sie haben behauptet, meine Mutter hätte Ihre Familie zerstört. Warum?«

»Weil es so ist«, antwortete Beck und zuckte mit den Schultern.

Tjorben stemmte die Fäuste in die Hüften. »Sie müssen schon etwas genauer werden.«

»So, muss ich das?« Überheblich sah Lutz Beck ihn an und zog eine Augenbraue hoch.

Tjorben war eigentlich nicht so schnell aus der Ruhe zu

bringen, aber Becks unverschämtes Auftreten machte ihn rasend. Er erhöhte den Druck auf ihn: »Das sollten Sie, wenn Sie nicht wollen, dass ich die Polizei rufe.«

»Wie gesagt, dann werde ich aussagen, Sie hätten mich geschlagen.« Demonstrativ betastete Beck die Beule an seiner Stirn.

Tjorben winkte lässig ab. »Das nimmt Ihnen auf Föhr keiner ab. Man kennt mich hier.«

»Ich habe nichts Unrechtes getan«, beteuerte Beck. Eine Schweißperle rann seinen Hals hinab und wurde von seinem Kragen aufgesaugt.

»Doch«, widersprach Tjorben gereizt. »Sie sind bei mir eingebrochen.«

»Ja, und? Wird man mich dafür verhaften oder gar verurteilen? Wohl kaum. Ich habe nichts zerstört und nichts gestohlen.« Beck breitete die Arme aus. »Ich habe mir nur dieses wunderschöne alte Schiff angesehen.«

Tjorben befürchtete, dass Beck recht hatte. Es würde als Bagatelle eingestuft werden, dass der Mann an Bord eines fremden Schiffes gegangen war. Wütend presste Tjorben hervor: »Das hier ist aber nicht das erste Mal, dass Sie sich unerlaubt Zugang zu fremdem Eigentum verschafft haben.«

»Sie müssen mich mit jemandem verwechseln«, wiegelte Beck kaltschnäuzig ab, wischte jedoch die feuchten Handflächen an seiner Stoffhose ab.

Anklagend zeigte Tjorben auf ihn. »Sie sind kürzlich in das Lager der Strandkorbmanufaktur meines Bruders eingebrochen. Joris Graf.«

»Haben Sie dafür Beweise?«, wollte Beck wissen und sah ihn herausfordernd an.

Tjorben nickte. »Es gibt Zeugen. Ein Mitarbeiter hat Sie im Lager erwischt, und mein Bruder hat Sie vom Fenster seines Büros aus beobachtet. Was wollten Sie dort?«

»Ihre Zeugen sind unzuverlässig. Der Angestellte könnte wer weiß wen gesehen haben. Föhr wimmelt schließlich von Feriengästen, besonders jetzt im August. Und ihr Bruder war zu weit weg, um irgendwen erkannt zu haben«, wandte Beck ein. »Hat die Manufaktur denn keine Videoüberwachung?«

Auf Föhr brauchte man für gewöhnlich solche Schutzmaßnahmen nicht, da es kaum Kriminalität gab, und wenn doch, dann wurden meistens Fahrräder gestohlen oder Autos aufgebrochen. All das behielt Tjorben jedoch für sich. »Wir könnten eine Gegenüberstellung mit dem Mitarbeiter der Manufaktur machen. Wenn ich Sie allein anhand der Beschreibung meiner Brüder erkannt habe, wird er sie bestimmt sofort identifizieren.«

Beck zog ein Stofftaschentuch aus der Hosentasche und tupfte sich damit über die Schläfen. Ungehalten zischte er: »Ich bin zufällig vorbeispaziert und habe die Strandkörbe bewundert. Zumindest könnte ich das behaupten, sollte mich die Polizei befragen.«

»Also geben Sie zu, dort eingestiegen zu sein?«, wollte Tjorben wissen und machte einen Schritt auf ihn zu.

Beck wich zurück und knüllte das Taschentuch in der Hand zusammen. Sein Blick flackerte. »Ich wusste nicht, dass die Firma Ihrem Bruder gehört.«

»Das ist gelogen. Und jetzt sind Sie auch noch in mein Ausflugsschiff eingebrochen.«

»Ihr Name steht nicht außen dran. Ich wusste nicht, dass es Ihres ist«, behauptete Beck in unschuldigem Ton.

Misstrauisch kniff Tjorben die Augen zusammen. »Das wäre dann schon der zweite Zufall innerhalb kurzer Zeit.«

»Das kommt vor.« Beck lächelte unsicher.

Tjorben wiegelte ab: »Eher nicht, besonders nicht, wenn man bedenkt, dass Sie unsere Mutter schon seit Monaten verfolgen.«

»Hier kommt man an der Familie Graf eben nicht vorbei. Man nennt Sie und Ihre Brüder sogar spöttisch Inselgrafen, weil es heißt, Sie würden sich aufführen, als würde Ihnen Föhr gehören.«

Tjorben kannte den Vorwurf, und dennoch versetzte er ihm jedes Mal aufs Neue einen Stich. Er, Arian und Joris meinten es nur gut und wollten niemanden auf Föhr bevormunden. Doch egal, wie sehr sie sich auch bemühten, sie schafften es nicht, alle Insulaner von ihren guten Absichten zu überzeugen. Verschnupft stellte er klar: »Wir sind Kümmerer.«

»Und ich bin nur ein Tourist«, verteidigte sich Lutz Beck.

Heftig schüttelte Tjorben den Kopf. Der Vormittag am Strand mit Christin schien lange her zu sein. Die schönen Gefühle waren verschwunden. Er warf Beck vor: »Das bezweifele ich stark. Sie machen hier keinen Urlaub, sondern haben etwas vor.«

»Und was sollte das sein?«, fragte Lutz Beck und berührte den HSV-Manschettenknopf an seinem linken Ärmel.

Tjorben hob die Schultern. »Verraten Sie es mir!«

Beck lächelte gerissen und schwieg.

Tjorben ließ nicht locker. »Sie waren auch schon mehrmals in der Galerie meines Bruders. Im *Strandmohn*.«

»Ja«, gab Beck zu. Er grinste spöttisch: »Aber während der Öffnungszeiten, ganz legal.«

»Was wollten Sie dort?«, bohrte Tjorben weiter.

Beck sah zum Bullauge zu seiner Rechten, als würde er sich wünschen, endlich aus dem Bauch des Schiffes herauszukommen. »Ich interessiere mich für Kunst.«

»Sie haben nicht zufällig unsere Mutter dort gesucht?«, wollte Tjorben wissen.

»Sie führt das Geschäft doch nicht mehr«, antwortete Lutz Beck nur.

»Das wussten Sie zu dem Zeitpunkt aber nicht.« Tjorben sah ihn mit einem Adlerblick an.

Schweiß stand Beck auf der Stirn. »Das sind alles bloß Behauptungen.«

»Okay, kommen wir zu den Fakten. Sie haben im *Strandmohn* ein Gemälde gekauft, das zu den besten Kunstwerken meiner Mutter zählt. Sie haben es mit Kreditkarte bezahlt, mein Bruder hat den Beleg.« Tjorben lächelte triumphierend. »Reicht Ihnen das als Beweis?«

Beck rümpfte die Nase. Er schwitzte inzwischen so stark, dass selbst sein Sakko Schweißflecken hatte.

»Sie haben zu Arian gesagt, dass Sie den Fischer auf dem Bild kennen würden. Ist das wahr?«, fragte Tjorben.

Nervös wischte sich Beck unsichtbare Flusen vom Sakko. »Schon möglich.«

»Wer ist er?« Es machte Tjorben rasend, dass Lutz Beck in hinhielt und in einer wichtigen Angelegenheit mehr über seine Mutter zu wissen schien als er, ihr eigener Sohn.

»Fragen Sie Ihre Mutter«, brachte Beck mit gepresster Stimme hervor.

»Das habe ich schon. Sie sagt, dass das Motiv ihrer Fantasie entsprungen sei«, erwiderte Tjorben. Genau genommen hatte seine Mutter es anders gesagt: »Er war nur ein schöner Traum.« Das konnte alles und nichts bedeuten.

Beck schnaubte. »Ilse Graf lügt ihre eigene Familie an.«

Tjorbens Nacken schmerzte, weil er unter Deck nicht aufrecht stehen konnte, aber auch weil Beck recht hatte. Ihre Mutter verschwieg den Menschen, die ihr am nächsten standen, die Wahrheit. »Dann gab es ihn wirklich?«

Beck nickte grinsend.

Am liebsten hätte Tjorben ihn an den Schultern gepackt und geschüttelt, damit er endlich mit der Sprache herausrückte. Atemlos wollte er erneut wissen: »Wer ist er, verdammt noch mal?«

»Erkundigen Sie sich bei Ihrer Mutter«, wiederholte Beck mit vor Zorn funkelnden Augen. »Piesacken Sie sie mit Ihren unangenehmen Fragen. Sie hat es verdient, sich zu quälen. Sie alle!«

Tjorben war verwirrt. Er runzelte die Stirn. »Meinen Sie damit meine Familie?«

»Ja, ich will, dass Sie genauso leiden wie meine«, schrie Beck plötzlich. »Auge um Auge, Zahn um Zahn.«

Langsam kamen sie der Wahrheit näher, Tjorben spürte

es. Sein Körper kribbelte schmerzhaft vor Aufregung und vor unterdrückter Wut. »Dann geht es Ihnen um Rache?«

»Ich nenne es ausgleichende Gerechtigkeit. Ihre Mutter soll dasselbe Schicksal erleiden wie meine«, brüllte Beck. Er ballte die Hände zu Fäusten, aber seine Augen glänzten feucht. »Sie soll durch die Hölle gehen und am Ende darin verbrennen.«

Tjorben warnte ihn: »Passen Sie auf, was Sie sagen!«

»Was ist hier los?«, fragte eine helle Frauenstimme hinter Tjorben.

Als er sich umdrehte, sah er Kika durch die Luke. Sie hielt zwei Pappbecher in den Händen und wirkte angespannt.

Lutz Beck nutzte aus, dass Tjorben für einen kurzen Moment abgelenkt war und boxte ihn in die Nieren. Er knallte ihm ein Klemmbrett ins Gesicht und rannte an ihm vorbei zur Tür. Dort stieß er Kika beiseite, sprintete über Deck und sprang mit einem Satz von der *Seewievke*.

Aufgebracht rief Tjorbens Mitarbeiterin ihm einige Flüche hinterher. Die Pappbecher, die sie hatte fallen lassen, lagen zu ihren Füßen. Sie sah auf ihre Finger, von denen heißer Tee tropfte. Aufgebracht zischte sie: »Ick gloob, ick spinne! Was für ein Spacko war das denn?«

»Sein Name ist Lutz Beck. Falls er hier noch einmal auftaucht, sag mir sofort Bescheid«, bat Tjorben sie. Besorgt fragte er sie: »Hast du dich verbrannt?«

»Geht schon, aber die Fahrt in den Ort hätte ich mir sparen können. Ich hatte mich so auf den Tee gefreut.« Sie hob die leeren Pappbecher auf. »Soll ich die Polizei rufen?«

»Das würde nichts bringen. Man würden ihn befragen

und wieder laufen lassen«, wiegelte er frustriert ab, dabei würde er nichts lieber, als Beck in Untersuchungshaft sehen. Dann wäre seine Familie wenigstens eine Weile vor ihm sicher.

Kika stellte die Becher ineinander. »Was wollte er von dir?«

»Er ist wütend auf meine Mutter, aus Gründen, die ich noch nicht kenne.« Die er vielleicht in Erfahrung gebracht hätte, wenn Kika nicht aufgetaucht wäre, aber er machte ihr keine Vorwürfe.

Sie zog den Rucksack vom Rücken und stellte ihn ab. »Was will er dann von dir?«

»Er will nicht nur meine Mutter, sondern auch ihre Familie fertigmachen. Ich kann nicht ausschließen, dass er Kollateralschäden in Kauf nimmt, also halte dich bitte von ihm fern.« Tjorben stieg die Treppe hoch und sah sie eindringlich an. »Das meine ich ernst. Er ist gefährlich. Ich traue ihm alles zu.«

»Verstanden.« Mit dem Handrücken schob sie sich den schräg geschnittenen Pony aus der Stirn. »Ich mache dann mal sauber.«

»Danke, und ich räume unten auf«, sagte er und ging zurück unter Deck.

Anscheinend spionierte Lutz Beck alle Mitglieder der Familie Graf aus. Bestimmt hatte er sich auch schon heimlich in der Hafenmeisterei umgesehen.

Als Tjorben an seinen Vater Johan dachte, spürte er Unmut in sich aufkommen. Zwar hatte er ein sehr gutes Verhältnis zu ihm, in den meisten Sachen waren sie sich sogar ähnlich. Doch sie gingen vollkommen anders mit Ilses Wesensänderung um.

Sein Vater hielt sich aus allem heraus, wie immer, was Tjorben nicht angebracht fand. Er hatte seine Frau einmal gefragt, was sie bedrücken würde, und hatte sich mit ihren üblichen Ausreden zufriedengegeben. Dass sie eben älter und ruhiger wurde und sich aufgrund ihrer Migräne zurückgezogen hatte. Dass ihre Söhne aus einer Mücke einen Elefanten machten und es mit ihrer Sorge um sie übertrieben.

»Wenn Ilse reden will, bin ich da, aber ich werde sie nicht dazu zwingen, mir ihr Herz auszuschütten. Jeder hat ein Recht auf Privatsphäre, auch in der Ehe«, hatte sein Vater mal zu Tjorben gesagt.

Oder wusste er mehr und hatte seiner Frau versprochen, den Mund zu halten? Wollten die beiden ihre Söhne nicht mit ihren Sorgen belasten, weil sie glaubten, dass Eltern für ihre Kinder da sein sollten und nicht andersherum? Wollten sie ihren Söhnen nicht zur Last fallen, da sie wussten, dass jeder von ihnen eigene Probleme hatte? Joris mit seiner Scheidung, Arian mit der Konkurrenz, die direkt neben seiner Galerie billige Massenware anbot, und Tjorben mit der prekären Situation, dass seine Einkünfte stark vom launischen Wetter abhingen?

Aber Lutz Beck ging sie alle etwas an. Er mochte wegen Ilse nach Föhr gekommen sein, aber nun war er auch hinter ihrer Familie her.

Tjorben befürchtete, dass Beck Ansatzpunkte suchte, um ihnen zu schaden. So hasserfüllt, wie er ihn angesehen hatte, traute Tjorben ihm zu, dass er *die Seewievke* manipulieren könnte, damit sie bei einer Fahrt im Meer versank und Tjorben alles verlor – sein Boot und auch seinen guten Ruf als Kapitän. Dann wäre er erledigt, denn von Naturführungen und Wattwanderungen allein konnte er nicht leben.

Besorgt suchte er den Schiffsbauch nach Hinweisen ab, während Kika die neuen Fahrgäste begrüßte, aber er fand nichts Ungewöhnliches.

Seufzend ließ sich Tjorben auf die Koje, die nur aus einem Brett und einer dünnen Matratze bestand, fallen. Er stützte sich mit den Ellbogen auf den Oberschenkeln ab und ließ den Kopf hängen. Wen brachte er noch in Gefahr, außer Kika?

Christin! Es durchfuhr ihn wie ein Blitz.

Man musste kein Sherlock Holmes sein, um herauszufinden, dass er romantische Gefühle für sie hegte. Wahrscheinlich spionierte Beck Tjorbens Familie aus, um seinen Rachefeldzug vorzubereiten.

Dabei schien er auf der Zielgeraden zu sein, denn Tjorben war der Letzte der drei Brüder, bei dem er aufgetaucht war.

Vielleicht lungerte Beck auch in Walsum herum, weil er wusste, dass Ilse regelmäßig zum Malen ins *Lüttes Glück* kam. Dann hätte er sogar sehen können, wie sich Tjorben und Christin vor der kleinen Inselpension geküsst hatten.

Tjorben hatte Angst um die Frau, die er liebte.

Kapitel 11

Christin war hellwach. Aufgewühlt saß sie gegen Mitternacht in Anjas Wohnzimmer.

Am Nachmittag hatte sie am Rande der Marsch einen Strauß Wildblumen gepflückt, der nun vor ihr in einer Porzellanvase auf dem Couchtisch stand. An der Vase lehnte eine Postkarte. Christin konnte nicht aufhören, sie anzustarren. Ihr Name stand im Adressfeld über der Anschrift der kleinen Inselpension. Sie war durcheinander und konnte nicht einschlafen.

Christin wünschte, sie hätte sich mit jemandem über die Überraschungspost austauschen können, aber Anja hatte tagsüber keine Zeit gehabt und schlummerte nun tief und fest neben ihr.

Eigentlich sollte Anja jetzt in Joris' Armen liegen und von ihrer gemeinsamen Zukunft träumen. Sein Einzug ins *Lüttes Glück* zögerte sich jedoch immer weiter hinaus, weil Christin mit Anja im Doppelbett schlief. Sie hatte ein komisches Gefühl dabei gehabt, aber Anja hatte klargemacht, dass sie es merkwürdig gefunden hätte, Christin in einer anderen Ferienunterkunft einzuquartieren.

Bestimmt hatte Anja klargestellt: »Ich werde es auf keinen Fall zulassen, dass du allein auf einem fremden Zimmer sitzt und Trübsal bläst.«

»Es ist ja ohnehin nichts frei«, war Christin herausgerutscht.

Eigentlich wollte sie für sich behalten, dass sie im Internet nach einer alternativen Übernachtungsmöglichkeit gesucht hatte. Föhr platzte in diesem Sommer aus allen Nähten.

»Du hast dich nach einem anderen Fremdenzimmer umgesehen?«, fragte Anja verdutzt. »Ich dachte, du fühlst dich im *Lüttes Glück* wohl.«

»Das tue ich auch, eigentlich will ich gar nicht mehr weg«, beeilte sich Christin zu erwidern. »Aber ich will dir auch nicht länger zur Last fallen.«

Anja legte die Hand auf Christins Arm. »Das tust du nicht, ganz bestimmt nicht! Ich mag es, dich um mich zu haben. Und du bist hier von Freunden umgeben. Alle in Walsum haben dich schon ins Herz geschlossen.«

»Ich kenne die anderen doch kaum«, wandte Christin ein.

Sie hatte tatsächlich neue Freundschaften geschlossen, aber die steckten ja noch in den Kinderschuhen. Die Walsumer machten es ihr leicht, sie hatten sie mit offenen Armen empfangen.

In Köln hatte sie ja niemanden mehr, nachdem Anja nach Föhr gezogen war. Auf der Insel merkte sie, was sie zu Hause vermisste. Die Wärme eines Gesprächs, das Verständnis, das man ihr entgegenbrachte. Hier hatte sie auch das Gefühl, ihren Horizont zu erweitern, mit all den neuen Eindrücken, Leuten und deren spannenden Geschichten, die man ihr erzählte. Sie machte sich aber Sorgen, ob das alles von Dauer sein würde.

Aufmunternd drückte Anja Christins Arm. »Mit jedem Tag lernst du sie besser kennen. Ich hatte am Anfang auch meine Zweifel, ob man mich akzeptieren würde, und jetzt sind Hilde, Birthe, Maike, Sören, Imke und Elkmar meine Föhr-Familie.«

»Du hast wirklich Glück, sie zu haben«, erwiderte Christin.

»Meine Freunde sind auch ihre Freunde, das weiß ich. Du bist in Walsum herzlich willkommen. Wir fangen dich auf. Und ich bin immer für dich da, egal, wie viel Arbeit ich habe.«

Die lieben Worte hatten Christin zutiefst berührt. Wie gerne hätte sie so etwas von ihren Eltern zu hören bekommen. Doch als sie am Tag ihrer Ankunft mit ihnen telefoniert hatte, um sie ins Bild zu setzen, rieten sie ihr heimzukehren.

»In guten wie in schlechten Zeiten«, rief ihre Mutter ihr am anderen Ende der Leitung in Erinnerung. »Eine Ehe hat eben Höhen und Tiefen. Ihr macht eine schwere Zeit durch, aber je eher du zu Franjo zurückkehrst, desto schneller wird sie auch wieder vorbei sein.«

»Dann soll ich ihm den Seitensprung einfach so verzeihen?«, fragte Christin entrüstet.

»Nein, zeig ihm ruhig noch ein wenig die kalte Schulter, er darf ein bisschen leiden«, erwiderte ihre Mutter. »Aber irgendwann musst du ihm verzeihen, ihr seid schließlich verheiratet. Es war bloß eine einmalige Sache, es wird nicht wieder vorkommen.«

Da war sich Christin nicht so sicher. Vielleicht war Franjo

auf den Geschmack gekommen, vielleicht bekam er einen Kick aus der Heimlichtuerei. Möglicherweise war er auch wirklich vernarrt in Patrizia. Er hätte Christin die Bedenken durch aufrichtige Reue nehmen sollen, aber er schwieg.

»Wie kannst du dir da so sicher sein?«, wollte Christin von ihrer Mutter wissen.

»Es hat Franjo bestimmt einen gehörigen Schrecken versetzt, dass du ihn in flagranti erwischt hast. Glaub mir, in Zukunft hält er seine Hose geschlossen«, erklärte ihre Mutter, als spreche sie aus eigener Erfahrung.

»Schon möglich«, räumte Christin ein, da Franjo insgesamt ja nun wirklich kein draufgängerischer Typ war.

»Vielleicht hat Franjo sich vernachlässigt gefühlt, Liebes«, gab ihre Mutter vorsichtig zu bedenken. »Hast du darüber schon mal nachgedacht?«

»Ja, das habe ich.«

Nach der Hochzeit hatte Christin gehofft, dass die Frauenärzte falschlagen und sie doch schwanger werden konnte. Ihr fielen Geschichten über Frauen ein, die wegen vermeintlicher Unfruchtbarkeit ein Kind adoptierten und sich kurz darauf in anderen Umständen wiederfanden.

Doch Christin wurde bald auf den Boden der Tatsachen zurückgeholt.

Seither verband sie Sex auch mit negativen Gefühlen. Körperliche Anziehungskraft war ohnehin nie der Kitt ihrer Ehe gewesen. Und irgendwann verspürte auch er keine Lust mehr. Ihr Sexualleben schlief ein, und es kam ihr noch nicht einmal wie ein großer Verlust vor.

»Sei nicht so dumm, Franjo gehen zu lassen«, ermahnte

ihre Mutter sie am Telefon. »Letztlich ist er doch ein guter Ehemann.«

Christin sagte nichts dazu. Vielleicht hatte sie mit Anfang zwanzig, zudem verliebt, doch zu sehr auf Sicherheit gesetzt, darauf, dass Franjo eben verlässlich war, ein stabiler Partner.

Und nun, da sie aus der täglichen Routine herausgerissen worden war, bekam sie einen anderen Blick auf ihn und ihre Ehe. Das verdankte sie ausgerechnet Franjos Untreue.

Anscheinend ist er gar kein Langweiler, er ist ja doch für eine Überraschung gut, höhnte sie in Gedanken.

»Du willst ihn doch wohl nicht kampflos an diese Patrizia verlieren«, fuhr ihre Mutter fort. »Euch verbinden immerhin sechzehn gemeinsame Jahre. Gegen euer starkes Band kommt sie nicht an.«

»Er muss um mich kämpfen, nicht ich um ihn«, stellte Christin klar.

»Das wird er schon noch«, versicherte ihre Mutter ihr. »Ich habe mit Monika telefoniert, und Franjo hat wohl einiges vor, um dich zurückzugewinnen. Sobald du wieder in Köln bist, wird er sich richtig ins Zeug legen, hat sie gesagt.«

Christin verdrehte die Augen. Wahrscheinlich hatte ihre Schwiegermutter ihre Mutter nur mit Versprechungen beruhigen wollen.

»Und so schön es auf Föhr sein mag«, fuhr ihre Mutter fort, »mit all den Touristen kommt man sich irgendwann doch bestimmt wie auf einer Kirmes vor.«

»Anja lebt gerne im Nordfriesischen Wattenmeer«, wandte Christin ein.

»Du bist nicht wie sie, sie ist erst als Kind aus Gelsenkirchen nach Köln gezogen. Du dagegen hast deine Wurzeln hier.«

»Hast du auch mit Franjo gesprochen?«, fragte Christin leicht gereizt. »Er hat sich hier nur mit einer kurzen Nachricht gemeldet. Vielleicht ist er längst mit Patrizia zusammen.«

»Solch einen Unsinn will ich nicht hören!«, rügte ihre Mutter sie. »Er ist dein Mann, er bereut den Fehltritt aufrichtig und wird ihn wiedergutmachen. Das hat er mir am Telefon beteuert.«

»Ihr habt telefoniert?«

»Als ich mit seiner Mutter geredet habe, hat sie den Hörer an ihn weitergereicht.«

Die beiden Mütter hatten Franjo in die Mangel genommen. Er hatte aber bestimmt nur das erzählt, was sie hören wollten. »Warum ruft er dann nicht an?«, wollte Christin wissen.

»Ihm ist die Angelegenheit sehr unangenehm. Er erkennt sich selbst nicht wieder und schämt sich in Grund und Boden, hat er mir erzählt. Wenn er erst diese heiße Scham überwunden hat, wird er sich bei dir melden.«

Drei Tage später hatte er das endlich getan, allerdings nicht so, wie Christin es erwartet hatte, nämlich mit einem Anruf oder indem er ihr hinterherreiste, sondern mit der Postkarte.

Sie zeigte die Liebesschlösser an der Hohenzollernbrücke

vor der Kulisse des Kölner Doms. Noch einmal las Christin, was da in sauber lesbarer Schrift stand:

Es tut mir leid. Ich liebe dich. Komm bitte nach Hause.

Aber sie fühlte sich nicht von ihm geliebt. Franjo kämpfte mit stumpfen Waffen um sie. Diese Karte war ein erster Schritt in die richtige Richtung, mehr jedoch nicht. Sie konnte kein Gespräch ersetzen.

Anscheinend erwarteten ihre Familien, dass alles gut werden würde, wenn Christin erst wieder zu Hause war. So einfach war es jedoch nicht.

Und das hatte nicht nur, aber auch mit Tjorben zu tun. Von ihm fühlte sie sich geliebter als von ihrem Mann. Diese Erkenntnis erschütterte Christin. Der Nordfriese brachte sie zum Lächeln, er gab ihr das Gefühl, begehrenswert zu sein – alles Dinge, die sie bei Franjo in den letzten Ehejahren vermisst hatte.

Sie hätte nicht gedacht, dass sie jemals zwischen zwei Männer stehen würde. Dafür war sie eigentlich zu gradlinig. Befand sie sich in einer Beziehung, nahm sie andere Männer nicht mehr als potenzielle Partner wahr. Doch anscheinend hatte sich ihr Herz für einen anderen Mann geöffnet, während ihr Verstand noch an ihrer Ehe festhielt.

Das alles verwirrte sie, Christin wusste nicht mehr, ob sie ihren Gefühlen, auch der frischen Liebe, trauen konnte. Vielleicht sehnte sie sich bloß so verzweifelt nach der Aufmerksamkeit eines Mannes, dass sie schneller und stärker, als es gut war, darauf ansprang.

Vor lauter Grübeln bekam sie Kopfschmerzen. Sie versuchte sich abzulenken, indem sie ihr Smartphone nahm und auf TikTok nachsah, ob Sören als *der Schafsflüsterer von Föhr* ein neues Video hochgeladen hatte. Tatsächlich, ein Filmchen zeigte Sören auf einem Deich inmitten seiner Herde.

Feierlich kündigte er an: »Ich werde jetzt für meine Fans ›Gölj – Rüüdj – Ween‹ singen, zum Dank, weil ihr mir auf meinem Kanal so zahlreich folgt. Das ist die Hymne Nordfrieslands. Es gibt sie auch auf Plattdeutsch, Hochdeutsch und Dänisch, aber ich werde sie auf Friesisch zum Besten geben.«

Er holte tief Luft und schmetterte los. Seine Schafe sahen überrascht zu ihm auf und wirkten dann einen Moment lang wie erstarrt. Schließlich begannen sie laut zu blöken, so als wollten sie Sören übertönen oder vom Singen abhalten.

Plötzlich stoben sie in alle Richtungen davon, sodass der Schäfer allein im Bild zurückblieb. Sören verstummte. Verdattert sah er in die Handykamera.

Christin lachte. Erschrocken darüber, wie laut ihr Gelächter in der Stille der Nacht klang, schlug sie die Hand vor den Mund. Dabei fegte sie versehentlich etwas vom Couchtisch.

Als sie den Gegenstand aufhob, erkannte sie, dass es ein Stein war. Birthe hatte ihn ihr geschenkt, nachdem Christin ihr tieftraurig von ihrem erschütternden Erlebnis mit dem verletzten Seehund erzählt hatte. Anjas flippige Nachbarin hatte den Stein in der Marsch gefunden, einen niedlichen Heuler darauf gemalt und ihn Christin zum Trost überreicht.

»Ein Happy Stone«, hatte Christin begeistert ausgerufen und zärtlich über das Bild der jungen Robbe mit den großen dunklen Augen gestrichen.

»In Norddeutschland nennt man sie ›Küstensteine‹«, erklärte Birthe, sich mit einem ihrer pinkfarbenen Fingernägel an der Nase kratzend.

Christin drückte sie an sich.

»Eigentlich ist es ja ein Wanderstein, aber ich fände es schön, wenn du ihn in Erinnerung an Föhr behalten würdest«, schlug Birthe vor. »Dann vergisst du uns nicht, wenn du wieder in Köln bist.«

»Das werde ich sowieso nicht. Auf keinen Fall!«

Anscheinend gingen alle davon aus, dass sie in ihre Heimatstadt zurückkehren würde. Doch je öfter sie damit konfrontiert wurde, desto mehr wollte sie auf Föhr bleiben. Vielleicht war das nur eine Trotzreaktion, weil sie zu lange genau das getan hatte, was andere von ihr erwarteten.

Aber das war es nicht allein. Hier auf dieser wunderschönen Wattenmeerinsel fühlte sie sich frei und konnte zu der Frau werden, die sie sein wollte.

Dachte sie an Köln, wurde ihr Brustkorb eng. Es gab so viel, wozu sie sich dort gezwungen fühlte. Franjo eine zweite Chance zu geben, sich den Wünschen der Eltern zu beugen, sich dem Leistungsdruck in der Bank zu stellen, der mit jedem Jahr schlimmer wurde und ihr immer öfter Bauchschmerzen verursachte.

Gegen all dies regte sich in Christin ein wachsender innerer Widerstand.

In Köln sah sie sich selbst kaum mehr, ihr Alltag kam ihr

wie ein Gefängnis vor. Und wer kehrte schon freiwillig in die Gefangenschaft zurück?

Auf einer Insel zu leben, klang für sie jedoch exotisch, sie wusste noch nicht, was sie davon halten sollte. Sie musste an Leonie denken, das genaue Gegenteil von ihr. Es hatte sie nicht überrascht, als Leonie nach Koh Samui zog.

Anjas jüngere Schwester war schon immer abenteuerlustig und Fremdem aufgeschlossen gewesen und hatte schon früh davon geträumt auszuwandern. Christin wäre schon ein Umzug von Nordrhein-Westfalen in den hohen Norden Deutschlands so vorgekommen, als würde sie emigrieren.

Zwar hatte ihr Tjorben erklärt, dass es auch auf der Insel sicher war. Doch was sollte sie auf Föhr arbeiten? Wo sollte sie wohnen? Sie konnte ja nicht ewig in Anjas Doppelbett schlafen. Der Wohnraum für Einheimische war knapp, das hatte Christin schon mitbekommen.

Es war wahnwitzig, überhaupt darüber nachzudenken, wie das funktionieren könnte. Warum tust du es dann, fragte sich Christin und geriet noch mehr ins Grübeln. Es pochte stärker hinter ihren Schläfen. Dabei wollte sie doch mutiger sein und ein aufregenderes Leben führen.

Sie wollte alles hinter sich lassen und sich neu erfinden. Wer hatte nicht schon mal davon geträumt, sich von den Fesseln der Vernunft zu befreien und etwas vollkommen Verrücktes zu tun?

Die Vorstellung, an einem Ort zu leben, an dem andere Menschen Urlaub machen, war reizvoll. Jederzeit an den Strand gehen zu können. Die Zehen im Sand zu vergraben, sich die Sorgen vom Nordseewind entreißen und sich vom Lachen der Möwen anstecken zu lassen.

Immerhin fühlte sie sich hier rundum wohl und kannte bereits liebe Menschen, die wie ein Anker waren und ihr Halt gaben.

Erst vor ein paar Stunden hatte sie die alten Herrschaften, die neben dem *Lüttes Glück* in dem Reetdachhaus mit den blauen Fensterläden wohnten, auf dem Dorfanger getroffen und kennengelernt.

Imke Paulsen hatte nervös über die gestickten Seesterne auf der Brusttasche ihrer Sommerbluse gestrichen und zu ihr gesagt: »Ich koche mittags immer ein bisschen mehr, nur für den Fall, dass jemand vorbeikommt. Du bist also jederzeit herzlich eingeladen.«

»Das ist sehr nett von Ihnen«, erwiderte Christin schüchtern.

Elkmar zog die buschigen Augenbrauen hoch. »Wir Walsumer duzen uns alle. Das gilt auch für meine Frau und mich. Die Alten werden hier nicht anders behandelt als die Jungen, und das ist gut so. Wäre es anders, hätten wir das Gefühl, nicht zur Dorfgemeinschaft dazuzugehören.«

»Danke«, brachte Christin nur hervor. Die Herzlichkeit, die ihr entgegenschlug, war ungewohnt und machte sie verlegen.

Imke ließ die Schultern hängen. »Du wirst nicht vorbeikommen, oder?«

Christin fühlte sich ertappt und wurde rot. Sie konnte doch nicht einfach bei fremden Menschen anklingeln und sich an den Mittagstisch setzen.

Die grauhaarige Frau lächelte sie aufmunternd an. »Nur keine falsche Scheu! Die Einladung ist ernst gemeint. Wir freuen uns über jeden Besuch. Ich will ehrlich sein … Elkmar ist 82 Jahre alt, und ich bin 76, wir kommen nicht mehr viel raus und sind oft allein zu Hause.«

»Komm vorbei, sonst wird sie traurig sein.« Elkmar blickte auf seine braunkarierten Pantoffeln und fügte betreten hinzu: »Und ich auch.«

»Das werde ich«, versprach Christin. »Ich freue mich darauf.«

»Warst du schon mal auf Föhr? Wie gefällt es dir bei uns? Sind in Köln wirklich alle so verrückt auf Karneval?«, wollte Imke neugierig wissen.

Das Interesse an ihrer Person empfand Christin als schmeichelnd.

»Bist du verheiratet? Hast du Kinder?«, fuhr Imke dann allerdings fort.

Eigentlich eine normale Frage, aber nicht für Christin. Sie verursachte immer noch ein gewisses Unwohlsein. Rasch hatte sie sich verabschiedet.

Nun, wenige Stunden nach dem Gespräch ließ die Erinnerung daran ihr Kopfweh heiß pulsieren. Dass sie noch nicht wusste, ob sie den Paulsens von ihrer Ehekrise und ihrer Unfruchtbarkeit erzählen sollte, war jedoch nur ein Grund.

Dazu kam die grundlegende Angst vor Veränderung. Fantasieren war leicht, Träume in die Tat umzusetzen jedoch nicht, denn man ging mitunter ein großes Risiko ein, man verletzte Menschen und bereute die Entscheidung vielleicht irgendwann.

Christin war total verspannt und versuchte, ihre Nackenmuskulatur zu locken. Sie musste daran denken, dass Anja ihr von den Migräneattacken von Ilse Graf erzählt hatte. Ob sie wohl auch von Ängsten geplagt wurde?

Ich brauche frische Luft, dachte Christin und sprang von der Couch auf.

Da sie sich noch nicht fürs Bett fertig gemacht hatte, brauchte sie nur eine Strickjacke anzuziehen und in ihre Ballerinas zu schlüpfen. Schon war sie aus der Tür des *Lüttes Glück*.

Mit Anjas Fahrrad fuhr sie durch die Marsch, die friedlich im Dunkeln dalag. Sie wollte zum Strand, sich dort vom Wind den Kopf durchpusten lassen. Vielleicht würde sie dann endlich wissen, was sie wirklich wollte. Solch ein Gefühlschaos hatte sie das letzte Mal in der Pubertät erlebt.

Über all die Jahre hatte Christin ihre innere Stimme so oft ignoriert, dass sie sie inzwischen kaum noch wahrnahm. Also wollte sie sich hinter die Dünen setzen und ihr das erste Mal seit Langem wieder zuhören.

Ein wenig hoffte Christin darauf, dass sie ihr raten würde, sie sollte sich die Flausen aus dem Kopf schlagen. Sie war keine Jugendliche mehr, die glaubte, ihre Tagträume könnten tatsächlich wahr werden, egal wie verrückt sie sich anhörten. Sie war 35 Jahre alt, verheiratet und eine gestandene Frau mit einem Leben, das sie sich aufgebaut hatte.

Eigentlich hatte Christin vorgehabt, zum Parkplatz am Strandlokal *Waterkant Nieblum* zu radeln, doch dann fuhr sie durch bis zum Meetsweg und stellte ihr Fahrrad am Ende ab. Wahrscheinlich hatte die traurige Erinnerung an die verletzte Robbe sie unbewusst hierhergeführt.

Ihr Herz wurde schwer, darum bog sie auf dem Bohlenweg nicht nach links ab. An der Fundstelle vorbeizukommen, hätte sie nur zum Weinen gebracht. Stattdessen ging sie nach rechts, doch die Trauer folgte ihr.

Seufzend sah sie sich um. Der Wind wehte so lau, dass er die Dünengräser zu ihrer Rechten kaum bewegte. Die Nordsee rollte mit sanften Wellen an den feinsandigen Strand zu ihrer Linken. Wo tagsüber Kinder spielten, Erwachsene ein gutes Buch lasen und Paare Händchen haltend am Flutsaum entlangspazierten, war Ruhe eingekehrt.

Doch nachdem Christin schon eine ganze Weile gegangen war, hörte sie plötzlich Motorengeräusche. Sie konnte nicht sagen, wie viele Motoren es waren oder von welchen Fahrzeugen sie stammten, aber der Lärm störte die Stille der Nacht.

Im ersten Moment wollte sie umdrehen und zum Strand nach Utersum oder Wyk fahren, doch ein Gedanke hielt sie davon ab. Sie bekam ihn nicht sofort zu fassen, es war zunächst nicht viel mehr als ein Bauchgefühl oder eine unheilvolle Ahnung. Doch sie hörte darauf und setzte ihren Weg über den Bohlenweg fort.

Je näher sie den Motorengeräuschen kam, desto unangenehmer wurde das Ziehen, das sie im Zwerchfell spürte. Ihre Nackenhaare stellten sich auf. Wahrscheinlich war es unklug, als Frau allein im Dunkeln unterwegs zu sein und die Alarmglocken, die in ihrem Hinterkopf schrillten, zu ignorieren, aber sie musste der Sache nachgehen.

Der Klang ihrer Schritte auf den Bohlen rückte in den Hintergrund. Sie nahm das Rascheln der Gräser kaum noch wahr, hatte kein Auge für die Schönheit des Sternenhimmels und zuckte nicht einmal zusammen, als ein Vogel aufstob.

Die Nacht war durch den Mondschein gar nicht so dunkel, dennoch sah Christin durch das diffuse Licht nur das, was sich in ihrer unmittelbaren Nähe befand, klar.

Daher dauerte es eine Weile, bis sich die vier Jetskis auf dem Meer aus der Finsternis herausschälten. Die Fahrer rasten über die schwarze Nordsee und holten das Maximum an Geschwindigkeit aus ihnen heraus. Sie fuhren Schlangenlinien, drehten Kreise und vollzogen rasante Wendungen, bei denen sie fast vom Sitz fielen und Wasser in alle Richtungen spritzte.

Verwundert blieb Christin stehen. Sie hatte noch nie Jetskis auf der Nordsee fahren sehen.

Die vier Männer versuchten, sich bei hohem Tempo gegenseitig herunterzustoßen, und feuerten sich zu noch waghalsigeren Manövern an. Sie grölten und schrien so laut, als wären sie allein auf der Welt. Ihre Sprache war undeutlich. Sie hatten wohl, dachte Christin, einiges getrunken.

Plötzlich bockte eines der Geräte. Der Fahrer ließ erschrocken den Motor ausgehen und spähte ins dunkle Wasser. »Scheiße, was war das?«

»Bestimmt nur Treibholz«, rief ihm einer seiner Freunde zu.

Ein anderer zog ihn damit auf: »Vielleicht war es auch ein Hai, den du echt sauer gemacht hast.«

»Gleich wird er auftauchen, deinen Fuß packen und dich

in die Tiefe ziehen«, spann der Vierte das Schreckensszenario weiter und lachte abfällig. »Dann wirst du Fischfutter, Alter.«

Christin schüttelte den Kopf. Aus der Entfernung schätzte sie die Männer auf Anfang zwanzig, aber sie führten sich auf wie Jugendliche. Es gab zwar in der Nordsee Haie, aber die waren scheu und kamen äußert selten dicht an die Küsten heran, hatte Tjorben ihr zur Beruhigung erzählt. Durch den Lärm wären sie bestimmt ohnehin längst geflüchtet.

Plötzlich dämmerte es ihr.

Vermutlich hatten die vier jungen Männer ihre Jetskis auch in der Nacht, in der Christin die verletzte Robbe entdeckte, über die Nordsee gepeitscht. Womöglich hatten sie den Seehund bei einem wilden Wettrennen angefahren. Und ihn dann eiskalt seinem Schicksal überlassen. Hatten sie nicht einmal gemerkt, dass sie ihn mehrmals überfahren hatten?

Weder Tjorben noch die Tierärztin wussten, wodurch die Wunden verursacht worden waren. Konnte es ein Jetboot gewesen sein?

Ihr Verdacht bestätigte sich, als derjenige, dessen Wassermotorrad mit irgendetwas kollidiert war, mit zittriger Stimme sagte: »Vielleicht war es wieder eine dieser widerlichen Robben.«

»Und wenn schon? Es gibt doch genug davon in der Nordsee«, erwiderte sein Freund.

»Werde erwachsen!«, grölte einer der vier.

»Ich kann doch nichts dafür, dass ich an Zoophobie leide«, sagte der Unfallverursacher.

»Wer fürchtet sich denn vor Seehunden?«, fragte einer seiner Kumpel spöttisch. »Das ist doch krank.«

»Ja, verdammt, das ist es. Man nennt das eine Angststörung, du Idiot. Und jetzt halt die Fresse, sonst reiße ich dich vom Jetski und brettere auch über dich drüber«, warnte ihn der Phobiker.

Vor Aufregung zitterte Christins Hand, als sie ihr Smartphone aus der Hosentasche zog und Tjorben anrief. Während sie darauf wartete, dass er sich meldete, machten die Wassermotorräder eine Pause. Stille kehrte ein, in der Christin nur ihren eigenen unruhigen Atem hörte.

Endlich nahm Tjorben ihren Anruf an. Schlaftrunken fragte er: »Christin? Bist du es, oder träume ich nur von dir?«

»Ich bin's wirklich. Warum solltest du auch von mir träumen?«, frotzelte sie, doch ihr Puls beschleunigte sich.

Er gab einen Laut der Zufriedenheit von sich, wie ein Hund, dem der Bauch gekrault wurde, und antwortete mit vor Müdigkeit rauer, dunkler Stimme: »Da fallen mir einige Gründe ein.«

»Tut mir leid, dich so spät zu wecken«, sagte sie.

Mit einem Lächeln in der Stimme wollte Tjorben von ihr wissen: »Wird das jetzt zur Angewohnheit, dass du mich nachts aus dem Bett klingelst? Ich hoffe, du hast nicht noch ein verwundetes Tier gefunden.«

»Ehrlich gesagt, weiß ich es nicht. Ich bin wieder am Nieblumer Strand, allerdings kurz vor dem Goting Kliff.«

»Was ist passiert?«, fragte er besorgt.

In dem Moment röhrten die Motoren wieder los. Die Jetskifahrer drehten noch eine kurze wilde Runde, dann steuerten sie den Strand an.

Christin hielt ihr Smartphone kurz in die Richtung, aus der der Lärm kam. Dann fragte sie Tjorben: »Hörst du das? Hier sind vier Jetboote unterwegs. Die Fahrer sind Anfang zwanzig, schätze ich, und sie sind angetrunken. Ich glaube, sie haben eine Robbe angefahren und verletzt. Vielleicht war das auch kürzlich …«

Tjorben fluchte. »Ich ziehe mich an und komme sofort.«

»Beeile dich«, bat Christin ihn. Erst jetzt nahm sie den dunklen SUV am Flutsaum wahr. Sie hatte die ganze Zeit nur aufs Meer gestarrt, und inzwischen verdeckten auch vereinzelte Wolken den Mond und die Sterne am Nachthimmel. Der luxuriöse Geländewagen hatte einen langen Anhänger, auf dem bestimmt die Jetskis transportiert wurden. Christin bezweifelte, dass es erlaubt war, mit dem Auto auf den Strand zu fahren. »Sie gehen gerade an Land.«

Eindringlich ermahnte Tjorben sie: »Halte dich von ihnen fern, ich bitte dich, Christin! Rede nicht ohne mich mit ihnen.«

»Das werde ich nicht«, beteuerte sie.

»Du hast die Begabung, stets zum richtigen Zeitpunkt am richtigen Ort zu sein«, sagte er zärtlich. »Bis gleich.«

Damit die vier Männer sie nicht bemerkten, hockte sie sich neben den Bohlenweg inmitten von Strandflieder.

Sie musste an Franjo denken und daran, wie sie ihn in flagranti mit Patrizia erwischt hatte. War sie da zur rechten Zeit am rechten Ort gewesen?

Wäre sie nicht ins *Pfandleihhaus Horvat* gefahren, um

ihn mit seinem Lieblingsessen zu überraschen, hätte sie vielleicht niemals erfahren, dass er fremdging. Sie hätten jetzt keine Ehekrise, und sie würde womöglich nicht ihr ganzes Leben infrage stellen.

Die Ahnungslosigkeit wäre doch bequemer gewesen, dachte sie ironisch.

Ihre Eltern bräuchten sich keine Sorgen zu machen, dass sie die Erste in der Familie sein könnte, die sich scheiden ließ, und ihre Schwiegereltern wären noch im Urlaub.

Christin selbst hätte sich weiterhin eingeredet, glücklich zu sein. Sie hätte der Stimme der Vernunft vertraut, die ihr sagte, dass sie alles hatte, um ein zufriedenes Leben zu führen.

Aber sie wäre nicht glücklich gewesen.

Hier auf Föhr war sie es. Bedeutete es, dass sie auf ihr altes Leben verzichten konnte, oder noch schlimmer, dass sie besser dran war ohne Franjo und ihre Stelle bei der Bank?

War ich also doch zum richtigen Zeitpunkt am richtigen Ort, als ich Franjo beim Seitensprung ertappt habe?

Sie fühlte sich, als wäre sie seit Jahren immer dieselbe Bahnstrecke gefahren und plötzlich aus dem Zug geschleudert worden. Im ersten Moment hatte es ihr Angst eingejagt, doch zu ihrer eigenen Überraschung gefiel es ihr an dem neuen, unbekannten Ort. Und so lange der Zug nicht zurückkehrte, um sie aufzusammeln, wollte sie bleiben.

Aber wie würde sie reagieren, wenn Franjo plötzlich auftauchte und sie nach Hause holen wollte? War sie mutig genug, ihr Leben in tausend Scherben zu zerschlagen, um es vollkommen neu zusammenzusetzen? Immerhin hockte sie gerade mitten in der Nacht hier und behielt die Fremden im Auge, um sie mit ihren Vorwürfen zu konfrontieren, sobald Tjorben eintraf.

Besorgt beobachtete sie die Männer. Hoffentlich verschwanden sie nicht, bevor Tjorben ankam. Sie luden bereits ihre Jetski auf den langen Anhänger.

Nervös knibbelte Christin an ihrer Nagelhaut. Sie befürchtete, dass die vier jeden Augenblick losfahren würden, doch einer nahm Getränkedosen vom Rücksitz des SUVs und verteilte sie.

Die Männer prosteten sich zu und nahmen einen kräftigen Schluck. Einer erzählte etwas, Christin konnte ihn jedoch auf die Entfernung nicht verstehen. Als er mit der Hand Wellenlinien in die Luft malte, ahnte sie, dass er von einer Frau sprach. Dann packte er sich in den Schritt, woraufhin seine Freunde dreckig lachten und miteinander anstießen.

Angewidert rümpfte Christin die Nase. Die Minuten zogen sich. Irgendwann bekam sie wegen ihrer kauernden Position fast einen Krampf und bemühte sich, ihre Füße stillzuhalten. Der Himmel zog sich immer weiter zu. Mond und Sterne verschwanden zunehmend hinter Wolken. Dunkelheit umhüllte die Männer auf dem Strand. Christin konnte sie kaum noch sehen.

Was sollte sie tun, wenn das Quartett ins Auto einstieg? Sollte sie zu den vieren eilen und irgendwie versuchen, sie davon abzuhalten wegzufahren? Das wäre leichtsinnig. Aber sie wollte sie keinesfalls davonkommen lassen.

Waren die jungen Männer Touristen oder Einheimische?

Ob Tjorben sie wohl kannte? Christin versuchte, das Nummernschild zu erkennen, doch sie konnte nicht einmal einzelne Buchstaben oder Zahlen ausmachen.

Endlich traf Tjorben ein. Gerade warfen die Männer ihre Bierdosen weg. Tjorben zog Christin in seine Arme. Besorgt musterte er sie. »Bist du in Ordnung?«

»Ja, die Verdächtigen haben mich nicht bemerkt«, beruhigte Christin ihn. Doch ihr schlotterten die Knie. Sie spürte seine Kraft und suchte Halt bei ihm, in dem sie sich an seinen breiten Brustkorb schmiegte.

»Verdächtige?«, fragte er lächelnd. Mit den Fingerspitzen fuhr er sanft über ihr Gesicht.

Sie musste an das Ende ihres Fahrradausflugs denken. Er hatte ihren leidenschaftlichen Kuss abrupt beendet und sie ratlos und verunsichert zurückgelassen. Doch nun kraulte er zärtlich ihren Nacken, als wäre nichts gewesen. Die Distanz, die er beim letzten Mal zwischen ihnen aufgebaut hatte, war wieder weg. Das verwirrte Christin, aber es fühlte sich gut an. Dies war nicht der richtige Zeitpunkt, um ihn zu fragen, warum er sich beim letzten Mal so merkwürdig verhalten hatte.

»Mach dich nur lustig über mich«, zischte sie und erklärte ihm, weshalb sie vermutete, dass die Jetskifahrer die Robbe verletzt haben könnten.

»Du hast recht, auf Jetbikes wäre ich gar nicht gekommen.«

Christin schlang die Arme um seine Körpermitte. Er war immer noch bettwarm. »Dann glaubst du, dass ich mit meiner Vermutung recht haben könnte?«

»Ja, ich habe nur noch nie Verletzungen, die von Wassermotorrädern verursacht wurden, gesehen, deshalb habe ich erst nicht daran gedacht. Aber ich glaube, du hast uns auf die richtige Spur gebracht.« Er küsste sie auf die Nasenspitze. »Du süße Detektivin.«

»Ich habe ein Gespräch der Typen mitgehört. Irgendwie war die Rede davon, dass einer schon einmal einen Seehund angefahren haben könnte. Aber es blieb unklar, ob das überhaupt stimmt, der eine leidet nämlich an Zoophobie und hat sich das vielleicht nur eingebildet. Vielleicht haben seine Freunde sich auch daraus einen Spaß gemacht, ihm Angst einzujagen, indem sie behauptet haben, er hätte ein Tier gerammt, obwohl es bloß Treibholz war.«

»Okay«, sagte Tjorben. »Ich werde versuchen, mehr rauszufinden.«

Sie zeigte zum SUV. »Die Männer werden jeden Moment aufbrechen.«

»Ich schau mal rüber, bleib du bitte hier.«

»Auf keinen Fall«, widersprach Christin mit Angst in der Stimme. Die jungen Männer wirkten auf sie nicht gerade so, als würden sie ein schlechtes Gewissen bekommen, wenn man sie auf ihr Fehlverhalten hinwies.

Tjorben sah sie mahnend an. »Ich habe keine Zeit, mit dir zu diskutieren.«

»Dann lass es doch einfach«, erwiderte sie. Ihr Atem flatterte genauso wie ihre Nerven.

Heftig schüttelte er den Kopf. »Bitte bleib hier, ich kenne solche Typen und rieche Ärger.«

Sie behielt für sich, dass sie das genauso sah.

»Junge Männer, hoher Alkohol- und Testosteronspiegel, und dann noch in der Gruppe, die halten sich für unbesiegbar«, fügte er an, während er seinen Bart mit der Hand glättete.

Den Eindruck hatte sie auch. Sie presste die Lippen zusammen.

»Wahrscheinlich auch noch reiche Kids, die meinen, ihnen gehört die Welt.« Er fuhr sich mit der Hand durch sein ungekämmtes Haar. »Wenn ich die auf die Robbe anspreche ...«

»Das sehe ich alles ein, aber vielleicht kann ich ja zur Deeskalation beitragen«, wandte Christin ein. »Ich habe mal gehört, dass bei manchen Polizeieinsätzen bewusst Polizistinnen dabei sind, weil allein die Anwesenheit von Frauen die Wahrscheinlichkeit von Ausschreitungen reduziert.«

Tjorben seufzte. »Ich kann dich ohnehin nicht davon abhalten ...«

Plötzlich fluchte er. »Die steigen ja schon ins Auto.«

Sofort rannte er los. Für einen Mann seiner Statur war er überraschend schnell. Christin hatte Mühe, an ihm dranzubleiben. Mit großen, stampfenden Schritten und zwei Armen, die wie Keulen hin- und herschwangen, lief er vor ihr her.

Tjorben kam beim SUV an, als die Männer gerade die Türen zuschlugen.

»Halt!«, rief er donnernd.

Demonstrativ lehnte er sich in das geöffnete Fenster auf der Beifahrerseite. Mit eindringlichem Blick sah er die Männer einen nach dem anderen an. Er schien die vier nicht zu kennen, sie mussten Touristen sein.

Optisch waren sie das genaue Gegenteil von Tjorben. Sie trugen kein überflüssiges Pfund mit sich herum, hatten glatt rasierte Gesichter und adrette Kurzhaarfrisuren. Besser als mit den pastellfarbenen T-Shirts und Bermudashorts konnte Christin sie sich in Designerhemden und glänzenden Lederschuhen im Hörsaal einer Uni vorstellen.

»Wo um alles in der Welt kommt ihr denn so plötzlich her?«, zischte der Typ auf dem Beifahrersitz, der offenkundig regelmäßig ins Fitnessstudio ging, und stieß auf.

Seine Bierfahne zog zu Christin herüber. Ihr Herz klopfte ihr bis zum Hals. Aber sie wollte der Sache auf den Grund gehen und die Typen gegebenenfalls zur Rechenschaft ziehen, auch wenn die Blicke der jungen Männer, die sie herablassend und feindselig musterten, Unbehagen in ihr auslösten. Sie war beeindruckt, wie selbstbewusst Tjorben auftrat.

»Mein Name ist Tjorben Graf«, stellte er sich mit fester Stimme vor. »Ich arbeite als Nationalpark-Ranger auf Föhr und muss dringend mit Ihnen sprechen.«

Christin staunte nicht schlecht. Von dem beruflichen Standbein hatte sie noch gar nicht gewusst.

Der Fahrer, ein Mann mit rotbraunen Haaren und Sonnenbrand im Gesicht, sah seine Freunde amüsiert an. Er machte den Anschein, der Wortführer zu sein. »Sie sind ein Ranger?«, fragte er skeptisch. »Das kann ja jeder behaupten.«

Tjorben zog einen Ausweis aus der Hosentasche und hielt ihn in die Geländelimousine.

»Landesbetrieb für Küstenschutz, Nationalpark und Meeresschutz Schleswig-Holstein«, las der Rotschopf langsam laut vor. »Soll uns das jetzt beeindrucken?«, fragte er verächtlich und wollte den Motor starten.

Tjorben blieb gelassen und zeigte auf die Bierdosen im Wagen. »Autofahren unter Alkoholeinfluss ist strafbar!«

»Ein Bier ist erlaubt«, erwiderte der Mann hinter dem Lenkrad kühl und selbstsicher.

Das kann ja heiter werden, dachte Christin und spürte ein unangenehmes Ziehen im Magen.

Tjorben zeigte in den Fußraum des Beifahrersitzes. »Wenn ich mir die vielen Dosen ansehe, bezweifele ich, dass Sie nur ein Bier getrunken haben.«

»Sind Sie etwa auch Polizist?«, fragte ein Typ auf dem Rücksitz spöttisch.

»Nein, aber ein Bürger, der um Ihr Wohl und das der Einheimischen und Feriengäste besorgt ist. Außerdem bin ich als Ranger für den Naturschutz verantwortlich«, erklärte Tjorben ruhig. »Mit dem Auto dürfen Sie nicht an den Strand fahren. Das schädigt das empfindliche Ökosystem.«

»Wird nicht wieder vorkommen«, antwortete der Fahrer mit einem höhnischen Grinsen.

Tjorben sah ihn scharf an. »Ich werde ein Auge darauf haben.«

»Wollen Sie etwa jede Nacht alle Strände auf Föhr bewachen?«, fragte der Rotschopf belustigt, worauf seine Freunde hämisch lachten.

Als sich Tjorben gegen die Beifahrertür stemmte, bemerkte Christin, dass er seine Hände zu Fäusten ballte.

Er erklärte: »Ich werde meine Freunde von der Polizei

bitten, regelmäßig an den Stränden vorbeizufahren und nachzusehen.«

»Und das werden die Insel-Cops auch machen, klar«, erwiderte der Fahrer sarkastisch.

»Langsam geht mir Ihr Ton gegen den Strich«, warnte Tjorben ihn mit dunkler Stimme. »Wenn ich wollte, könnte ich Sie sofort verhaften lassen, denn Sie haben gegen ein Gesetz des Landes Schleswig-Holsteins verstoßen.«

Der Wortführer der Gruppe zog eine Augenbraue hoch. »Ach, ja?«

»Es ist im gesamten Schleswig-Holsteinischen Wattenmeer verboten, Jetski zu fahren«, dröhnte Tjorbens tiefer Bass durch den SUV.

Christins Puls beschleunigte sich. Unauffällig wischte sie sich die feuchten Handflächen an ihrer Jeanshose ab. Sie sah zu den Wassermotorädern und stellte fest, dass sie goldene Streifen an den Seiten hatten.

Einer der Typen auf der Rückbank fletschte die Zähne. »Scheiße Naturschutz! Ich kann diesen ganzen Mist übers Klima und so nicht mehr hören.«

»Morgens gehen die Tierschützer auf die Straße, um gegen die Überfischung der Meere zu demonstrieren, und abends schaufeln sie sich Miesmuscheln rein«, bellte sein Freund neben ihm.

Der Ton wurde rauer, das bereitete Christin Sorgen.

Ihr Rudelführer leckte sich über die Zähne. »Entschuldigen Sie, Ranger. Das wussten wir nicht.«

»Unwissenheit schützt vor Strafe nicht. Sie hätten sich informieren müssen«, stellte Tjorben klar.

»Sie haben wohl keine Ahnung, mit wem Sie es zu tun haben«, zischte der junge Mann auf dem Beifahrersitz und sah den Fahrer mit der Untergebenheit eines Gefolgsmannes an.

Der Rothaarige lächelte kalt. »Wenn mein Vater wollte, könnte er die ganze Insel kaufen.«

»Nein, das könnte er nicht«, antwortete Tjorben gelassen mit einem Blick, der besagte *Dummer Junge, du bist von Beruf Sohn und hast vom echten Leben keine Ahnung.*

Das begriff auch der SUV-Fahrer. Seine Beherrschung bröckelte. In seinen Augen blitzte Wut auf.

Unbeeindruckt setzte Tjorben die Befragung fort. »Sie waren vorgestern Nacht schon mal an diesem Strand und sind vor der Küste mit Ihren Wasserscootern gefahren, habe ich recht?«

»Wir sind heute das erste Mal hier«, behauptete der Rotschopf und wischte sich eine unsichtbare Fluse von der Schulter.

»Dabei haben Sie einen Seehund angefahren«, erklärt Tjorben unbeirrt weiter.

»Das hätten wir doch gemerkt«, wiegelte der Beifahrer ab. Er zog sein Smartphone aus der Hosentasche und schaute auf das Display. »Schon so spät. Ich will endlich duschen. Verdammte Gutmenschen.«

»Vielleicht haben Sie das ja, und es war Ihnen egal«, fuhr Tjorben fort.

»Wir haben ein großes Herz für Meerestiere«, sagte der Anführer des Vierergespanns mit Sarkasmus in der Stimme.

»Das klang eben aber noch anders«, warf Christin aufgebracht ein.

Plötzlich hafteten alle Blicke an ihr.

Ihr Puls raste. »Ich habe gehört, wie Sie über den Zusammenstoß mit einer Robbe gesprochen haben.«

Einer der Männer auf dem Rücksitz öffnete die Autotür und stieg aus. Während er bedrohlich auf sie zuging, fragte er scharf: »Sie haben uns belauscht?«

Tjorben stellte sich ihm in den Weg.

Dankbar berührte Christin ihn am Rücken. Dann verteidigte sie sich: »Das musste ich gar nicht. Sie haben den ganzen Strand unterhalten.«

Der Fahrer kam um den SUV herum. Er starrte Christin an und zischelte: »Wir dachten, wir wären allein. Es ist schließlich mitten in der Nacht. Es ist unhöflich, andere zu belauschen. Haben Sie denn keinen Anstand?«

Christins Kehle war wie zugeschnürt. Sie wollte ihm an den Kopf werfen, wie dreist sie es fand, dass ausgerechnet er von Anstand sprach, aber sie brachte keinen Ton mehr heraus.

»Was sie getan hat, spielt keine Rolle. Es geht hier allein um Ihr Verhalten«, schaltete Tjorben sich ein. »Also, noch mal von vorne. Wir haben vorgestern einen Seehund genau an diesem Strand gefunden. Er war so stark verletzt, dass er eingeschläfert werden musste.«

Der Beifahrer sprang vom Sitz und ließ die Muskeln in seinen dicken Oberarmen zucken. »Sie machen so eine Welle nur wegen einem Tier?«

»Nur ein Tier?« Empört schnappte Christin nach Luft.

»So viel zu der Behauptung, Sie hätten ein Herz für Meerestiere.«

Tjorben sah aus, als müsste er sehr an sich halten. »Wir haben den starken Verdacht, dass ein Jetski die Robbe mehrmals überfahren und tödlich verletzt hat.«

»Wollen Sie uns etwa für ihren Tod verantwortlich machen?«, fragte der Anführer, streckte sein Kinn vor und stellte sich breitbeinig hin.

Tjorben nickte. »Sie sind die Einzigen auf Föhr mit Wassermotorrädern.«

»Das können Sie nicht beweisen«, wiegelte der Rothaarige ab. Dann sah er den Kumpel auf der Rückbank an, der sofort zu ihm kam wie ein herbeigepfiffener Hund.

Das Rudel formiert sich, schoss es Christin durch den Kopf.

»Die Polizei wird bestimmt feststellen, dass Ihre Wassermotorräder zu den Wunden des Säugetiers passen«, erklärte Tjorben. »Vielleicht wird man sogar Blutspuren und Hautreste von der Robbe am Bug und am Rumpf Ihrer Jetboote finden.«

Der Anführer verschränkte die Arme vor dem Oberkörper. »Dazu müssten Sie unsere Jetskis erst einmal bekommen.«

»Und es schaffen, die Polizei zu rufen«, sagte sein kräftiger Freund und grinste zähnefletschend.

Tjorben schob die Augenbrauen zusammen. »Drohen Sie mir etwa?«

»Wir waren es nicht«, behauptete der Rotschopf. »Aber es ist doch so. Wäre Ihr Seehund gesund gewesen, wäre er rechtzeitig weggeschwommen, bevor das Wasserfahrzeug – welches auch immer – ihn erfasst hat. Er muss daher krank gewesen sein und wäre ohnehin gestorben.«

»Was ist er auch nachts rumgeschwommen?« Einer der beiden Männer, die auf dem Rücksitz gesessen hatten, schnaubte. »Er hätte auf den Sandbänken die Nacht verbringen sollen wie alle Seehunde.«

»Robben schlafen auch senkrecht oder horizontal im Wasser treibend«, erklärte Tjorben, und seine Stimme wurde immer lauter. »Und wenn Sie das Tier gerammt haben, müssten Sie es gemerkt haben.«

»Wie gesagt, wir haben mit der Sache nichts zu tun, darum werden wir jetzt fahren.« Der Anführer wollte sich umdrehen.

Doch Tjorben brüllte: »Sie werden schön hierbleiben und auf die Polizei warten.«

»Sind Sie wirklich so dumm und legen sich mit uns an?«, fragte der Rothaarige überheblich.

»Vielleicht kann ich Sie nicht aufhalten, ich will auch keine Gewalt anwenden.« Tjorben zeigte auf den SUV. »Aber ich kann mir Ihr Nummernschild merken und die Angelegenheit zur Anzeige bringen. Für die Polizei wird es ein Leichtes sein, Ihre Namen herauszufinden.«

Christin bohrte die Fingernägel in die Handballen, nahm allen Mut zusammen: »Und ich kann ja alles bezeugen.«

Er warf ihr einen besorgten Blick zu.

Sie lächelte ihn zuversichtlich an, doch innerlich war ihr speiübel, weil sie sich gerade zur Zielscheibe gemacht hatte.

»Dann müssen wir wohl sicherstellen, dass Sie mein Kfz-

Kennzeichen nicht erkennen können«, sagte der Fahrer der Limousine unheilschwanger.

Plötzlich boxte der muskulöse Beifahrer Tjorben kräftig in den Nacken.

Tjorben hatte den Angriff nicht kommen sehen, er taumelte nach vorne auf den Mann mit den rotbraunen Haaren zu.

Der Rudelführer trat ihm in den Unterleib. Seine Freunde grölten begeistert.

Entsetzt schrie Christin. Hilflos riss sie die Hände hoch. Ihr Herz drohte ihr aus dem Brustkorb zu springen.

Sie konnte die vier nicht einschätzen. Jetzt wirkten sie wie Hooligans, die einen Fan mit dem T-Shirt der gegnerischen Mannschaft angingen.

Würden die jungen Männer es dabei belassen oder nun richtig auf ihn einprügeln? Christins Magen zog sich schmerzhaft zusammen. Sie waren allein mit den Typen.

Tjorben wankte, hielt sich aber aufrecht. Er stemmte sich gegen den SUV, ließ den Kopf hängen und rang nach Atem. Dann drehte er sich plötzlich um und stand da wie ein wütender Bär. Kurz bekam sie selbst fast Angst. Nun mussten die Typen doch erkennen, dass sie sich mit dem Falschen angelegt hatten, und den Rückzug antreten.

Doch zu Christins Bestürzung gaben sie sich unbeeindruckt. Sie waren ja auch in der Überzahl, angetrunken und vermutlich vom Jetskifahren aufgeputscht. Im nächsten Moment stürzten sie sich alle gleichzeitig auf Tjorben und prügelten auf ihn ein.

Einer rammte ihm sein Knie in den Bauch. Ein anderer boxte ihm ins Gesicht. Blut floss heraus. Doch Tjorben wischte es bloß mit dem Handrücken weg und hielt weiter tapfer dagegen. Er konnte viel einstecken und landete seinerseits auch einige Treffer, zwei der Typen gingen zu Boden. Aber gegen die Übermacht konnte er letztlich nicht gewinnen.

Christin schrie aus voller Lunge: »Hört auf! Hört sofort auf! Seid ihr denn verrückt geworden?«

Doch der Beifahrer lachte nur, kam auf sie zu und ließ seine Muskeln spielen. Seine Augen funkelten gefährlich.

Ihr schlotterten die Beine. Als sie zurückwich, wäre sie beinahe gestolpert. Was hatte der widerliche Kerl vor?

»Hilf uns gefälligst«, forderte der Kopf der Schlägertruppe ihn auf. »Der Wichser ist verdammt zäh.«

Der Mann musterte Christin, dann schnalzte er bedauernd mit der Zunge und wandte sich um.

Er rannte zurück und versuchte Tjorben ins Gesicht zu treten. Der duckte sich, schneller als man es von einem Mann seiner Statur erwartet hätte, sodass der Angreifer einen seiner Freunde mit dem Fuß erwischte, der vor Schmerz aufjaulte und sich den Kiefer hielt.

Plötzlich nahm der Rotschopf eine Handvoll Sand und schleuderte sie Tjorben ins Gesicht.

Tjorben fluchte, rieb sich die Augen und blinzelte. Tränen rannen ihm über die Wangen, seine Augäpfel waren stark gerötet. Seine Schläge waren daraufhin nicht mehr zielgenau, zudem sah er die Angriffe der anderen zu spät kommen.

Es dauerte nicht lange, und er lag auf dem Boden. Er bekam einen Tritt in die Nieren und stöhnte vor Schmerz.

Schließlich wehrte er sich nicht mehr, sondern legte schützend die Hände über den Kopf.

Christin schluchzte. Hätte sie Tjorben doch nicht Bescheid gegeben. Warum hatte sie nicht längst Hilfe gerufen? Es war alles so furchtbar schnell gegangen.

Langsam fiel der Schock jedoch von ihr ab, und die Betäubung ließ nach. Sie konnte immer noch nicht klar denken und zitterte stark, aber sie hatte sich immerhin wieder so weit im Griff, dass sie ihr Smartphone aus der Hosentasche ziehen konnte.

Sollte sie ein Beweisfoto schießen oder ein Video aufnehmen? Sie verwarf die Idee. Damit würde sie nur noch mehr Zeit verlieren.

Als sie gerade den Notruf der Polizei wählen wollte, wurde ihr das Mobiltelefon aus der Hand geschlagen. Erschrocken schrie sie auf. Schmerz fuhr in ihr Handgelenk. Sie biss die Zähne zusammen. Ihr Herzschlag war ein Trommelwirbel, der in ihren Ohren widerhallte.

Der Rothaarige tauchte vor ihr auf, mit wütendem Blick.

Würde er sie nun verprügeln? Wollte er nun seinen Spaß mit ihr haben? Ein Horrorszenario nach dem anderen färbte ihre Gedanken alarmrot.

Doch der Anführer schubste sie bloß in den Sand und trat zweimal auf ihr Mobiltelefon. Dann ging er zu seinem Wagen und setzte sich hinters Lenkrad. Seine drei Freunde stiegen ebenfalls ein.

Christins Puls wurde etwas langsamer. Sie setzte sich aufrecht hin und massierte ihr Handgelenk, das immer noch wehtat.

Der SUV fuhr so schnell los, dass die Räder durchdrehten und Sand aufspritzte. Mit einem Ruck setzte sich auch der Anhänger mit den vier Jetskis in Bewegung.

Zum Schutz hielt sich Christin die Hände vors Gesicht und drehte sich weg. Als sie sich wieder umwandte, erkannte sie durch die Dunkelheit und die Entfernung gerade noch Teile des Nummernschilds.

Sie hörte Tjorben stöhnen. Er versuchte, sich aufzurichten, blieb aber auf den Unterarmen liegen und spuckte blutigen Speichel in den Sand. Erschöpft ließ er den Kopf hängen.

Christin sprang auf und lief zu ihm. Als sie ihn ansprach, reagierte er nicht. Sie kniete sich neben ihn und flehte ihn an: »Sag bitte etwas. Nun sag doch was!«

Kapitel 12

»Mir geht es gut«, antwortete Tjorben mit belegter Stimme. Er bewegte vorsichtig den Unterkiefer und betastete den Bauch, woraufhin er hörbar einatmete.

Er bekam ein blaues Auge, das deutete sich bereits an, ein Schatten unter dem rechten Augenlid, dazu Blessuren auf der Stirn. Sein Anblick zerriss Christin fast das Herz.

Sein T-Shirt war oben aufgerissen und gab den Blick auf seinen Hals frei. Einer der Tritte hatte ihn dort getroffen und die Haut rot gefärbt.

»Haben dir die Typen etwas getan?«, fragte er besorgt.

»Nein, ich bin okay.«

»Gut. Ich hätte mir nie verziehen, wenn dir etwas passiert wäre.« Zärtlich strich Tjorben ihr über die Wange. »Ich hätte darauf bestehen sollen, dass du zum *Lüttes Glück* zurückfährst. Dort wärst du in Sicherheit gewesen.«

Christin hielt seine Hand fest, betrachtete seine geröteten Fingerknöchel und küsste zärtlich seinen Handrücken. »Du hast ja versucht, mich davon abzuhalten, dir zu folgen.«

Tjorben rang sich ein Lächeln ab.

Sie hatte befürchtet, dass sie ihm einen Zahn ausgeschlagen hatten. Erleichtert stellte sie fest, dass dem nicht so war.

»Diese Scheißkerle sind mir entkommen«, stieß er verärgert aus und folgte mit seinem Blick den Spuren im Sand, die in Richtung Dünenweg führten.

Christin zog ein Papiertaschentuch aus der Hosentasche und tupfte damit behutsam über seine aufgeplatzte Unterlippe. »Der SUV hatte ein Düsseldorfer Kennzeichen, mehr konnte ich leider nicht erkennen.«

»Das ist doch schon mal etwas. Du hast mehr erreicht als ich. Ich habe die Fatzken nur vorgewarnt.« Wütend ballte er eine Hand zur Faust. »Sie werden vor Föhr nicht mehr Jetski fahren. Sie sind überheblich, aber nicht dumm. Es wird schwer werden, sie auf der Insel zu finden. Vielleicht reisen sie sogar morgen kurzfristig ab.«

Während sie das Taschentuch wieder wegsteckte, beruhigte sie ihn: »Einen Schritt nach dem anderen. Jetzt werden wir uns erst einmal um dich kümmern.«

»Ich bin in Ordnung«, wiegelte Tjorben ab. »Wir müssen zur Polizei gehen und Anzeige erstatten.«

»Ja, aber vorher werden wir in der Inselklinik vorbeifahren«, sagte sie bestimmt, stand ebenfalls auf und nahm seinen Arm, um ihn zu stützen.

Er machte sich von ihr los und wiegelte gereizt ab: »Nicht nötig.«

»Du solltest dich von einem Arzt untersuchen lassen.« Flehend sah sie ihn an.

»Es sieht schlimmer aus, als es ist.«

»Du könntest innere Verletzungen haben«, gab Christin zu bedenken. Warum war er bloß so stur?

»Nein, ganz sicher nicht. Das würde ich spüren.« Er

lachte bitter und sagte: »Außerdem haben die Typen zuge-
schlagen wie Kinder.«

Christin glaubte ihm nicht, aber sie konnte ihn auch
nicht zwingen. Seufzend betrachtete sie ihr Smartphone.
Das Display war zerbrochen. Als sie versuchte, ihr Telefon
anzuschalten, hatte sie keine große Hoffnung, dass es an-
ging, doch zu ihrer Überraschung leuchtete das Display auf.

Unter einem Ächzen richtete Tjorben sich auf. Er massierte sich den unteren Rücken. »Das Display muss nur aus-
getauscht werden. Ich werde mich morgen darum kümmern.
Es gibt einen Handyladen in der Nähe vom *Strandmohn*.«

»Nichts da! Du bleibst im Bett«, ermahnte sie ihn streng.

»Geht nicht, es stehen Ausflüge an, die die Feriengäste
lange im Voraus gebucht haben.«

»Dazu bist du doch gar nicht in der Verfassung«, wandte
Christin ein und konnte nicht glauben, dass sie diese Unterhaltung überhaupt führten.

»Wenn ich keine Schiffstouren oder Wanderungen
mache, verdiene ich auch nichts«, erklärte Tjorben ihr
nüchtern, während er unter Ächzen sein Handgelenk in alle
Richtungen drehte. »Außerdem wäre es schlecht für meinen Ruf, wenn ich die Termine kurzfristig absagen würde.«

»Na ja«, fügte er nach einer kurzen Pause hinzu, »du hast
schon recht. Aber ich will nicht zu Hause bleiben. Wenn ich
das tun würde, hätte ich das Gefühl, die Typen hätten mich
ein zweites Mal zusammengeschlagen.«

Sie legte die Hände an seinen Oberkörper und sah flehend zu ihm auf. »Ich kann es ja nachvollziehen, aber das
ist schrecklich unvernünftig.«

Er schlang die Arme um sie. »Ich nenne das pflichtbewusst.«

»Du bist so gewissenhaft, tust so viel für andere, aber du kümmerst dich nicht so richtig um dich selbst«, rügte Christin ihn liebevoll. Sie strich über seinen Brustkorb und ließ ihre Finger zärtlich über seinen Hals kreisen.

»Damit hast du vielleicht recht«, gestand er verliebt lächelnd.

»Versprich mir, morgen zum Arzt zu gehen, solltest du starke Schmerzen haben«, forderte sie eindringlich von ihm.

Tjorben legte die Hände an ihre Wangen und wollte sie küssen. Doch als er den Mund spitzte, riss die Verletzung an seiner Unterlippe weiter auf. Er verzog das Gesicht und stieß einen leisen Fluch aus. Schließlich gab er ihr bloß einen zärtlichen Nasenkuss. »Versprochen.«

Sollte er seine körperlichen Beschwerden weiterhin bagatellisieren oder den harten Kerl spielen, würde sie ihn persönlich zur Inselklinik fahren oder Joris und Arian um Hilfe bitten.

Er löste die Umarmung. »Jetzt lass uns zur Polizei fahren und unsere Aussagen machen, und dann brauche ich ein kühles Inselbier. Das habe ich jetzt echt nötig.«

Seite an Seite gingen sie über den Strand. Als das *Waterkant* in Sicht kam, schlang Tjorben seine Finger in die von Christin.

Wärme strömte von ihrer Hand in den ganzen Körper aus. Verliebt lächelte sie ihn an.

Als er ihr ebenfalls ein herzliches Lächeln schenkte,

wirkte es leicht verzerrt, weil seine rechte Wange angeschwollen war.

Was würden die Feriengäste, die er morgen auf einen Ausflug mit der *Seewievke* mitnahm, von seinem lädierten Aussehen halten? Hatte er mal daran gedacht? Würden sie denken, er prügle sich gerne?

Vielleicht wäre es die bessere Alternative, wenn Tjorben versuchen würde, die Buchungen zu verschieben oder die Termine ganz abzusagen, anstatt nachher in Internetrezensionen etwas über sein vermeintlich ungepflegtes Äußeres zu lesen.

»Bevor du morgen zur Arbeit fährst, solltest du dein Veilchen mit Puder-Make-up abdecken«, schlug sie vor, während sie über den Dünenweg schlenderten.

Aus den Augenwinkeln sah sie einen bunten Wegweiser, der die Entfernung zu verschiedenen Städten angab. Sogar nach Köln. Angeblich waren es vom *Waterkant* bis zu ihrer Heimatstadt 427 Kilometer. Eine große Entfernung, dennoch konnte ihr altes Leben sie schnell wieder einholen. Sie hielt Tjorbens Hand fester.

»Ich habe Make-up im *Lüttes Glück* und kann dir morgen früh was vorbeibringen«, bot sie ihm an.

Tjorben blieb abrupt neben einer Hecke mit Wildrosen stehen. »Ich schminke mich doch nicht!«

»So solltest du deinen Fahrgästen und Wandergruppen jedenfalls nicht entgegentreten«, riet sie ihm. »Sie könnten Reißaus nehmen.«

Vorsichtig betastete er sein Gesicht. »Sehe ich so schlimm aus?«

»Schlimmer«, antwortete Christin trocken. »Ab morgen werden die Hämatome anfangen, sich dunkel zu färben, und bald wirst du an einen Blauschimmelkäse erinnern.«

»Wie gut, dass ich einen Bart trage.« Er zwinkerte.

Sie nahm den honigsüßen Duft der Dünenrosen war. Er löste ein Wohlgefühl in ihr aus und half ihr, sich zu entspannen. Zudem tat es gut, sich mit Tjorben zu kabbeln. Der Druck, der auf ihrem Magen lastete, fiel langsam von ihm ab.

»Und für Kinn und Wangen bring ich dir morgen Kompaktpuder«, sagte sie neckisch.

»Eher würde ich eine Augenklappe tragen, um das Veilchen zu verdecken«, erwiderte Tjorben trocken.

Sie lachte. »Wie sexy, ein Pirat! Würde glatt zu dir passen. Du könntest aus der *Seewievke* ein Piratenboot machen«, schlug sie vor. »Das würde deinen jüngsten Fahrgästen gefallen, und damit könntest du dich von den anderen Ausflugsschiffen abheben.«

»Wie geschäftstüchtig«, sagte er beeindruckt. »Gute Idee. Davon abgesehen – wenn du eine Augenklappe wirklich sexy findest, werde ich generell mal drüber nachdenken.«

»Spinner!«, schalt Christin ihn liebevoll und knuffte ihn, worauf hin er stöhnte und das Gesicht vor Schmerz verzog. »Oh, Mist! Entschuldigung.«

Er blieb vor seinem meergrünen Wagen stehen. »Schon verziehen.«

»Gib mir bitte deinen Wagenschlüssel«, forderte sie ihn auf.

Tjorben schüttelte den Kopf, bereute es sichtlich und rieb sich den Nacken.

»Hast du schon mal ein Elektroauto gefahren?«, fragte er und schob die Hände in die Hosentaschen.

»So schwer kann das ja nicht sein.«

»Ich kann laufen, also kann ich auch Auto fahren«, stellte er klar.

»Und ich habe zwei Hände und kann trotzdem kein Boot steuern«, zischte Christin ungehalten.

»Mach dir keine Sorgen«, versicherte er ihr. »Auf der kurzen Fahrt wird mein blaues Auge schon nicht zuschwellen. Nimm es bitte nicht persönlich.«

Plötzlich ging ihr ein Licht auf. »Du willst mir um jeden Preis beweisen, wie fit du bist! Dass du alles allein schaffst und weder einen Arzt noch ein paar freie Tage brauchst?«

»Jetzt sind es schon mehrere Urlaubstage?«, fragte er gespielt vorwurfsvoll.

Tjorben wandte sich der Fahrertür zu und zog sie auf.

Aufgebracht warf Christin sie wieder zu. »Wenn es nach mir ginge, würdest du eine Woche lang brav im Bett bleiben.«

»Das wäre mir zu langweilig«, wiegelte er ab. Plötzlich grinste er. »Es sei denn, ich hätte Gesellschaft.«

»Du sollst dich ausruhen und gesund werden«, schalt sie ihn, konnte sich jedoch nicht verkneifen, zu grinsen.

Er setzte eine Unschuldsmiene auf. »Liebe kann wahre Wunder bei der Genesung bewirken.«

»Wenn wir von Krankenpflege sprechen, dann ja«, stellte sie richtig und blinzelte ihn neckisch an.

Er breitete die Arme aus und lächelte triumphierend. »Ich will doch nur beweisen, dass es mir gut geht.«

»Ich geb's auf«, sagte Christin resigniert und setzte sich auf den Beifahrersitz, lächelte aber nachsichtig. Die Diskussionen mit ihm waren anstrengend, aber auch durchaus amüsant. »Und jetzt fahr endlich los, nach all dem Hin und Her mit dir brauch ich jetzt auch ein Bier.«

Als Tjorben das Auto startete, sprang das Radio an. Er nutzte den Sendersuchlauf und blieb bei »Perfect« hängen.

»Du hörst Ed Sheeran?«, fragte Christin verwundert.

Er zuckte mit den Schultern. »Ja, ab und zu.«

»Bei dir hätte ich was Rockigeres erwartet.« Sie dachte da an ihre erste gemeinsame Autofahrt. Als er sie von der Fähre abgeholt und zum *Lüttes Glück* gebracht hatte, hatte er alte Songs von Bon Jovi und Guns n' Roses gehört.

»Stimmt ja auch, grundsätzlich.« Er machte eine Pause. »Aber im Moment brauche ich Musik, die meine Seele streichelt.«

»Also doch angeschlagen!«, rief sie und blinzelte ihn herausfordernd an. »Gib's schon zu!«

»Natürlich bin ich das«, gestand er leise und schaltete das Scheinwerferlicht ein. Es erhellte Teile der Dünenlandschaft und störte einen Vogel in seiner Nachtruhe. Meckernd flog er ein Stück weit und landete in der Dunkelheit. Tjorben fuhr fort: »Aber nicht so, wie du denkst. Das Körperliche kann ich wegstecken. Was mir zusetzt, ist die Tatsache, dass ich zu Boden gegangen bin.«

»Es war vier gegen einen«, erinnerte sie ihn.

Er frotzelte: »Natürlich, sonst hätte ich ja nicht am Ende mit dem Gesicht im Sand gelegen.«

Christin verdrehte die Augen. Schmunzelnd fuhr Tjorben

los. Es war nur eine kurze Strecke bis zu der Stelle, an der Christin ihr Fahrrad abgestellt hatte.

»Bleib sitzen«, bat sie ihn, nachdem sie dort angekommen waren. »Ich werde das Rad einladen.«

Er stellte den Motor ab und schüttelte den Kopf. »Kommt nicht infrage.«

Er verließ den Wagen, bevor sie ihn daran hindern konnte. Sie gab einen Schrei der Verzweiflung von sich, sprang aus dem Sitz und wollte ihm zuvorkommen, doch er hielt ihr Fahrrad bereits fest. Er hob es so leichthändig in den Kofferraum, als wäre es aus Pappe.

»Du bringst mich zur Verzweiflung!«

»Das höre ich nicht zum ersten Mal«, erwiderte er grinsend.

Sie schnaubte. Wie konnte jemand so hilfsbereit und gleichzeitig so unvernünftig sein?

Nachdem Tjorben das Rad festgezurrt hatte, setzte er sich zurück auf den Fahrersitz. Dabei stöhnte er vor Schmerz.

»Tut es weh?«, fragte Christin mit süßlicher Stimme.

Er musste lachen.

Schweigend fuhren sie zur Polizeistation am Hafendeich in Wyk. Tjorben gähnte fortwährend, und auch Christin konnte ihre Augen kaum noch offen halten. Inzwischen war es schon nach zwei Uhr morgens. Der Adrenalinschock war der Müdigkeit gewichen.

Die Beamten begrüßten Tjorben mit Handschlag. Sie duzten sich.

Sie und Tjorben erzählten den Polizisten von dem verletzten Seehund vor zwei Nächten, Christins Beobachtung am Nieblumer Strand in der heutigen Nacht und was passiert war, nachdem sie die vier alkoholisierten Jetskifahrer mit ihrem Verdacht konfrontiert hatten.

Bei Kaffee und Tee machten sie dann offizielle Aussagen, erstatteten Anzeigen und gaben Täterbeschreibungen ab.

Es wurden Fotos von Tjorbens Verletzungen gemacht. Und auch die Polizisten redeten ihm ins Gewissen, dass er unbedingt zum Inselkrankenhaus fahren sollte, doch er ließ sich nicht dazu überreden.

Als sie beim Auto zurück waren, wollte Christin ihr Fahrrad aus dem Kofferraum holen.

»Du musst nicht noch um drei Uhr morgens quer über die Insel radeln«, sagte Tjorben. »Ich fahr dich heim.«

»Du wohnst doch in Wrixum«, erwiderte sie. »Das ist praktisch um die Ecke. Es wäre doch Unsinn …«

»Das macht mir nichts aus, und ich muss sichergehen, dass du heil in der Inselpension ankommst.«

Wärme durchflutete sie.

»Keine Widerrede!«, fügte er streng hinzu, aber es lag Zärtlichkeit in seinem Blick.

Tjorben zog sie eng an sich und küsste ihre Finger. »Du weißt doch, dass es nichts bringt, mit mir zu diskutieren. Ich muss dich in Sicherheit bringen.« Während er fortfuhr, führte er sie zur Beifahrertür: »Stell dir nur vor, du würdest unterwegs den Typen begegnen. Sie könnten auf dumme Ideen kommen, weil du allein wärst.«

Daran hatte Christin noch gar nicht gedacht. Ihr wurde flau. »Du hast recht. Aber dann komm wenigstens noch kurz mit rein und lass mich deine Verletzungen versorgen. Du kriegst auch ein Inselbier.«

»Gerne. Krankenschwester und Barfrau in einem. Du bist der Traum eines jeden Mannes.«

Zuerst wollte sie ihm seinen Sexismus vorwerfen, doch dann sagte sie sich, dass er doch bloß mit ihr flirtete. »Ja«, antwortete sie trocken, »ich zieh mir eine Schwesternuniform an, wenn du ein Krankenhausleibchen trägst.«

Tjorben schüttelte sich. »Eher falle ich tot um.«

»Tja, schade.« Sie unterdrückte ein Lachen und zuckte lässig mit den Schultern. »Das hätte Spaß gemacht.«

Mit offenem Mund beobachtete er, wie sie einstieg. Christin schloss die Tür hinter sich und amüsierte sich prächtig. Wer hätte gedacht, dass die Nacht, die bedrückend angefangen und dann einen furchtbaren Verlauf genommen hatte, doch noch lustig werden würde?

Tjorben brachte sie durch die schlafende Marsch nach Walsum. Nichts regte sich im Inseldorf. Alle Fenster waren dunkel, und Sörens Schafe dösten im Stall. Die Tür stand offen, sodass die Tiere jederzeit auf die Weide konnten. Christin konnte sie sehen. Die Fellknäuel sahen so weich und flauschig, so einladend aus.

Beim Aussteigen aus dem Auto spürte Christin eine bleierne Müdigkeit. Unter anderen Umständen wäre sie sofort ins Bett gefallen, aber sie wollte ihn versorgen. Und das war nicht der einzige Grund, dass sie wach bleiben wollte.

Sie hatte kein Bett für sich, aber wie schön wäre es doch, sich mit ihm zusammen zu den Schafen zu legen und Arm in Arm einzuschlafen, dachte sie verträumt.

Das war natürlich Quatsch, die Herde würde bestimmt aufgeregt blöken und ganz Walsum aufwecken. Und falls nicht, würde Sören einen gehörigen Schrecken bekommen, wenn er sie morgens in seinem Stall entdeckte.

Christin würde Tjorben auch nicht bitten, bei ihr zu übernachten, was nicht nur daran lag, dass sie neben Anja schlief, sondern auch daran, dass sie es unpassend fand. Und sollte er sie fragen, ob sie nicht mit zu ihm kommen wollte, wonach es aber nicht aussah, würde sie ebenfalls ablehnen.

Ihre gemeinsame Zeit in dieser Nacht ging zu Ende, auch wenn Christin es nicht wahrhaben wollte.

Als sie vorsichtig durch den Korridor schlichen, um Hilde und Godo nicht zu wecken, fragte sich Christin, ob es Tjorben genauso ging wie ihr, ob er Ähnliches fühlte.

»Ich hätte großes Verständnis, wenn du doch kein Bier mehr trinken, sondern nur noch nach Hause fahren und schlafen willst«, sagte sie mit gedämpfter Stimme und brachte ihn zum Frühstücksraum, um ihn dort zu verarzten.

Tjorben machte ein langes Gesicht. »Willst du mich etwa loswerden?«

Christin legte den Zeigefinger an die Lippen, die Tür zu Hilde und Godos Wohnung lag direkt gegenüber.

»Natürlich nicht«, versicherte sie ihm und schaltete das Licht im Frühstücksraum ein. Hinter dem großen Panoramafenster lag der Garten in der Dunkelheit. Ein Strahler leuchtete das Buffet an, ein anderer das fast fertige Bild von Tjorbens Mutter Ilse an der Wand über dem Heißwasserspender aus blank poliertem Edelstahl. »Ich bin nur besorgt.«

Sanft legte Tjorben die Hand an ihren Hals und ließ seinen Daumen über ihre Haut kreisen. »Du machst dir ständig Sorgen um mich, das brauchst du nicht.«

»Du hast ja niemanden, der auf dich aufpasst.« Seine Berührungen lösten ein heftiges Prickeln aus. Christin bekam eine angenehme Gänsehaut. Er sollte sie nicht so zärtlich anfassen! Dadurch zog es sie noch stärker zu ihm hin und brachte ihre Disziplin ins Wanken. Doch sie war unfähig, seine Hand wegzuschieben.

»Das stimmt nicht. Ich habe Joris, Arian und meine Eltern. Und viele Freunde und liebe Bekannte.«

»Das meinte ich nicht«, wiegelte sie ab und versuchte, der körperlichen Anziehungskraft zu Tjorben zu widerstehen. Insgeheim wünschte sie sich, seine Hände überall zu spüren. Nach der gemeinsam überstandenen Gefahr wollte sie ihm jetzt so nah wie möglich sein, ihn festhalten und spüren, dass er noch bei ihr war.

Mit weicher Stimme fragte er: »Du meinst, es geht nichts über die liebevolle Fürsorge einer Frau?«

»Ja«, antwortete Christin atemlos und zittrig vor Aufregung, doch sie bemühte sich, zu verbergen, welche Versuchung er für sie darstellte.

Sie strich sich über ihre Unterarme, als wäre ihr kühl, dabei glühte sie. Gleichzeitig hielt sie Tjorben so auf Distanz. Hätte er sie in diesem Moment an sich gezogen und geküsst, wäre ihr Schutzwall gebrochen.

Seine Finger glitten von ihrem Hals hoch zu ihrer Wange. Sein Daumen strich über ihre Unterlippe. »Aber die habe ich doch. Du kümmerst dich um mich.«

»Ich habe von einer festen Freundin gesprochen«, er-klärte sie und spürte einen Stich im Herzen.

Er sah sie mit einem Blick an, der Steine erweichen konnte. »Du bedeutest mir sehr viel.«

»Du mir auch.« Ihr Puls raste.

Auf der einen Seite war sie froh, dass er nicht »Ich liebe dich« gesagt hatte, weil das das bittersüße Dilemma, in dem sie steckte, noch verschlimmert hätte.

Auf der anderen Seite wünschte sie sich sehnlichst, genau diese drei Worte von ihm zu hören. Sein klares Bekenntnis würde ihr ihre Entscheidung, ob sie einen Neuanfang wagen sollte, erleichtern. Es würde ihr die Tür in ein neues Leben öffnen. Sie könnte seine Freundin werden und würde für ihn nach Föhr ziehen.

Doch die Krux war, dass er ihr nicht deutlich sagen konnte oder wollte, was er für sie empfand, solange sie zu einem anderen Mann gehörte.

Da hörte sie Geräusche aus der Einliegerwohnung.

Verlegen löste sie sich von Tjorben. Sie zeigte auf die be-reits eingedeckten Tische und bat ihn: »Setz dich schon mal! Ich hole schnell das Inselbier und den Erste-Hilfe-Kasten.«

Christin eilte in die Küche. Dort wusch sie sich das Ge-sicht mit kaltem Wasser und atmete tief durch.

Sie fühlte sich wie damals als Kind. In einer Sommer-nacht war eine heftige Gewitterfront aufgezogen. In der Entfernung sah Christin die Blitze. Immer wieder erhellten sie einige Sekunden lang die Nacht.

Das empfand Christin als ebenso bedrohlich wie ma-gisch. Die Schönheit und die Urgewalt faszinierten sie. Sie spürte einen gewissen Nervenkitzel und war hin- und hergerissen.

Sie wünschte sich so sehr, dass das Gewitter über sie hinwegzog, um es noch lange beobachten zu können. Aber sie machte sich auch Sorgen, weil Blitze Menschen töten und in Häuser einschlagen konnten und der Donner ohrenbetäubend und beängstigend war.

Nur wenn das Unwetter sich von Köln entfernte, war sie auf alle Fälle in Sicherheit. Doch, wo blieb da der Spaß?

Jetzt, als Erwachsene, und in der Situation, in der sie sich befand, fühlte sie sich, als wäre sie in dieser Sommernacht gefangen.

Seufzend holte sie zwei Flaschen Bier aus dem Kühlschrank und nahm sich vor, sie gleich am Morgen durch zwei neue zu ersetzen. Sie wollte keinen Ärger, nicht mit Hilde und Godo und auch sonst mit niemandem.

Das war auch ein Grund, warum sie auf der Stelle trat. Egal, ob sie für immer blieb oder nach Hause zurückkehrte, irgendjemanden würde sie auf jeden Fall enttäuschen. In Föhr Tjorben. Schlimm genug. Aber in Köln waren es gleich mehrere Personen: Franjo, Monika, Petar und ihre Eltern.

Aufgewühlt trat Christin in den Flur, holte einige Utensilien aus dem Verbandsschrank am Eingang und kehrte in den Frühstücksraum zurück. Sie schloss die Tür hinter sich und brachte das Gespräch mit Tjorben auf unverfängliche Themen.

»Möchtest du Ibuprofen?«, fragte sie ihn und legte die Packung neben ihn auf den Tisch.

Er schob die Tabletten weg und antwortete: »Nein, danke. Die brauche ich nicht.«

»Natürlich nicht. Du erträgst die Schmerzen lieber stoisch«, bemerkte sie ironisch.

»Nicht stoisch, sondern tapfer.«

Liebevoll rügte sie ihn: »Du musst nicht den starken Mann spielen.«

»Das tue ich nicht«, wiegelt er ab. Doch als er mit den Schultern zuckte, atmete er scharf ein und rieb sich dann den Nacken. »Ich halte eben einiges aus.«

»Du solltest dich besser um deinen Körper kümmern, denn du hast nur einen. Lass mich dir wenigstens helfen.« Während sie Jodtinktur auf ein Wattestäbchen gab, sagte sie: »Ich wusste gar nicht, dass du auch als Nationalpark-Ranger arbeitest.«

Christins Blick fiel auf ihr Spiegelbild in der Fensterscheibe hinter Tjorben. Bis zu diesem Moment war ihr gar nicht bewusst gewesen, dass sie ähnlich zerrupft aussah wie er. Ihre Haare waren zerzaust, ihre Strickjacke hing schief, und sie wirkte völlig fertig.

Bisher war sie der Meinung gewesen, dass sie, die biedere Großstadtpflanze, schon rein optisch nicht zu dem sturmerprobten Seemann passte, aber dieser Abend hatte das geändert. Sie war nicht mehr dieselbe Frau wie die, die vor dem Kummer aus Köln nach Föhr abgehauen war.

»Nur in Teilzeit«, erklärte Tjorben, während er mit einer Rolle Mullbinden herumspielte. »Man hat mich im Herbst letzten Jahres gefragt, ob ich als Ranger arbeiten will.«

»Und der Inselgraf konnte nicht Nein sagen«, vermutete

Christin. Schon als sie sich dicht vor ihn stellte, schlug ihr Herz wieder schneller.

»Ja, so war es«, antwortete er und schmunzelte. Als er eine sterile Vlieskompresse in die Hand nahm und betrachtete, knisterte die Verpackung. »Eigentlich möchte ich lieber selbstständig arbeiten, das passt besser zu mir.«

»Weil du in jeder Hinsicht ein Freigeist bist«, bemerkte Christin spitz.

Falls Tjorben die Anspielung darauf, dass seine Beziehungen nie lange hielten, verstanden hatte, ließ er es sich nicht anmerken. Er gähnte und erwiderte: »Dem *Landesbetrieb für Küstenschutz, Nationalpark und Meeresschutz Schleswig-Holstein* fehlen schlicht Leute.«

»Also hast du dich breitschlagen lassen«, mutmaßte sie und tupfte mit dem Q-Tip behutsam die Wunde an seiner Unterlippe ab.

»Genau, aber ich mache es ja nur stundenweise«, erklärte er und legte die Hände an ihre Hüften. »Ich betreue ein Gebiet im Nationalpark und übernehme praktische Naturschutzaufgaben. Aber ich mache da keine naturkundlichen Führungen oder Schiffsbegleittouren.«

»Ist das Schleswig-Holsteinische Wattenmeer nicht UNESCO Weltnaturerbe?«, fragte Christin, vor allem um sich von seiner Berührung abzulenken. Sie spürte ihren pulsierenden Herzschlag in tieferen Regionen ihres Körpers. Das Gewitter kam näher. Sie ahnte, dass sie in Gefahr war, trotzdem rührte sie sich nicht vom Fleck.

»Ja, ist es, und es ist der größte Nationalpark Mitteleuropas.« Tjorben zog sie auf seinen Schoß. Mit einer Unschuldsmiene sagte er: »So kommst du doch besser an mein Gesicht heran, nicht wahr? Dann brauchst du dich nicht so zu strecken.«

Hitze stieg in ihre Wangen. Sie hätte wieder aufstehen sollen, doch ihre Beine waren weich wie Gummi. »Beeindruckend!«

»Ich?« Tjorbens Augen funkelten neckisch.

»Dass das Wattenmeer Weltnaturerbe ist«, stellte Christin klar. Ihr fiel das Atmen auf köstliche Weise schwer. »Ich verstehe sehr gut, warum du dich auf der Insel so stark engagierst.«

»Das ist meine Heimat, und ich meine damit nicht nur Föhr, sondern auch die Nordsee.«

»Und du würdest hier nie wegziehen …«, sagte sie, während sie behutsam eine Salbe gegen die Schwellung auf sein Veilchen tupfte.

Tjorben blinzelte sie an. »Nach Köln?«

»Nur als Beispiel«, antwortete sie mit belegter Stimme.

Bedauernd sah er sie an. »Christin …«

»Ich weiß«, beeilte sie sich zu erwidern, bevor er ungewollt etwas sagen konnte, das sie verletzte. »Du passt nicht in die Großstadt.«

»Absolut nicht«, stimmte er ihr zu.

Christin konnte ihr Bedauern nicht verbergen.

Tjorben strich zwischen ihren Schulterblättern entlang und hinterließ ein Kribbeln. »Es tut mir leid«, sagte er bedrückt.

»Das muss es nicht.« Behutsam verteilte sie eine Wund- und Heilsalbe auf seinem aufgeschürften Fingerknöchel und quälte sich ein Lächeln hervor. »Deine Heimatverbundenheit ist etwas Gutes.«

Nachdenklich kraulte er seinen Bart und murmelte: »Was das betrifft, bin ich mir gerade nicht sicher.«

»Warum nicht?«, wollte Christin von ihm wissen und sah ihn hoffnungsvoll an. Ihr Herz schlug wie ein Trommelwirbel.

Sein Blick wurde intensiver. »Weil ich mich in dich ...«

Plötzlich klingelte ihr Handy. Erschrocken zuckte Christin zusammen. Im nächsten Moment war ihr Smartphone auch schon wieder still. Sie hatte nicht einmal die Zeit gehabt, es aus der Tasche ihrer Strickjacke zu ziehen.

»Wer ruft dich denn um drei Uhr morgens an?«, wollte Tjorben wissen und runzelte die Stirn.

Ein ungutes Gefühl breitete sich in ihr aus, doch sie hoffte, dass sie mit ihrer Ahnung falschlag. Um sich selbst von dem Gedanken abzulenken, sagte sie versuchsweise sachlich: »Vielleicht ist Anja aufgewacht, hat gesehen, dass ich nicht neben ihr liege, und macht sich Sorgen.«

»Warum wartet sie dann nicht, bis du dich meldest, sondern legt sofort wieder auf?«, fragte er skeptisch.

»Gute Frage. Sie kann das Klingeln meines Handys ja nicht bis ins Dachgeschoss gehört haben. Wahrscheinlich hat sich nur jemand verwählt.« Sie wollte von seinem Schoß steigen.

Doch er hielt sie davon ab. »Willst du nicht trotzdem nachsehen, wer es war? Es könnte sich um einen Notfall handeln.«

Er hatte ja recht, aber Christin hätte ihr Mobiltelefon

lieber überprüft, sobald sie allein war. Nur, wie hätte sie Tjorben das mitteilen sollen, ohne ihn vor den Kopf zu stoßen?

Widerstrebend holte sie ihr lädiertes Smartphone aus der Tasche. Das Display zeigte ihr einen verpassten Anruf an. Franjos Name wirkte durch das zerbrochene Glas merkwürdig verzerrt.

Tjorben nahm die Hände von Christin.

Ihre Nackenhaare stellten sich auf. Sie kam sich beobachtet vor, als würde Franjo draußen im dunklen Garten stehen und in den hell erleuchteten Frühstücksraum spähen. Das war natürlich Unsinn. Er musste in Köln sein, dort wurde er gebraucht. Dennoch fühlte sie sich ertappt und stieg von Tjorbens Schoß.

Endlich hatte Franjo versucht, sie zu erreichen. Darauf hatte sie tagelang gewartet, doch sein Anruf kam zu einem denkbar ungünstigen Moment. Zu einem früheren Zeitpunkt hätte sie sich darüber gefreut. Doch so sehr sie sich bemühte, diese Freude nun in sich heraufzubeschwören, es funktionierte nicht.

Christin war erleichtert, das schon. Die Anspannung, die das lange Warten erzeugt hatte, fiel von ihr ab. Anscheinend war sie ihrem Mann doch nicht egal. Sie legte das Mobiltelefon auf den Tisch und starrte es erwartungsvoll an. Vielleicht brauchte Franjo einen zweiten Anlauf, um den Mut zu finden, mit ihr zu telefonieren.

Tjorben rutschte unruhig auf dem Stuhl herum.

Verlegen warf sie die Verpackungen der Erste-Hilfe-Sachen in den Mülleimer.

Unausgesprochene Worte hingen wie dichter Nebel zwischen ihnen und sorgten für eine bedrückende Stimmung.

Die Stille im Raum war durchdrungen von Hoffnungen und Ängsten, die lauter waren als Schreie.

Christin hatte befürchtet, dass Franjo sie nicht mehr liebte, dass er sich Patrizia zugewandt oder ihre Ehe abgeschrieben haben könnte, doch dem schien nicht so zu sein. Wollte er sie doch zurückgewinnen? Konnte er vor Liebeskummer nicht schlafen? Die Vorstellung schmeichelte ihr.

Aber warum hatte Franjo dann so schnell aufgelegt? Wurde er ungeduldig, weil sie nicht nach Hause zurückkehrte, und wollte sich nur in Erinnerung bringen?

Oder wollte er, dass sie zurückrief? Dachte Franjo, er würde mit dieser Taktik sein Gesicht wahren, damit ihm niemand vorwerfen konnte, ihr wie ein Schoßhündchen hinterherzulaufen? Immerhin konnte er jetzt sagen, er hätte versucht, sie zu erreichen, um sich mit ihr auszusöhnen. Nun war sie am Zug. Auf diese Weise zwang er sie, die Aussprache mit ihm zu suchen.

Christin ärgerte sich über sein Verhalten, aber sein Anruf, egal wie kurz er auch war, bewies ihr, dass sie ihm noch etwas bedeutete.

Sie packte das Smartphone wieder in die Tasche ihrer Strickjacke, denn es blieb stumm. Sollte Franjo es noch einmal versuchen, wollte sie den Anruf nicht in Tjorbens Anwesenheit entgegennehmen.

»Ich werde heimfahren«, kündigte er an, stand auf und keuchte vor Schmerz.

Christin wollte, dass er erst ging, wenn die Luft zwischen

ihnen wieder bereinigt war. Außerdem wünschte sie sich so sehr, dass er aussprach, was er gerade hatte sagen wollen, als ihr Mobiltelefon zum Leben erwacht war.

Sie zeigte auf die Flasche. »Du hast dein Bier noch gar nicht angerührt.«

»Ich habe keinen Durst mehr.«

Ihr Puls beschleunigte sich, als sie sich ihm in den Weg stellte. Sie hatte den Schmerz in seinen Augen gesehen, Schmerz, der nicht von der Prügelei herrührte. Dass sie der Grund dafür war, tat ihr in der Seele leid.

Um ihm zu signalisieren, dass sie sich für ihn entscheiden würde, wenn er ihr nur sagen würde, dass er sie liebte, schlug sie vor: »Ich kann das Handy ausschalten, wenn du willst.«

»Auf keinen Fall«, sagte er in einem eisernen Ton. »Dein Mann könnte noch mal durchklingeln.«

»Ich muss nicht springen, wenn er anruft«, stellte sie klar und fühlte sich hilflos. Wie sollte sie nur mit Tjorben ins Reine kommen, wenn er dichtmachte? »Außerdem ist es mitten in der Nacht.«

»Es ist schon Morgen«, korrigierte er sie mit finsterer Miene. »Mein Wecker wird in ein paar Stunden klingen.«

Sie fasste sich ein Herz und fragte: »Ist das wirklich der Grund?«

»Es ist so …« Tjorben schloss für einen Moment die Augen, dann öffnete er sie wieder und schüttelte den Kopf. »Ich will mich nicht in eine Ehe drängen.«

»Das tust du nicht«, versicherte Christin ihm. Sie konnte kaum atmen, so schwer lag die Verzweiflung auf ihrem

Brustkorb. »Franjo und ich leben schon lange nebeneinanderher.«

»Noch bist du aber mit ihm verheiratet. Manchmal vergesse ich das nur, weil du keinen Ehering trägst und ich deinen Mann nie kennengelernt habe. Versteh das nicht falsch«, bat er. »Das soll kein Vorwurf sein. Es ist mein Fehler.«

»Zu diesem Zeitpunkt besteht meine Ehe nur noch auf dem Papier«, stellte sie klar.

»Aber offiziell seid ihr nicht getrennt.« Abweisend hob er die Hände. »Es tut mir leid, wenn ich dir zu nahegetreten bin.«

»Das bist du nicht«, versicherte Christin ihm. Ihre Augen wurden feucht.

»Ich hätte dich niemals küssen dürfen.« Sein Blick blieb an ihren Lippen haften, dann sah Tjorben weg und bekam einen bitteren Zug um den Mund.

Seine Worte verletzten sie. »Sag das bitte nicht.«

»Ich bereue es nicht, aber es war falsch, und es wird nie wieder vorkommen«, erwiderte er entschieden.

Christin fand es lobenswert, dass er ihre Ehe respektierte, wünschte sich aber, dass er um sie kämpfen würde. Warum gestand er ihr nicht, dass er sie liebte, und schlug ihr vor, bei ihm auf Föhr zu bleiben? Waren seine Gefühle für sie vielleicht nicht stark genug?

»Klärt das erst einmal unter euch«, brummte Tjorben und ging, ohne sich noch einmal nach ihr umzudrehen.

Verwirrt und traurig blieb Christin allein im Frühstücksraum des *Lüttes Glück* zurück. Sie rang mit den Tränen.

Hatte Franjos Anruf sie davor bewahrt, eine Dummheit zu begehen? Oder hatte er sie davon abgehalten, Klarheit zu schaffen und ein neues Liebesglück zu finden?

Christin war zutiefst erschöpft von dem ständigen Wechsel aus Nähe und Distanz, aus Hoffnung und Enttäuschung, aus Verlangen und Zurückweisung, um sich in diesem Augenblick über ihre Gefühle klar zu werden.

Aber als sie weinte, wusste sie, dass ihre Tränen Tjorben galten.

Kapitel 13

»Geht es dir gut?«, fragte Anja und schob den Etagenwagen mit dem schmutzigen Geschirr, das sie gerade aus dem Frühstücksraum geholt hatte, in die Küche.

»Ja«, antwortete Christin knapp und fing an, die Teller in die Spülmaschine zu räumen.

Ihre Freundin runzelte die Stirn.

»Wirklich.« Christin schenkte ihr ein Lächeln und merkte selbst, wie traurig dieses wirkte. »Das Erlebnis in der letzten Nacht hat mich wütend gemacht. Außerdem bin ich verdammt müde.«

»Du musst mir nicht helfen, das Frühstücksbuffet abzuräumen und die Tische herzurichten. Du bist schließlich mein Gast«, stellte Anja klar.

Eigentlich war Hilde für den Frühstücksbetrieb zuständig, aber an diesem Morgen half sie Birthe und Maike zusammen mit Bodo im Garten, eine Kräuterspirale anzulegen. Die Nachbarinnen hatten an diesem Morgen nur wenige Stunden Zeit, und die Würzkräuter sollten der Grundstein für einen eigenen kleinen Küchengarten sein. Also hatte sich Anja dazu bereit erklärt, Hildes Aufgabe zu übernehmen.

»Das mache ich doch gerne. Ich bin froh, wenn ich mich nützlich machen kann«, versicherte Christin ihr und warf das angebissene halbe Brötchen, das ein Gast auf dem Teller gelassen hatte, in die Mülltonne. »Dann habe ich wenigstens etwas zu tun. Sonst grübele ich zu viel.«

»Du wirkst bedrückt«, bemerkte Anja, während sie den übrig gebliebenen frisch gepressten Orangensaft in zwei Gläser goss.

»Das ist alles so verwirrend.«

Anja reichte Christin ein Glas. »Sprichst du von Franjos Anruf?«

»Hm«, antwortete Christin, meinte aber eher ihre romantischen Gefühle für Tjorben und sein widersprüchliches Verhalten.

Anja nippte an ihrem Getränk. »Wer lässt es auch mitten in der Nacht so kurz klingeln, dass man gar nicht dazu kommt, den Anruf anzunehmen?«

»Ich denke, Franjo wollte, dass sein Name angezeigt wird, und ich nach dem Aufstehen zurückrufe«, erwiderte Christin und zuckte mit den Schultern. Als sie trank, breitete sich der köstlich intensive Geschmack von reifen Apfelsinen in ihrem Mund aus.

Anja stellte das Glas auf die Arbeitsfläche, nahm die Thermoskanne für Kaffee vom Küchenwagen und reinigte sie in der Spüle. Über das Rauschen des Wassers hinweg wandte sie ein: »Er hätte mit dem Telefonat bis morgens warten sollen.«

Christin war nachsichtig mit ihm, manchmal ließ man sich zu Dingen hinreißen, von denen man wusste, dass man sie bleiben lassen sollte. Man konnte einfach nicht anders. »Tut mir leid, dass mein Weinen dich geweckt hat.«

»Macht nichts«, erwiderte Anja und fuchtelte mit dem

Geschirrschwamm herum. »Ich bin immer für dich da, auch um vier Uhr morgens.«

Christin drückte ihre Freundin und räumte die schmutzigen Tassen in den Geschirrspüler ein.

»Hast du Franjo zurückgerufen?«

»Nein, und ich werde das auch nicht«, antwortete Christin. »Früher hätte ich das sofort getan, aber jetzt reicht es mir nicht, wenn er mir den kleinen Finger hinstreckt. Er muss sich mehr bemühen, um mich zurückzugewinnen.«

»Der halbherzige Anruf war kindisch.« Anja spülte die Kanne mit klarem Wasser aus. »Wer macht Spielchen, wenn es darum geht, seine Ehe zu retten?«

»Einer, dem sein Elternhaus beigebracht hat, dass eine Frau nachgiebig sein muss«, erklärte Christin und nahm einen Schluck.

Plötzlich wünschte sie sich, dass der Saft mit Sekt vermischt wäre. Sie konnte es nicht fassen, wie sehr sich ihr Leben in wenigen Tagen geändert hatte. Noch in der vergangenen Woche war sie sicher gewesen, sie würde mit Franjo alt und grau werden. Nun fragte sie sich ernsthaft, ob sie das überhaupt noch wollte.

»In welchem Jahrhundert leben wir?« Aufgebracht trocknete Anja die Thermoskanne ab. »Es wird Zeit, dass Franjo sich von seinen Eltern löst.«

Christin füllte den verbliebenen Naturjoghurt, den Anja mit frischen Erdbeeren verfeinert hatte, in eine kleine Schale um. »Das wird nicht passieren.«

»Nicht einmal für dich?«, fragte Anja und zog die Augenbrauen hoch.

Nachdem Christin das Schälchen mit einem Bienenwachstuch abgedeckt hatte, stellte sie es in den Kühlschrank. »Zwischen die drei passt kein Blatt.«

»Unter Umständen liegt genau darin das eigentliche Problem«, gab Anja zu bedenken.

Christin, die gerade hatte trinken wollen, sah ihre Freundin über das Glas Orangensaft hinweg fragend an. »Wie meinst du das?«

»Es wäre doch möglich, dass das Abenteuer mit dieser Patrizia nur sein Weg war, aus dem Käfig seiner Eltern auszubrechen. Während ihres Urlaubs stand er endlich nicht mehr unter ihrer ständigen Beobachtung und Bevormundung. Er schnupperte den süßen Duft der Freiheit«, dachte Anja laut nach.

»Schon möglich«, pflichtete Christin ihr bei. Dann wandte sie jedoch ein: »Oder er wollte aus dem Gefängnis unserer Ehe ausbrechen. Jedenfalls zeigt es mir, dass Franjo nicht glücklich mit mir ist. Es könnte doch sein ...«

Plötzlich war ihre Kehle wie zugeschnürt. »Vielleicht sehnt er sich doch danach, eigene Kinder zu haben. Und deshalb sucht er eine andere Frau. Er geht auf die vierzig zu. Vielleicht hat er das Gefühl, dass ihm die Zeit davonläuft.«

Anja packte sie an den Schultern und sah sie eindringlich an. »Red keinen Unsinn! Es ging ihm nur um Sex.«

»Du hast ja recht. Ich habe den Hang, alles auf meine Unfruchtbarkeit zu münzen. Das ist nun mal mein wunder Punkt ...«

Tröstend legte Anja den Arm um Christins Schultern.

»Die Traurigkeit über diese unumstößliche Tatsache

kommt immer wieder hoch, und dann leidet mein Selbstwertgefühl darunter.« Verlegen sah Christin auf ihre pink lackierten Zehennägel. Ihre Freundin war der einzige Mensch auf der Welt, mit dem sie so offen über ihre Verletzlichkeit sprechen wollte.

»Die Postkarte, der Anruf ... Bestimmt wird er es im Laufe des Tages noch einmal versuchen.« Aufmunternd lächelte Anja sie an. »Bei dem Ehebruch ging es ihm nicht darum, eine neue Partnerin zu finden. Ihr könnt das alles wieder kitten.«

Plötzlich musste Christin an Tjorben denken und fragte sich, ob sie eine Versöhnung mit Franjo überhaupt wollte. Sie schloss den Geschirrspüler. »Hast du eigentlich noch mal mit Leonie telefoniert?«

»Ja«, antwortete Anja. Sie stellte den Korb mit den restlichen Äpfeln vom Buffet auf die Kommode im Flur, damit sich die Feriengäste bedienen konnten. Dann kehrte sie in die Küche zurück. »Sie kriegt sich mit Nico ständig in die Haare. Ich wünschte, ich könnte zu ihr nach Thailand fliegen und sie unterstützen.«

Tröstend rieb Christin über den Arm ihrer Freundin. »Sie wird vollstes Verständnis dafür haben, dass das bei dir gerade nicht geht.«

»Natürlich erwartet sie das nicht, sie kennt ja meine Situation. Aber mein Schwesterherz blutet.«

»Mit deiner Hilfe allein werden sich Leonies Probleme wohl leider eh nicht lösen lassen«, gab Christin zu bedenken und räumte die selbst gemachte Sanddornkonfitüre ab, die Imke Paulsen Anja für das Pensionsfrühstück geschenkt hatte. Manchmal glaubte sie, dass das *Lüttes Glück* nicht mehr nur Anjas Herzensangelegenheit, sondern ein Gemeinschaftsprojekt aller Walsumer war. »Irgendwann müsstest du nach Hause zurückfliegen, und dann wäre alles wie vorher – Stress in der Bar und Ärger in der Beziehung. Leonie und Nico müssen selbst eine Lösung finden.«

»Das wird schwierig, wenn man kaum noch miteinander redet«, sagte Anja. »Jede Unterhaltung endet im Streit.«

»So schlimm steht es um die beiden?«, fragte Christin bestürzt.

Anja nickte. »Und ich will mich auch nicht bei ihren beruflichen Angelegenheiten einmischen. Da würde ich nur noch mehr Groll verursachen. Außerdem weiß ich, dass Leonie Arbeit manchmal tatsächlich zu lax angeht. Sie ist pflichtbewusst, aber manchmal etwas zu entspannt, was das Erledigen von Aufgaben anbelangt.« Sie zwinkerte. »Mir geht es nur darum, dass sie jemanden hat, der sie in den Arm nimmt und tröstet. Sie fühlte sich furchtbar allein in Thailand, das hat sie mir verraten. Die Vorstellung, dass sie sich frühmorgens, nachdem sie die Bar geschlossen und aufgeräumt haben, in den Schlaf weint, bringt mich fast um.«

Christin legte ihr eine Hand an die Wange. »Ich wünschte, ich hätte eine Schwester wie dich.«

»Wir sind doch wie Schwestern«, erwiderte Anja.

»Da hast du auch wieder recht.« Christin küsste sie auf die Wange und schob den Etagenwagen zur Küchentür.

»Warte!« Anja packte ihren Arm und zog sie zurück in die Küche. »Da kommt dieser Kerl, der gestern eingecheckt hat, der mit dem starren Blick.«

Christin sah, wie er die Treppe herunterstieg und aus der Haustür trat. Trotz der sommerlichen Temperaturen trug er ein Jackett und hatte sein Hemd bis auf den letzten Knopf geschlossen. Er hatte einen Stechschritt wie ein Soldat und ging auch genauso aufrecht. Obwohl er fort war, flüsterte sie, als sie ihre Freundin fragte: »Der, vor dem dich Joris gewarnt hat?«

»Ja. Er heißt Lutz Beck und verfolgt Ilse Graf. Hätte ich vorher gewusst, wer er ist, hätte ich seine Buchung storniert.« Auch Anja sprach leise. »Wir sollen ihm aus dem Weg gehen, bis Joris mit Tjorben und Arian darüber gesprochen hat, wie wir mit ihm umgehen sollen.«

Sie nickte ihrer Freundin zu. »Okay.«

Nun, da der Weg frei war, ging Christin barfuß durch den Korridor zum Frühstücksraum. Auch Anja trug keine Schuhe. Sie tat das zwar nicht während des Frühstücks, der Öffnungszeiten von *Martinas Gartencafé* und der Stoßzeiten für An- und Abreise, aber immer wieder zwischendurch. Die Urlauber schien das nicht zu stören, eher im Gegenteil. Manche taten es ihr gleich. Dass Anja die Dinge locker nahm, sorgte für eine entspannte Atmosphäre im *Lüttes Glück*, und das färbte auf die Feriengäste ab. Auch auf Christin.

Gerade wehte eine Böe lauwarmer Luft durch die offen stehende Terrassentür in den Frühstücksraum. Fröhliches Vogelgezwitscher drang zu Christin und linderte ihren Liebeskummer und die Schuldgefühle, die sie plagten, weil sich eben jener Kummer auf den falschen Mann bezog.

Wenn etwas Christin bedrückte, ging sie in Köln am

Rhein spazieren oder schlenderte durch einen der Parks. Die Natur nahm ihr zwar nicht das Gewicht von den Schultern, aber sie schenkte ihr Kraft.

Hier auf Föhr war sie umgeben vom Marschland und den Salzwiesen, von Wildblumen, Dünenrosen und Strandroggen. Das saftige Grün wurde vom kräftigen Dunkelblau der Nordsee eingerahmt, wie ein lebendiges und sich ständig veränderndes Gemälde. Oft sah sie, wenn sie mit dem Rad über die Insel fuhr, Ringelgänse, Eiderenten, Alpenstrandläufer, Austernfischer und Silbermöwen oder Fasane. Kaninchen hoppelten sogar durch den Garten.

Manchmal erspähte sie draußen auf dem Meer das runde Köpfchen eines Seehundes oder begegnete am Flutsaum einer Strandkrabbe. Wenn sie durchs seichte Wasser watete, huschten schon mal kleine Fische weg. Im Schlick erfreute sie sich am Anblick der kleinen Wattschnecken und der kunstvoll verschlungenen Haufen, die die Wattwürmer schufen.

Sie aß keine Miesmuscheln mehr, seitdem Tjorben ihr erzählt hatte, dass die Tiere das Wasser filterten und darum als Kläranlage des Wattenmeers bezeichnet wurden. Durch die starke Überfischung und den Vormarsch der Auster, die mit der steigenden Wassertemperatur besser klarkam, waren sie bedroht und mit ihnen die muschelfressenden Vögel. Eine Abwärtsspirale, an der Christin nicht mitwirken wollte.

Tjorben hatte ihr auch erzählt, dass der Name Miesmuschel sich vom plattdeutschen Begriff ›Mois‹ für Moos ableitete. Das wiederum bezog sich auf die Fäden, mit denen sie am Meeresgrund oder an Felsen haftete oder mit Artgenossen zu Muschelbänken zusammenklebte, und an denen sich Algen ablagerten, was eben an Moos erinnerte.

In der Natur zu sein, war für Christin wie eine Seelenmassage. Ihre Probleme verschwanden zwar nicht, aber sie schöpfte Zuversicht, dass ihre Sorgen sie nicht erdrücken würden. Und auch jetzt fühlte sie sich mit jedem Tag, den sie auf der traumhaft schönen Wattenmeerinsel verbrachte, stärker.

Die Verzweiflung, die sie mit im Gepäck hergebracht hatte, war weg. Sie sehnte sich nicht einmal danach, mit Franjo zu telefonieren, weil sie keine Hoffnung hatte, dass er die richtigen Worte finden würde. Worte, die in ihr Herz drangen und wie ein Funke das Feuer der Liebe neu entflammten. Auch ärgerte sie sich nicht mehr über seinen Trick mit dem vorgetäuschten Anruf. Sie verspürte Erleichterung, dass er aufgelegt hatte, bevor sie das Telefonat hatte annehmen können.

Im Moment war Christins größte Angst, dass ihr eigener Ehemann ihr egal wurde.

Auf der Terrasse klapperte Geschirr. Ein Mann Ende fünfzig mit gepflegtem grau meliertem Bart saß in dem gelb-weiß-gestreiften Strandkorb. Als er seine Tasse zum Mund führte, spreizte er den kleinen Finger ab.

Sie fand, dass die Bermudashorts genauso falsch an ihm aussahen wie die bordeauxroten Sneaker. Knickerbocker und Schnürschuhe aus Leder hätten ihrer Meinung nach besser zu ihm gepasst, denn er strahlte auf eine bezaubernde Art und Weise etwas Altmodisches aus.

Christin trat zu ihm und lächelte. »Möchten Sie noch Tee, Herr Wagner?«

»Sie kennen meinen Namen?«, fragte er überrascht. Er nahm die Hornbrille von der Nase und putzte sie mit dem Saum seines Shirts, auf dem ›Bester Opa der Welt‹ stand.

»Ja. Sie sind Michael Wagner aus dem Zimmer *Meeresrauschen*.« Augenzwinkernd fügte sie hinzu: »Aber so viele Feriengäste hat das *Lüttes Glück* ja auch nicht.«

Er setzte die Brille wieder auf und betonte: »Das freut mich trotzdem.«

Christin folgte seinem Blick in den Bereich des Gartens, in dem bald das erste Gemüse wachsen sollte. Gerade schaufelte Birthe Erdreich für die Kräuterspirale auf, und Maike arrangierte Natursteine. Bodo beschriftete mit einem wetterfesten Stift Pflanzschilder aus Schiefer mit den Namen der Küchenkräuter, die in einer Kiste neben ihm darauf warteten, eingepflanzt zu werden. Und Hilde kommandierte alle herum.

»Nun, was ist mit dem Tee?«, fragte Christin Herrn Wagner.

Er sah auf seine Armbanduhr, die ganz aus Holz war und römische Ziffern hatte. »Ich dachte, das Frühstück ist längst vorbei.«

»Ist es auch, aber wir nehmen es in der kleinen Inselpension nicht so genau. Falls Sie noch Tee möchten, dann ist das Ihre letzte Chance. Ich räume jetzt den Heißwasserspender in die Küche.«

»Nett, dass Sie fragen, aber danke, nein. Ich hatte schon genug. Darf ich hier noch ein paar Minuten länger sitzen?«

Bevor sie antworten konnte, erklärte Michael Wagner: »Ich warte auf meine Frau und auf unsere Tochter mit ihrer kleinen Familie. Unsere Tochter und ihr Mann sind noch nicht lange Eltern. Das ist ihr erster Urlaub mit Baby, die kleine Lea ist erst fünf Monate alt. Wir Großeltern wollten unbedingt dabei sein.«

»Wie aufregend!«

»Ja, das ist es«, erwiderte er strahlend, ganz der stolze Opa. »Die drei sind mit Lea auf ihre Zimmer gegangen und machen sich fertig für unseren Besuch im Nationalpark-Haus, danach wollen wir durch Wyk bummeln.«

»Das wird bestimmt schön. Und selbstverständlich dürfen Sie sitzen bleiben«, fügte Christin hinzu.

»Das ist toll! Es gefällt mir richtig gut im *Lüttes Glück*«, sagte er und lächelte.

»Das freut mich sehr«, erwiderte Christin strahlend. »Ich werde es Frau Blumenthal gerne ausrichten.«

Wagner beobachtete einen Spatz, der von Tisch zu Tisch hüpfte und dann auf der Suche nach Essensresten auf den Boden flog. »Ich habe gehört, die Pension hat gerade erst wieder neu eröffnet«, sagte er dann.

»Das ist richtig.« Christin nickte und wünschte, Hilde, die sie im Hintergrund hörte, würde leiser meckern.

Der Erdhaufen für die Kräuterspirale war ihr nicht hoch genug, die Steine waren nicht akkurat aneinandergereiht und die Pflanzschilder nicht leserlich beschriftet.

Erst als Birthe, Maike und Bodo ihr gleichzeitig wütende Blicke zuwarfen, ließ sie sich zu der Bemerkung herab: »Ist ja eigentlich schon recht hübsch. Dann hol ich mal die selbst gemachte Zitronenlimonade, die ich vorbereitet habe.«

Alle drei waren froh, als Hilde ging und sie eine Pause von ihr hatten.

»Stimmt es, dass die ältere Dame, die gerade reingeht, die frühere Besitzerin ist und die Pension an Frau Blumenthal zwangsversteigert wurde?«, fragte Michael Wagner mit unverhohlener Neugier.

»Ja. Hilde Hinrichs ist die Vorbesitzerin.«

»Und sie arbeitet trotzdem weiterhin mit?« Erstaunt zog er die Augenbrauen hoch.

Nach all den Auseinandersetzungen, die Hilde und Anja gehabt hatten, grenzte es für Christin an ein Wunder, dass die beiden so unterschiedlichen Frauen sich am Ende zusammengerauft hatten. Aber sie hatten zwei wichtige Gemeinsamkeiten erkannt. Beide liebten Joris und die kleine Inselpension.

Christin erwiderte: »Ja, Hilde Hinrichs und ihr Freund Godo Haase wohnen sogar weiterhin im *Lüttes Glück*.«

»Und das funktioniert?« Er legte die Stirn in Falten.

»Bestens sogar. Und manchmal helfen auch die Nachbarn, wie man dort drüben sieht«, erzählte sie fröhlich.

Michael Wagner gab einen anerkennenden Laut von sich. Sein Blick folgt Hilde, die mit einem Tablett, auf dem eine Glaskanne und vier Gläser standen, aus der Pension trat und über den Rasen zur Kräuterspirale ging.

»Der Schafskäse vom Frühstück stammt von Sören Schippmann, dem Schäfer von gegenüber.« Er verkaufte ihn Anja zum Freundschaftspreis. Christin deutete in den Garten und fuhr fort: »Maike Lohse, die gerade mit dem Gummihammer auf einen Stein einschlägt, backt den Kuchen für *Martinas Gartencafé.*«

»Den habe ich gestern probiert. Ich glaube, es war eine *Nordseewelle*, die Sommerversion, wie man mir sagte, mit tropischen Früchten. Traumhaft lecker!«, schwärmte er.

»Ich kann auch nicht genug davon bekommen«, gab Christin zu und deutete auf das klassische Reetdachhaus mit den blauen Fensterläden zur Rechten. »Die Sanddornmarmelade wurde von Imke Paulsen und das Apfel-Zwiebel-Griebenschmalz von ihrem Mann Elkmar gemacht. Beides stand auf dem Buffet. Vielleicht haben Sie es ja gekostet.«

»Ja, ganz köstlich. Kann man ein Gläschen bei Ihnen kaufen?« Hoffnungsvoll sah Wagner sie an.

Sie schüttelte den Kopf. »Nein, tut mir leid, zumindest im Moment noch nicht.«

Christin fragte sich, ob es wohl eine neue Geschäftsidee für Anja wäre, einige selbst gemachte Produkte in der Pension zu verkaufen. Das Geld war knapp, und ihre Freundin hatte fest vor, Joris den privaten Kredit so bald wie möglich zurückzuzahlen. Sie wollte in den kleinen Campingplatz nebenan investieren. Das Haus musste über kurz oder lang mit neuem Reet gedeckt werden, weitere Renovierungen und Verschönerungen standen an. Aber Christin wusste, dass Anja, die Powerfrau, das alles schaffen würde.

Freudestrahlend sagte Christin zu Michael Wagner: »Walsum ist eine kleine Familie.«

»Das spürt man als Feriengast. Man hat sogar das wunderbare Gefühl, ein bisschen zu dieser Gemeinschaft dazuzugehören. In Walsum erlebt man das ursprüngliche Föhr. Hier ist es gemütlich und schön, echt und authentisch. Ich habe den Eindruck, das findet man heutzutage immer seltener, egal, wo man Urlaub macht.« Lächelnd sah er sich um. »Ich fühle mich bei Ihnen richtig wohl.«

Ihr ging das Herz auf. »Das wird Frau Blumenthal gerne hören.«

»Wissen Sie«, Wagner rückte bis zur Sitzkante vor, »ich bin Journalist.«

Sie hätte eher vermutet, dass er Professor für Geschichte war. Ein wenig misstrauisch fragte sie: »Ach, ja?«

»Nicht erschrecken, bitte. Ich spioniere Sie nicht aus, sondern bin privat hier.« Er lächelte. »Ich schreibe für die *Augsburger Allgemeine*. In der Zeitung gibt es eine Rubrik, die interessant für Sie sein könnte. Sie heißt ›Zimmerservice‹. Darin empfehlen meine Kollegen und ich Hotels, Pensionen und Ferienwohnungen, die uns besonders gut gefallen haben. Ohne Ihnen Versprechungen machen zu wollen, könnte ich mir gut vorstellen, einen Artikel über meinen Aufenthalt im *Lüttes Glück* zu verfassen und ihn bei der Redaktion einzureichen.«

»Das wäre grandios!«, rief Christin.

»Das soll Sie aber bitte nicht unter Druck setzen. Ich möchte keine bevorzugte Behandlung. Wirklich nicht!« Er rückte auf dem Sitz des Strandkorbs wieder nach hinten und lehnte sich an. »Bleiben Sie einfach so, wie Sie sind, denn alles ist perfekt. Einverstanden?«

»Einverstanden.« Sie nahm seine Tasse, ging in den Frühstücksraum und stellte sie auf den Etagenwagen.

Rasch hob sie den Heißwasserspender darauf. Sie konnte nicht aufhören zu grinsen und ihre Aufregung kaum zügeln. Schnell schob sie den Wagen in die Küche. Durchs Fenster sah sie auf dem Dorfanger eine Gruppe Kinder, die in Sörens Stall hineinströmten. Nach Anmeldung konnte man bei ihm seine Schafe streicheln und Wissenswertes erfahren.

Christin umarmte Anja.

»Was ist denn mit dir los?«, fragte ihre Freundin verwundert.

»Das *Lüttes Glück* wird in die Zeitung kommen.«

Anjas Augen weiteten sich. »Wie das denn?«

Christin erklärte es ihr.

Kapitel 14

Als Tjorben am späten Vormittag Arian auf dem Promenadenweg in Wyk über den Weg lief, fiel sein jüngerer Bruder aus allen Wolken.

Erschüttert fragte er: »Wie siehst du denn aus?«

»Wie ein Blauschimmelkäse«, gab Tjorben Christins Worte wieder. Bei dem Gedanken an sie spürte er einen Stich im Brustkorb, der schmerzhafter als die äußeren Verletzungen war.

Arian schüttelte fassungslos den Kopf. »Bist du von einem Auto angefahren worden?«

»Nein, von vier Jetskis«, antwortete Tjorben ironisch, auch um nicht sagen zu müssen, dass er zusammengeschlagen worden war. Sein Ego war schlimmer verletzt als sein Körper, er wollte nicht, dass Arian von den Details erfuhr und ihn sein kleiner Bruder für schwach hielt.

Arian sah irritiert aus und runzelte die Stirn. »Hast du eine Gehirnerschütterung?«

»Ich meinte das mit den Jetskis im übertragenen Sinne«, stellte Tjorben klar und erzählte seinem Bruder nun doch von dem Vorfall in der vergangenen Nacht und dass ihm jeder Knochen wehtat.

»Diese elenden …« Arian schluckte den Fluch, der ihm auf der Zunge lag, herunter, denn eine Familie mit zwei Kindern ging Eis schleckend an ihnen vorbei. »Wenn du das nächste Mal jemanden zur Rede stellen willst, sagst du vorher Bescheid, okay? Dann komme ich mit.«

»Du?« Tjorben musterte seinen Bruder.

Arians Jeanshose saß so perfekt auf seinen schlanken Hüften, als wäre sie maßgeschneidert. Sie betonte seinen knackigen Hintern, um den Tjorben ihn immer beneidet hatte.

Arian hatte die Ärmel seines blauen Hemdes locker hochgekrempelt und schaffte den Spagat, gleichzeitig schick und leger auszusehen. Die beige Weste schmiegte sich an seinen Oberkörper.

In dem Aufzug hätte er gut und gerne einen Agenten in einer der britischen *Kingsman*-Komödien spielen können. Zweifelsohne war er ein Frauentyp. Es kam oft vor, dass sich Urlauberinnen mit ihm verabreden wollten, aber Arian war nicht an einer schnellen Nummer interessiert.

Er sah aus wie ein erfolgreicher Schauspieler, aber nicht wie ein Profikämpfer. Tjorben dagegen wurde schon mal von dem alten Marten Haase auf einem Treffen der *Fering Ferian* gefragt, ob er nicht der erste Schwergewichtsboxer von Föhr werden wollte, weil er die Statur der Klitschkos hätte.

Körperbau hin oder her, gegen vier Angreifer hatte ihm das in der Nacht zuvor auch nicht geholfen. Unterstützung wäre bitter nötig gewesen. Aber ob Arian einen Unterschied gemacht hätte?

Skeptisch zog Tjorben eine Augenbraue hoch. »Du Hering?«

»Von wegen!« Arian stellte seinen Fuß auf das Mäuerchen, das hinter dem der Strand lag, und stützte sich mit der Hand auf dem Oberschenkel ab. Mit einem neckischen Funkeln in den Augen sagte er: »Ich bin wie ein Gepard.«

»Soll das heißen, du kannst schnell wegrennen?«, frotzelte Tjorben.

»Sehr witzig!« Während Arian den Schnürsenkel seines Turnschuhs neu band, erklärte er: »Ich bin athletisch, bewege mich schnell und …«

»Du kannst zubeißen«, beendete Tjorben den Satz.

»Ich wollte sagen, dass ich gefährlicher bin, als ich aussehe«, stellte Arian klar. Er nahm seinen Fuß von der kleinen Mauer und baute sich vor seinem Bruder auf. »Man sollte mich nicht unterschätzen, auch du nicht.«

Eine warme Böe griff in die Bäume auf der Promenade und schüttelte sie, das Laub raschelte. Tjorben riss die Hände hoch. »Ist ja gut, ich glaube dir.«

»Ach ja?«

»Ich glaube dir, dass du einen Gepard siehst, wenn du in den Spiegel blickst. Aber alle anderen sehen ein süßes Kätzchen«, spöttelte Tjorben.

Warnend kniff Arian die Augen zu, aber dann zuckten seine Mundwinkel.

»Ich ziehe dich doch nur auf«, gab Tjorben zu. Er legte ihm die Hände auf die Schultern.

Arian lächelte versöhnlich. »Ja, klar. Aber dass du mich anrufen sollst, wenn du mit jemandem etwas zu regeln hast, meinte ich ernst. Mach das nie wieder allein, hörst du!«

»Ich war ja nicht allein«, erinnerte Tjorben ihn und spürte

einen merkwürdigen Druck im Magen, eine Sehnsucht. Er hatte schon lange keinen Liebeskummer mehr gehabt.

»Ich rede von jemand Schlagkräftigerem als Christin«, wandte Arian ein. »Wie hat sie den Vorfall verkraftet?«

Tjorben wollte nicht über sie reden, es schmerzte zu sehr. Wenn er das offen gesagt hätte, wäre Arian hellhörig geworden. »Gut«, antwortete er also kurz angebunden.

»Wurde sie verletzt?«

Tjorben ließ seinen Blick über den Strand schweifen. Am Flutsaum füllten Kinder Sand in bunte Förmchen und servierten sich gegenseitig Sandkuchen. Ein älteres Paar kuschelte sich in einem Strandkorb eng einander. Ein pickeliger Jugendlicher cremte einer Gleichaltrigen den Rücken ein, wobei seine Augen leuchteten. Alle schienen glücklich zu sein, außer Tjorben.

»Nein«, antwortete er schmallippig.

»War sie sehr erschrocken?« Arian klang besorgt.

Ein Mädchen ließ ein Eis am Stiel fallen. Ein Hund stürzte sich sofort darauf und leckte die süße Flüssigkeit auf, worauf das Kind bitterlich weinte. Um es zu beruhigen, versprachen die Eltern, ihm ein neues Eis zu kaufen.

Wenn doch alle Probleme nur so leicht zu lösen wären, dachte Tjorben unglücklich. Beiläufig antwortete er seinem Bruder: »Sie war tapfer.«

»Warum bist du denn so kurz angebunden, wenn du über sie sprichst?«, fragte Arian.

Tjorben setzte eine Unschuldsmiene auf. Der Kratzer an seiner Unterlippe riss auf, als er behauptete: »Bin ich gar nicht.«

Arian sah ihn ungläubig an. »Ich muss langsam zurück zum *Strandmohn*. Joris vertritt mich in der Galerie, damit ich Besorgungen machen kann, aber viel länger kann ich ihn nicht warten lassen.«

»Konnte Mutter nicht einspringen?«, fragte Tjorben, der froh war, dass Arian das Thema Christin auf sich beruhen ließ.

Arian schüttelte den Kopf und machte eine besorgte Miene. »Sie will die Mühle nicht verlassen.«

»Weiß sie etwa, dass Lutz Beck wieder auf Föhr ist?« Tjorbens Eingeweide zogen sich zusammen.

Er, der immer alle beschützten wollte, hatte ausgerechnet bei seiner Mutter versagt. Er hatte nicht erkannt, dass sie ihre große Leidenschaft, das Malen, aufgegeben hatte und sich in ihrem Haus versteckte, weil Schuldgefühle auf ihrer Seele lasteten.

Was es damit genau auf sich hatte, wussten zu diesem Zeitpunkt wohl nur sie selbst und der mysteriöse Lutz Beck. Dieses Wissen verband die beiden auf eine ungesunde Art und Weise miteinander, und es löste bei beiden Hassgefühle aus. Beck richtete seine Wut auf Tjorbens Mutter, und Tjorbens Mutter richtete sie auf sich selbst.

»Ich befürchte, sie weiß es, ja«, antwortete Arian nachdenklich. »Darüber wollte ich heute noch mit dir reden. Ich muss jetzt zurück zum Laden, aber kann ich dich heute Abend anrufen?«

Tjorben nickte. Als er sich an der Augenbraue kratzte, meldete sich sein Veilchen. »Ich muss ja auch los, in einer Stunde fahre ich mit der *Seewievke* zu den Halligen.«

»Ach so, dann müssen wir ja in dieselbe Richtung. Lass uns doch ein Stück zusammen laufen.«

»Einverstanden.«

Sie schritten über den Sandwall los. Auf Höhe eines Souvenirshops, neben dessen Tür an einem Haken ein aufgeblasener Hai im Wind schaukelte, wichen sie einem Jungen auf einem Dreirad aus, der direkt auf sie zukam. Nachsichtig lächelnd sahen sie ihm hinterher.

»Habt ihr euch gestritten?«, wollte Arian wissen, während er über das dünne cognacfarbene Lederband seiner Wickeluhr strich. Ein weißer Anker zierte das meerblaue Ziffernblatt.

Verwirrt fragte Tjorben: »Mutter und ich?«

»Nein. Christin und du.«

Innerlich seufzte Tjorben. Er hatte gehofft, nicht mehr über sie reden zu müssen. Grimmig antwortete er: »Nicht direkt.«

»Ja, was denn nun? Ja oder nein?«, bohrte Arian weiter. »Etwas dazwischen gibt es nicht.«

In den frühen Morgenstunden waren Christin und er nicht mit guten Gefühlen auseinandergegangen, aber es war auch kein böses Wort gefallen. Tjorben hätte seinem Bruder erzählen können, was genau vorgefallen war, aber er wollte es nicht. In seinem Herz klaffte seit letzter Nacht ein Riss, und er hatte Angst, dass es brechen könnte. Darum sagte er bloß: »Nein, kein Streit.«

»Was ist es dann? Pass auf!«, warnte Arian ihn laut und zog Tjorben zur Seite, da dieser beinahe in die Warteschlange vor einer Eisdiele hineingelaufen wäre.

Hitze stieg in Tjorbens Wangen. Einen Moment lang war er wieder im Frühstücksraum des *Lüttes Glück* gewesen und hatte Franjos Namen auf Christins Smartphone gelesen, was ihn wie ein Blitz getroffen hatte. »Es ist kompliziert.«

»Das ist es bei dir und den Frauen doch immer«, frotzelte Arian.

Diesmal stand Tjorben jedoch nicht sein Freiheitsdrang im Weg. Er hatte sich in eine Frau verliebt, die er nicht haben konnte. Die Aussichtslosigkeit schnürte ihm die Kehle zu.

Mit belegter Stimme gab er zu: »Diesmal ist es anders.«

»Ernster?«

»Christin ist verheiratet, und damit ist alles gesagt«, erklärte Tjorben bestimmt und unterstrich seine Worte mit einer abweisenden Geste. »Hast du Lutz Beck noch mal gesehen?«, wollte er wissen.

»Wechsele nicht das Thema!«, beschwerte sich Arian.

»Schon geschehen«, sagte Tjorben unbeirrt und lief schneller. Die Unterhaltung ging ihm langsam an die Nieren. »Ist Beck noch mal irgendwo gesichtet worden, nachdem er versucht hat, mein Schiff auszuspionieren?«

Arian hatte Mühe, mit seinem Bruder Schritt zu halten. »Wegen ihm wollte ich dich ja heute Abend anrufen.«

»Ich dachte, wegen Mutter«, erwiderte Tjorben irritiert.

Zögerlich sagte Arian: »Das hängt beides zusammen.«

Sofort legte sich die Sorge um seine Mutter wieder wie ein Stahlring um seinen Brustkorb. Aber er war auch sauer auf Arian, weil er nicht sofort mit der Sprache herausgerückt war. Er blieb stehen, sah seinen jüngeren Bruder finster an und fragte aufgebracht: »Was ist los? Hat dieser Scheißkerl ihr aufgelauert? Hat er sie beschimpft oder ihr gedroht?«

»Beruhige dich. Nichts dergleichen. Sie hat ihn nur im *Lüttes Glück* gesehen und Reißaus genommen, bevor er sie bemerken konnte.«

Tjorben bohrte die Fingernägel in die Handballen. »Lungert er wieder in Walsum herum wie in der Nacht von Anjas Einweihungsparty?«

»Nein, er versteckt sich nicht mehr in der Dunkelheit«, antwortete Arian besorgt und fuhr sich mit den Händen über die ausrasierten Stellen über den Ohren. Er zog Tjorben weiter, weil sie mitten auf der Promenade und somit im Weg standen. »Beck war tatsächlich in der Pension.«

Tjorben fluchte leise. Im Gehen zischte er: »Weiß er, dass Mutter sich regelmäßig dort aufhält?«

»Ich vermute es«, brachte Arian gepresst hervor. »Sie hat ihn durchs Panoramafenster gesehen, als sie im Frühstücksraum gemalt hat. Sie hat alles stehen und liegen lassen und ist sofort nach Hause gefahren. Seitdem will sie die kleine Inselpension nicht mehr betreten.«

Nachdenklich kraulte Tjorben seinen Bart. »Und malt auch nicht am Wandbild weiter.«

»So ist es. Ich habe schon überlegt, ob ich die Arbeit zu Ende bringen soll, aber ich habe ja doch einen anderen Stil als Mutter. Joris merkt Anja an, wie sehr sie die Situation belastet, aber sie beklagt sich natürlich nicht.«

Tjorben ließ zwei Mädchen auf Inlineskates vorbei. Sie hatten Pausbacken, trugen aber Hotpants. »Das ist sehr verständnisvoll von ihr.«

»Ja, Anja ist wirklich geduldig, und sie weiß ja auch, dass unsere Mutter unter Druck nicht kreativ sein kann. Sie meinte, Ilse könne doch warten, bis Beck wieder ausgezogen ist.«

»Ausgezogen?« Entgeistert sah Tjorben seinen Bruder an.

»Er hat übers Internet ein Zimmer im *Lüttes Glück* gebucht, für zwei Wochen«, erzählte Arian. »Anja konnte ja nicht wissen, dass er unsere Mutter stalkt. Joris hat sie inzwischen eingeweiht und sie gebeten, einen Blick auf Beck zu haben.«

Thorben war außer sich. »Das ist ja wohl an Dreistigkeit nicht zu überbieten. Anja soll ihn rauswerfen!«

»Das kann sie nicht grundlos«, sagte Arian bedauernd und wollte weitergehen.

Tjorben hielt ihn zurück. »Lutz Beck verfolgt unsere Mutter. Er übt Psychoterror auf sie aus und will unsere ganze Familie fertigmachen.«

»Das können wir nicht beweisen«, entgegnete Arian. »Außerdem wohnt zurzeit ein Journalist der *Augsburger Allgemeinen* in der Pension.«

»Ja, und?«, fragte Tjorben und zuckte mit den Schultern.

»Eigentlich macht er nur Urlaub auf Föhr, aber vielleicht wird er spontan etwas über das *Lüttes Glück* und die tolle Atmosphäre dort schreiben. Da würde eine Stalking-Geschichte nicht so gut passen.«

»Das wäre eine großartige Werbung für Anja und auch noch kostenlos«, pflichtete Tjorben seinem kleinen Bruder bei. Er begriff, worauf sein Bruder hinauswollte. Es durfte keine Eskalation in der Pension in Anwesenheit des Journalisten geben. Nachdenklich schlenderte er neben Arian her.

»Nicht wahr?«, entgegnete Arian. »Stell dir mal vor, Anja würde Beck vor die Tür setzen. Er würde gewiss ein Heidentheater machen, damit auch ja alle Gäste mitbekämen, dass er sich ungerecht behandelt fühlt. Und das vor den Augen des Journalisten, der dann vielleicht statt eine nette Rezension zu schreiben, eine Story aus dem Vorfall machen würde. Das kann sich Anja nicht leisten.«

Zerknirscht fragte Tjorben: »Dann sind Anja, aber auch uns die Hände gebunden?«

»Ich befürchte, ja«, antwortete Arian bitter. »Rechtlich gesehen haben wir ja ohnehin nichts gegen Beck in der Hand.«

»Moralisch schon«, brummte Tjorben. Es machte ihn wahnsinnig, auf Becks nächsten Schritt warten zu müssen, bloß reagieren zu können, statt aktiv zu werden. »Dann müssen wir eben mal diskret ein Wörtchen mit ihm reden.«

»Lieber nicht. Sollten Joris, du und ich Lutz Beck dazu drängen auszuchecken, würde er uns vermutlich wegen Nötigung und Androhung von Gewalt anzeigen und Anja mit reinziehen. Ich würde ihm sogar zutrauen, eine Hetzkampagne zu starten.«

»Das könnte das Aus für die kleine Inselpension sein. Anja und auch Hilde wären am Boden zerstört«, gab Tjorben bedrückt zu. Am Anfang hatte ihre Tante so ihre Probleme mit der neuen Besitzerin gehabt, aber inzwischen hatte sie erkannt, dass Anja ihre letzte Chance war, das Vermächtnis ihrer Eltern zu bewahren. Denn jeder neue Käufer würde das alte Gebäude abreißen und ein neues, moderneres Hotel auf dem Grundstück bauen lassen.

»Wenn du mich fragst, legt Lutz Beck es darauf an, Ärger zu machen. Sonst wäre er nicht aus seiner Deckung gekommen.« Gepresst brachte Arian hervor: »Er will uns provozieren. Also halt bitte dein Temperament im Zaum!« Sie waren an der Querstraße angelangt, die zum *Strandmohn* führte.

»Ja, ja«, sagte Tjorben gereizt. »Ich würde nichts unternehmen, was dem *Lüttes Glück* schaden könnte. Aber warum sollte Beck Anja mit reinziehen? Sie ist ja nicht mal eine Graf.«

»Noch nicht.« Arian zwinkerte. »Ich glaube, Joris und sie werden nicht lange mit der Hochzeit warten. Sie sind schwer verliebt. Joris hat mir sogar verraten, dass sie Kinder haben wollen, und sie ist immerhin 35 und er 41.« Er wurde wieder ernst. »Beck weiß, dass Anja Joris' Freundin ist.«

Erneut bekam Tjorben Angst um Christin. Hatte Lutz Beck ihn zusammen mit ihr gesehen?

»Du bist ja ganz blass.« Arian berührte ihn am Arm und musterte ihn besorgt.

Im ersten Moment wollte Tjorben seine Sorgen für sich behalten. Doch Arian ahnte es ja bereits. Und wem konnte er sich anvertrauen, wenn nicht seinem Bruder? Aber er blieb vage. »Beck könnte es auch auf Christin abgesehen haben.«

»Wie kommst du denn darauf?«, fragte Arian scheinheilig.

»Weil …« Vielleicht hatte Beck Christin und ihn beobachtet, womöglich sogar Fotos von ihnen geschossen und konnte mit ihnen Christins Ehe zerstören.

Unter starkem Herzklopfen gestand Tjorben: »Christin bedeutet mir sehr viel. Wenn Beck mich ernsthaft treffen will, dann fügt er ihr Schaden zu.«

»Das klingt verdächtig nach Liebe.«

Traurig wandte Tjorben ein: »Eine Liebe, die keine Zukunft hat.«

»Das muss sich erst noch zeigen.« Aufmunternd klopfte Arian ihm auf die Schulter. »Was sagt Christin denn dazu?«

»Sie schickt mir widersprüchliche Signale«, antwortete Tjorben bekümmert. »Außerdem gehört sie zu einem anderen Mann.«

»Christin gehört zu demjenigen, den sie liebt«, wandte Arian überraschend heftig ein. »Wenn du willst, dass sie sich für dich entscheidet, darfst du nicht so schnell aufgeben.«

»Du hast ja recht«, sagte Tjorben leise. Christin war es gewiss wert, um sie zu kämpfen. Doch nun hatte er ein neues Problem. »Was soll ich nur tun? Soll ich mich von ihr fernhalten, damit Beck nicht merkt, was ich für sie empfinde? Oder soll ich in ihrer Nähe bleiben und sie beschützen?« Er seufzte schwer. »Egal, wie ich mich entscheide, es scheint beides falsch zu sein.«

»Ich würde die zweite Möglichkeit wählen«, erwiderte Arian, ohne zu zögern.

Skeptisch sah Tjorben ihn an. »Warum?«

»Weil du dann einen verdammt guten Grund hättest, deine ganze Freizeit mit Christin zu verbringen.«

Tjorben schmunzelte. »Das Argument gefällt mir.«

Am Abend traf sich Tjorben mit Joris und Arian am Nieblumer Strand, und sie legten sich gemeinsam auf die Lauer. Doch die vier Jetskifahrer tauchten nicht auf.

Als klar war, dass sie nicht kommen würden, sagte Joris: »Sie sind wohl doch nicht so dumm, wie wir gedacht haben.«

»Nach dem, wie du sie beschrieben hast«, sagte Arian zu Tjorben, »hätte ich ihnen diese Anmaßung und Arroganz zugetraut.«

Tjorben hatte nicht damit gerechnet, die Jetskifahrer an derselben Stelle wiederzutreffen, aber er hatte sich von seinen Brüdern überreden lassen, sich Gewissheit zu verschaffen.

Vermutlich waren die Typen bereits vorausschauend abgereist. Er ahnte, dass die jungen Männer ihr Fehlverhalten nicht einsahen und erneut Jetski fahren würden, wenn nicht vor Föhr, dann woanders im Nordfriesischen Wattenmeer. Dabei könnten noch mehr Meerestiere verletzt werden. Tjorben fühlte sich machtlos, und das setzte ihm zu.

Enttäuscht stieg er in seinen Wagen und fuhr seine Brüder in den Westen der Insel. Am Strand von Utersum untersuchten sie den Sand, fanden aber keine Autospuren.

»Wäre ja auch zu schön gewesen, sie auf frischer Tat zu ertappen.« Joris schaute zum Ende des Sandstrandes. In der Ferne saßen zwei Jugendliche auf dem Deich und knutschten wild herum. Ansonsten war niemand zu sehen.

Sie fuhren weiter, aber auch in Wyk keine Spur der Wassermotorräder. Sie schlenderten auf die *Mittelbrücke*. Die Nordsee lag ruhig vor ihnen.

»Wir sollten eine Nachtwache organisieren und die

Strände regelmäßig kontrollieren«, schlug Tjorben vor und stütze sich auf der Brüstung ab. Ein rosafarbenes Kaugummi klebte neben seinem Ellbogen.

Joris pflichtete ihm bei: »Gute Idee. Unsere Freunde vom *Fering Ferian* werden uns bestimmt unterstützen.«

»Ich werde gleich morgen früh herumtelefonieren«, versprach Arian.

»Danke euch beiden.« Nachdenklich zog Tjorben mit den Fingerspitzen das eingeritzte Motiv auf dem Geländer nach. Das Herz rahmte die Buchstaben K und S ein. Er fragte sich, welche Namen wohl dahintersteckten und ob das Liebespaar immer noch glücklich war.

Sie nahmen den Promenadenweg vorbei an den Schachspielfeldern und ließen sich auf den Sitzbänken vor dem Musikpavillon nieder.

»Hast du unseren Vater schon gefragt, ob ihm vielleicht ein extralanger Wagenanhänger aufgefallen ist?«, wollte Joris wissen.

»Ja, das habe ich, aber er hat nichts dergleichen gesehen«, erwiderte Tjorben und knirschte mit den Zähnen.

Er bot seinen Brüdern ein Lakritzbonbon an, schob sich selbst eins in den Mund und steckte die Dose wieder weg. Der köstliche starke Geschmack breitete sich auf seiner Zunge aus. Eigentlich mochte er lieber deftige Speisen, aber Lakritz war seine heimliche Leidenschaft.

»Wir werden die Typen schon finden«, sagte Joris in zuversichtlichem Ton.

Kapitel 15

Christin wusste nicht viel über Lutz Beck, aber sie spürte, wie viel Abscheu er bei allen hervorrief. Hilde bediente ihn beim Frühstück nur widerwillig. Warum das so war, bekam Christin eines Morgens mit.

»Das Messer ist schmutzig«, rief er durch den Raum, wodurch er die Aufmerksamkeit der anderen Gäste erregte. Dazu wedelte er mit dem Besteck in der Luft herum.

»Der findet immer was zu meckern«, zischte Hilde Christin, die gerade am Frühstücksbuffet stand und ein köstlich duftendes Brötchen auf ihren Teller legte, zu. Wütend schob sie die Augenbrauen zusammen.

Christin sah auf dem Gesicht der Vorbesitzerin einen Sturm aufziehen. Sie befürchtete, dass Hilde ihr Temperament mal wieder nicht im Zaum halten konnte. Doch dann atmete sie tief durch und betastete ihren weißen Dutt, so als würde sie ihr Krönchen zurechtrücken.

Sie ging zu Lutz Beck an den Tisch. »Ich werde Ihnen sofort ein neues bringen«, sagte sie in freundlichem Ton.

»Eine Entschuldigung kann ich wohl auch verlangen.« Selbstgefällig lächelnd lehnte er sich in seinem Stuhl zurück und sah sie auffordernd an.

Im ersten Moment streckte Hilde die Hände aus, als wollte sie ihn erwürgen, aber dann nahm sie ihm nur behutsam das Messer ab, um sich im nächsten Moment mit theatralischer Geste eine Hand auf die Brust zu legen.

»Es tut mir so leid«, flötete sie in zuckersüßem Ton, der aufgesetzter nicht hätte wirken können und so gar nicht zu ihr passte. »Ich weiß nicht, wie das passieren konnte. Eigentlich achte ich immer darauf, dass alles blitzblank ist.«

»Anscheinend bemühen Sie sich nicht gut genug«, erwiderte er.

Hilde fletschte die Zähne, sie sah aus, als wollte sie sich gleich auf ihn stürzen und ihm die Kehle rausreißen. Gerade noch rechtzeitig zog Christin sie vom Tisch weg.

Aufgebracht zeigte sie Christin im Korridor das Messer. »Er hat die Klinge ins Pflaumenmus gesteckt. So lässt sich natürlich nicht mehr feststellen, was schon vorher dran war oder nicht.«

»Lass dich nicht ärgern«, versuchte Christin sie zu beruhigen und strich ihr tröstend über den Rücken. »Gib mir das Messer! Ich bringe es in die Küche.«

Wenn Lutz Beck mitbekam, dass neue Feriengäste anreisten, stellte er sich dazu und beschwerte sich darüber, dass sein Badezimmer nicht sauber genug geputzt worden wäre oder Toilettenpapier fehlte. Mal behauptete er, eine Ratte an den Mülltonnen gesehen zu haben. Mal bemängelte er einen merkwürdigen Geruch in seinem Gästezimmer und äußerte die Vermutung, dass eine Möwe in den Kamin gefallen wäre und dort verwese.

Er setzte sich oft auf die Holzbank auf dem Dorfanger und beobachtete stundenlang, wer ins *Lüttes Glück* hineinging und wer herauskam.

Urlauber beschwerten sich schon über ihn: »Das ist ja, als würde uns die Stasi observieren.«

Aber Anja waren die Hände gebunden.

Manchmal machte er sich Notizen oder schoss Fotos von der Pension. Dabei hielt er nicht die schönen Seiten im Bild fest, sondern die Makel. Niemand wusste, was er im Schilde führte, und dadurch verunsicherte und beunruhigte er alle.

Anja vermutete, dass er Material sammelte, um am Ende seines Urlaubs die Zimmerrechnung nicht zahlen zu müssen. Nach allem, was Christin über das angespannte Verhältnis zwischen der Familie Graf und ihm wusste, bestand sein eigentliches Ziel wohl darin, alle in einen andauernden Alarmzustand zu versetzen. Das schaffte er problemlos.

Seinem überheblichen Grinsen nach zu urteilen, genoss er seine Machtposition und erfreute sich an der Hilflosigkeit der Grafs und allen, die ihnen nahestanden. Sie waren dazu verdammt, auf seinen nächsten Schritt zu warten, und konnten lediglich Schadensbegrenzung betreiben.

Selbst nachdem der Journalist abgereist wäre, würden sie Lutz Beck auf äußerst diskrete Weise hinauswerfen müssen, damit die anderen Übernachtungsgäste so wenig wie möglich mitbekamen.

Christin hoffte, dass Anja und alle anderen durchhielten, bis er von selbst auszog, und dass es vorher nicht zum Eklat kam. Sie litt mit ihnen, konnte jedoch nicht helfen.

Also versuchte sie, sich auf die Dinge zu konzentrieren, die sie beeinflussen konnte. So entschloss sie sich eines Morgens nach dem Frühstück, mit Anjas Fahrrad auf eigene Faust die Insel nach den Jetskifahrern abzusuchen.

Mit Tjorben hatte sie seit zwei Tagen nicht mehr gesprochen. Aber Joris hatte ihr von der Nachtwache erzählt, die die Inselgrafen organisiert hatten. Niemand, weder die Mitglieder des Heimatvereins noch Freunde und Bekannte hatten die Jetboote erspäht.

Christin hatte wenig Hoffnung, dass ausgerechnet sie sie aufspüren würde, aber einen Versuch war es wert. Während sie bei drückender Sommerhitze durch das Marschland radelte, kam sie sich naiv und dumm vor, mit einem weiteren Anruf Franjos gerechnet zu haben. Einmal mehr hatte er sie enttäuscht.

War er wirklich so dreist, einen ersten Schritt von ihr zu erwarten? Bin ich ihm die Mühe nicht wert, fragte sie sich.

Sie geriet ins Schwitzen. Die Friesische Karibik zeigte sich an diesem Tag von ihrer sonnigsten Seite. Überall waren Touristen unterwegs, mit dem Auto, mit dem Fahrrad oder zu Fuß.

Während Christin über die Rundföhrstraße nach Borgsum und Nieblum fuhr, vorbei an den luxuriösen Reetdachhäusern auf der Ausschau nach den Schlägertypen oder ihrem SUV, fragte sie sich, ob sie es Franjo früher immer zu leicht gemacht hatte. Sie hatte ihm oft Entscheidungen überlassen, und so war es ihnen beiden zur Gewohnheit geworden, dass er das letzte Wort hatte.

Erst betraf es nur Kleinigkeiten, zum Beispiel in welches Restaurant sie gingen oder welchen Kinofilm sie anschauten, denn das war Christin egal. Dann bezog sich die Rollenverteilung mehr und mehr auch auf wichtigere Dinge, etwa welches Auto sie sich anschafften und in welchen Kölner Stadtteil sie ziehen wollten. Langsam wurde Christins Nachgiebigkeit zum Problem. Wenn sie ihre Meinung einbrachte, ignorierte ihr Mann sie.

Wenn sie widersprach und er trotzdem anders entschied, bekam sie Kommentare zu hören wie: »Nach einer Weile wirst du erkennen, dass es die richtige Wahl war, und mir danken. Du wirst sehen!«

Tatsächlich hatte sie den Kauf ihres Wagens nicht bereut, und in dem Veedel, in dem sie wohnten, ließ es sich gut leben. Ihre Nachgiebigkeit war ein Fehler, den sie sich auch selbst ankreiden musste.

Nachdenklich radelte sie nach Wyk und musste an die Worte ihrer Mutter darüber denken, dass sie Franjo doch wohl nicht kampflos Patrizia überlassen konnte. Aber Christin verspürte gar nicht den Wunsch, um ihn zu kämpfen, und das nicht nur aus Trotz, weil er ja schließlich fremdgegangen war, sondern auch weil sie nicht mehr wusste, was ihr noch an der Ehe lag. Möglicherweise ging es Franjo genauso, und genau darum steckten sie nun in dieser Situation fest. Keiner von ihnen bewegte sich ernsthaft, was wiederum einiges über ihre Liebe aussagte.

Vielleicht sollte ich einfach loslassen, kam es Christin in den Sinn. Beschwingt von dem Gedanken trat sie schneller in die Pedale. Sie flog förmlich über die Insel.

Unter Umständen würde es ihr dann besser gehen. Im Moment fühlte sie sich weder frei noch gebunden. Sie konnte nicht vorwärtsgehen, weil Franjos zögerliches Verhalten sie ausbremste, aber sie wollte ihren Alltag in Köln auch nicht wieder aufnehmen.

Ihr wurde klar, dass es kein Zurück mehr zu ihrem alten Ich gab. Sie musste wieder die Kapitänin auf ihrem Schiff werden und das Steuerrad fest in der Hand halten.

»Es ist nichts falsch an gesundem Egoismus«, hörte sie Tjorben in ihrer Erinnerung sagen und musste lächeln, als sie bemerkte, dass sie gerade im Hafen von Wyk ankam. Ging es noch um die vier Jetskifahrer oder darum, Tjorben zu begegnen?

Die *Seewievke* lag an ihrem angestammten Liegeplatz. Von Tjorben und von Kika aber keine Spur.

Enttäuscht schob Christin ihr Fahrrad vorbei an der Polizeistation und dem Hafenamt. Im Inselinneren war es windstill, doch hier so nah am Meer wehten die Fahnen an den Masten, die Wimpel an den Booten flatterten heftig. Nach der Hitze genoss Christin die frische Seeluft.

Eine Fähre legte gerade auf der gegenüberliegenden Seite des Binnenhafens ab. Wellen schlugen gegen den Bug des Schiffes. Möwen begleiteten das Boot hinaus auf die Nordsee. Ihr Lachen, das für Christin bereits etwas Vertrautes hatte, wurde immer leiser, je weiter sie sich vom Landungssteg entfernten.

Christin stellte sich vor, dass sie eines Tages auf dem Fährboot sitzen würde. Ihr Koffer würde neben ihr stehen. Sie sah sich weinend nach Föhr zurückschauen, bis die Insel nur noch eine schöne Erinnerung war. Ihr Herz wurde schwer. Tränen kitzelten sie in den Augenwinkeln.

Sie blinzelte sie fort, ging weiter und musste an einen Satz denken, der dem griechischen Philosophen Platon zugeschrieben wurde.

»Das Meer wäscht alle Beschwerden weg«, hatte er einst angeblich gesagt.

Christin musste ihm beipflichten. Die Friesische Karibik mit ihrem Reizklima bekam ihr ausgezeichnet. Die Natur war Balsam für die Seele, und die lieben Menschen um sie herum trugen dazu bei, dass ihr verletztes Herz heilen konnte.

Anja und ihre Freunde taten Christin gut. Sie forderten nichts von ihr, sie brachten sie zum Lachen, und Tjorben hatte längst vergessene Gefühle in ihr geweckt.

Eine riesige Welle aus Sehnsucht und Verlustängsten brach über Christin herein.

Ich will auf Föhr bleiben, dachte sie, und der Wunsch war plötzlich so klar, dass sie darüber erschrak.

Sie hatte noch nie auch nur eine einzige Freundschaft beendet, egal wie schlecht sie war. Nicht einmal eine Kündigung hatte sie in ihrem Leben bislang abgeschickt, denn seit ihrer Ausbildung arbeitete sie in derselben Bankfiliale. Wie konnte sie da eine Scheidung einreichen? Solch ein Schritt passte einfach nicht zu ihr.

Noch während sie das dachte, ärgerte sie sich darüber, wie zählebig ihre Angst vor Veränderung war. In Köln kannte sie jeden Stein, schon als Kind hatte sie am Rheinufer gespielt. Wenn sie aus dem Urlaub zurückkehrte und den Dom sah, durchströmte sie jedes Mal aufs Neue ein Heimatgefühl.

Doch hatte ihr Anja nicht gezeigt, dass das nichts heißen musste, dass die Zukunft trotzdem woanders liegen konnte?

Ihre Freundin war allerdings mit einem Plan nach Föhr gezogen.

Christin sagte sich, dass sie sich nicht nur wegen Tjorben in Föhr niederlassen durfte. Das wäre zu riskant. Falls die Beziehung mit ihm nicht funktionierte, würde sie einsam in der Fremde sitzen.

Nein, das stimmte nicht!

Dann gäbe es immer noch ihre beste Freundin Anja und die liebenswerten Walsumer, Hilde, Godo, Sören, Maike, Birthe, Imke und Elkmar. Der Gedanke, dass sie eine Ersatzfamilie auf der Insel hatte, beruhigte Christin.

Plötzlich sah sie die Jetskis. Sie standen auf einer imposanten Jacht, an einer Ecke hatten die kräftigen Böen offenbar die burgunderrote Plane, die die Wassermotorräder schützen sollte, hochgeweht.

Alle auf Föhr halten zusammen, selbst der Wind, dachte Christin und musste lächeln.

Sie konnte ihr Glück kaum fassen. Anscheinend war sie zum richtigen Zeitpunkt am richtigen Ort. Von hier aus konnte sie sogar das Robbenzentrum sehen. Welch eine Ironie, dass die Jetskis ausgerechnet in der Nähe versteckt worden waren!

Schnell zog sie ihr Smartphone aus der Hosentasche, sie konnte es kaum erwarten, Tjorben von ihrem Fund zu berichten. Bestimmt würde er sofort herkommen, und sie konnten zusammen weiter nachforschen.

Da fragte sie sich, ob es ihr wirklich um Gerechtigkeit ging, oder ob sie nicht vielmehr einen Vorwand suchte, um Tjorben anzurufen?

Gewissensbisse nagten an Christin.

Aber sie sehnte sich nun einmal nach ihm. Außer mit ihm sprach sie sonst nur mit Anja so offen über ihre Gedanken und Gefühle. Wenn er sie in die Arme nahm, war die Welt in Ordnung. Mit ihm war sie so glücklich, wie schon lange nicht mehr.

Aufgeregt rief sie ihn an. Beim ersten Klingeln befürchtete sie, dass er ihren Anruf gar nicht annehmen würde. Vielleicht weil er mit einer Wandergruppe unterwegs war oder ihm der Kontakt mit ihr mit einem Mal zu heikel erschien. Nervös bohrte sie die Fingernägel in die Handballen.

Doch schon beim zweiten Rufton meldete sich Tjorben: »Christin«, sagte er nur, aber in seiner Stimme lag dieselbe Sehnsucht, die sie empfand.

»Ich habe sie gefunden!«, rief sie.

»Wovon sprichst du?«, fragte er irritiert.

Vor ihrem geistigen Auge sah sie, wie er die Stirn runzelte und dadurch noch finsterer wirkte. Sie lächelte in sich hinein und erklärte: »Die Jetskis.«

»Ist nicht wahr!«, brüllte er fast durch die Leitung. »Wo sind sie?«

»Auf einer Jacht im Binnenhafen«, erklärte Christin und las den Namen, der auf dem Bug des Schiffes stand. »Sie heißt *Goldfinger*.«

»Wie der James-Bond-Film mit Sean Connery?«

»Ja, genau.« Sie nickte, obwohl er sie nicht sehen konnte.

Ein junges Pärchen, das Hände haltend durch den Hafen spazierte, musterte sie misstrauisch. Dann sahen sie zur

Jacht hinüber und schoben die Augenbrauen zusammen. Wahrscheinlich fragten sie sich, was Christin da tat.

»Betritt das Boot ja nicht«, bat er sie eindringlich.

Eine Möwe, die über die Bootsplätze hinwegflog, stieß einen schrillen Schrei aus, Christin bekam eine Gänsehaut. »Keine Sorge, ich will mir ja keine Anklage wegen Einbruchs, Hausfriedensbruchs oder Vandalismus einhandeln. Wer sich solch eine Jacht leisten kann, hat bestimmt einen gerissenen Anwalt.«

»Ich will nur nicht, dass du dich in Gefahr bringst.« Mit einem Lächeln in der Stimme fügte er hinzu: »Dann ist es besser, wenn du mich als Schutzschild hast.«

Ihr Herz wurde schwer. Als wollte der Himmel sie trösten, flachte der Wind etwas ab, sodass sie die Wärme der Sonne im Gesicht stärker spürte.

»Die vier Typen werden sich in der Öffentlichkeit nicht auf mich stürzen«, fügte er, wie um sie nach seinem flapsigen Scherz zu beruhigen, hinzu. »Ich würde mich wehren, und das würde zu viel Aufmerksamkeit auf sich ziehen. Aber dich könnten sie unter Deck ziehen, bevor jemand es mitbekommt. Bleib also bitte, wo du bist. Ich brauche nur ein paar Minuten.«

»Ich hab dich vermisst!«, platzte es aus Christin heraus.

Am anderen Ende der Leitung wurde es kurz still.

Verlegen behauptete sie: »Was ich sagen wollte ... Beeil dich bitte, nicht dass sie wieder davonkommen.«

»Ich habe dich auch vermisst«, erwiderte er.

Als Tjorben kurz darauf vor ihr stand, immer noch mit Veilchen, Hämatom am Hals und lädierter Unterlippe, musste Christin ihn einfach umarmen. Sie wusste, sie sollte auf Abstand bleiben, aber sie konnte nicht anders.

»Kann ich etwas für dich tun?«, fragte sie und wünschte sich, sie dürfte sein Gesicht küssen, um seinen Schmerz zu lindern. Es war eine Qual, ihre Gefühle zurückzuhalten. Doch durch seine klaren Worte im Frühstücksraum des *Lüttes Glück* war eine Kluft zwischen ihnen entstanden.

»Ja. Du kannst mir die Jetskis zeigen«, antwortete Tjorben schmunzelnd.

Christin ließ ihn los, wandte sich um und zeigte auf die *Goldfinger*.

»Ah, ja, ich sehe es.«

Zielstrebig ging Tjorben zur Jacht und sprang leichtfüßiger an Bord, als man es von einem Kraftpaket wie ihm erwartet hätte. Er bewegte sich so selbstverständlich auf den Planken, als wäre es die *Seewievke*.

»Du könntest erwischt und angezeigt werden«, rief Christin ihm mit Flüsterstimme zu. Sie blickte in alle Richtungen, doch niemand beachtete sie.

Mit ernster Miene nickte er, während er zu den Jetskis ging. Eine Böe bauschte seine offenen Haare auf wie eine Löwenmähne. »Aber ich kann nicht warten. Bevor ich die Polizei rufe, will ich mich vergewissern, dass es tatsächlich die Jetboote von diesen Typen sind.«

Jetzt nicht mehr der Inselgraf, sondern der Bulle von Föhr, der Wachtmeister, die Ein-Mann-Schupo, dachte Christin und musste kurz schmunzeln.

Er zog die Plane weg und betrachtete die Wassermotorräder. Enttäuscht rief er: »Es sind nur zwei.«

Plötzlich stand jemand neben Christin. Sie erschrak. Der Mann hatte graue Schläfen und Augenfältchen, wirkte drahtig und fit. Er trug einen pistaziengrünen Sommerpullunder über einem weißen kurzärmeligen Hemd und blitzsaubere helle Turnschuhe.

Er blickte zu Tjorben. »Was zur Hölle machen Sie auf meiner Jacht?«, fuhr er ihn an.

»Tjorben Graf«, erwiderte der Eindringling, der sich jetzt, eben noch geduckt, zu seiner vollen Größe aufrichtete.

Der Fremde musterte Tjorbens lädiertes Gesicht und rümpfte die Nase. Anscheinend hatte er gerade sein Urteil über ihn gefällt. »Das wird die hiesige Polizei bestimmt brennend interessieren«, sagte er in blasiertem Ton.

»Sie könnten sich wenigstens höflichkeitshalber vorstellen«, forderte Tjorben ihn unbeeindruckt von der Drohung auf.

»Werner Rodenstock«, antwortete der Urlauber. »Und jetzt kommen Sie da runter! Wenn Sie den Boden mit Ihren klobigen Schuhen zerkratzen, stelle ich Ihnen die Ausbesserungen in Rechnung.«

Tjorben schob die Augenbrauen zusammen. Finster funkelte er Rodenstock an. Er verließ die Jacht und stellte sich breitbeinig vor den Feriengast hin. »Sie stammen nicht von hier, sonst würde ich Sie kennen. Außerdem ist Ihre Jacht auf einem Liegeplatz für Gäste festgemacht.«

»Ich bin aus Düsseldorf und werde jetzt die Polizei rufen und Sie anzeigen, weil Sie mein Boot unerlaubt betreten haben.« Rodenstock stemmte die Hände in die Hüften und hob die Schultern, aber er wirkte trotzdem schmächtig gegenüber Tjorben.

»Nur zu!«, erwiderte dieser. »Mit der Polizei wollte ich ohnehin reden und Ihnen zeigen, wo Sie die Mordwaffen versteckt haben.«

»Waffen?«, fragte Rodenstock erstaunt.

»Ja. Mit Ihren Jetskis wurde neulich nachts ein Seehund vor der Küste Föhrs getötet.«

»Reden Sie keinen Quatsch, Mann! Wassermotorräder sind doch keine Waffen«, rief Rodenstock, richtete jedoch nervös seinen steifen Hemdkragen.

Herausfordernd starrte Tjorben ihn an. »Dann leugnen Sie nicht, dass das Ihre Jetboote sind?«

»Natürlich nicht.« Der Feriengast schob die Hände in die Taschen seiner weißen Bundfaltenhose und zuckte mit den Achseln. »Sie stehen ja auf meinem Schiff.«

»Im Nordfriesischen Wattenmeer ist es verboten, damit zu fahren.«

»Die Jetboote gehören zur Ausstattung und haben meine Jacht nicht verlassen«, behauptete Rodenstock.

»Ich erkenne sie wieder. Sie haben goldene Streifen an den Seiten, genau wie Ihre Jacht.« Tjorben zeigte auf das Boot.

Abwehrend riss Rodenstock die Hände hoch. Die Sonne blitzte in dem Diamanten, der seinen goldenen Ehering zierte. »Sie müssen sich getäuscht haben. Wie wollen Sie nachts solche Details erkannt haben?«

»Ich kann das bestätigen«, meldete sich Christin nun zu Wort.

»Und wer zum Teufel sind Sie?«, fragte Werner Rodenstock ungehalten.

»Christin Horvat.«

»Und in welcher Beziehung stehen Sie zu Herrn Graf?«, wollte Werner Rodenstock wissen.

»Ich bin seine …« Hitze schoss in ihre Wangen. Ihr Blick streifte Tjorben. »Wir sind befreundet.«

»Dann sind Sie wahrlich eine ernst zu nehmende Zeugin«, sagte Rodenstock ironisch und lächelte kalt. »Es wird meinen Anwälten ein Vergnügen sein, darauf hinzuweisen.«

Verunsichert schwieg Christin.

»Waren das Ihre Söhne, die mit den Jetbooten auf der Nordsee herumgefahren sind?«, fragte Tjorben den Jachtbesitzer unbeirrt.

»Ich habe nur einen Sohn, und Oliver war die ganze Nacht bei mir«, versicherte Rodenstock ihm. »Sie verdächtigen den Falschen.«

Tjorben lächelte triumphierend. »Ich habe doch noch gar nicht erwähnt, in welcher Nacht genau wir die vier Männer mit ihren Wassermotorrädern auf dem Meer gesehen haben.«

Rodenstock wurde blass, doch er fing sich schnell wieder. »Welche Nacht auch immer … ich schwöre einen Eid darauf, dass Oliver bei mir war. Wir machen einen Urlaub mit Familie und Freunden und haben gemeinsam ein Anwesen am Goting Kliff gemietet. Da wäre es schon aufgefallen, wenn vier Personen gefehlt hätten.«

»Das würden Ihre Familien und Freunde der Polizei bestätigen?« Eindringlich sah Tjorben ihn an.

Rodenstocks öffnete den Mund und schloss ihn wieder. Dann holte er sein Smartphone aus der Hosentasche und warf einen raschen Blick darauf. Schließlich antwortete er leiser als zuvor: »Falls sie nicht schon geschlafen haben, werden sie das.«

»Die jungen Männer auf den anderen Wassermotorrädern waren also Olivers Kumpel, ja?«, setzte Tjorben seine Befragung fort. »Haben sie die anderen beiden Jetskis irgendwo anders versteckt?«

»Schluss jetzt mit dem Verhör!«, zischte Rodenstock. »Ich muss Ihnen keine Auskunft geben.«

»Die vier haben sich strafbar gemacht und einen Seehund so schwer verletzt, dass er eingeschläfert werden musste«, sagte Tjorben so laut, dass eine fünfköpfige Familie, die gerade in Richtung Sportboothafen schlenderte, ihre Schritte beschleunigte.

»Das können Sie nicht beweisen«, entgegnete Rodenstock ungerührt. »So, wie ich das sehe, wird Aussage gegen Aussage stehen, und am Ende werden die Ermittlungen eingestellt.«

Tjorben beugte sich zu Rodenstock runter und zeigte auf sein Gesicht. »Den Teint habe ich Ihrem Sohn und seinen Freunden zu verdanken. Sie haben mich zusammengeschlagen, als ich sie auf ihr gesetzwidriges Verhalten und die Tierquälerei angesprochen habe. Sie haben die Robbe immer und immer wieder überfahren und müssen das irgendwann gemerkt haben. Aber vielleicht hat es ihnen ja sogar Spaß gemacht, ein wehrloses Tier zu misshandeln.«

»Passen Sie auf, was Sie sagen, oder ich zeige Sie wegen

Verleumdung an«, warnte Werner Rodenstock ihn aufbrausend und zeigte dabei mit dem Mobiltelefon auf ihn wie mit einer Pistole.

Tjorben wich nicht zurück, sondern taxierte schweigend den Jachtbesitzer. Auf Christin wirkte er wie eine Bombe mit Zeitzünder. Obwohl ihr Herz raste, nahm sie Tjorbens Hand und strich mit dem Daumen besänftigend über seinen Handrücken.

»Es tut mir leid, dass Sie verprügelt wurden, und ich hoffe, dass man die Schuldigen finden wird«, behauptete Rodenstock und steckte sein Smartphone wieder ein. »Aber Oliver ist gut erzogen. Er schlägt sich nicht.«

Tjorben lachte bitter auf. »Entweder Sie lügen bewusst, oder Sie kennen Ihren eigenen Sohn schlecht.«

Während die beiden stritten, bemerkte Christin, wie ein Mann auf sie zukam. Ungefähr Anfang sechzig, grobporige Haut, graue Haare, Fischermütze. Im Laufen verputzte er den letzten Bissen eines Fischbrötchens. Seine braunen Augen erinnerten Christin an ungeschliffene Bernsteine.

Als der Mann auf ihre Hand, die die von Tjorben festhielt, sah, ließ sie schlagartig los. Sie fühlte sich beschämt, als hätte man sie bei etwas Verbotenem erwischt.

»Johan Graf, Hafenbetriebsleiter«, stellte er sich vor und blieb bei ihnen stehen. Er nahm einen Schluck aus dem schwarzen Porzellanbecher in seiner Hand. Darauf stand über einem schielenden Schaf in weißer Schrift *Ich bin der Schäff.* »Moin zusammen. Was ist hier los?«

Werner Rodenstock zeigte mit dem Finger auf Tjorben. »Der Mann da ist auf meine Jacht eingedrungen.«

»Moin, Vadder«, grüßte Tjorben und deutete auf die *Goldfinger*. »Ich habe darauf zwei der Jetskis gefunden, mit denen der Seehund angefahren wurde.«

»Sie sind verwandt?«, warf Rodenstock ein und schnaubte. »Das wird ja immer besser.«

Johan Graf überhörte die Frage. Er sah seinen Sohn an und wandte sich dann höflich an den Bootsbesitzer: »Entschuldigung, ich konnte Ihnen nicht vorher Bescheid geben. Das ging aus naheliegenden Gründen nicht. Aber mein Sohn war in meinem Auftrag unterwegs. Ich habe ihn gebeten, Ihre Jacht für mich zu überprüfen.«

»Ohne meine Erlaubnis?«, fragte Rodenstock schrill.

»Er hatte meine Erlaubnis als Hafenmeister, das genügt«, stellte Johan Graf klar und lächelte freundlich. »Ich darf Schiffe überprüfen, wenn eine Gefahr für Leib und Leben bestehen könnte.«

Harsch wiegelte Rodenstock ab: »Von meinem Schiff ging keine Bedrohung aus. Weder trat Benzin aus noch brannte es oder Ähnliches.«

»Die Gefahr war, dass Sie ablegen und Beweismittel verschwinden lassen könnten.« Gelassen nippte Johan Graf an der Flüssigkeit in seinem Becher, die nach Schwarztee und Milch duftete.

Werner Rodenstock wurde rot.

Ungeduldig drängte Tjorben seinen Vater: »Wir sollten jetzt die Polizei informieren.«

»Das wollen wir doch beide nicht wirklich«, wandte Rodenstock in versöhnlichem Tonfall ein und breitete einladend die Arme aus. »Wenn Sie diesen Schritt machen, werde ich mich gezwungen sehen, Sie anzuzeigen, weil Sie auf meine Jacht geklettert sind. Wissen Sie, was das alles für uns beide nach sich ziehen würde? Darauf habe ich keine Lust und Sie bestimmt noch weniger, denn die Angelegenheit würde übel für Sie ausgehen.«

Dunkle Wolken zogen über Tjorbens Gesicht.

»Wir sollten uns die Hände schütteln und jeder seines Weges gehen«, schlug Rodenstock vor und lächelte verkniffen.

»Auf keinen Fall«, knurrte Tjorben. »Ihr Sohn und seine Freunde haben einen Meeressäuger auf dem Gewissen.«

Nervös spielte Werner Rodenstock an seinem Ehering herum. »Es war dunkel«, begann er. »Sie haben die Robbe nicht gesehen. Es war ein Unfall, das haben sie mir glaubhaft versichert.«

Plötzlich schlug Tjorben in die Hände. »Das werte ich als Schuldeingeständnis.«

Blasiert fuhr Rodenstock fort: »Die Polizei wird denken, dass Sie sich mein vermeintliches Geständnis ausgedacht haben, weil es Ihnen an echten Beweisen fehlt. Und Ihr Vater und Ihre Freundin liefern Ihnen falsche Zeugenaussagen.«

»So einfach werden Sie nicht davonkommen«, rief Tjorben.

»Ich werde Sie fertigmachen, wenn Sie die Sache nicht auf sich beruhen lassen«, warnte Rodenstock ihn. Sein Blick und seine Haltung drückten aus, dass er immer bekam, was er wollte. Dann ging er einfach.

Christin fluchte leise vor sich hin, und Tjorben sah aus, als würde er jeden Moment Feuer speien.

Als er hinter Rodenstock herwollte, stellte sein Vater sich ihm in den Weg.

»Wir müssen ihn festhalten, bis die Polizisten hier sind«, rief Tjorben.

Sein Vater bohrte ihm den Zeigefinger in die Brust. »Damit könntest du deine Situation nur noch schlimmer machen.«

»Was soll das denn heißen?«, fragte Tjorben aufgebracht und runzelte die Stirn.

»Er hat dich schon auf seiner Jacht erwischt. Er könnte dich wegen Hausfriedensbruch oder Einbruch drankriegen. Du willst doch nicht, dass er dich auch noch wegen Bedrohung anzeigt, nicht wahr?« Ohne eine Antwort abzuwarten, fuhr sein Vater fort: »Du weißt doch, wie solche Leute sind. Man berührt sie mit dem kleinen Finger, und sie schreien gleich ›Körperverletzung‹.«

»Du hast ja recht«, gab Tjorben zu und fuhr sich genervt mit der Hand durch die Haare. »Aber wir können ihn doch nicht einfach davonkommen lassen.«

Christin sah ihm deutlich an, dass die Machtlosigkeit ihm zusetzte, und ihr ging es genauso. Sie war fassungslos, dass sie die Jetskis gefunden und ein Schuldbekenntnis hatten, ihnen das aber rein gar nichts nutzte.

»Das werden wir nicht«, versicherte Johan Graf seinem Sohn. »Ich kenne jetzt seine Jacht und kann anhand des Liegeplatzregisters seine Adresse hier auf Föhr und in seiner Heimatstadt herausfinden. Die werde ich bei der Polizei abgeben. Mehr können wir nicht tun.«

Missbilligend kniff Tjorben die Augen zusammen und blinzelte hinüber zur Polizeistation.

»Du hast die Angelegenheit zur Anzeige gebracht. Nun vertrau auf unsere Freunde auf der Wache. Du kennst sie doch seit deiner Kindheit. Sie arbeiten gewissenhaft. Versprich mir, dass du dich ab sofort raushältst!«

Tjorbens Miene war so finster wie eine mondlose Nacht. Widerstrebend nickte er.

»Ich muss zurück zur Hafenmeisterei.« Johan Graf wandte sich an Christin und streckte ihr die schwielige Hand hin. »Aber vorher will ich mich noch mal persönlich bei dir vorstellen. Moin, ich bin Johan.«

»Christin«, erwiderte sie, während sie seine Hand schüttelte.

»Bist du etwa Anjas Freundin?«, fragte er neugierig.

»Ja, die bin ich«, antwortete sie und wunderte sich darüber, wie nervös sie war, nur weil sie mit Tjorbens Vater sprach. Sie versuchte doch tatsächlich, einen guten Eindruck zu machen. »Ich wünschte, wir hätten uns unter erfreulicheren Umständen kennengelernt«, sagte sie etwas ungelenk.

»Ich auch«, pflichtete Johan ihr bei und trank seinen Tee aus. Er hielt den Becher mit der Öffnung nach unten, schüttelte die verbliebenen Tropfen aus und musterte dann Christin. »Du siehst vernünftig aus. Pass auf Tjorben auf! Er braucht jetzt jemanden, der für ihn einen klaren Kopf behält.«

Tjorben schnaubte, und als er sich die Haare im Nacken zusammenband, riss das Haargummi. »Was soll das denn heißen?«, wollte er von seinem Vater wissen.

»Manchmal setzt du dich für andere ein und tust dabei

Dinge, die nicht gut für dich selbst sind. Da kommst du leider nach mir und nicht nach deiner Mutter. Pech gehabt!« Sein Vater lachte schallend und klopfte ihm fest auf die Schulter. Dann verabschiedete er sich und ging.

»Ich lasse mich von Rodenstock nicht einschüchtern«, entfuhr es Tjorben, sobald sein Vater außer Hörweite war.

»Bitte pass auf. Du hast es deinem Vater versprochen.«

Er grinste auf eine süße Art und Weise verschlagen. »Hast du mich auf seine Bitte, mich ab sofort aus den polizeilichen Ermittlungen rauszuhalten, antworten hören?«

»Nein«, musste sie zugeben. Sachte knuffte sie ihn.

Sein Grinsen verschwand und wich einem Brummen. Eine Möwe flog dicht über seinem Kopf heran, landete auf dem Mast der *Goldfinger* und kackte auf die Jacht.

»Na, das hebt meine Laune ein bisschen«, sagte er und zwinkerte.

Christin lachte. »Auf Föhr halten eben alle zusammen.«

Dann sah er sie jedoch betreten an. »Ich würde dich ja noch auf einen Kaffee einladen, aber ich muss zurück an meinen Schreibtisch.«

»Ich bringe dich noch zu deinem Auto«, schlug sie vor.

Seite an Seite schlenderten sie in Richtung Parkplatz. Während Tjorben ihr erzählte, wie sehr er Büroarbeit hasste, schweifte sie in Gedanken ab.

Christin machte sich ernsthaft Sorgen um Tjorben. Wie einflussreich war der reiche Feriengast auf Föhr? Konnte er Tjorben in Grund und Boden klagen? Wie gut war Rodenstock wohl in Nordrhein-Westfalen vernetzt? Konnte er am Ende sogar Christin beruflich schaden, etwa mit Kontakten in die Chefetage ihrer Bank? Wilde Assoziationen, Ängste meldeten sich, aber zugleich flüsterte ihr eine Stimme leise zu, dass das doch großartig wäre, dann hätte sie einen vermeintlichen guten Grund weniger, in ihr altes Leben zurückzukehren. Sie könnte auf Föhr und bei Tjorben bleiben.

Fast erschrak sie, als er sie plötzlich mit einem Lächeln in der Stimme fragte: »Ich würde nur allzu gerne wissen, wovon du mit offenen Augen träumst.«

Christin spürte, wie Hitze über ihren Hals kroch, und schwieg.

Tjorben ließ nicht locker. »Zuerst hast du entsetzt ausgesehen, aber dann gelächelt. War es ein Albtraum mit Happy End?«

»Ich hoffe einfach nur, dass das Schicksal auf meiner Seite ist«, antwortete Christin vage.

Wenn eine Verkettung von Umständen ihr den Weg weisen würde, wäre sie von jeder Verantwortung befreit. Sie könnte ihre Heimat und ihren Ehemann für jemanden, den sie erst wenige Tage kannte, verlassen, auf eine fremde Insel ziehen und diese wahnwitzige Wendung ihres Lebens einer schicksalhaften Fügung in die Schuhe schieben.

Du bist ein Feigling, schalt sie sich.

Im echten Leben führte einen niemand, auch keine schicksalhafte Fügung ins Paradies, sie musste ihr Glück selbst in die Hand nehmen. Es hieß doch, dass Zufriedenheit die Summe von richtigen Entscheidungen war.

Darum fasste Christin einen folgenschweren Entschluss.

Kapitel 16

Nach dem Gespräch im Frühstücksraum des *Lüttes Glück* hatte Tjorben gehofft, Christin nie mehr wiederzusehen. Jedes Mal wenn er sie traf, wuchs seine Sehnsucht danach, ihr näher zu kommen, und genau das war nicht gut für sein Herz.

Er hatte wenig Hoffnung, dass sie sich für ihn entscheiden würde. Er kannte Christin noch nicht sehr gut, aber wenn er eins wusste, dann, dass sie nicht der Typ war, der leichtfertig ein Risiko einging.

Tjorben konnte sie sogar verstehen. Es wirkte nicht sehr vertrauenserweckend, wenn man mit neununddreißig noch keine einzige mehrjährige Beziehung vorzuweisen hatte. Ihm eilte der Ruf voraus, ein Mann zu sein, mit dem man einen heißen Sommer verbrachte, mehr nicht.

Bisher war ihm das recht gewesen. Wenn seine Freundinnen wussten, woran sie waren, machten sie sich auch keine falschen Hoffnungen. Doch auch er wurde älter, und nun hatte er Christin kennengelernt.

Sie war die erste Frau, bei der er sich vorstellen konnte, sie zu heiraten.

Der Gedanke überwältigte ihn, während er einen Tag nach der Konfrontation mit Werner Rodenstock allein am Mittagstisch in seiner Wohnung in Wrixum saß. Sollte er darum nicht alles in eine Waagschale werfen, um sie für sich zu gewinnen? Oder war das moralisch fragwürdig? Lustlos stocherte Tjorben in seinem Essen herum.

Nach der Nacht, in der er zusammengeschlagen worden war, hatte er sich noch gewünscht, Christin würde nach Köln zurückfahren, damit er sie vergessen konnte. Sie wirkte wie ein starker Magnet auf ihn, es kostete ihn verdammt viel Kraft, sich von ihr fernzuhalten. Selbst wenn sie ihn nicht wegen der Wassermotorräder auf der *Goldfinger* angerufen hätte, hätte er über kurz oder lang einen Grund gesucht, um im *Lüttes Glück* vorbeizuschauen. Und diesmal hätte er sich auch getraut, hineinzugehen und direkt nach Christin zu fragen.

Denn einige Tage zuvor war er schon mal nach Walsum gefahren. Doch auf dem Dorfanger hatte ihn der Mut verlassen, weil er sich gefragt hatte, ob einer der geparkten Wagen vielleicht Franjo gehörte.

Tjorben hatte sich ausgemalt, in der Pension mit ihm zusammenzutreffen, mitansehen zu müssen, wie er die Hand zärtlich auf Christins Hüfte legte und sie küsste. In seiner Vorstellung strahlte sie Franjo glücklich an, weil sie sich versöhnt hatten. Das hätte Tjorben das Herz gebrochen. Also fuhr er wieder weg.

Franjos Name hallte in Tjorbens Kopf wider und erzeugte Eifersucht, Traurigkeit und Gewissensbisse.

Normalerweise sprach er nicht gerne über Gefühle, wie sein Vater, aber in diesem Fall hätte er sich am Vorabend beinahe Joris und Arian anvertraut.

Sie hatten sich in der Gaststätte *Glaube-Liebe-Hoffnung*

in Wyk getroffen und darauf angestoßen, dass die Polizei nun wenigstens wusste, wer den armen Seehund totgefahren hatte. Oliver Rodenstock und seine drei Freunde. Doch seine Skrupel, weil er eine verheiratete Frau liebte, hatten Tjorben davon abgehalten, seinen Brüdern sein Herz auszuschütten.

Er hatte bereits eine Grenze überschritten, indem er Christin geküsst hatte. Das war falsch gewesen. Bereute er es? Nein. Vielleicht machte das aber alles nur noch schlimmer.

Die ehemalige Hafen- und Seefahrerkneipe platzte an dem Abend aus allen Nähten, die Gaststätte war erfüllt mit heiteren Unterhaltungen.

Am Nachbartisch bestellte eine Gruppe Frauen eine Runde *Kikeriki*. Tjorben konnte nicht nachvollziehen, wie man Eierlikör mit Orangenlimonade trinken konnte.

Er hob sein Glas Flens: »Auf Christin!«

»Auf Christin?« Arian runzelte die Stirn. In seinem Haaransatz klebte etwas braune Farbe, aber das fiel kaum auf.

Tjorben spürte deutlich, wie Hitze ganz langsam, aber unaufhaltsam in sein Gesicht stieg. »Sie hat immerhin die Jetskis gefunden.«

»Ja, natürlich«, sagte Arian spitz lächelnd und stieß mit ihm an.

Joris grinste ebenfalls wissend und prostete seinen Brüdern zu.

»Seit wann trinkst du Wein, Joris?«, fragte Torben, um von Thema abzulenken.

»Anja hat mich auf den Geschmack gebracht.« Joris zuckte mit den Schultern.

Tjorben beneidete die beiden um ihre Liebe. Er ließ seinen Blick zu der Kapitänsmütze wandern, die an Büffelhörnern hing, und dachte daran, wie gerne er Christin dauerhaft als Passagierin auf seinem Schiff begrüßen würde. Wie konnte er sie dazu bringen, bei ihm zu bleiben?

»Wie hat Anja das geschafft?«, fragte er, wie um sich selbst aus den Grübeleien zu reißen.

»Als ich sie das erste Mal im Garten des *Lüttes Glück* geküsst habe, hat sie nach Rotwein geschmeckt«, erzählte Joris und lächelte verliebt. »Seitdem erinnert mich jeder Schluck Wein an ihre köstlichen Küsse.«

Arian seufzte sehnsüchtig. »Verliebt müsste man sein.«

»Gibt es denn keine Frau, die dich interessiert?« Erwartungsvoll sah Tjorben ihn an. Er wünschte seinem Bruder so sehr, dass er endlich die große Liebe fand. Warum Arian Single war, blieb ihm schleierhaft. Ausgerechnet der Frauenschwarm.

»Nein.« Seufzend krempelte Arian die Ärmel seines schwarzen Hemdes hoch, sodass seine Tattoos zum Vorschein kamen und ein Streifen getrockneter orangeroter Farbe an der Innenseite seines Handgelenks. »Zurzeit nicht. Ehrlich gesagt, schon viel zu lange nicht.«

Die Meerjungfrau mit dem Rettungsring um den nackten Oberkörper neben dem Eingang schien Tjorben mitleidig zuzulächeln, weil er zwar eine Herzensdame hatte, diese jedoch vergeben war. »Die Frauen himmeln dich an. Worauf wartest du?«

Während Arian sich die Ölfarbe von der Haut kratzte, antwortete er lächelnd: »Auf die Richtige.«

»Ich befürchte, du hast zu hohe Ansprüche«, gab Joris zu bedenken. »Du suchst nach einer Frau, die so besonders ist, dass sie gar nicht existiert.«

»Unsinn. Ich verliebe mich einfach nicht so leicht«, wandte Arian ein. Er nahm einen kräftigen Schluck Chianti und fuhr fort: »Außerdem brauche ich niemanden, der mich auf ein Podest stellt und in mir einen Paradiesvogel sieht, nur weil ich Künstler bin. Ich möchte eine Partnerin, die mich herausfordert, die meinen Horizont erweitert und mit mir hitzige Debatten führt, weil sie ihre Prinzipien hat.«

Nachdenklich rieb Joris über seinen Kinnbart. »Klingt anstrengend.«

»Für mich nicht, ich finde das reizvoll. Ich suche eine Partnerin auf Augenhöhe.« Arian fuhr sich durch das längere Haar seines Undercuts und erzählte: »Viele Frauen finden mich nur toll, weil ich auf einer Nordseeinsel lebe und Bilder male. Damit bin ich schon für viele weibliche Feriengäste vom Festland ein Exot, aber für mich ist das Alltag. Und auf Föhr spricht mich im Moment keine an.«

»Na ja, ganz übel siehst du auch nicht aus«, warf Tjorben ein. Ironisch fügte er hinzu: »Ich wette, Amor höchstpersönlich ist verknallt in dich.«

Arian boxte ihn sachte. »Spinner!«

Tjorben betrachtete die norddeutschen, aber auch ausländischen Andenken an den Wänden und an der Zimmerdecke, die Seefahrer einst mitgebracht hatten, und fragte sich, ob er Christins Heimathafen werden konnte.

Konnte er ihr so viel Stärke vermitteln, dass sie sich bei ihm sicher fühlte? Zwischen dem heutigen Tag und dem

Herbst lag nur noch der spätsommerliche September. In wenigen Wochen würden die ersten Oktoberstürme die See zu hohen Wellen auftürmen. Würde Christin, insofern sie denn blieb, in seinen Armen Schutz suchen oder sofort von der Insel flüchten, sobald es ungemütlich wurde? Hatten er und sie realistisch betrachtet eine Zukunft?

Tjorben konnte nicht klarsehen. Er war zu verliebt. Seine rosarote Brille färbte alles so dunkelrot, dass sie ihn fast blind machte.

Aber er stellte sich auch immer wieder selbst infrage. Er machte sich Sorgen, dass er sich nur nach ihr verzehrte, weil sie für ihn verboten war. Würden seine eigenen romantischen Gefühle für sie Bestand haben?

Sein Herz schrie so laut »Ja«, dass es den lauten Geräuschpegel um ihn herum für den Moment übertönte.

»Wie steht es um Christin und dich?«, fragte Arian, als hätte er Tjorbens Gedanken gelesen. Seine grünen Augen funkelten ihn herausfordernd an.

Tjorben wich seinem Blick aus, indem er interessiert das Krokodil, das über einem Tisch an der Decke hing, betrachtete. Es passte genauso wenig nach Norddeutschland wie die afrikanischen Masken, Büsten, Schilde und Bumerange an der Wand. Aber sie zeugten davon, wie weit die hiesigen Seefahrer herumgekommen waren. Beiläufig antwortete er: »Wir sind Freunde.«

»Bist du sicher, dass zwischen euch nicht mehr ist?«, hakte Arian mit unverhohlener Neugier nach.

»Mehr darf zwischen uns nicht sein.« Tjorben wollte seinen jüngeren Bruder daran erinnern, dass sie verheiratet war, aber er bekam die Worte nicht über die Lippen. Sie schmeckten bitter, wie die Medizin, die seine Mutter ihm als Kind eingeflößt hatte, wenn er krank gewesen war.

Arian verschränkte die Arme vor dem Oberkörper. »Wer sagt das?«

»Anstand und Moral«, antwortete Tjorben. Er mochte das *Glaube-Liebe-Hoffnung*, aber die präparierten Tiere über ihm an der Zimmerdecke bereiteten ihm immer Unbehagen. Lebendig waren sie ihm lieber.

Arian machte eine wegwerfende Geste, bei der er beinahe die Weinflasche, die er sich mit Joris teilte, vom Tisch fegte. »Wahre Liebe setzt sich darüber hinweg. Sie ist frei und wild.«

Tjorben lächelte nachsichtig. »Du bist ein Träumer.«

»Mag sein.« Arian lehnte sich zu ihm hinüber. »Aber Träume sind nur der erste Schritt. Sie können Wirklichkeit werden, wenn man sich traut, sie wahr werden zu lassen.«

»Heißt es nicht, die Liebe findet dich?«, wandte Tjorben ein. Ihm fiel wieder einmal auf, wie unterschiedlich sie waren. In der Hundewelt wäre er wohl ein zotteliger Neufundländer und Arian ein eleganter Afghanischer Windhund mit gebürstetem Fell und federndem Gang.

»Ja«, gab Arian zu und strich sich über die gezupften Augenbrauen. Er legte großen Wert auf gepflegtes Aussehen, was bei der Damenwelt gut ankam. »Aber manchmal muss man sie auch bei den Hörnern packen.«

»Hört, hört!« Belustigt sagte Joris: »Der Mann, der auf der Suche ist nach einer Frau, die erst noch gebacken werden muss, gibt Ratschläge in Sachen Liebe.«

»Wenn du willst, spreche ich mit Amor und bitte ihn, einen Liebespfeil auf Christin abzuschießen«, schlug Arian Tjorben vor und zwinkerte.

Ja, das wäre schön, dachte Tjorben. Doch er wiegelte schweren Herzens ab: »Nein, danke. Sie ankert in einem anderen Hafen, und das akzeptiere ich.«

Nun, am Tag nach dem Treffen mit seinen Brüdern, bereute er es, dass er ihnen nicht sein Herz ausgeschüttet, sondern stattdessen den starken Mann gemimt hatte. Der Liebeskummer, aber auch seine moralischen Zweifel quälten ihn, doch er verheimlichte es.

Er wünschte, er hätte jemanden, bei dem er sich öffnen könnte, der ihn in die Arme nehmen und trösten würde, doch da kam nur seine Mutter infrage, und die hatte ihre eigenen Sorgen.

Seit sie Lutz Beck im *Lüttes Glück* gesehen hatte, litt sie fast ununterbrochen unter Kopfweh. Ihm war der Appetit vergangen. Er schob den Teller mit den Salzkartoffeln, dem Spinat und dem Bratfisch weg, obwohl er kaum etwas angerührt hatte. Mehr als einmal hatte er sich vorgenommen, sich aus Tierliebe vegetarisch zu ernähren. Immerhin aß er zwei Mal in der Woche fleischlos, ein Anfang, aber ganz darauf verzichten konnte er noch nicht. Dafür mochte er Fisch und Meeresfrüchte einfach zu gerne.

Plötzlich erwachte sein Smartphone, das mit dem Display nach unten vor ihm auf dem Tisch lag, zum Leben. *Whiskey in the Jar* schallte durch die Küche, die Version des irischen Volkslieds von Metallica. Tjorbens Herzschlag beschleunigte sich.

Rief Christin an? Hoffnungsvoll lächelte er in sich hinein.

Als er nach dem Mobiltelefon griff, wurde ihm bewusst, dass sie dasselbe Problem hatte wie er. Sie durfte sich nicht in ihn verlieben. Und dennoch war er sich sicher, dass sie mehr als nur Freundschaft für ihn empfand. Aber wie viel mehr?

Anscheinend nicht genug, dachte Tjorben voller Bedauern.

Seiner Meinung nach lag es an ihr, den ersten Schritt zu machen, schließlich war sie noch gebunden. Doch sie tat es nicht.

Zu seinem Bedauern stand nicht Christins Name auf dem Display, sondern der des Robbenzentrums.

»Tjorben hier.«

»Ich bin's«, meldete sich Janine am anderen Ende. »Hast du heute viele Buchungen, oder könntest du bei uns vorbeischauen?«

Sie hörte sich anders an als sonst, aber er sprach sie nicht darauf an. Wahrscheinlich hatte sie einfach nur viel um die Ohren. Sein Terminplan war voll, zudem musste er noch Ablage im Büro machen, aber er ergriff nur zu gerne jede Gelegenheit, um diese Aufgabe zu verschieben. »Wenn ihr mich braucht, bin ich immer zur Stelle, das weißt du doch.«

»Ja, du bist einer unserer verlässlichsten ehrenamtlichen Mitarbeiter«, erwiderte sie sachlich.

Er lachte verlegen. »Und ein Freund, hoffe ich doch.«

Janine auf der anderen Seite der Leitung schwieg.

Im Hintergrund schrie ein Mädchen, dann weinte es herzzerreißend. Der Unterhaltung der Eltern entnahm

Tjorben, dass es hingefallen war. Seine Mutter versuchte die Kleine zu beruhigen. Doch erst als der Vater sie auf den Arm nahm, hörte sie auf zu schluchzen.

Schließlich fuhr Janine fort: »Ja, natürlich, das auch.«

»Was ist los?«, fragte Tjorben nun doch. Irgendetwas stimmte nicht. Er spürte eine ungewohnte Distanz zwischen ihnen.

Sie musste eine Tür geschlossen haben, denn die Hintergrundgeräusche verstummten. »André und ich, wir müssen mit dir reden.«

Tjorbens Mund war mit einem Mal trocken. Er wollte etwas trinken, er ging zum Wasserhahn und füllte sein Glas auf, leerte es mit einem einzigen Zug und setzte sich wieder hin. Besorgt sagte er: »Du klingst so ernst.«

»Die Anschuldigung gegen dich ist auch ernst«, erwiderte sie und holte schwer Luft.

Er musste sich verhört haben. Ungläubig fragte er Janine: »Anschuldigung?«

Plötzlich flog eine Dohle gegen die Fensterscheibe. Tjorben erschrak. Besorgt öffnete er das Küchenfenster und spähte hinaus, um zu sehen, ob es dem Rabenvogel gut ging. Die Dohle saß auf dem Rasen vor dem Haus und sah genauso verwirrt aus, wie er es war.

»Wir reden in Ruhe darüber, wenn du hier bist«, antwortete Janine ausweichend. Das Klacken eines Stifts drang durch die Leitung. Sie musste ständig den Druckknopf ihres Kugelschreibers runterdrücken. Warum war sie nervös?

»Okay.« Er nahm den Teller vom Tisch, um das Essen für später in den Kühlschrank zu räumen, fegte versehentlich seine Gabel vom Tisch, die scheppernd auf den Boden fiel. »Ich komme sofort.«

»Bitte, erst nach den Öffnungszeiten«, forderte Janine ihn auf. Das Kuli-Klacken war weg. »Die Angelegenheit ist nichts, was wir zwischen Tür und Angel besprechen sollten.«

Tjorben wurde es immer mulmiger. Nachdenklich massierte er seinen Bart. Was konnte geschehen sein? Er hatte sich nichts zuschulden kommen lassen. Egal, wie angestrengt er auch nachgrübelte, er konnte sich keinen Reim auf Janines merkwürdigen Anruf machen.

»Die Besucher sollen auch nichts davon mitbekommen«, sagte sie entschieden. »Das wäre rufschädigend für das Robbenzentrum.«

»Ich soll etwas getan haben, das euch schaden könnte?«, stieß er fassungslos aus. Das konnte er sich beim besten Willen nicht vorstellen.

Nach einer kurzen Pause erwiderte Janine mit belegter Stimme: »Schlimmer als das.«

»Was ist noch schlimmer?«, hakte Tjorben nach und fühlte sich, als wäre er im falschen Film.

»Ich möchte nicht am Telefon darüber reden. Bitte, versteh das«, bat Janine ihn. »Komm einfach vorbei. Falls ich nicht im Robbenzentrum bin, dann findest du mich in meiner Tierarztpraxis oder im *Tierhuus*, aber das weißt du ja.«

Atemlos brachte er hervor: »Alles klar.«

Sie legte auf, ohne sich zu verabschieden.

Als er wieder aus dem Fenster sah, war die Dohle fort.

Den restlichen Tag verbrachte er wie in Trance. Seine

Gedanken kreisten darum, was er falsch gemacht haben könnte.

War es vielleicht Stefanie, der neuen ehrenamtlichen Mitarbeiterin des Robbenzentrums, sauer aufgestoßen, dass Tjorben ihr in Sachen Seehundrettung ungebeten Ratschläge gegeben hatte?

Fühlte sich dieser Urlauber, den er kürzlich bei der Rettungsaktion eines verlassenen Heulers am Strand belehrt hatte, den Meeressäuger gefälligst nicht mit Blitz zu fotografieren, auf die Füße getreten?

Oder hatte sich der Feriengast, den er etwas zu ruppig gebeten hatte, bei der Auswilderung einiger Robben nicht im Weg zu stehen, über ihn beschwert?

Tjorben wusste, dass er manchmal ungewollt schroff rüberkam. Unter Stress verpackte er Aufforderungen nicht immer in diplomatische Worte. Und wenn er müde war, guckte er oft grimmig.

Aber Janine hatte von einer Anschuldigung gesprochen, nicht bloß von einer Beschwerde. Das klang schwerwiegender. Als hätte er heimlich Geld aus der Kasse des Robbenzentrums genommen oder mutwillig einige der Transportboxen zerstört.

Nach Janines Anruf ging ihm die Arbeit am Nachmittag nur schwer von der Hand. Als sie mit der *Seewievke* rausfuhren, kümmerte sich zum Glück Kika um die Fahrgäste, denn er war nicht in der Stimmung für Small Talk. Er schaffte es kaum zu lächeln. Die Sorge, er könnte Janine und André enttäuscht haben, zog seine Mundwinkel nach unten.

Die Fahrt dauerte zwei Stunden. Es waren ausschließlich

Familien an Bord. Es herrschte eine fröhliche Stimmung. Die Sonne schien vom strahlend blauen Himmel. Alles hätte so schön sein können.

Kika fischte mithilfe eines Schleppnetzes einige Meeresbewohner aus der Nordsee, gab sie behutsam in ein Becken mit Wasser und erklärte den Eltern und Kindern Wissenswertes. Eigentlich war das Tjorbens Aufgabe, aber er war so durch den Wind, dass die Worte wie Blei auf seiner Zunge lagen und nicht aus dem Mund rauswollten.

Kika hatte ihm gut zugehört und gab alles, was sie von ihm wusste, auf unterhaltsame Weise wieder. Tjorben hätte es nicht besser machen können.

Die Fahrgäste durften die Seesterne, Muscheln, Krebse, Krabben, Schollen und anderen Unterwasserbewohner vorsichtig berühren, falls sie sich trauten, und Fragen stellen. Tjorben half Kika, sie zu beantworten, und ließ dann die Seetiere wieder frei. Danach reichte er eine Schachtel mit Meeresfrüchten aus Schokolade herum und hoffte, dass er nicht zu mürrisch rüberkam. Das hätte ihm leidgetan.

»Danke«, sagte er auf der Rückfahrt zum Hafen in Wyk zu Kika, als sie zu ihm ins Kapitänshäuschen kam.

Sie hielt ihm die Packung mit den restlichen Pralinen hin, doch er lehnte ab. Da runzelte sie die Stirn und fragte besorgt: »Was ist denn heute los mit dir?«

»Ich bin einfach mit den Gedanken woanders«, antwortete Tjorben. Er war so angespannt, dass sogar seine Kopfhaut wehtat. Um sich etwas Erleichterung zu verschaffen, streifte er das Gummi von seinem Pferdeschwanz und schüttelte das Haar aus.

Sie legte die Packung mit den Schokomeeresfrüchten in das Schränkchen neben dem Steuerrad. Betont beiläufig wollte sie wissen: »Ist es wegen Christin?«

»Wie kommst du denn darauf?« Er hörte selbst, wie defensiv er klang.

Grinsend befingerte Kika ihren Nasenring. »Man könnte meinen, du hast Liebeskummer.«

»Ich doch nicht«, wiegelte Tjorben in einem Ton ab, als wäre das vollkommen abwegig, und zog damit seinen Schutzwall hoch. Prompt wurde er rot.

»Nee, ist klar.« Sie verdrehte die Augen. »Ist Christin abgereist, bist du darum traurig?«

»Sie wohnt noch im *Lüttes Glück* bei ihrer Freundin Anja.« Ihm fiel auf, dass die dunkelblauen Strähnen in Kikas schwarzen Haaren verschwunden waren. Ob sie ihr doch nicht gefallen hatten?

Sie stellte sich breitbeinig in die Tür und hielt sich am Rahmen fest. Der Fahrtwind bauschte ihr T-Shirt auf. »Geht es ihr besser?«

»Was meinst du?« Stirnrunzelnd sah Tjorben auf sie hinab, denn sie war einen Kopf kleiner als er. Aber sie weckte seinen Beschützerinstinkt nicht, weil sie tough war und sich sehr gut selbst wehren konnte.

Während Kika an dem nachtblauen Nagellack auf ihrem Daumen, der abblätterte, kratzte, erklärte sie: »Du hast doch gesagt, sie wäre ein Vogel mit gebrochenem Flügel, und du würdest ihr helfen zu heilen.«

Tjorben dachte darüber nach. Auf ihn machte Christin nicht mehr den Anschein, als würde sie unter dem Seitensprung ihres Mannes leiden. Wenn sie mit Tjorben zusammen war, lachte sie viel. Sie hatte Spaß. Ihr Blick war nicht mehr von Traurigkeit getrübt wie in den ersten Tagen. Auf ihn wirkte sie, als würde sie inzwischen ihren Urlaub auf Föhr genießen. »Ich denke, sie macht Fortschritte.«

»Und trotzdem ist sie noch nicht heimgeflogen, sondern noch hier.« Kika steckte ihre kinnlangen Haare hinter die Ohren, wodurch sie so brav aussah wie eine Klosterschülerin. »Das sagt doch viel aus.«

Tjorben spürte einen Funken der Hoffnung in sich aufglimmen, versuchte es sich aber nicht anmerken zu lassen. »Tut es das?«

»Natürlich«, sagte Kika und grinste breit.

Während er ihrem Blick auswich, wandte er ein: »Das muss aber nichts mit mir zu tun haben.«

»Muss nicht, aber trotzdem könntest du der Grund dafür sein.«

Vielleicht hatte Kika recht. Entweder macht Franjo viel falsch, oder ich mache einiges richtig. Christin weilte noch auf Föhr. Bei ihm. Er hatte sie noch nicht verloren.

Kika machte einen Schritt aus dem Steuerhaus und sah zu den Fahrgästen. Viele saßen einfach nur auf den Holzbänken des ehemaligen Fischkutters und schauten mit einem Lächeln im Gesicht hinaus aufs Meer. Die Sonnenstrahlen fingen sich auf der Wasseroberfläche, was aussah, als würde Glitzer auf den Wellen schwimmen.

Kika kam wieder herein. Mit einer Unschuldsmiene fragte sie: »Ist dir eigentlich klar, dass du ohne mich aufgeschmissen wärst?«

»Ist das so?« Misstrauisch kniff Tjorben die Augen zusammen. Was kam jetzt? Amüsiert wartete er darauf, dass sie fortfuhr.

»Ich übernehme teilweise deine Aufgaben«, sagte sie und stellte sich breitbeiniger hin, um den Wellengang besser ausgleichen zu können. »Da muss doch eine Gehaltserhöhung drin sein.«

»Du hast eine ganz schön kesse Lippe. Du arbeitest erst seit dem Frühjahr für mich«, rief er ihr in Erinnerung und drehte das Steuerrad leicht, um den Kurs der *Seewievke* anzupassen.

Sie zuckte mit den dünnen Schultern. »Das hält mich nicht davon ab, über die Zukunft bei dir zu reden. Ich bin eine gute Mitarbeiterin und würde nur ungern bei der Konkurrenz anheuern.«

Er gab ein warnendes Brummen von sich.

»Hey, pass ma uff! Ich sagte doch, ich will gar nicht weg von dir. Aber auch ich muss von etwas leben«, stellte Kika klar und wickelte eine Haarsträhne um den Zeigefinger. »Wenn du also willst, dass ich dich auch nächstes Jahr auf deinen Schiffstouren begleite, wäre etwas mehr Geld ein Argument für die *Seewievke* und ihren mürrischen Kapitän. Das nennt man Mitarbeiterbindung.«

Tjorben schnaubte. »Ich bin nicht mürrisch, nur grüblerisch.«

»Sollen wir eine Umfrage unter den Fahrgästen machen?«, schlug sie vor und nahm eine herausfordernde Haltung ein.

»Besser nicht. Heute scheint nicht mein Tag zu sein.«

Hoffnungsvoll fragte er sie: »Dann hast du vor, nächsten Sommer zurückzukommen?«

Sie schüttelte den Kopf. Eine Haarsträhne blieb an ihren schwarz getuschten Wimpern hängen. Kika schob sie aus dem Gesicht. »Ich habe vor, auf Föhr zu bleiben. Es gefällt mir hier, und ich will wissen, wie es ist, den Winter auf einer Insel zu verbringen.«

»Das finde ich toll. Viele Saisonkräfte verlassen die Insel am Ende des Sommers.« Das war ein Lichtblick an diesem düsteren Tag. Tjorben war begeistert und machte ihr ein Angebot: »Ich würde mich freuen, wenn du unbefristet für mich arbeiten würdest.«

»Dann fährst du auch im Winter raus?«, fragte Kika überrascht und hielt sich am Türrahmen fest, als eine größere Welle gegen den Bug krachte. Gischt spritzte über die Reling. Die Feriengäste schrien auf, dabei saßen sie zu weit hinten, um nass zu werden.

Tjorben nickte. Seefest war die Berlinerin ja. »Wenn das Wetter es zulässt und genug Feriengäste die Touren buchen, selbstverständlich.«

»Willste damit sagen, ick bekomme die Gehaltserhöhung?«, fragte sie aufgeregt und grinste.

»Ja, aber nur, wenn du mir auch ein bisschen bei der Büroarbeit hilfst.« Die war nämlich für ihn ein Graus. Er liebte es, bei Wind und Wetter mit den Menschen auf der Nordsee und auf Föhr unterwegs zu sein. Aber von dem ganzen Computerkram bekam er schlechte Laune. Er hielt ihr die Hand hin.

Kika überlegte nicht lange und schlug ein. »Knorke!«

Tjorben freute sich, dass sie ihm länger erhalten bleiben würde. Sie war ein echter Glücksgriff. Jetzt hatte er das erste Mal eine feste Mitarbeiterin.

Frisch geduscht fuhr Tjorben am Abend zum Robbenzentrum. Es brannte noch Licht. Er konnte seine Nervosität kaum verbergen, als er das Gebäude betrat. Ständig strich er über seinen Bart. Er prüfte, ob seine Haare noch ordentlich im Nacken zusammengebunden waren, und zupfte an seinem T-Shirt herum, denn er wollte einen guten Eindruck machen.

Mit ernsten Mienen baten Janine und André ihn in ihr Büro. Sie nahmen auf einer Seite des Tisches Platz und er auf der anderen. Tjorben kam sich vor wie ein Schüler, der zur Schulleiterin und zum Co-Rektor bestellt worden war, weil er etwas angestellt hatte. Noch immer konnte er sich nicht ansatzweise denken, worum es bei dem anstehenden Gespräch ging.

Freundlich, aber reserviert fragte André: »Möchtest du Tee?«

»Nein, danke.« Tjorben räusperte sich nervös. »Mir wäre es lieb, wenn wir direkt zur Sache kommen könnten.«

André nickte und sah seine Frau auffordernd an. Anscheinend wollte er, dass sie die schlechte Nachricht überbrachte.

Janine holte tief Luft und sagte: »Wir haben einen Hinweis bekommen, dass du Seehunde misshandelst.«

»Waaas?«, rief Tjorben. Er sprang auf. Man konnte einem Tierschützer wohl kaum einen schlimmeren Vorwurf machen. Aufbrausend brüllte er: »Das ist doch Bockmist!«

»Beruhige dich und setz dich wieder hin«, forderte André ihn bestimmt auf.

Tjorben nahm wieder Platz. Innerlich bebte er und konnte kaum still sitzen. Seine Arme und Beine waren ständig in Bewegung. »Von wem kam der Hinweis?«

»Er war anonym«, antwortete Janine und verfolgte seine Reaktion genau.

»Dann ist er wohl kaum verlässlich«, wiegelte er ab und gestikulierte so heftig, wie es eigentlich gar nicht seine Art war.

André lächelte bemüht, doch sein Lächeln erreichte seine Augen nicht. »Wir müssen mit dir darüber sprechen, das verstehst du hoffentlich.«

»Ja, sicher«, erwiderte Tjorben, aber er konnte nicht verhehlen, dass er auch ein wenig verärgert war. Die beiden kannten ihn seit einer Ewigkeit und wussten, dass sie ihm vertrauen konnten. Er fühlte sich verletzt. »Aber es enttäuscht mich, dass ihr einen solch abwegigen Vorwurf von jemandem, der nicht einmal seinen Namen nennt, überhaupt ernst nehmt.«

»Wir bedauern die Entwicklung auch sehr, denn wir haben dich immer als verlässlichen ehrenamtlichen Mitarbeiter und guten Freund geschätzt. Aber auch wir sind maßlos enttäuscht, von dir.« Janines Stimme klang ungewohnt hart, als sie die Bombe platzen ließ: »Uns liegt ein Beweis vor.«

Das machte Tjorben einen Moment sprachlos. Irritiert blickte er die beiden abwechselnd an und schüttelte ungläubig den Kopf. Schließlich brachte er atemlos hervor: »Das kann nicht sein.«

»Fakten lügen nicht«, wandte Janine streng ein, aber in ihrem Blick lag Bedauern.

Ihm war mit einem Mal eiskalt, und er fror eigentlich nie. Es kostete ihn Mühe zu fragen: »Was ist das für ein vermeintlicher Beweis?«

»Es handelt sich um ein Foto«, erklärte sie. »Darauf trittst du einen Heuler.«

Tjorben riss die Hände hoch. Entsetzt brüllte er: »Das würde ich niemals tun! Ich würde mir eher ein Bein abhacken, als einem Tier wehzutun.«

»Das dachten wir auch, aber wir haben das Bild gerade vor uns und sind immer noch so schockiert wie beim ersten Betrachten.« Janine drehte ihren Computerbildschirm so, dass er den E-Mail-Anhang sehen konnte.

Ihm blieb fast das Herz stehen. Auf der Aufnahme stand er in dem Raum mit den Seehundbecken. Es machte den Anschein, als wäre er gereizt und würde die kleine Robbe tatsächlich treten.

Die E-Mail kam von jemandem, der sich ›Einentsetzter-Tierfreund‹ nannte, und war über den Anbieter Trash-mail.com verschickt worden, zweifellos ein sogenanntes Wegwerfpostfach. Die Adresse würde sich nicht zurückverfolgen lassen, es gab keine Registrierung und keine gespeicherte IP-Adresse. Der Verfasser war anscheinend mit allen Wassern gewaschen.

»Ich sehe verärgert aus, aber das war ich bestimmt nicht, sondern bloß konzentriert«, beeilte er sich zu erklären und fühlte sich schrecklich hilflos. »Ihr kennt mich doch. Ihr wisst, dass ich manchmal abweisend oder schlecht gelaunt wirke, obwohl ich nur müde oder in Gedanken versunken bin.«

André nickte. »Ja, das stimmt schon, aber …«

»Ich rette Tiere, ich quäle sie nicht«, fiel Tjorben ihm ins Wort. Es machte ihn traurig, dass die beiden ihm keinen Glauben schenkten, aber er konnte sie auch verstehen. Der vermeintliche Beweis wog schwer.

»Es gibt immer wieder Feuerwehrleute, die Brände legen«, wandte André ruhig ein und faltete die Hände vor dem Bauch.

Tjorben rutschte bis zur Stuhlkante vor, neigte sich vor und stellte eindringlich klar: »Ich würde niemals und unter gar keinen Umständen einen Seehund oder irgendein anderes Tier treten!«

»Aber du hast es getan. Das Bild beweist es.« André zeigte auf den Bildschirm.

Tjorben ließ seinen Blick durch das Büro schweifen, als könnte er irgendwo eine Antwort darauf finden, wie dieses Foto zustande gekommen war. Wie sollte er bloß seine Unschuld beweisen? Schließlich sagte er mit belegter Stimme: »Das muss alles ganz anders gewesen sein.«

»Und wie?«, fragte Janine und wartete geduldig auf eine Erklärung.

Unglücklicherweise hatte er die nicht. »Ich erinnere mich nicht an den Tag. Das muss mindestens vier Jahre her sein. Seht nur, wie lang meine Haare da noch waren.« Sie reichten ihm bis zu den Schulterblättern und waren im Nacken zusammengebunden.

Damals hatte er sie in seiner Freizeit gerne offen getragen

und ausgesehen wie ein Heavy-Metal-Fan aus den Achtzigerjahren. Er hatte immer anders sein wollen als der bodenständige Joris und der modische Arian und auch gerne mal mit seinem wilden Aussehen provoziert, aber das Bedürfnis hatte er inzwischen nicht mehr. Er hatte seine Mitte gefunden, er war ein Seebär, ein Naturbursche und mit Leib und Seele ein Tierschützer.

»Wann das passiert ist, spielt für uns keine Rolle«, wiegelte Janine ab. Sie lehnte sich zurück und verschränkte die Arme. »Was einmal geschieht, geschieht meistens öfters.«

Tjorbens Nacken war total verkrampft, Spannungskopfschmerzen kündigten sich an. Verzweifelt sagte er leise: »So etwas Schreckliches habe ich nicht getan.«

»Wie kannst du das nur weiterhin behaupten?« Während sie fortfuhr, tippte sie aufgebracht auf den Bildschirm. »Das bist eindeutig du auf dem Foto.«

»Das leugne ich ja gar nicht«, erwiderte er aufgewühlt und verwirrt.

Er schloss die Augen, fuhr sich mit der flachen Hand über die Lider und wünschte sich, dass das Foto verschwunden wäre, wenn er die Augen wieder öffnete, doch das Wunder geschah nicht. Als er wieder hinsah, zeigte es noch immer einen Mann, der zwar aussah wie er, der sich aber verhielt, als wäre er sein böser Zwilling.

Plötzlich fiel Tjorben ein Fuß in einem Turnschuh am Bildrand auf. Er hielt die Tür zum Robbenbecken offen und gehörte der Person, die ihn bei seiner vermeintlichen Entgleisung fotografiert hatte. Es musste sich um eine Frau handeln. Ihr schlankes nacktes Bein war blass und steckte in weißen Sneakern. Weil die Kacheln dahinter ebenfalls weiß waren und der Schreck über die Anschuldigung tief saß, hatte er das Detail erst jetzt bemerkt.

Etwas regte sich in ihm. Unruhig rutschte er auf dem Sitz hin und her.

André neigte sich über den Schreibtisch und starrte ihn an. »Du erinnerst dich wieder, habe ich recht?«

Es war bloß ein diffuses Gefühl, das Tjorben mit einem Mal hatte. Er streckte sich danach, versuchte es zu greifen und näher heranzuziehen, doch er bekam es nicht zu fassen. Die Angst, er könnte die Gewissheit bekommen, dass er tatsächlich die Kontrolle über sich verloren und ruppig mit einem Seehund umgegangen war, hielt ihn davon ab, richtig zuzupacken.

Verlegen wich Tjorben Andrés bohrendem Blick aus und gab zu: »Vage.«

Auf dem Fußgelenk der mysteriösen Fotografin erkannte Tjorben schwarze Linien. Es musste sich um ein Tattoo handeln, doch es war nur zum Teil zu sehen und zudem verschwommen, weil der Fokus des Bildes auf dem Heuler lag. Er kniff die Augen zusammen und sah genauer hin. Konnten das stilisierte Wellen sein?

»Ich habe so eine Tätowierung schon mal gesehen«, murmelte er und kraulte nachdenklich seinen Bart.

André ermahnte ihn: »Lenk nicht ab! Es geht hier um dich.«

»Versucht nicht demjenigen, der das Foto gemacht hat, die Schuld in die Schuhe zu schieben! Woher es kommt, ist unwichtig. Es zählt nur, dass es existiert und deinen Ausraster beweist«, stellte Janine klar. Sie schüttelte den Kopf und sagte enttäuscht: »Ausgerechnet du. Das hätte ich niemals von dir gedacht.«

Betreten presste Tjorben die Lippen zusammen.

Wer war die Frau, die ihn jetzt, Jahre später, beim Robbenzentrum angeschwärzt hatte? Handelte es sich etwa um eine Ex-Freundin? Machte sie auf Föhr Urlaub oder besuchte ihre Familie auf der Insel und hatte sich Chancen ausgerechnet, erneut bei ihm zu landen? Hatte sie ihn zusammen mit Christin gesehen, war eifersüchtig geworden und hatte auf diesem Wege Rache genommen?

Streng deine grauen Zellen an, forderte Tjorben sich auf.

Er schloss die Augen und schickte seine Gedanken auf Reisen. Die Erinnerung wurde deutlicher. Wellen am linken Fußgelenk und eine stilisierte Muschel am rechten. Er hatte nie Tattoos haben wollen, aber diese beiden hatten ihm gefallen. Sie waren dezent und spiegelten seine eigene Liebe zum Meer wider.

Aber wo hatte er die Tätowierungen schon einmal gesehen? Welche Frau hatte sie gehabt? Wie hatte sie ausgesehen, und wie war ihr Name? Warum wollte sie ihm schaden?

»Ich hatte erwartet, dass du so viel Anstand hast, deine Entgleisung zuzugeben«, sagte Janine vorwurfsvoll.

Tjorben wurde sauer. Weniger auf Janine und André. Er konnte nachvollziehen, dass sie seinen Beteuerungen nicht glaubten, wo sie doch den Beweis für seine schreckliche Tat direkt vor Augen hatten. Vielmehr war er wütend auf die Zwickmühle, in der er saß. Darauf, dass er seine Unschuld nicht beweisen konnte. Dass er machtlos war.

Missmutig brachte er hervor: »Ich kann nicht eingestehen, was ich nicht getan habe.«

»Das ist alles sehr bitter für uns, dein Fehltritt damals und dein Leugnen heute.« Janine seufzte schwer. Dann setzte sie sich aufrecht hin und sagte in offiziellem Ton: »Wir benötigen dich im Robbenzentrum nicht mehr als ehrenamtlichen Mitarbeiter.«

Er stand so aufbrausend vor Wut auf, dass er mit dem Schienbein gegen den Rollcontainer unter dem Schreibtisch stieß. Schmerz fuhr in seinen Unterschenkel.

Plötzlich wusste Tjorben, wer die geheimnisvolle Fotografin war. Sein Blick erhellte sich.

»Ronja Hingst«, stieß er keuchend aus. Sein Puls beschleunigte sich. Keine alte Flamme von ihm. »Sie hatte diese Tattoos an den Fußgelenken.«

André kratzte sich an der Schläfe. »Der Name kommt mir bekannt vor.«

»Sie hat mal ein Schülerpraktikum im Robbenzentrum gemacht.« Tjorben beugte sich über den Schreibtisch. Aufgeregt tippte er auf den Fuß auf dem Computerbildschirm. »Erinnert ihr euch an sie? Sie war sechzehn Jahre alt und hat auf Amrum gewohnt. Für das Praktikum kam sie bei einer Tante in Oevenum unter. Sie war immer gut drauf und hat viel gelacht. Ein echter Sonnenschein. Sie liebte Tiere, aber ich glaube, sie hat die Arbeit hier nicht wirklich ernst genommen.«

»Ronja, ja. Ich mochte sie. Du glaubst, sie hat das Foto geschossen und uns anonym gemailt?«, fragte Janine und runzelte die Stirn. Ohne seine Antwort abzuwarten, drehte sie den Bildschirm in ihre Richtung und hämmerte auf der Tastatur herum. »Dann sollten wir versuchen, sie unter der Telefonnummer ihrer Eltern zu erreichen, und zu dem Tag befragen. Ich suche sie heraus und rufe sofort an.«

Er ließ sich auf den Stuhl fallen und dachte laut nach: »Ronja müsste inzwischen um die zwanzig sein. Ich bezweifele, dass sie ihr Handy von damals noch hat und erst recht nicht mehr die alten Schnappschüsse. Ich kann mir auch keinen Grund denken, warum sie sich eine Fake-E-Mail-Adresse zugelegt haben sollte. Sie kennt euch doch noch von früher, und ihr hattet ein gutes Verhältnis. Nein, ich glaube nicht, dass sie euch das Foto geschickt hat.«

»Wer sonst?«, fragte Janine und hörte auf zu tippen. »Wie passt das alles zusammmen?«

»Darauf kann ich mir auch noch keinen Reim machen«, gab Tjorben zerknirscht zu. Ronja wollte ihm bestimmt nicht schaden. Er hatte sich blendend mit ihr verstanden und sie sogar ab und zu zum Eisessen eingeladen, weil sie kaum jemanden auf Föhr kannte. Was ihn jedoch wirklich störte, sprach er laut aus: »Sie hat nie fotografiert.«

André wandte ein: »Aber sie hatte doch ständig ihr Smartphone in der Hand.«

»Ja, sie hat für eine Präsentation in der Schule Videos über ihr Praktikum gedreht.« Plötzlich ging Tjorben ein Licht auf. Aufgewühlt zeigte er auf den Bildschirm. »Das ist es! Der E-Mail-Anhang ist kein Foto, sondern ein Standbild aus einem ihrer Videos. Daher kam es mir bekannt vor und auch wieder nicht.«

Aufgeregt zückte er sein Mobiltelefon, rief Facebook auf

und scrollte durch seine eigene Seite. Er hatte sie eingerichtet, um Werbung für seine Wattwanderungen, Naturführungen und Schiffsausflüge zu machen, doch er stellte
nur selten Beiträge online. Viel öfter wurde er in Posts von
Feriengästen, die Touren mit ihm gemacht hatten, verlinkt,
und diese Posts erschienen dann auch auf seinem Profil.

Das besagte Video von Ronja fand er jedoch nicht. Die
Zeit ihres Schülerpraktikums lag zu lange zurück. Er suchte
immer verzweifelter. Sein Blick huschte nervös über das
Display. Er presste die Kiefer zusammen, bis ihm die Zähne
wehtaten, was seine Nackenverspannungen noch verstärkte.

»Lass es gut sein.« Janine wurde ungeduldig.

»Nein!«

»Du klammerst dich an einen Strohhalm.« Sie notierte
eine Telefonnummer auf ihrem Notizblock, schrieb ›Ronja,
Amrum‹ daneben und legte den Kugelschreiber weg. Dann
fuhr sie den Computer runter und schaltete den Bildschirm
aus.

Tjorben stand auf und ging im Büro auf und ab. Ohne
den Blick vom Smartphone zu nehmen, stellte er klar:
»Wenn auch nur der Hauch einer Chance besteht, euch
zu beweisen, dass ich unschuldig bin, werde ich die ganze
Nacht hierbleiben und dieses Video suchen, wie die Nadel
im Heuhaufen.«

Janine und André sahen sich gegenseitig an, ließen ihn
aber gewähren. Noch.

Er suchte, während sie zunehmend ungeduldiger wurden. Nach einer halben Ewigkeit entdeckte er es endlich.
Er spielte es ab. Erleichtert stieß er die Luft aus. Er zeigte

Janine und André das Filmchen. Darin wirkte die Situation, die das Foto zeigte, ganz anders. Die Robbe wollte aus dem Becken fliehen und schnappte immer wieder nach Tjorbens Gummistiefel.

Atemlos erklärte er: »Ich habe den kleinen Meeressäuger nur behutsam mit dem Stiefel ins Becken geschoben, weil er mich beißen wollte.«

»Hier siehst du wirklich eher konzentriert und nicht gereizt aus«, lenkte Janine ein und wurde nachdenklich. Sie klickte das Video erneut an.

»Ronja lacht die ganze Zeit über, während sie filmt. Hört ihr das?« Für einen Moment schwieg er. Als Janine und André nickten, erzählte er weiter: »Sie fand es lustig, wie ich mit dem Seehund gerungen habe. Ich wollte ihm schließlich nicht wehtun, sondern meinte es nur gut mit ihm. Wir wollten ihn ja nur aufpäppeln, damit er kräftig genug wird, um ausgewildert zu werden. Aber er hat das nicht verstanden.« Herausfordernd wollte er wissen: »Hätte sie auch gelacht, wenn ich das Tier getreten hätte?«

»Selbstverständlich nicht.« André sagte über die Geräusche aus der Aufnahme hinweg: »Du hattest recht. Es handelt sich bei dem E-Mail-Anhang tatsächlich um ein Standbild. Aber wer verschickt denn nur eine Szene und nicht das ganze Video?«

Ronjas Lachen verstummte, das Video war erneut zu Ende. Tjorben steckte das Mobiltelefon wieder ein. »Jemand, der will, dass der Ausschnitt falsch interpretiert wird.«

»Und er hätte es fast geschafft«, zischte Janine angesäuert, dann sah sie Tjorben an. »Wer könnte das getan haben?«

Er zuckte mit den Schultern und musste plötzlich an Franjo denken. Hatte Christins Mann etwa erfahren, dass es zwischen Christin und ihm gefunkt hatte? Hielt er sich auf Föhr auf und beobachtete sie heimlich? Tjorbens Stimme klang dunkel und unheilvoll, als er antwortete: »Meine Facebook-Seite ist öffentlich. Jeder hätte das Video finden, ein Bild daraus ziehen und es an euch senden können.«

»Aber warum sollte das irgendjemand tun?«, wollte Janine von ihm wissen.

»Um mich in Verruf zu bringen«, vermutete er. »Denkt nur an die Konsequenzen! Beinahe hättet ihr mich rausgeworfen. Ich weiß ja, ihr würdet hinter meinem Rücken nicht schlecht über mich reden, aber vielleicht hätte der Vorwurf, dass ich Tiere quäle, trotzdem die Runde über die Insel gemacht.«

»Man hätte dich vielleicht gebeten, den *Fering Ferian* zu verlassen, und dir bestimmt nahegelegt, dein Ehrenamt als Nationalpark-Ranger abzugeben«, führte André den Gedanken weiter und schüttelte fassungslos den Kopf. »Das hätte auch viral gehen und deine gesamte Existenz gefährden können. Wer bucht schon Wattwanderungen und Schiffstouren zu den Seehundbänken bei einem Tierquäler?«

»Da will dir jemand übel mitspielen, und wir wären beinahe auf diesen Versuch, dich zu verleumden, hereingefallen«, sagte Janine betroffen. Sie stand auf und umarmte Tjorben. »Nach all den Jahren der Zusammenarbeit hätten wir mehr Vertrauen in dich haben sollen. Es tut uns wirklich sehr leid.«

»Schon gut. Ihr musstet dem anonymen Hinweis nachgehen, und das Foto sprach nun einmal gegen mich. Außerdem habt ihr ja mit mir darüber geredet und mich nicht einfach rausgeworfen.«

»Pass auf dich auf! Wer immer es auf dich abgesehen hat, schießt aus dem Hinterhalt«, warnte sie ihn. »Und zwar mit scharfen Waffen.«

Tjorbens Magen ballte sich zusammen, er hatte eine Stinkwut. Beinahe hätte dieser ausgeklügelte Plan eine Lawine ins Rollen gebracht, die ihn unter sich begraben hätte.

Aber wie sollte er gegen einen Feind kämpfen, den er nicht sah und der ihm somit überlegen war?

Am nächsten Vormittag rief sein Vater ihn an. Das war höchst ungewöhnlich, da er in der Hafenmeisterei tagsüber immer viel zu tun hatte.

»Moin, Tjorben«, meldet er sich fröhlich.

»Moin, Vadder.«

Der Anruf kam eher ungelegen, gerade war er dabei, eine Wandergruppe am Treppeneinstieg zum Wattweg bei Dunsum um sich zu sammeln. In den nächsten zweieinhalb Stunden würde er durch den Schlick und einen Priel nach Amrum spazieren, vorbei an den Resten des Schiffwracks *City of Bedford*. Er würde den Feriengästen die Vögel, Seesterne, Wattwürmer, Krebse, Strandkrabben und all die anderen Bewohner der Nordsee zeigen, während Kika sich im Büro um die Ablage kümmerte.

Doch nach dem hinterhältigen Verleumdungsversuch

am Abend zuvor war er auf weitere wichtige Nachrichten gefasst, auf die man womöglich schnell reagieren musste. Er entschuldigte sich bei den Urlaubern, um zu hören, was sein Vater zu sagen hatte.

»Ist etwas passiert?«, fragte er ins Telefon.

»Ich hätte heute schon den Vertrag meines Lebens abschließen können«, antwortet sein Vater lachend. »Also nicht für mich, sondern für die Hafenmeisterei.«

Tjorben zog den Reißverschluss seiner Windjacke zu, denn trotz des Sonnenscheins wehte eine frische Brise. »Wovon sprichst du?«

»Da rief mich doch so ein Fatzke an, der ganz vornehm sprach«, erzählte sein Vater beschwingt. Er schien bester Laune zu sein. »Er meinte, er wäre Rechtsverdreher und würde mich im Auftrag eines Klienten kontaktieren. Der sucht einen festen Liegeplatz für seine Jacht im Wyker Hafen.«

Tjorben lachte spöttisch. »Die sind auf Jahre reserviert.«

»Das habe ich ihm auch gesagt«, erwiderte sein Vater. »Ich konnte ihm bloß einen der freien Liegeplätze für Gäste in Aussicht stellen, aber in der Hauptsaison nehmen wir ja Vorabreservierungen aus organisatorischen Gründen nicht an. Das wäre nicht im Sinne seines Klienten, hat er daraufhin gemeint.«

Tjorben machte eine Geste der Entschuldigung in Richtung eines Mädchens mit Zöpfen und einer lavendelfarbenen Jacke aus seiner Wattwandergruppe. »Pech für ihn«, erwiderte er. »Die festen Liegeplätze brauchen wir Einheimischen selbst.«

»Genau«, pflichtete sein Vater ihm bei. »Er hat dann gesagt, dass der Liegeplatz der *Seewievke* seinem Klienten gut gefallen würde. Der wäre zentral und ruhig.«

»Meiner?«, fragte Tjorben überrascht und sah, wie eine Gruppe von drei gut gelaunten Damen, die neben dem Mädchen stand, ihm zuwinkte.

Die Frauen grinsten, tuschelten und warfen ihm immer wieder Blicke zu. Verlegen drehte er sich weg und hielt Ausschau nach den restlichen Wanderern, die sich angemeldet hatten, aber noch nicht eingetroffen waren.

Vergnügt fuhr sein Vater fort: »Ich habe dem Anwalt mitgeteilt, dass der Vertrag für die *Seewievke* unbefristet ist. Es gäbe also keine Möglichkeit für seinen Klienten oder sonst wen, den Liegeplatz zu bekommen. Daraufhin hat der Rechtsverdreher gesagt, er würde mir das Dreifache der Jahresgebühr anbieten, egal, wie hoch die Summe ist.«

»So scharf ist sein Klient auf einen Liegeplatz im Wyker Hafen?« Tjorben zog die Augenbrauen hoch.

»Auf deinen Platz«, korrigierte sein Vater ihn. »Ich habe ihm versprochen, mit einem Föhrer zu sprechen, der eventuell im Winter sein Boot verkaufen will. Okko Jansen findet, er ist langsam zu alt, um hinterm Steuerrad zu stehen. Sicher ist es aber noch nicht, das hat Okko letzten Sommer nämlich auch schon angekündigt. Falls doch, würde sein Liegeplatz frei werden. Aber der Anwalt war nicht interessiert, er wollte unbedingt deinen.«

Das Kribbeln in Tjorbens Nacken wurde stärker, geradezu unangenehm. Er kratzte sich, aber es hörte nicht auf, sondern breitete sich auf dem ganzen Rücken aus. »Wie merkwürdig!«

»Nicht wahr? Da bin ich hellhörig geworden und hab ein bisschen im Internet geforscht«, fuhr sein Vater fort.

Tjorben schmunzelte. »Du? Im Netz? Du kennst dich doch nur mit Fischernetzen aus.«

»Ich bin nicht von gestern«, stellte sein Vater klar. »Ich habe herausgefunden, dass die Anwaltskanzlei in Köln sitzt.«

Tjorben fragte sich, ob Franjo diesen Rechtsanwalt engagiert hatte. Hatte er aus Eifersucht erst versucht, ihn bei Janine und André schlechtzumachen, und dann erreichen wollen, dass die *Seewievke* ihren Liegeplatz verlor?

Tjorbens Vater berichtete weiter: »Auf der Homepage stehen einige Kunden als Referenz. Da ist unter anderem eine Chemiefirma dabei.«

»Und?«, fragte Tjorben und runzelte die Stirn.

Anstatt direkt mit der Sprache herauszurücken, erklärte ihm sein Vater stolz jeden Schritt seiner Spurensuche. »Ihr Sitz ist in Düsseldorf.«

»Soll mir das irgendetwas sagen?« Langsam wurde Tjorben ungeduldig. Er grüßte die Nachzügler seiner Gruppe, die gerade angekommen waren, und beobachtete, wie sie sich zu den anderen Touristen am Einstieg zum Watt stellten. Nun war die Wandergruppe komplett, und er musste los, um im Zeitplan zu bleiben, den die Gezeiten und sein Terminkalender ihm vorgaben.

»Die Firma gehört Werner Rodenstock«, verkündete sein Vater triumphierend. »Das war ganz einfach herauszufinden. Nur ein Klick hier und ein Klick da. Habe ich bei einem zweiten Frühstück gemacht. War ähnlich wie diese Escape-Room-Rätsel auf dem Wochenkalender, den du mir letztes Weihnachten geschenkt hast.«

Das Geschenk hat sich gelohnt, dachte Tjorben und war beeindruckt von der Spürnase seines Vaters.

Anscheinend hatten seine Schuldgefühle, weil er die Frau eines anderen begehrte, Tjorben in die falsche Richtung denken lassen. Franjo hatte mit all dem nichts zu tun.

Tjorben bat die Wandergruppe noch um einen Moment, er musste, was er gerade erfahren hatte, kurz verdauen.

Bebend vor Wut schob er die Hand in die Jackentasche und ballte im Verborgenen eine Faust. Aufgebracht presste er hervor: »Glaubst du, dass Rodenstock seinen Anwalt vorgeschickt hat, damit er dir meinen Liegeplatz abschwatzt?«

»Beweisen kann ich es nicht, aber ja, davon gehe ich aus.« Sein Vater klang das erste Mal bei diesem Telefonat ernst, als er ihn bat: »Lass dich nicht bange machen!«

»Werde ich nicht«, versicherte Tjorben ihm.

Dann fasst er mit wenigen Worten das nervenaufreibende Gespräch im Robbenzentrum zusammen. Nach dem, was er soeben erfahren hatte, vermutete er stark, dass Werner Rodenstock oder eher sein Sohn Oliver, der sich sicher besser mit Social Media und der Bearbeitung von Videos als sein Vater auskannte, dahintersteckten.

»Wie hinterfotzig!«, bellte Tjorbens Vater durchs Telefon.

»Du sagst es.«

Am Tag zuvor hatte Werner Rodenstock ihn gewarnt:

»Ich werde Sie fertigmachen, wenn Sie die Sache nicht auf sich beruhen lassen.«

Tjorben hatte sich nicht einschüchtern lassen und gleich nach dem Streit im Hafen der Polizei mitgeteilt, dass sie der Sache mit den Jetskis auf der *Goldfinger* nachgehen sollten.

Nun versuchte Werner Rodenstock, ihm das heimzuzahlen. Dass er dabei bisher gescheitert war, machte ihn bestimmt rasend. Und je wütender, desto gefährlicher wurde er.

Was wird er sich noch alles ausdenken, um mir zu schaden, dachte Tjorben.

Er machte sich allerdings mehr Sorgen um seinen Vater und um Christin als um sich selbst, die auch Ziel von Rodenstocks Angriffen werden konnten. Denn sie hatten bei der Polizei bezeugt, dass der Unternehmer Werner Rodenstock zugegeben hatte, dass sein Sohn Oliver und dessen Freunde mit den Jetskis den Seehund vor der Küste Föhrs überfahren hatten.

Kapitel 17

Nachmittags kam Christin aufgeregt in die Küche des *Lüttes Glück*.

»Ich hab's getan«, rief sie. »Ich habe es tatsächlich durchgezogen. Ich kann es selbst kaum glauben.«

»Wovon sprichst du?«, fragte Anja, während sie den vorbereiteten Waffelteig aus dem Kühlschrank nahm.

Christin warf einen Blick auf die Küchenuhr. Schon kurz vor vier, sie hatte die Zeit vollkommen vergessen. Sie hatte ein schlechtes Gewissen, weil sie ihre Freundin bei der Arbeit in *Martinas Gartencafé* störte, aber sie musste die Neuigkeit unbedingt loswerden.

Atemlos verkündete sie: »Ich habe meinen Job bei der Bank gekündigt.«

»Wirklich?« Anja riss die Augen auf. »Das ist ein großer Schritt.«

»Ich habe erst einmal nur telefonisch gekündigt, aber ...« Christin fühlte sich, als hätte sie Lampenfieber. Sie hatte ihre Anstellung in dem Theater, das sich Bank nannte, gekündigt und würde bald eine vollkommen neue Bühne betreten. »Aber wenn du mir deinen Laptop leihst, schicke ich noch heute die schriftliche Kündigung per E-Mail.«

»Selbstverständlich kannst du meinen Rechner benutzen.« Nachdenklich rührte Anja den Teig noch einmal um. »Aber hast du dir das auch gut überlegt?«

»Ja, das habe ich. Ich halte es in der Bank einfach nicht mehr aus. Ich habe es satt, Geldanleger so zu beraten, dass wir am meisten verdienen, unabhängig davon, was für sie am besten wäre.«

»Das finde ich auch nicht gut«, pflichtete Anja ihr bei und steckte das Waffeleisen ein, damit es aufheizte. »Allerdings dürfen wir nicht vergessen, dass Geldinstitute auch Wirtschaftsunternehmen sind.«

»Du hast natürlich recht. Aber ich habe schon länger Skrupel und will endlich etwas verändern. Es hat sich viel aufgestaut, ich war nur zu gefangen im Hamsterrad, um aussteigen zu können. Nun, mit einer Atempause und mit Abstand, habe ich den Mut dazu aufgebracht.« Seit dem Anruf bei der Personalabteilung war eine große Last von Christin abgefallen. Hätte die Schwerkraft sie nicht am Boden gehalten, wäre sie in diesem Moment vor Erleichterung abgehoben.

»Hast du nicht Angst, du könntest deine Entscheidung bereuen, sobald du zurück in Köln bist?«, wollte Anja wissen und stellte einen Kochtopf auf den Herd.

An ihre Rückkehr dachte Christin mit Magenschmerzen. Weil sie nicht untätig sein wollte, nahm sie das Glas Sauerkirschen von der Arbeitsplatte und füllte es in den Topf, schaltete den Herd an. »Nein, ganz bestimmt nicht. In mir hat sich schon lange Widerstand geregt.«

»Dann ist ja gut. Ich dachte nur, dass du dich hier auf Föhr wie im Urlaub fühlst, deine Freiheit genießt und sie zu Hause beibehalten willst.« Während Anja eine Kelle Teig auf das heiße Waffeleisen goss, gab sie zu bedenken: »Aber auch wir Insulaner haben Verpflichtungen. Wir haben genauso Stress und müssen Aufgaben erledigen, zu denen wir keine Lust haben.«

Christin rührte mit einem Holzlöffel im Topf, damit die Sauerkirschen nicht anbrannten, und beruhigte ihre Freundin: »Das weiß ich doch. Keine Sorge, ich bin nicht blauäugig, und meine Entscheidung war auch kein Schnellschuss.«

»Ah, gut, verstehe. Hast du denn eine neue Anstellung in Aussicht?« Anja klappte den Deckel des Waffeleisens herunter und sah Christin hoffnungsvoll an.

»Nein.«

»Aber dann wirst du von Franjo abhängig sein. Das passt gar nicht zu dir«, sagte Anja und nahm zwei Kuchenteller aus dem Oberschrank.

»Ich werde schon eine neue Arbeit finden«, erwiderte Christin.

Sie hatte allerdings noch keinen blassen Schimmer, wo sie sich bewerben wollte. Sie wusste nur, dass sie nicht bei einer anderen Bank anfangen wollte. Da wäre der Druck bestimmt genauso groß, Sparkassen hatten mit den Turbulenzen auf den Finanzmärkten zu kämpfen. Christin wollte nicht länger Teil dieser Welt sein.

Anja mischte rasch Stärke mit zwei Esslöffeln Apfelsaft und dickte die Kirschen damit an. Beiläufig fragte sie: »Weiß Franjo davon?«

»Nein«, gestand Christin und schaltete den Herd aus. Sie

hatte noch nie etwas über seinen Kopf hinweg entschieden. Doch ihre Gewissensbisse hielten sich in Grenzen. Seit Langem fühlte sie sich wieder selbstbestimmt.

Entgeistert sah Anja sie an.

»Es ist mein Leben«, stellte Christin klar und gab eine Prise Zimt und etwas gemahlene Vanilleschote in den Kochtopf. Das Kirschkompott ließ ihr das Wasser im Mund zusammenlaufen.

»Selbstverständlich. Ich sehe ja, wie erleichtert du bist, also wird es das Richtige sein«, lenkte Anja ein und holte die erste Waffel aus dem Waffeleisen. Der köstliche Duft von süßem gebackenem Teig lag dick und schwer in der Luft. »Aber solltet ihr nicht wenigstens darüber gesprochen haben? Ihr seid doch verheiratet. Es betrifft auch sein Leben.«

Plötzlich regte sich Unmut in Christin. »Hat er auf mich Rücksicht genommen, als er fremdging?«

»Nein, du hast recht. Verzeih mir! Ich mache mir eben doch Sorgen um dich«, gab Anja zu und schob ihr eine Waffel zu, eine kulinarische Entschuldigung. »Ich meine ja nur … Was wird aus dir, falls ihr euch trennen solltet? Wie willst du dann ohne Einkommen auf eigenen Beinen stehen?«

Als sie an Scheidung dachte, wurde Christin schwindelig. Sie lehnte sich gegen den Küchenschrank. Vielleicht war es der falsche Zeitpunkt, ihren Job hinzuschmeißen. Mit der Kündigung hatte sie ein Stück Selbstständigkeit aufgegeben. Mit einem Schlag kam ihr der Schritt mitten in der Ehekrise unklug vor. Sie überlegte kurz, ob sie dann vielleicht bei ihm bleiben müsste, bis sie eine neue Arbeit fand.

Eben noch war sie so erleichtert gewesen, dass sie hätte abheben können, doch nun fühlte sie sich plötzlich wie festgekettet.

»Wir haben das Thema Scheidung noch nicht angesprochen«, brachte sie mühsam hervor.

»Dann habt ihr endlich telefoniert?«, fragte Anja hoffnungsvoll. Sie holte die vorbereitete Schlagsahne aus dem Kühlschrank, stellte sie auf die Arbeitsplatte und nahm noch einen Kuchenteller aus dem Schrank.

»Nein, aber wir haben getextet.« Christin zeigte ihrer Freundin den Chatverlauf.

Franjo hatte am Abend zuvor über Messenger geschrieben:

> Ich habe versucht, dich auf dem Smartphone zu erreichen. Warum hast du mich denn nicht zurückgerufen? Ich habe so darauf gewartet.

> Du hast mitten in der Nacht einmal kurz durchgeklingelt. Das werte ich nicht als ernsthaften Versuch, mich an die Strippe zu bekommen. Du musst dir schon mehr Mühe geben,

hatte sie klargestellt, während sie gegen neunzehn Uhr einen Spaziergang über den Deich gemacht hatte.

Franjo hatte keine Emojis benutzt, das tat er nie, er fand das kindisch.

Das tue ich doch! Ich gieße jeden Morgen deine Rosenbüsche im Garten, damit sie bei der Hitze und Trockenheit nicht eingehen. Eigentlich sollte es eine Überraschung sein: Ich habe so einen amerikanischen Retrokühlschrank gekauft. Den wolltest du doch schon immer haben. Er wartet hier auf dich, genauso wie ich.

Christin hatte eingesehen, dass er sich bemühte, aber er blieb dabei auf Distanz, darum hielt sich ihre Begeisterung in Grenzen.

Warum hast du tagsüber nicht noch einmal angerufen?

Da bin ich doch im Pfandleihhaus,

war zurückgekommen.

Sie hatte die Augen verdreht.

Helfen dir deine Eltern denn immer noch nicht?

Meine Mutter bringt mir Mittagessen und unterstützt mich dann für einige Stunden. Mein Vater wird mich Freitagnachmittag ablösen, damit ich Besorgungen machen kann.

Während Christin verärgert ihre Antwort tippte, wehte der frische Wind ihr die Haare aus dem Gesicht. Ihr Gemüt hatte er jedoch nicht abgekühlt.

> *Aber dann hättest du ja herkommen können.*

> *Warum sollte ich das tun? Du gehörst doch nach Köln, nicht ich nach Föhr,*

hatte Franjo nüchtern festgestellt.

Er hatte gar nicht vor, in den hohen Norden zu fahren, um für seine Untreue um Vergebung zu bitten und sie heimzuholen. Sie war sehr enttäuscht. Anscheinend hielt er ihre Liebe für selbstverständlich.

Sie schirmte ihre Augen vor der tief stehenden Abendsonne ab und betrachtete das friedliche Marschland hinterm Deich. Normalerweise hatte der Anblick eine beruhigende Wirkung auf sie, diesmal jedoch nicht.

Aufgebracht hatte sie die Buchstaben in ihr Smartphone gehämmert:

> *Das würde mir zeigen, dass du um mich kämpfst.*

> *Wir gehören doch zusammen. Wir sind schließlich verheiratet,*

war sachlich zurückgekommen.

Für Christin hatte das wie eine Analyse geklungen. Aber

mit Fakten kam man in ihrer Ehekrise nicht weit, es ging um Gefühle. Sie hatte sich einen Moment zum Durchatmen genommen und die unterschiedlichsten Vögel beobachtet, die über die Salzwiesen vor ihr staksten.

Dann hatte sie getextet:

> Trotzdem darf man den Partner nicht als selbstverständlich ansehen.

> Natürlich nicht. Ich komme auch deshalb nicht nach Föhr, weil ich jeden Tag von Neuem damit rechne, dass du plötzlich vor mir stehen wirst,

schrieb Franjo.

War er verärgert oder traurig? Da Christin das an seiner Nachricht nicht ablesen konnte, stand sie kurz davor, ihn anzurufen. Zu chatten, war eigentlich lächerlich, sie hätten miteinander sprechen sollen, wie Erwachsene, von Angesicht zu Angesicht oder wenigstens am Telefon. Aber sie hatte seine Nummer nicht gewählt, noch wollte sie ihm nicht die Hand reichen. So, wie er sich verhielt, wollte sie ihn nicht zurück.

Stattdessen tippte sie:

> Dasselbe denke ich von dir. Du hättest mehr Grund, dich in Bewegung zu setzen.

Es dauerte eine Weile, bis Franjo verschnupft antwortete:

Ich verstehe dich einfach nicht mehr. Dein
Platz ist in Köln, bei mir.

Dinge können sich ändern,

tippte Christin in ihr Smartphone, schickte die Nachricht dann aber doch nicht ab.

Jetzt, einundzwanzig Stunden später, reichte Anja ihr das Mobiltelefon zurück und fragte irritiert: »Das ist alles?«

Christin nickte und steckte das Smartphone weg. Betreten rührte sie im Kirschkompott.

»Nicht einmal ein ›Ich liebe dich‹«, sagte Anja und zog eine Grimasse. Sie holte eine zweite fertig gebackene Waffel aus dem Waffeleisen und gab gleich eine neue Kelle Teig in das Gerät.

Christin pflückte ein Stück von ihrer Entschuldigungswaffel ab und aß es. Sie zerging auf der Zunge. Der Geschmack von warmen Eiern, Butter und Zucker breitete sich wohlig in ihrem Mund aus und überdeckte die Bitterkeit der Enttäuschung über Franjos Verhalten. »Nein, auch kein ›Ich würde alles dafür tun, dass du mir verzeihst‹ oder ›Ich brauche dich so sehr‹ oder ›Ich kann ohne dich nicht leben‹.«

»Das wäre für Franjo aber auch zu viel verlangt«, wandte Anja ein und zwinkerte. »Dafür ist er zu nüchtern.«

»Stimmt schon, aber wenn er ernsthaft unsere Ehe retten wollte, würde er über seinen Schatten springen«, sagte Christin und gab einen Klecks Kirschkompott auf ihre Waffel.

Aufmunternd rieb Anja ihr über den Rücken. »Er scheint mit anderen Waffen als mit heißblütigen Worten um dich zu kämpfen.«

»Tut er das?«, fragte Christin skeptisch.

Eifrig nickte Anja. »Er baut euer Nest aus, damit du es schön hast, wenn du wieder zu Hause bist.«

»Ja, das schon. Das ist nett von ihm.« Ironisch fügte Christin hinzu: »Bodenständig und bequem. Wie praktisch für ihn, dafür muss er nicht einmal seine Komfortzone verlassen.«

Anja holte Kuchengabeln aus der Schublade. »Das hört sich nicht so an, als wäre er mit seiner Strategie erfolgreich bei dir.«

»Nein, ist er nicht. Ich weiß seine Bemühungen zu schätzen, aber sie sind nicht das, was ich gerade will«, gestand Christin.

»Und was willst du dann?«, fragte Anja, während sie weitere Waffeln machte.

Christin wurde rot. Sie wollte jemanden wie Tjorben an ihrer Seite, der sie aus ihrem Schneckenhaus herausholte. Jemand, der frischen Wind in ihren Alltag brachte und ihr zeigte, wie aufregend das Leben sein konnte. Der ihr nur tief in die Augen blicken musste, um ihre Knie weich werden zu lassen.

Doch das alles behielt sie für sich und antwortete stattdessen: »Ich wünsche mir einen Mann, der den Schneid hat, mit mir zu telefonieren, anstatt bloß zu texten. Der mir hinterherreist, egal wo auf der Welt ich bin. Der seine Fehler eingesteht und mich aus ganzem Herzen bittet heimzukommen, weil er ohne mich nicht leben kann. Der mir verspricht, dass sich einige grundlegende Dinge ändern werden. Der mir zusichert, dass wir uns ein eigenständiges Leben aufbauen und unabhängiger von seinen Eltern werden.«

»Träum weiter«, warf Anja ein.

Christin seufzte, denn auch sie wusste, dass das nicht passieren würde. Franjo genoss die berufliche und private Nähe zu seinen Eltern. Sie war praktisch. Er sah kein Problem darin, wollte also auch nichts daran ändern oder sich gar abnabeln. Christin jedoch erstickte an der Situation, sie fühlte sich unterdrückt, weil Franjo sich stets nach seinen Eltern richtete.

Resigniert fuhr sie fort: »Ich hätte so gerne einen Partner, der meine Lebenslust teilt. Der sich nicht gleich aus der Bahn geworfen fühlt, wenn seine Routine mal unterbrochen wird. Der der Kapitän auf seinem eigenen Schiff ist und das Steuerrad selbstbewusst in der Hand hält. Der mich sicher übers stürmische Meer bringt. Bei dem ich mich beschützt und geborgen fühle, weil er wie ein Fels in der Brandung ist.«

»Klingt mir verdächtig nach Tjorben.« Herausfordernd sah Anja sie an.

Christins Herz schlug laut. Atemlos gestand sie: »Ja.«

»Dann ist deine Zeit mit Franjo genauso zu Ende wie die bei der Bank?«, fragte Anja behutsam und strich ihr sanft über die Wange.

»Ich habe gerade erst die Entscheidung getroffen, beruflich neue Wege einzuschlagen«, erinnerte Christin sie und spürte wieder dieses Fieber in sich auflodern. Das heiße Kribbeln im ganzen Körper war aufregend, aber auch ein bisschen unangenehm. So war das eben, wenn man sich zu neuen Ufern aufmachte. Abenteuerlust gepaart mit einer diffusen Angst vor dem Ungewissen. »Mehr verkrafte ich nicht an einem Tag.«

Aber das Thema Scheidung hatte seinen Schrecken für sie verloren. Auf Föhr hatte sie neue Freunde gefunden, die ihr den Rücken stärkten, einfach weil sie da waren.

Selbst Hilde mit ihrem ständigen Nörgeln zählte dazu. Inzwischen hatte Christin erkannt, dass sie sich selbst nicht so ernst nahm, manchmal einfach nur austestete, wie weit sie bei anderen gehen konnte. Wenn sie Gegenwind bekam, lenkte sie rasch ein. Außerdem waren ihre Diskussionen mit Godo amüsant.

Und wenn jemand Christin gefragt hätte, wie Föhr schmeckte, wäre die Antwort »nach Maikes *Nordseewellen*« gewesen.

Sie hatte sich nie für Gemüseanbau interessiert, aber als Birthe ihr eine ihrer Karotten zum Naschen gab, war das ein wahrer Genuss gewesen. Seitdem wünschte sie sich ein eigenes kleines Hochbeet.

Das *Lüttes Glück* war zu einem zweiten Zuhause geworden. Wenn Christin mit dem Fahrrad in das kleinste Inseldorf Föhrs hineinfuhr und den Schafsgeruch, der von Sörens Stall über den Dorfanger zog, in der Nase hatte, bekam sie jedes Mal sofort ein heimeliges Gefühl.

Imke und Elkmar waren die Ersatzgroßeltern aller Walsumer. Auch Christin ließ sich von ihnen mit *Schnüsch*, einem norddeutschen Eintopf mit buntem Gemüse und Milch, verwöhnen. Sie hörte gerne zu, wenn die alten Herrschaften mit leuchtenden Augen Geschichten über das Föhr ihrer Jugend und ihre Zeit als Kindergärtnerin und Postbote erzählten.

Es war interessant zu erfahren, wie es gewesen war, drei Töchter auf einer Nordseeinsel großzuziehen. Besonders für Imke war es schwer gewesen, als ihre drei Mädchen aufs Festland zogen, und dann auch noch ihre Schwester einem Niederländer nach Ameland folgte. Doch die Gemeinschaft in Walsum hatte sie aufgefangen.

Täglich schmuste Christin Kimi, Godos dicken schwarzen Kater. Sie hatte sich immer ein Haustier gewünscht, konnte aber keins halten, weil Franjo an einer Tierhaarallergie litt.

»Niemand drängt dich zu irgendwas«, versicherte Anja ihr. Sie stellte die zwei Teller mit jeweils zwei Waffeln darauf auf ein Tablett, dazu zwei Glasschüsseln mit Kirschkompott und Schlagsahne. »Ich muss das dringend auf die Terrasse bringen, die Gäste warten schon viel zu lange. Die beiden Jungen der Familie haben weißblonde Locken und sehen aus wie Engel, aber ich glaube, sie haben es faustdick hinter den Ohren.« Sie lachte. »Sie sind so zuckersüß, ich könnte sie klauen.«

Christin nahm das Tablett vom Küchenschrank. »Ich werde das Servieren übernehmen und der Familie sagen, dass es meine Schuld war, weil ich dich aufgehalten habe.«

»Du musst mich nicht in Schutz nehmen. Als Entschuldigung für die längere Wartezeit habe ich einen Teller mit

Extrawaffeln gebacken, die gehen aufs Haus. Vielleicht wollen die Eltern dann ja auch welche.«

Christin lief das Wasser im Mund zusammen. Sie konnte es kaum erwarten, sich auf ihre Waffel zu stürzen. Also beeilte sie sich zu erwidern: »Darüber werden sie sich bestimmt freuen.«

Sie verließ die Küche. Es machte ihr Spaß, Anja mit den Urlaubern zu helfen. Ihr kam es so vor, als würde sie Gäste, die Freunde mit zu einer Feier gebracht hatten, bewirten. Man kannte sie nicht, aber sie gehörten trotzdem dazu.

Fröhlich brachte Christin der Familie Waffeln, Kirschkompott und Schlagsahne.

Während sie ein paar Worte mit ihr wechselte, sah sie im Hintergrund, dass ein Elektriker auf dem Platz neben dem *Lüttes Glück* die neuen Campingstromsäulen anschloss. Das musste Ole Bohnsack sein. Der Blaumann des älteren Mannes mit lichtem Haar saß stramm über seinem Bäuchlein.

Ole kniete vor einer Energiesäule. Schweigend reichte Godo ihm auf Anweisung Werkzeug. Hilde stand daneben und beobachtete die Arbeit des Handwerkers mit kritischem Blick.

»Warum muss Godo dir helfen?«, fragte sie mit ihrer Reibeisenstimme, während sie ihren weißen Dutt betastete. »Wir bezahlen dich doch.«

Godo wischte sich nervös die Hände an der Jeanshose ab, die ihm um die dünnen Beine schlackerte. Rasch versicherte er seiner Freundin: »Das macht mir nichts aus. Es ist besser, ihm zur Hand zu gehen, als rumzustehen.«

»Die Unterstützung als Handlanger sollten wir von der

Rechnung abziehen. Wie viel zahlst du einem Gesellen, Ole?«, wollte sie wissen und tippte sich nachdenklich gegen das Kinn.

Der Mann im Blaumann stand auf, zeigte mit einer Abisolierzange auf sie und warnte sie: »Wenn du die Rechnung kürzt, werde ich ein paar der Stromsäulen wieder abbauen.«

»Das kannst du doch nicht machen!«, stieß sie empört aus und lockerte ihr rotes Sommerhalstuch.

»Und ob! Wenn du mir nur einen Teil der abgemachten Summe zahlst, erledige ich auch nur ein Teil der Arbeit.« Finster starrte Ole sie an.

Hilde betastete verlegen ihre Perlenkette. Plötzlich machte sie eine Kehrtwende. Sie forderte Godo bissig auf: »Reich Ole, was immer er will, und beeile dich! Je schneller er fertig ist, desto schneller ist er wieder weg.«

Ole tat Christin leid. Sie überlegte, ob sie ihm ihre Waffel bringen sollte, denn er konnte Nervennahrung gut gebrauchen. Allerdings kannte er Hilde schon seit Jahrzehnten. Sie rief ihn immer an, wenn die Elektrik im *Lüttes Glück* repariert werden musste.

Hinter sich hörte sie eine Frau vorwurfsvoll sagen: »So etwas tut man doch nicht.«

»Du hast ja recht, aber mein Instinkt sagt mir gerade etwas anderes. Ich muss das tun«, wandte ein Mann aufgeregt ein.

Die Stimme kam Christin bekannt vor, aber sie konnte sie nicht sofort einordnen. Sie wollte sich zu den beiden umdrehen, tat es jedoch nicht, damit sie sich nicht beobachtet fühlten.

Die Frau tadelte ihn: »Man fotografiert keine fremden Leute.«

»Ich bin da etwas auf der Spur. Hier geht was richtig Mieses vor sich«, erwiderte der Mann aufgebracht.

»Du willst ja wohl nicht arbeiten«, ermahnte sie ihn. »Schließlich hast du Urlaub, und wir wollen die Zeit mit unserem Enkelchen genießen.«

Christins Nackenhaare stellten sich auf. Mit einem Mal meinte sie, Blicke in ihrem Rücken zu spüren. Hatte sie bei der Bedienung etwas falsch gemacht? War ein Gast neidisch auf die kostenlosen Waffeln für die Familie mit den zwei blond gelockten Jungen und fragte sich, warum er keine Extraportion erhalten hatte? War er sauer, weil er immer noch auf seine Bestellung wartete?

War ihm aufgefallen, dass Anja manche der Mängel im *Lüttes Glück* nur kaschiert und nicht renoviert hatte, weil ihr noch das Geld dazu fehlte? Oder ging es bei dem Gespräch um Hilde, Godo und Ole? Glaubte der Gast, sie würden bei der Rechnung für den Elektriker mauscheln?

Als Christin sich nun doch umwandte, sah sie gerade noch, wie die Ehefrau von Michael Wagner seinen Unterarm ergriff und sanft, aber bestimmt nach unten drückte. Entschuldigend lächelte er seine Frau an und legte das Smartphone auf den Tisch zwischen ihre leeren Eisbecher.

Die beiden saßen mit ihrer Tochter und ihrem Schwiegersohn an dem Tisch neben der Treppe, die in den Garten führte. Gerade warf der Journalist der *Augsburger Allgemeinen* einen verliebten Blick in den Kinderwagen, der neben ihnen stand und in dem die kleine Lea schlummerte.

Als er Christin bemerkte, grüßte er sie freundlich, doch ihr mulmiges Gefühl blieb.

Ihm schräg gegenüber belegten zwei Männer Anfang zwanzig den Tisch, der direkt hinter dem Windschutz stand. Da sie sich im Panoramafenster des Frühstücksraums spiegelten, wirkte es, als wären sie zu viert.

Einer der beiden Gäste thronte breitbeinig mittig im einzigen Strandkorb auf der Terrasse. Er hielt seinen Oberkörper aufrecht, als würde ihm bei jeder kleinsten Bewegung seine imaginäre Krone vom Kopf fallen.

Kaum merklich verdrehte Christin die Augen. Etwas regte sich in ihr. Er kam ihr bekannt vor, und dennoch erkannte sie ihn nicht wieder.

Der Mann trug ein weißes Seidenhemd und eine verspiegelte Sonnenbrille. Lässig führte er die Kaffeetasse zum Mund und nippte daran. Sein goldener Ring blitzte in der Sonne auf.

Er wirkte selbstverliebt und unnahbar. Wahrscheinlich hielt er sich für äußerst attraktiv.

Dabei ist er kalt wie ein Fisch, dachte Christin und fühlte sich abgestoßen.

Plötzlich nahm er seine Brille ab und grinste sie überheblich an.

Da erst begriff sie, wen sie vor sich hatte. Es handelte sich um Oliver Rodenstock. Sie hatte ihn am Nieblumer Strand ja nur bei Nacht und zudem in T-Shirt und Shorts gesehen. An diesem Nachmittag hatte er sich schick gemacht. Sein spitzes Kinn sah frisch rasiert aus, seine roten Haare glänzten pomadig, und er hatte so viel Aftershave aufgetragen, dass Christin es selbst einige Schritte von ihm entfernt riechen konnte.

Ihr wurde übel.

Sein Freund, der mit dem Rücken zu ihr saß, sah sie über seine Schulter hinweg an und musterte sie verächtlich. Er war einer der drei Männer, die mit Oliver auf dem Wattenmeer Jetski gefahren waren. An diesem Tag jedoch hatte er seinen beachtlichen Bizeps unter einem nebelblauen Designerhemd verborgen. Die funkelnden Ohrstecker in Form von Pantherköpfen hatten vermutlich mehr gekostet, als viele Feriengäste für ihren Urlaub auf Föhr ausgaben.

Christins Eingeweide zogen sich zusammen. Obwohl sie in der Sonne stand, bekam sie eine Gänsehaut.

Doch dann fiel ihr ein, dass dieser Kerl Tjorben als Erster angegriffen hatte, ermuntert durch eine Bemerkung Olivers, und wurde wütend. Um ihre Furcht zu unterdrücken, bohrte sie sich die Fingernägel in die Handballen, und ging zu dem Tisch mit den Schlägertypen.

Sie war gespannt wie ein Flitzebogen, als sie ihnen leise zuzischte: »Ihr seid im *Lüttes Glück* nicht willkommen.«

»Wir sind zahlende Gäste«, erwiderte Oliver gelassen. Er lehnte sich im Strandkorb zurück und legte das Handgelenk auf der Seitenwand ab.

Seine zur Schau gestellte, arrogante Lässigkeit brachte Christin auf die Palme. Sie wollte eigentlich nicht einfach so in Anjas Namen sprechen, aber sie war sich sicher, dass ihre Freundin diese Typen genauso ungern bewirten wollte wie sie. Im Zweifelsfall würde Christin bezahlen, was die beiden Männer konsumiert hatten.

»Wir wollen euer Geld nicht. Haut ab!«, sagte sie bestimmt.

»Hörst du das, Patrick?«, fragte Oliver seinen Freund in provokantem Ton.

»Ja, man behandelt uns im *Lüttes Glück* wie Dreck«, antwortete der extralaut.

»Schrei hier gefälligst nicht so rum!«, ermahnte Christin ihn. Ihr Herz klopfte hart.

Die anderen Gäste hatten die Spannungen zwischen ihr und den beiden Männern natürlich längst bemerkt. Sie guckten verstohlen zu ihnen herüber und tuschelten. Das war Christin höchst unangenehm.

Sie wollte Anja keinesfalls Probleme bereiten und dem Ruf der kleinen Inselpension schaden. Aber sie ertrug die Anwesenheit von Oliver und Patrick nicht, die bestimmt Ärger machen wollten.

»Wieso?« Oliver fuhr noch lauter fort: »Sollen ruhig alle in *Martinas Gartencafé* mitbekommen, dass du uns rauswerfen willst. Im Übrigen musst du uns siezen, du bist nur eine kleine Kellnerin und wir Gäste.«

»Einen Dreck werde ich«, stellte sie klar und kochte vor Wut.

»Was für ein beschissener Name für ein Café«, warf Patrick ein und rümpfte die Nase.

Oliver lachte abfällig. »Nicht wahr? Es ist nicht einmal ein echtes Café.«

»Wenn es euch nicht gefällt, dann geht doch einfach«, schlug Christin vor.

Unauffällig wischte sie sich die feuchten Handflächen an

der Jeans an. Sie wünschte, Tjorben wäre hier, um ihr den Rücken zu stärken.

So leicht würde sie die Typen wohl nicht loswerden. Ihrem gehässigen Grinsen nach zu urteilen, hatten sie ihren Spaß daran, Christin runterzuputzen.

»Das werden wir auch, nachdem wir den Kuchen reklamiert haben.« Demonstrativ schob Oliver den Teller mit der *Nordseewelle* von sich weg.

Christin schnaubte. Wahrscheinlich würde er ihnen gleich vorwerfen, dass die gerösteten Kokosraspeln verbrannt oder die Ananasstücke faulig schmecken würden.

Ironisch fragte Christin: »Ist er etwa zu lecker?«

»Es steckt eine tote Fliege drin«, sagte er so durchdringend laut, dass ganz Walsum es mitbekommen haben musste. Er drehte den Teller und zeigte anklagend auf das Tier im Inneren des Kuchens.

Seine Worte waren wie ein Schlag in Christins Magengrube. Sie spürte, wie das Blut aus ihrem Gesicht wich, denn er hatte recht. Er hatte eine Ecke des Kuchenstücks mit der Gabel abgetrennt und zum Vorschein war die Fliege gekommen.

Sie hatte einen Kloß im Hals. Der Anblick war ekelhaft und schockierend. Wie hatte Maike das nur passieren können? Und warum hatte ausgerechnet Oliver Rodenstock das Stück mit dem toten Tier serviert bekommen?

Entsetzt sah sich Christin um. Alle Gäste starrten sie mit weit aufgerissenen Augen an. Die Mutter am Tisch auf der anderen Seite der Terrasse verbat ihren Söhnen, ihre Waffeln weiterzuessen.

Michael Wagners Schwiegertochter verzog das Gesicht. Wagner selbst wollte etwas sagen, doch seine Frau gab ihm zu verstehen, dass er sich raushalten sollte. Daraufhin putzte er aufgebracht seine Hornbrille.

Christin wurde immer kleiner. Warum musste heute ausgerechnet der Journalist im Café sitzen? Ganz sicher würde er nun keinen lobenden Reisebericht über das *Lüttes Glück* mehr schreiben wollen. Anja konnte schon froh sein, wenn er keinen Verriss über die Pension veröffentlichte.

Sogar Hilde, Godo und Ole waren aufmerksam geworden. Fassungslos kamen sie auf die Terrasse.

Hilde begutachtete das Stück Kuchen mit der Fliege. »So was ist in all den Jahren, die ich das *Lüttes Glück* geführt habe, nicht passiert«, murmelte sie. »Das kommt davon, wenn man unbedingt expandieren will, obwohl man schon genug mit dem Pensionsbetrieb zu tun hat.«

Christin wollte sie daran erinnern, dass Anja den Kuchen nicht selbst gebacken hatte. Aber sie hoffte, dass die anderen Gäste nicht verstanden hatten, was die Vorbesitzerin leise mehr zu sich selbst gesagt hatte, und vermied es daher, das Thema aufzugreifen.

War Maike etwa mit der Doppelbelastung mit ihrem Hauptberuf als Physiotherapeutin und dem nebenberuflichen Kuchenbacken überfordert?

Anja kam auf die Terrasse. »Was ist denn hier los?«, fragte sie verwundert.

»Ich hätte beinahe eine Fliege mitgegessen«, antwortete Oliver vorwurfsvoll und hielt den Teller mit dem Küchenstück hoch.

Anja errötete.

Einer der Jungen gab einen Würgelaut von sich, dann kicherte er. Sein Bruder wollte ebenfalls so tun, als müsste er würgen, doch stattdessen kam ein Rülpser heraus. Beide lachten heftig.

Ihr Vater zischte: »Seid ihr wohl still! Das ist eine ernste Angelegenheit. Fliegen können Krankheiten übertragen.«

»Aber nicht mehr, nachdem sie im Backofen waren. Danach sind nicht nur sie, sondern auch alle Erreger tot«, wandte Hilde in ihrer ureigenen trockenen Art ein.

Michael Wagner sprang auf, doch seine Frau zog ihn zurück auf den Stuhl. Empört schnappte er nach Luft. »Das ist unerhört.«

»Halte dich da raus!«, raunte ihm seine Frau zu und sah ihn mahnend an.

Er griff sein Smartphone und wedelte aufgeregt damit herum. »Tut mir leid, aber das hier kann ich nicht zulassen.«

Christin befürchtete, er würde darauf hinweisen, dass das tote Tier im Mascarpone-Schlagsahne-Belag steckte, der erst nach dem Backen auf dem Kuchenboden verteilt wurde.

»Das ist mir wirklich sehr peinlich. Ich möchte mich vielmals für diesen Fauxpas entschuldigen«, sagte Anja bedauernd.

Oliver hielt sich den Bauch und zog eine Grimasse. »Das ändert auch nichts daran, dass mir speiübel ist. Ich glaube nicht, dass ich jemals wieder Kuchen essen kann, ohne an tote Fliegen zu denken«, sagte er in einem Ton, bei dem unklar blieb, wie ernst er das Ganze meinte.

Fassungslos schüttelte Anja den Kopf. »Ich kann mir nicht erklären, wie das passieren konnte.«

»Sie legen in Ihrer Küche anscheinend keinen großen Wert auf Hygiene«, fügte Patrick mit einem Funkeln in den Augen hinzu. Er schien Freude daran zu haben, sie vor allen anderen Gästen zu schikanieren.

»Doch, natürlich tun wir das«, erwiderte sie entrüstet. »Wir achten sehr auf Sauberkeit. Das garantiere ich Ihnen!«

»Wie kommt dann ein Insekt in meinen Kuchen?«, stichelte Oliver schonungslos.

Anja legte die Hände an ihre erhitzten Wangen. Sie sah aus, als würde sie jeden Moment vor Scham im Boden versinken.

»Wer weiß, wie viele Fliegen noch in den *Nordseewellen* eingebaut wurden«, sagte Oliver und rümpfte die Nase.

Angespannt wedelte Anja mit den Händen in der Luft herum. »Ich werde selbstverständlich den ganzen Kuchen wegwerfen.«

Patrick zeigte auf die Familie mit den blond gelockten Jungen. »Den Waffelteig am besten auch.«

»Der ist in Ordnung«, versicherte Anja der Familie. Ihre Augen schimmerten feucht. »Mir ist das Ganze sehr unangenehm.«

»Das sollte es auch sein«, sagte Oliver. Plötzlich grinste er hinterhältig. »Sollte der Vorfall die Runde machen, könnte das nicht nur Ihr Café, sondern die ganze Pension in Verruf bringen.«

Hätte ihre Freundin gewusst, wen sie vor sich hatte, hätte sie anders reagiert, dachte Christin. Aber sie hatte ja keinen blassen Schimmer, und Christin hatte keine Möglichkeit gehabt, sie darüber aufzuklären. Alles war so schnell gegangen.

»Ich werde das Stück Kuchen sofort entsorgen. Möchten Sie ein neues? Oder vielleicht Waffeln oder *Heiße Liebe*? Alles, was Sie verzehren werden, geht selbstverständlich aufs Haus«, verkündete Anja mit rotem Gesicht und nahm Olivers Teller.

»Das gilt auch für Sie«, sagte sie an Patrick gewandt und machte dann eine ausladende Geste, die alle Gäste auf der Terrasse einschloss. »Und für alle anderen. Auch dich, Ole.«

»Das nennt man dann wohl Bestechung«, zischte Oliver verächtlich. »Und dann sollen wohl alle die widerliche Angelegenheit vergessen und den Mund halten.«

Hilflos schüttelte sie den Kopf. »Um Himmels willen, nein! So war das doch nicht gemeint.«

»Es soll eine Wiedergutmachung sein«, sagte Christin, um ihrer Freundin beizuspringen. »Eine Entschuldigung für die … die Aufregung.«

Plötzlich fiel Anjas Blick auf einen Gast, der neu auf die Terrasse gekommen war. Sie wurde kreidebleich und schwankte.

Rasch stützte Christin ihre Freundin. Auch Christin bemerkte den neu hinzugekommenen Mann erst jetzt. Lutz Beck stand etwas abseits, grinste und filmte die Szene mit seinem Handy.

Auch das noch, dachte sie bestürzt. Joris hatte sie, Anja, Hilde und Godo eindringlich vor Beck gewarnt.

Noch schlimmer konnte es nicht kommen. Oliver Rodenstock freute sich offenkundig über den Fliegenfund, weil er die kleine Inselpension schlechtmachen wollte, und jetzt auch noch Lutz Beck, der ähnliche Absichten hatte. Ihm traute sie es sogar zu, mit dem Video im Internet eine rufschädigende Kampagne gegen das *Lüttes Glück* anzuzetteln. Der Nachmittag entwickelte sich zu einem Albtraum.

»Es tut mir leid, Schatz«, sagte plötzlich Michael Wagner gut hörbar zu seiner Frau. »Ich weiß, du willst nicht, dass ich mich wegen Kleinigkeiten streite, ich dachte auch, das würde sich schnell von selbst regeln. Ein bisschen wollte ich aber auch sehen, wie weit es die beiden wohl noch treiben würden …«

Er stand auf, ging um den Tisch herum und zeigte mit dem Mobiltelefon auf Oliver Rodenstock. »Die tote Fliege haben Sie selbst in den Kuchen gesteckt. Ich habe es genau gesehen.«

»Das ist eine infame Lüge«, schrie Oliver empört und warf Patrick einen Blick zu.

Daraufhin sprang Patrick wütend auf und stieß dabei seinen Stuhl um. Er baute sich bedrohlich vor Wagner auf und starrte ihn warnend an.

Wagners Schwiegersohn wollte dazwischengehen, doch Michael Wagner machte eine beschwichtigende Geste. »So schnell lasse ich mich nicht einschüchtern«, erklärte er gelassen. »Wir können das ganz schnell klären.« Dann lächelte er Patrick kühl an.

Der wirkte einen Moment lang irritiert. »Wie meinen Sie das?«, fragte er Michael Wagner unsicher.

Fragte er sich, ob der ältere Herr sich mit ihm prügeln wollte?

»Ich halte den Beweis in meiner Hand«, erklärte der in dem Moment und hielt sein Smartphone hoch. »Ich habe vorhin Schnappschüsse von meinem Enkelkind rumgezeigt, da habe ich gesehen, dass der Mann da«, er zeigte auf Oliver, »eine kleine Pillendose aus der Hosentasche gezogen und den Inhalt verschwörerisch seinem Freund gezeigt hat. Dann hat er versucht, etwas in den Kuchen zu stecken, es ist ihm aber runtergefallen. Den zweiten Versuch habe ich dann mit meinem Telefon festgehalten. Sie haben eine der Fliegen in das Kuchenstück gesteckt. Ich habe die Fotos.«

Oliver erschrak sichtlich. »Die toten Fliegen sind auf den kleinen Bildern bestimmt gut zu erkennen«, bemerkte er dann aber spöttisch.

»Das rosafarbene Döschen steckt in Ihrer linken Hosentasche. Holen Sie es doch bitte mal heraus, und zeigen Sie uns den Inhalt.«

Oliver sah aus, als hätte man einen Kübel Mist über ihn ausgekippt. Sein Mund stand offen, er hielt sich krampfhaft an den Armlehnen fest.

Wagner zeigte den anderen Gästen die Beweisfotos, die er mit seinem Smartphone gemacht hatte.

Oliver wurde rot vor Wut. Patrick sackte in sich zusammen, als hätte man die Luft aus seinen Muskeln gelassen.

Jetzt verstand Christin. Es war alles geplant gewesen. Die Männer hatten es gar nicht auf Anja oder die kleine Inselpension abgesehen. In Wahrheit wollten sie *ihr* schaden, weil sie sie bei der Polizei verpfiffen hatte. Aber weil Christin nicht auf Föhr lebte, hatten sie keinen Ansatzpunkt gefunden, um sich an ihr zu rächen und darum stellvertretend ihre Freundin ins Visier genommen.

Doch nun war zumindest die unangenehme Situation geklärt. Die Jungen mit den hellen Locken machten sich wieder über die Waffeln her, und ihre Eltern hielten sie nicht länger davon ab.

»Das ist echt mies. Wenn ich jünger wäre, würde ich euch Piefkes dafür ein paar hinter die Ohren geben«, stieß Ole wütend aus und ballte die Hände zu Fäusten. Dann schnaubte er und warf Oliver und Patrick einen bösen Blick zu.

Hilde funkelte Patrick so zornig an, dass er zurückwich und sich neben den Strandkorb, in dem Oliver saß, stellte.

In groben Zügen erzählte Christin allen, wie sie die schwer verletzte Robbe am Strand gefunden und sich herausgestellt hatte, dass Oliver Rodenstock, Patrick und zwei ihrer Freunde den Meeressäuger mehrfach mit ihren Jetskis überfahren und tödlich verletzt hatten. Sie erklärte auch, dass die beiden sich stellvertretend für sie und Tjorben an ihrer Freundin Anja hatten rächen wollen.

Plötzlich lachte Wagner. »Das ist mal gehörig in die Hose gegangen«, sagte er.

Alle Gäste stimmten mit ein und lachten Oliver und Patrick aus. Die Männer wurden immer kleiner.

»Ab sofort werden Sie sich vom *Lüttes Glück* fernhalten, auch von Anja, Christin und ihrem Freund«, warnte Wagner die beiden. »Sonst müssen wir andere Schritte einleiten.«

Plötzlich brüllte Oliver Wagner an: »Drohen Sie uns etwa?«

»Ich weise Sie bloß auf mögliche Konsequenzen hin«, stellte Wagner klar. »Ich bin Journalist. Sollten Sie weiter Ärger machen, werde ich einen Zeitungsartikel über Ihren Versuch, das *Lüttes Glück* in Verruf zu bringen, schreiben.«

Trotzig schob Oliver das Kinn vor. »Machen Sie doch!«

»Das würde Ihrem Vater bestimmt nicht gefallen.« Wagner steckte das Smartphone in seine Hosentasche.

Irritiert fragte Oliver: »Meinem Vater?«

»Er heißt doch Werner Rodenstock, nicht wahr? Ich bin ihm hier auf Föhr schon über den Weg gelaufen. Er kennt mich nicht, aber ich kenne ihn aus Zeitungsartikeln. Ihm gehört eine Chemiefabrik in Düsseldorf, die in den letzten Monaten oft in der Presse war.« Unheilschwanger fügte Wagner hinzu: »Gar nicht schön, was ihm vorgeworfen wird.«

»Lügenpresse«, zischte Oliver und sprang auf. Nervös zupfte er an seinem Hemd herum.

Unbeirrt fuhr Wagner fort: »Noch mehr Negativpublicity kann er bestimmt nicht gebrauchen. Er ist bereits angeschlagen, seit der Verdacht im Raum steht, dass er Chemieabfälle unsachgemäß entsorgt.«

»Alles erstunken und erlogen«, behauptete Oliver. Hilfesuchend sah er Patrick an, doch sein Freund schwieg.

»Na ja. Die Wahrheit wird ans Licht kommen, daran habe ich keinen Zweifel. Ihr Vater muss sich warm anziehen.« Wagners Blick bekam etwas Listiges. »Ich bin auch geübt darin, Leichen im Keller zu finden, falls es sein muss. Wenn Sie also nicht wollen, dass ich mich auf die Suche mache, halten Sie sich von Anja, Christin und allen, die ihnen nahestehen, fern.«

»Sie können mir keine Angst einjagen«, erwiderte Oliver, klang aber verunsichert.

»Ja, klar.« Hilde schnaubte, dann zog sie eine Grimasse und zeigte auf Olivers Achseln. »Sie haben Schweißflecken.«

»Heutzutage hat doch jeder ein Handy, und es wird ständig und überall gefilmt und fotografiert.« Wagner zeigte auf den Kuchen mit der Fliege. »Es würde mich nicht wundern, wenn ich einen Feriengast oder Insulaner auftreiben kann, der gefilmt oder fotografiert hat, wie Sie und Ihre Freunde auf dem Nordfriesischen Wattenmeer verbotenerweise Jetski gefahren sind.«

Patrick hatte seinen Mut wiedergefunden, denn er fragte spöttisch: »Mitten in der Nacht? Wohl kaum.«

Dankbar und sichtlich erleichtert klopfte Oliver ihm auf die Schulter.

»Christin war ja auch zufällig am Strand«, antwortete Wagner und lächelte zufrieden. »Warum sollten sich nicht auch andere Feriengäste oder Einheimische in der Nähe aufgehalten haben?«

Oliver und Patrick sahen einander an. Sie hatten wohl Zweifel bekommen. Jedenfalls verließen sie, noch unverständlich vor sich hinmurmelnd, die Terrasse.

»In diese hässliche Pension würde uns eh keiner mehr reinkriegen«, sagte Oliver noch abfällig, bevor sie verschwanden.

Christin fiel ein Stein vom Herzen.

»Sie sind eine Wucht!«, sagte Hilde anerkennend zu Michael Wagner.

Mit einem Seufzer der Erleichterung umarmte Anja ihn.

»Den Typen haben Sie es aber gezeigt. Ich bin schwer beeindruckt.«

»Ich konnte doch nicht mit zusehen, wie diese Schnösel meine neue Lieblingspension in den Dreck ziehen.« Er lächelte Anja an.

»Lieblingspension?«, fragte sie und schaute ihn erstaunt an.

»Aber ja!« Er drehte sich zu seiner Frau, seiner Tochter und seinem Schwiegersohn um und fragte sie: »Was haltet ihr davon, wenn wir Leas erstes Weihnachten im *Lüttes Glück* feiern?«

Alle nickten fröhlich.

Wagner wandte sich wieder an Anja: »Dann würden wir gerne noch heute zwei Zimmer für die letzte Dezember- und die erste Januarwoche buchen. Vorausgesetzt, Sie haben geöffnet.«

»Aber ja doch! Wir freuen uns sehr, mit Ihnen zusammen zu feiern. Das wird auch mein erstes Weihnachtsfest auf Föhr, und ich kann es kaum erwarten.« Anja strahlte übers ganze Gesicht. Laut und an alle Anwesenden gerichtet kündigte sie dann an: »Und jetzt gibt es Kuchen, Waffeln und Eis, so viel Sie essen wollen und können – umsonst, wie versprochen. Auch für euch, Christin und Hilde, und für euch fleißigen Bienchen da drüben, Godo und Ole.«

Als sich Christin nach Lutz Beck umsah, konnte sie ihn nicht finden. Sie hatte nicht bemerkt, wann er gegangen war. Hatte er noch mitbekommen, dass Oliver selbst die Fliege in den Kuchen gesteckt hatte und weder Anja noch Maike unsauber gearbeitet hatten? Oder war ihm das vollkommen egal? Würde er nur den Anfang seines Videos ins Internet stellen und somit absichtlich die falsche Anschuldigung Olivers verbreiten?

Christin machte sich Sorgen, dass das *Lüttes Glück* vielleicht doch noch diskreditiert werden würde.

Oliver Rodenstock war bloß ein verwöhntes Söhnchen, das glaubte, es könnte sich alles erlauben. Christin ging nicht davon aus, dass sie noch einmal von ihm oder seinem Vater hören würden. Aber bei Lutz Beck war, nach allem, was Joris Christin über ihn erzählt hatte, das Risiko groß, dass er den Vorfall ausnutzen würde, um dem *Lüttes Glück* zu schaden. Schließlich war die Familie Graf der kleinen Inselpension, wie er nun wusste, tief verbunden.

Kapitel 18

Aus dem Nachmittag entwickelte sich ein spontanes Sommerfest im Garten des *Lüttes Glück.*

Es schauten immer mehr Übernachtungsgäste und Laufkundschaft in *Martinas Gartencafé* vorbei. Anja lud alle zu kostenlosem Kuchen oder Eiscreme und Waffeln ein.

»Ist das nicht ein wenig zu großzügig?«, fragte Christin besorgt, als sie mit ihrer Freundin in der Küche neuen Kaffee und Tee aufsetzte.

Anja musste Joris den privaten Kredit zurückzahlen und den Campingplatz vorfinanzieren. Das Fundament für das Häuschen mit den Toiletten und Duschen war schon gegossen. In der nächsten Woche würden Maurer kommen und die Wände hochziehen. Die Handwerker würden sich die Klinke in die Hand geben, und eine Rechnung nach der anderen würde in Anjas Briefkasten landen.

Christin nahm zwei vanillegelbe Sahnekännchen aus dem Oberschrank und füllte sie auf. »Du musst doch Geld verdienen.«

»Heute nicht«, wiegelte Anja frohgemut ab und schaltete die Kaffeemaschine aus. »Heute möchte ich meine Freude darüber, dass ich einem Rufmord entgangen bin, mit allen teilen.«

Das konnte Christin nachvollziehen. »Na, hoffentlich

empfehlen die Urlauber *Martinas Gartencafé* dann wenigstens weiter.«

»Wir können ja ein Schild an den Eingang hängen und alle, die hier wohnen oder zufällig vorbeikommen, zu einem Tag der offenen Tür mit kostenlosem Probeessen einladen«, schlug Anja vor und strahlte übers ganze Gesicht. »Je mehr Gäste kommen, desto höher ist die Wahrscheinlichkeit, dass sich herumsprechen wird, wie schön man bei uns auf der Terrasse sitzt und wie lecker die Süßspeisen sind.«

»Ah, freut mich, dass die Marketingfachfrau noch nicht ganz verschwunden ist«, kommentierte Christin schmunzelnd.

Mit ihrer Werbeagentur war Anja auf Dauer nicht glücklich geworden, aber mit ihrem Wissen und ihrer Erfahrung konnte sie die kleine Inselpension Stück für Stück nach vorne bringen. Noch steckte ihr Geschäft in den Kinderschuhen, aber Christin hegte keinen Zweifel, dass es weiter bergauf gehen würde. »Ich übernehme es, auf der Straße einen Hinweis anzubringen! Bewirte du ruhig weiter deine Gäste.«

Christin ging zu Sören und bat ihn, ihr seinen Tafelaufsteller zu leihen, mit dem er seine Produkte und auch die Besuchszeiten des Stalls für Urlauber bekannt machte.

Misstrauisch sah er sie an. Er trug eine saubere Jeanshose und hatte die Haare frisch geschnitten.

Seit er mit Anjas Marketingideen gutes Geld verdiente und regelmäßigen Kontakt mit Feriengästen hatte, legte er mehr Wert auf seine Kleidung als früher und lebte insgesamt nicht mehr ganz so zurückgezogen. Er war sogar schon mit einer Frau ausgegangen, wie Imke Christin eines Abends bei einem Glas Teepunsch erzählte.

Nun zögerte Sören und verschränkte die Arme vor dem weidengrünen T-Shirt, auf dem *Der Föhrer Schafsflüsterer* stand. Inzwischen verkaufte er neben seinen Schafsmilchprodukten T-Shirts und Kapuzenpullover mit seinem eigenen Logo in allen Farben, vor Ort und über seinen Onlineshop.

»Aber nur unter einer Bedingung«, antwortete er auf Christins Frage.

»Und die wäre?« Christin machte sich auf harte Verhandlungen gefasst.

»Ich hätte gerne eine doppelte Portion *Heiße Liebe*«, antwortete er grinsend. »Habt ihr Himbeergeist?«

Wenn das alles war … »Ja, es gibt heiße Himbeeren mit Schuss.«

»Nehme ich!«, sagte er und leckte sich über die Lippen.

Christin hielt ihm die Hand hin, und er schlug ein. Sören trug ihr den schweren Aufsteller vor das *Lüttes Glück*. Mit der Kreide, die sie von ihm bekommen hatte, schrieb sie darauf:

HEUTE TAG DER OFFENEN TÜR.
JEDER IST HERZLICH WILLKOMMEN.
KUCHEN, WAFFELN UND EIS KOSTEN SIE
HEUTE
NUR EIN LÄCHELN.

Kaum war sie in die Küche der Pension zurückgekehrt, wo Anja gerade die letzten *Nordseewellen* vom Blech nahm, wurde sie von ihr auch schon zum roten Reetdachhaus geschickt. Ungeduldig drückte sie gleich mehrmals die Klingel neben dem unförmigen Keramikschild mit dem Leuchtturm und dem Namen *Lohse*.

Es dauerte nicht lange und Birthe öffnete die Haustür. Sie hatte sich weiße Strähnchen in die pinkfarbenen kurzen Haare färben lassen. Christin beneidete sie um ihren Mut und nahm sich vor, die vorwiegend weißen Blusen, die sie in der Bank getragen hatte, in die Kleidersammlung zu geben und sich neue farbenfrohere Oberteile zu kaufen. Sie fühlte sich leicht und befreit.

»Wir brauchen dringend Nachschub«, sagte Christin. »Die *Nordseewellen* sind schon weg, und der Apfel-Schmand-Kuchen geht auch zu Ende.«

Überrascht riss Birthe ihre blauen Augen auf. Sie hielt einen Becher mit dampfendem Tee in der Hand. »Maike ist nicht da, aber sie hat vor ihrer Schicht im Rehazentrum schon ein Blech mit *Gulerodskage* für morgen gebacken.«

»*Gule-*, was?«

»Ein dänischer Karottenkuchen mit Zimt, Piment und Muskatnuss«, erklärte Birthe und blies in ihr Heißgetränk. »Die gemahlenen Nelken und den Kardamom hat Maike durch Ingwer und gehackte Aprikosen ersetzt, damit er sommerlich schmeckt. Auf den Boden kommt dann noch eine Frischkäsecreme.«

»Klingt superlecker!« Christin lief das Wasser im Mund zusammen. »Bist du nicht Halbdänin?«

»Nein, mein Vater stammt aus Göteborg, Schweden«, erklärte Birthe und kehrte dann zum Thema Kuchen zurück. »Die Creme fehlt allerdings noch auf dem *Gulerodskage*, Maike wollte sie morgen früh frisch zubereiten, mit Orangen- statt Zitronensaft.«

»Oh, nein!«, stieß Christin verzweifelt aus. »Was machen wir denn jetzt?«

Nachdenklich tippte Birthe mit den pink lackierten Fingernägeln gegen ihren Becher. »Ich kriege das auch hin. Meine süße Backpflaume mag es zwar nicht, wenn ich Hand an Ihre Kuchen lege, aber es geht nicht anders. Das ist schließlich ein Notfall. Ich lasse Anja nicht hängen. Gib mir fünfzehn Minuten, und ich bringe dir den fertigen Blechkuchen rüber.«

»Du bist ein Schatz!«, stieß Christin erleichtert aus und warf ihr einen Luftkuss zu.

»Maike wird mich umbringen, wenn sie heute noch einmal Kuchen backen muss.«

»Richte ihr bitte aus, dass ich ihr dabei helfe«, bat Christin. Augenzwinkernd fügte sie hinzu: »Sie darf mich in ihrer Küche schonungslos herumkommandieren.«

Auf ihrem Weg zurück in die Pension lief ihr Imke Paulsen über den Weg. Sie trug eine azurblaue Weste, auf der rote Segelboote aufgestickt waren. Besorgt fragte die alte Dame: »Ist etwas passiert? Du läufst so aufgeregt von Haus zu Haus. Kann ich helfen?«

»Wie lieb! Nein, alles okay, aber du und Elkmar, kommt doch in Anjas Garten, es gibt Tee und Kuchen für alle.« Zur Erklärung zeigte Christin auf das *Tag-der-offenen-Tür*-Schild vor dem *Lüttes Glück*.

Begeistert nickte die alte Dame. »Sehr gerne. Ich habe ofenfrische Friesenkekse, die bring ich mit. Ich backe eh immer so viel, als würden meine drei Töchter noch auf Föhr wohnen.«

Es wurde ein fröhlicher Nachmittag in *Martinas Gartencafé*. Als die Terrasse für all die Gäste zu klein wurde, wichen die Neuankömmlinge auch auf den Garten aus, und am Abend war ganz Walsum im *Lüttes Glück* versammelt.

Sogar Ole der Elektriker blieb, schäkerte nach ein paar Gläschen *Küstennebel*, den Elkmar von zu Hause geholt hatte, mit Hilde herum. Darauf reagierte Godo eifersüchtig, was Hilde genoss – so sehr, dass sie ihn zum ersten Mal in der Öffentlichkeit küsste. Die Versammelten applaudierten, worauf sie rot wurde.

»Sind die beiden nicht süß?«, flüsterte Anja Christin zu.

»Ja«, antwortete Christin. »Wie Joris und du, wenn ihr zusammen seid.«

Anja lächelte verträumt und erinnerte sich für einen Moment an das Mädchen von damals, das auf einer Fete im Jugendheim das erste Mal von einem Jungen geküsst worden war. Christin hatte am Rand der Tanzfläche gestanden und die beiden beim Klammerblues beobachtet. Sie war genauso aufgeregt gewesen wie ihre beste Freundin und hatte sich für sie gefreut.

Anja nickte in Richtung Hilde und Godo. »Sie sehen so glücklich aus.«

»Und irgendwie jünger, wie nach einer Frischzellenkur.« Christin musste an Tjorben denken.

Wann würde sie ihn endlich wiedersehen? Jede Minute

ohne ihn war eine Qual. Im Gegensatz dazu hatte sie kein Bedürfnis mehr, zu Franjo zurückzukehren. Ihr Herz hatte bereits eine Entscheidung getroffen. Es fehlte nur noch das letzte Quäntchen Kühnheit, den alten Hafen zu verlassen und auf die *Seewievke* zuzusteuern.

Michael Wagner schaltete sich in das Gespräch von Christin und Anja ein. »Die Menschheit sucht seit jeher nach einem Jungbrunnen, dabei hat sie ihn längst gefunden.« Mit strahlenden Augen blickte er zu seiner Frau. »Die Liebe.«

Seine Frau errötete und machte eine wegwerfende Geste.

»Wie recht Sie doch haben«, pflichtete Christin ihm bei und bekam Herzklopfen. Auch sie war frisch verliebt und strotzte plötzlich vor Energie. So sehr sogar, dass sie begonnen hatte, ihr Leben umzukrempeln und sich von den Dingen und Menschen zu trennen, die ihr nicht guttaten.

Die hereinbrechende laue Sommernacht schien erfüllt von romantischen Gefühlen, Sehnsucht und Hoffnung. Es lag ein Kribbeln in der Luft, das auch Birthe und Maike spüren mussten, denn sie kuschelten sich eng aneinander und hielten Händchen.

Zärtlich strich Elkmar seiner Frau über die faltige Wange, legte den Arm um sie und zog sie an sich. Imke wurde verlegen wie ein Schulmädchen, legte dann aber den Kopf an seine Schulter.

Wagner berührte Anja, die die Kuchenteller und das Besteck zusammenräumte, am Arm, um ihre Aufmerksamkeit zu bekommen. »Ich habe es Ihnen noch gar nicht gesagt.«

»Was meinen Sie?«, fragte sie und hielt mit der Arbeit inne.

»Ich habe auf meinem Gästezimmer bereits den Artikel mit der Reiseempfehlung für das *Lüttes Glück* geschrieben und ihn der *Augsburger Allgemeinen* geschickt.«

»Das haben Sie für uns getan?« Anjas Augen wurden groß.

»Nichts lieber als das, Frau Blumenthal.« Sachte drückte er ihre Hand. »Sie führen die Inselpension mit so viel Herzenswärme, dass man sich hier einfach wohlfühlen muss. Ganz Walsum hat uns freundlich aufgenommen, als wären wir Freunde und nicht Feriengäste. ›Es muss von Herzen kommen, was auf Herzen wirken soll‹, hat Goethe einst gesagt, und ich kann ihm da nur zustimmen.«

Anja strahlte übers ganze Gesicht. Freudentränen glitzerten in ihren Augen. »Sie können sich nicht vorstellen, wie gut mir Ihre Begeisterung für meine kleine Pension tut.«

»Das Lob kommt auch von Herzen«, sagte er lächelnd. »Aber jetzt werden wir uns für heute verabschieden. Nach dem ausgiebigen Schlemmen müssen wir uns dringend bewegen und wollen noch einmal zum Strand. Wir sehen uns morgen beim Frühstück.« Michael Wagner erhob sich und ging mit seiner Familie ins Reetdachhaus.

Weitere Feriengäste folgten Ihnen. Bald war die Walsumer Nachbarschaft unter sich. Die Sonne stand schon tief über dem Deich und würde bald dahinter in der Nordsee versinken.

Anja holte bunte Tischdecken, ging in den Garten und legte sie auf den Holztisch. Christin nahm die Windlichter von der Terrasse, stellte sie dazu und zündete die Kerzen darin an. Die dezenten Düfte von Pfirsich, Grapefruit und Honigmelone mischte sich mit jenen des fruchtbaren Marschlandes, das Walsum umgab.

So sollte der Sommer duften und nicht nach Autoabgasen und Essensgerüchen, die aufgrund der Hitze schwer in den Straßen hingen, dachte Christin und streckte sich genüsslich.

Gerade als Christin und Anja ihren Freunden, die darauf bestanden hatten, sich um das schmutzige Geschirr zu kümmern, in der Küche helfen wollten, kam Sören zu ihnen. Er hatte Lammfelle von zu Hause geholt und verteilte sie auf den Sitzbänken.

»Jetzt ist es richtig hyggelig!«, rief Christin begeistert aus und fühlte sich rundum wohl und zufrieden.

Sie sah zum Himmel hinauf und meinte, bereits einen Stern funkeln zu sehen.

Die Küchenhelfer schlenderten, mit Getränken in den Händen, zwischen den reich tragenden Obstbäumen zu der gemütlichen Sitzgelegenheit im Pensionsgarten. Jeder hatte anscheinend seinen Kühlschrank geplündert.

An der Felsenbirne hingen noch vereinzelt blau-schwarze Beeren. Immer mehr Vögel landeten in der Marsch und bezogen dort ihr Nachtquartier.

Es raschelte am Fuße der Scheinhasel, die neben dem Holztisch wuchs, und Christin fragte sich, welches Tier unter dem Strauch auf Futtersuche war. Eine Zikade sang am Rande der Streuobstwiese. Hinter der Kornelkirsche, an der die ersten reifen leuchtend roten Früchte hingen, zirpten Grillen in den Gräsern, die der Nordseewind sanft hin und her bog.

Sie saßen noch keine halbe Stunde, da tauchte Joris auf. Er hatte Feierabend in seiner Strandkorbmanufaktur gemacht. Zärtlich legte er die Hände an Anjas Wangen und gab ihr einen langen Kuss.

Lächelnd sagte er dann: »Wie ich sehe, lasst ihr es euch gut gehen. Genau das werde ich jetzt auch tun. Das habe ich mir heute verdammt noch mal verdient. Was für ein anstrengender Arbeitstag!«

»Wir veranstalten eine kleine Siegesfeier.« Anja hob ihr Glas mit dem Rotwein, den sie aus ihrer Dachgeschosswohnung geholt hatte.

Joris zog die Augenbrauen hoch. »Ein Sieg gegen wen?«

»Heimtücke und Bosheit«, antwortete Anja schmunzelnd und gab ihm zu verstehen, dass sie ihm später in Ruhe alles erzählen würde.

»Darauf stoße ich an.« Er nahm ihr das Glas ab, trank einen kräftigen Schluck und reichte es ihr zurück. Fröhlich begrüßte er Hilde, Godo und ihre gemeinsamen Freunde.

»Möchtest du dänischen Karottenkuchen? Waffeln sind aus«, sagte Anja bedauernd. »Es ist noch Vanilleeis da, aber keine Himbeeren mehr.«

»Nein, danke. Wenn ich etwas Süßes wollen würde, würde ich viel lieber dich anknabbern.« Behutsam biss er ihr in den Hals.

Sie gab einen Schrei von sich und kicherte.

Hilde verdrehte die Augen. »Ihr benehmt euch wie Kinder. ›Liebe macht kluge Leute zu Narren‹, sagt der Volksmund.«

»Wir sind auch verliebt«, gab Godo zu bedenken und küsste sie auf die Wange.

Sie machte dann eine wegwerfende Geste. »Das ist natürlich was anderes. Wir sind alt und verlieren nicht mehr so leicht den Kopf.«

»Je oller je doller sag ich nur.« Godo grinste sie herausfordernd an.

»Godo!«, stieß Hilde entrüstet aus und knuffte ihn. Sie presste die Lippen zusammen, wie um zu demonstrieren, dass das Thema für sie beendet war.

Christin lachte in sich hinein. Wer brauchte schon einen Theater- oder Kinobesuch, wenn er mit Hilde und Godo zusammenlebte? Die Situationskomik war unübertrefflich. Überhaupt fehlte ihr der Trubel der Großstadt schon lange nicht mehr, das Leben auf Föhr kam ihr aufregender vor.

»Etwas Süßes möchte ich nicht, aber ich habe richtig Kohldampf.« Während Joris liebevoll Anjas Nacken massierte, fragte er in die Runde: »Wer hat Lust auf Grillen?«

»Wir haben doch den ganzen Nachmittag gegessen«, wandte Birthe ein und rieb sich stöhnend den Bauch.

»Nach all der Eiscreme hätte ich schon Appetit auf etwas Deftiges«, gab Sören verlegen grinsend zu.

»Ich habe großen Hunger«, rief Anja laut aus und erntete überraschte Blicke. Sie zuckte mit den Schultern und erklärte: »Bei all dem Trubel bin ich selbst gar nicht zum Essen gekommen.«

Begeistert klatschte Joris in die Hände. Er rief Tjorben an, lud ihn ein und bat ihn, Arian mitzubringen.

Joris hörte seinem Bruder zu, dann sah er Christin an

und sprach mit einem Lächeln in der Stimme in sein Mobiltelefon: »Ja, sie ist selbstverständlich auch hier.«

Plötzlich ruhten alle Blicke auf ihr. Die versammelte Mannschaft am Tisch schwieg und grinste sie an. Christins Wangen brannten.

»Klasse, dass du Zeit hast«, rief Joris. »Ich heize schon mal die Grillkohle an.«

Vor erwartungsvoller Anspannung war Christin ganz hibbelig und konnte kaum ruhig sitzen bleiben.

»Moment noch!«, beeilte sich Joris zu sagen, als Tjorben offenbar auflegen wollte. »Könntet ihr auf dem Weg bitte beim Supermarkt ein paar Würstchen und Fleisch holen? Die kleinen Metzgereien hier in der Gegend haben leider schon geschlossen.«

Joris' Lächeln nach zu urteilen, erklärte sich der gute Tjorben dazu bereit, Grillgut für alle zu besorgen.

Sören holte Schafskäse, den Anja mit Olivenöl und mediterranen Kräutern würzte und zusammen mit in Streifen geschnittenen Zucchini zum Grillen in Alufolie packte. Birthe und Maike hatten noch zwei Forellen im Kühlschrank, sie ernteten einen Blattsalat, Kirschtomaten und eine Schlangengurke aus ihrem Gemüsegarten, und Imke machte einen Kartoffelsalat.

Im Nu hatten sie eine Menge Köstlichkeiten gezaubert, und jeder freute sich aufs Essen, selbst diejenigen, die sich satt wähnten.

Als Tjorben und Arian eintrafen, brachte Christin zunächst vor Aufregung keinen Ton heraus. Sie fühlte sich, als würde sie eine Handbreit über dem Rasen schweben.

Tjorben blieb vor ihr stehen.

Sie sahen sich tief in die Augen. Um sie herum war reges Treiben, aber Christin nahm es kaum wahr, und ihm schien es genauso zu gehen.

»Ihr braucht wohl einen Moment für euch«, hörte sie Arian wie durch Watte sagen. Er lachte leise und ging zu den anderen.

»Schön, dass du gekommen bist.« Christins Stimme zitterte.

»Schön, dass du noch hier bist«, erwiderte er und blickte sie mit einer Zärtlichkeit an, die Christin überwältigte.

»Du hast doch wohl nicht gedacht, dass ich nach Köln zurückfahren würde, ohne mich vorher von dir zu verabschieden«, sagte sie in gespielter Entrüstung.

»Nicht wirklich, aber ein Teil von mir hat trotzdem befürchtet, dass du eines Tages einfach weg sein könntest«, gestand er und wirkte trotz seiner imposanten Gestalt plötzlich sehr verletzlich.

»Das wäre ja doch etwas unhöflich gewesen«, stellte Christin klar. Sanft berührte sie seinen Arm. »Außerdem bedeutest du mir viel.«

»Du mir auch.« Tjorben strahlte sie an.

Sein Blick ging ihr durch und durch. »Ich habe meinen Job bei der Bank gekündigt«, entfuhr es ihr, »mit sofortiger Wirkung. Sie haben mich freigestellt, ich muss nie wieder hin.«

»Tatsächlich?«, fragte er überrascht. »Hast du denn einen neuen Arbeitsplatz in Aussicht?«

»Nein.«

Erstaunt sah er sie an, auf seiner Stirn zeigten sich Falten.

»Ich habe den Absprung gewagt, ohne Netz und doppelten Boden.« Ihre eigene Courage machte Christin ganz euphorisch. »Manchmal muss man mutig sein, auch wenn man eigentlich gar nicht der Typ dafür ist.«

Die Anspannung in seinem Gesicht verschwand, er lächelte und nickte. »Ich kenne da drei junge Männer, die gute Kontakte auf Föhr haben. Sie könnten sich umhören, ob irgendwo eine Stelle frei ist. Was hältst du davon?«

»Lass mich raten.« Christin tat so, als würde sie nachdenken. »Man nennt sie die Inselgrafen?«

»Ja, ich glaube, so was in der Art«, entgegnete Tjorben grinsend.

»So ein Umzug nach Föhr wäre eine große Sache für mich.«

»Du solltest dir gut überlegen, ob du bereit dazu bist, Köln und … alles hinter dir zu lassen.«

Wie sie ihn so reden hörte, spürte Christin keine Unsicherheit mehr, nur noch ein starkes Verlangen.

Sie ließ ihren Blick über den Tisch schweifen, sah all die fröhlichen Gesichter und hörte ihr Lachen. Hier war sie glücklich, hier fühlte sie sich zu Hause. Es schien ihr undenkbar, das jetzt wieder aufzugeben: Föhr, Walsum, das *Lüttes Glück*, das nicht nur eine Pension, sondern auch ein Treffpunkt für Anjas Freunde war. Vor allem aber wollte sie auf eines nicht mehr verzichten: Tjorben.

Sie fuhr sich mit beiden Händen übers Gesicht und seufzte schwer. »Ich werde heimfahren, Gespräche führen und Dinge klären müssen.«

»Ja, daran führt wohl kein Weg vorbei«, stimmte Tjorben zu, und seine Stimme klang plötzlich wieder etwas unsicher.

Christins Herz wurde schwer. Sie wollte Tjorben in ihre Arme ziehen und ihm versichern, dass alles gut werden würde, doch dafür musste sie sich erst offiziell von Franjo trennen, der immer noch zwischen ihnen stand. Das nötige Selbstvertrauen, so viel wusste sie immerhin, hatte sie jetzt.

Als sie an den Tisch kam, rückte Joris zur Seite, damit sie sich neben Tjorben setzen konnte. Christin schmiegte ihr Bein an Tjorbens. Er lehnte sich nach vorne und legte unauffällig die Hand auf ihr Knie.

Die Nacht brach herein, und es wurde kühler, aber sie spürte vor allem die Hitze seiner Berührung, die über ihr Bein höher kroch und ihr Herz heiß pulsieren ließ.

»Lass uns anstoßen«, schlug Birthe vor und hielt ihre Bierflasche hoch.

»Worauf wollen wir trinken?«, fragte Maike.

»Auf die Liebe!«, rief Birthe schwärmerisch aus und prostete ziemlich offensichtlich nur Christin und Tjorben zu. Dann zwinkerte sie den beiden zu und trank.

Alle anderen am Tisch folgten ihrem Beispiel, was Christin und Tjorben verlegen machte.

»Nun komm schon!«, forderte Godo Hilde auf, die noch zögerte. »Es wächst zusammen, was zusammengehört.«

»Was haben der gute Willy Brandt und der Mauerfall damit zu tun?«

»Der Satz gilt für viele Bereiche des Lebens.«

»Ist heute Tag der Liebesweisheiten?«, frotzelte Hilde.

Er lächelte sie warmherzig an.

Hilde zögerte, doch dann erhellte sich ihre Miene. »Stimmt, die Liebe hat immer eine zweite Chance verdient.« Sie küsste ihn. Dann prostete sie Christin und Tjorben mit einem versöhnlichen Lächeln zu.

Vergnügt spielte Arian mit seinem Smartphone *Love Is in the Air*.

Tjorben kniff die Augen zusammen und brummte grimmig. Doch dann legte er ganz vorsichtig den Arm um Christin.

Sie ließ es sich gefallen, ihr Herz wummerte wie ein Presslufthammer. Berauscht von dem neuen Liebesglück, lehnte sie sich an Tjorben und streichelte, nun für alle sichtbar, seine Hand. Es fühlte sich noch viel besser an als die heimliche Berührung zuvor.

Kapitel 19

In der darauffolgenden Nacht hatte Christin einen aufwühlenden Traum.

Sie schipperte mit der *Seewievke* über die ruhige Nordsee. Tjorben stand im Kapitänshäuschen, er hatte eine Hand am Steuer, und mit der anderen umschlang er ihre Hüften. Seite an Seite fuhren sie auf einen orangeroten Sonnenaufgang zu, der die Dunkelheit der Nacht vertrieb.

Weit und breit sah Christin nur Meer, nirgends war Land in Sicht. Doch sie hatte keine Angst, sondern fühlte sich sicher, geborgen und rundum glücklich.

»Wir müssen in den nächsten Hafen einlaufen«, sagte Tjorben plötzlich und zeigte zum Horizont, hinter dem wohl eine Insel oder das Festland lag.

Christin erschrak. Haltsuchend wollte sie ihn umarmen, doch er sperrte sich. »Bitte, bitte. Lass uns noch etwas damit warten«, flehte sie ihn an.

»Das hast du schon bei den letzten Häfen gesagt«, wiegelte er vorwurfsvoll ab, starrte in die Fahrtrichtung und behielt sein Ziel fest im Blick. »Wir können es nicht länger hinauszögern, wir brauchen Proviant.«

Sie vergrub das Gesicht in seiner Halsbeuge. Atemlos stieß sie aus: »Ich will nicht.«

»Tut mir leid, aber es muss sein.« Plötzlich packte er ihre

Arme, schob sie von sich weg und sah sie an. Seine Miene verfinsterte sich. Mit dunkler Stimme schalt er sie: »Du kannst nicht länger davor weglaufen!«

Von diesen Worten wachte Christin auf. Sie war so durcheinander, dass sie sich aufsetzte und nachsah, wer neben ihr im Bett lag. Leider Anja und nicht Tjorben. Sie befand sich nicht auf der *Seewievke*, sondern im *Lüttes Glück*. Ihr war trotzdem schwindelig, wie bei starkem Seegang.

Seufzend legte sie sich wieder hin, denn es war noch finster, und sie spürte den Wein vom Vorabend. Das musste der Grund für den Schwindel sein.

Sie wollte wieder einschlafen, wollte in den Traum zurückkehren, Tjorben davon überzeugen, weiterzuschippern, und die Einsamkeit ihrer Zweisamkeit genießen. Doch sie war hellwach. Was hatte der Traum zu bedeuten?

Ihr wurde schnell klar, dass sie nicht hatte an Land gehen wollen, weil sie sich dort ihren Problemen hätte stellen müssen. Sie war mit Tjorben durchgebrannt, was auf der einen Seite wildromantisch, auf der anderen Seite jedoch feige war. Aber wenn sie eine Zukunft mit Tjorben haben wollte, musste sie mit Franjo über die Scheidung reden.

Bei der Vorstellung ballte sich ihr Magen zusammen. Das Gespräch würde unangenehm werden, so viel stand fest. Wie würde er reagieren? Würde er toben vor Wut oder weinend zusammenbrechen?

Nach ihrer Trennung von Franjo kamen weitere unangenehme Dinge auf sie zu. Ihre Eltern und Schwiegereltern würden bestimmt auf sie einreden, in der Hoffnung, dass sie ihre Meinung ändern und sich mit Franjo versöhnen würde.

Christin musste mit ihm besprechen, wie sie ihren Besitz untereinander aufteilen wollten. Aber würde er überhaupt mit ihr reden, oder war er zu verletzt? Sie musste bald eine neue Wohnung und Anstellung suchen, denn sie hatte zwar finanzielle Rücklagen, aber die reichten höchstens bis zum Jahresende und das auch nur, wenn sie sparsam war.

Zwei Entscheidungen hatte sie am Vorabend immerhin gefällt. Sie würde nach Föhr ziehen, und sie würde sich auf Tjorben, der noch nie eine wirklich lange Beziehung gehabt hatte, einlassen, in der Hoffnung die Liebe fürs Leben gefunden zu haben.

Man muss eben Risiken eingehen, wenn man das ganz große Glück finden will, dachte Christin verliebt und schlief mit einem Lächeln auf dem Gesicht doch wieder ein.

Als sie das Klingeln ihres Smartphones weckte, schien hinter den safrangelben Raffrollos bereits die Sonne. Anja war offenbar schon längst aufgestanden. Christin fühlte sich total gerädert.

Das Mobiltelefon verstummte. Erleichtert seufzte sie und zog die seegrüne Bettdecke bis zum Kinn hoch. Sie wollte noch ein paar Minuten weiterdösen. Sie dachte an die letzte Nacht, die Inselgrafen und die Walsumer hatten feuchtfröhlich gefeiert und ihr bewiesen, dass Nordfriesen weder dröge noch wortkarg waren.

Das Smartphone meldete sich erneut. Wer immer anrief, wollte sie offenbar wirklich dringend erreichen.

Gab es einen Notfall bei ihren Eltern in Köln? Hatte Tjorben eine solche Sehnsucht nach ihr? Machten die Rodenstocks wieder Ärger? Oder hatte Lutz Beck das Video über die tote Fliege im Kuchen online gestellt?

Ein Blick aufs Display verriet ihr, dass es schon kurz vor zehn Uhr war und ihre Schwiegermutter anrief. Eine der letzten Personen, mit der Christin jetzt sprechen wollte.

Widerwillig nahm sie den Anruf dennoch an. »Moin, Monika.«

Es blieb still.

Christin sah auf das Smartphone, vielleicht hatte sie das Gespräch versehentlich weggedrückt, so verschlafen, wie sie war, aber die Verbindung stand. Verwirrt hielt sie das Mobiltelefon wieder ans Ohr. »Christin hier. Bist du noch da?«

»Ja.« Ihre Schwiegermutter räusperte sich. »Ich dachte nur im ersten Moment, jemand Fremdes wäre an dein Handy gegangen.«

Christin runzelte die Stirn. »Etwa wegen dem Moin?«

»Ja, und weil du fremd klingst«, antwortete Monika.

Tat sie das? Merkte man ihr an, dass sie sich verändert hatte? »Vielleicht höre ich mich müde an. Ich liege noch im Bett.«

»Um diese Uhrzeit?«, fragte Monika vorwurfsvoll.

»Ich habe Urlaub«, erinnerte Christin sie gereizt und bemühte sich dann um einen versöhnlicheren Ton. »Außerdem gab es gestern eine Feier im *Lüttes Glück*.«

Verschnupft stellte Monika fest: »Anscheinend hast du auf Föhr deinen Spaß.«

Ohne meinen armen Franjo, dachte sie wohl. Christin bohrte eine Hand in die Bettdecke. Warum musste sie sich überhaupt rechtfertigen? Sie war eine erwachsene Frau und konnte tun und lassen, was sie wollte.

Monika störte den Frieden in ihr. Sie war ein Energievampir, den sie schnellstmöglich wieder loswerden wollte. Ungeduldig wollte Christin von ihr wissen: »Warum rufst du an?«

»Franjo geht es sehr schlecht.«

Besorgt setzte sich Christin im Bett auf. »Ist er krank?«

»Ja, so kann man es wohl nennen«, druckste Monika herum.

Bei der Wortwahl kamen Christin Zweifel. Skeptisch hakte sie nach: »Was hat er denn?«

»Er ist krank vor Liebeskummer«, erklärte ihre Schwiegermutter mit einem Hauch von Theatralik in der Stimme.

Christin verdrehte die Augen. »Das bezweifele ich doch stark.«

»Aber er leidet wirklich so sehr, dass er sogar Fieber hat. Woher sollst du auch wissen, wie es ihm geht? Du bist ja furchtbar weit weg.«

Christin erkannte den versteckten Vorwurf. »Er hätte längst bei mir sein können.«

»Das hätte er bestimmt getan, wenn es ihm nicht seit deiner Flucht aus Köln immer dreckiger gehen würde. Er ist leichenblass, isst kaum noch etwas und hat sich die ganze Woche nur mühsam ins Pfandleihhaus geschleppt. Heute Morgen hat er es nicht einmal geschafft aufzustehen.« Monikas Stimme zitterte leicht vor Sorge um ihren einzigen Sohn. »Wie hätte er also mit dem Auto zu dir fahren können?«

Franjo war nicht mehr Christins Problem, dennoch

machte sie sich natürlich Sorgen um ihn. »Das tut mir leid zu hören.«

»Petar hat heute den Laden geöffnet. Wir können es uns nicht leisten, geschlossen zu haben, denn samstags kommen immer viele Leute vorbei.« Ihre Schwiegermutter klang immer aufgebrachter. »Ich kümmere mich um Franjo und bleibe bei ihm, denn in seinem Zustand sollte er nicht allein sein. Das könnte böse enden.«

Christins Alarmglocken schrillten. Sie zog die Beine an und schlang einen Arm um die Knie. »Was willst du damit andeuten?«

»Es ist am Boden zerstört, weil du ihn von heute auf morgen allein gelassen hast. Ich will mir gar nicht ausmalen, was passieren könnte …«, antwortete Monika leise.

Christin war plötzlich heiß. Sie deckte sich auf und sprang aus dem Bett. Das Fenster war zwar die ganze Nacht gekippt gewesen, doch sie brauchte jetzt mehr Luft und riss es auf. Sie atmete tief ein.

Ängstlich wollte sie wissen: »Glaubst du, dass er sich etwas antun könnte?«

»Ich weiß es nicht, aber in solch einem Zustand habe ich ihn noch nie gesehen. Ich mache mir ernsthaft Sorgen«, gab Monika zu und hörte sich hilflos an. »Ich bin vollkommen fertig und habe heute Morgen schon zur Beruhigung einen Slibowitz getrunken.«

Christin zog die Augenbrauen hoch. Einen Pflaumenschnaps vor zehn Uhr? Und dann regt sich Monika darüber auf, dass ich noch im Bett liege, dachte Christin verwundert. »Was kann ich tun?«

»Komm nach Hause!«

»Das hatte ich ohnehin vor«, beruhigte Christin sie.

Allerdings wollte sie eigentlich nur ihre Sachen packen, sich offiziell von Franjo trennen und aus dem gemeinsamen Haus ausziehen. Falls er jedoch wirklich selbstmordgefährdet war, konnte sie unmöglich jetzt von Scheidung sprechen und ihn allein lassen. So wie es aussah, würde sie bei Franjo bleiben müssen, bis es ihm besser ging. Das konnte Monate oder noch länger dauern.

Tjorben würde denken, sie hätte sich für ihren Ehemann entschieden. Christin steckte in einem Dilemma. Sie musste ihn vor ihrer Abreise nach Köln über die neue Situation aufklären und auf sein Verständnis hoffen.

Niedergeschlagen sagte sie zu ihrer Schwiegermutter: »Ich versuche zu kommen, aber heute wird das nichts mehr.«

»Dann sag Franjo wenigstens, dass du auf dem Weg zu ihm bist. Das wird ihn aufbauen, damit er durchhält, bis du wieder zu Hause bist.«

Zu Hause, diesen Begriff verband sie nicht mehr mit dem Reihenhaus, in dem sie mit Franjo wohnte. So richtig wohlgefühlt hatte sie sich dort, unter der Fuchtel ihre Schwiegereltern, nie.

Christin schaute zum Dorfanger hinaus. Michael Wagner saß mit seiner Frau auf der Bank unter der riesigen Trauerweide. Sie küssten sich immer wieder. Kimi aalte sich auf der Schmutzfangmatte von Birthe und Maike in der Morgensonne. Imke holte ein Kissen herein, das sie zum Lüften ins Fenster gelegt hatte, bemerkte Christin und winkte ihr fröhlich zu.

Hier fühle ich mich pudelwohl, dachte Christin und spürte eine angenehme Wärme im Bauch. Während sie in eine dünne Strickjacke schlüpfte, sagte sie widerwillig: »Einverstanden, ich werde Franjo sofort anrufen.«

»Das brauchst du nicht«, wandte Monika ein und klang mit einem Mal heiter. »Ich stehe gerade in eurer Küche und wollte Franjo Hühnersuppe kochen, aber euer Kühlschrank ist ja total leer. Ich muss wohl erst einmal einkaufen gehen. Ohne dich ist Franjo eben aufgeschmissen. Ich gehe jetzt ins Wohnzimmer und reiche ihm das Telefon. Er liegt auf der Couch und sieht aus wie er Tod.«

Christin fiel auf, dass viele der Sätze ihrer Schwiegermutter mit »Ich« anfingen. Wie bezeichnend, dachte sie. Zudem hatte sie die ständigen versteckten Vorwürfe so satt! Kaum telefonierte sie mit ihr, fühlte sie sich schon wieder niedergemacht und fremdgesteuert.

Röchelnd fragte Franjo: »Christin?«

»Ja, ich bin es«, antwortete sie und bekam ein mulmiges Gefühl. Seine Stimme hatte etwas Vertrautes, aber wie die eines fernen Verwandten, den man selten sah. Wie schnell sich Christin doch von ihm gelöst hatte! Aber war es wirklich so rasch gegangen? Nein, schon lange hatte eine Distanz zwischen ihnen bestanden. Sie waren kein Liebespaar mehr, sondern bloß noch Lebenspartner.

Er klang verschnupft. »Endlich rufst du an!«

Ganz so war es nicht. Aber wenn es ihm wirklich so schlecht ging, wie Monika ihr besorgt mitgeteilt hatte, wollte sie nicht mit ihm über Details streiten. »Deine Mutter hat gesagt, dass du krank bist.«

»Ja, mich hat's so heftig erwischt wie seit zwanzig Jahren nicht mehr. Mutter hat mich gestern Abend mit Erkältungssalbe eingerieben. Die hilft sonst immer, aber diesmal nicht. Ich habe kaum geschlafen, meine Nase war zu, ich habe keine Luft bekommen«, jammerte Franjo.

Christin zog die Bettdecke über die nackten Beine. Ungläubig hakte sie nach: »Deine Mutter hat dich eingerieben?«

»Du warst ja nicht da«, erwiderte er vorwurfsvoll.

Er klang schon wie seine Mutter. Christin ermahnte sich, ruhig zu bleiben, doch es fiel ihr schwer. »Das hättest du auch allein geschafft.«

»Vorne, ja. Aber wie hätte ich denn an meinen Rücken kommen sollen?«, wollte Franjo verständnislos wissen.

Christin hatte ihm mit der Salbe mit den ätherischen Ölen immer nur die Brust eingeschmiert, ihm hatte das gereicht. Von seiner Mutter war er anscheinend jedoch das Rundum-sorglos-Paket gewohnt und forderte es auch ein.

Sie war immer besser gewesen als Christin, hatte ihn mehr verwöhnt, besser gekocht, bekam jeden Fleck aus einem weißen Hemd, egal wie hartnäckig er war, und schminkte sich auch an freien Tagen, während Christin in ihrer Freizeit auf Make-up verzichtete und ihrer Haut auch mal gönnte, frei zu atmen. Er hatte Christin das nie direkt vorgeworfen, aber stets einen Weg gefunden, sie dezent darauf hinzuweisen.

Überrascht fragte sie: »Dann bist du nur erkältet?«

»Nur?«, erwiderte Franjo entrüstet. Er hustete kräftig, schnäuzte sich laut die Nase und krächzte dann heiser: »Ich habe Grippe!«

»Entschuldige bitte. Du hörst dich auch ganz furchtbar krank an«, sagte sie ironisch. Anscheinend hatte er sich mit der gefährlichen Männergrippe angesteckt. Das war der schlimmste Virus von allen. »Was sagt denn Doktor Kramer dazu?«

Ein Rascheln drang durch die Leitung. Franjo musste ein frisches Taschentuch aus der Packung gezogen haben. »Ich war nicht in der Sprechstunde. Wozu auch? Mutter kennt sich doch aus.«

»Da bin ich mir sicher. Sie weiß immer alles.« Auch wie man eine Frau dazu bringt, mit ihrem untreuen Ehemann zu telefonieren. Selbstmordgefährdet klang Franjo jedenfalls nicht, sondern verwöhnt und weinerlich. So schlimm konnte es nicht um ihn stehen, wenn er nicht einmal seinen Arzt aufsuchen wollte. Behutsam bohrte Christin nach: »Sie hat mir gesagt, dass unsere Ehekrise dir zusetzt.«

Schnippisch sagte er: »Das tut sie auch, sonst wäre ich ja nicht ausgerechnet jetzt so schlimm krank geworden wie seit Jahrzehnten nicht mehr.«

»Den Zusammenhang verstehe ich nicht.« Anscheinend würde das Telefonat länger dauern. Christin legte sich auf den Rücken und schloss resigniert die Augen. Inzwischen lechzte sie nach einer Tasse Kaffee, aber die würde warten müssen.

Sehr klar für jemanden, der angeblich trübe Gedanken hatte, erklärte Franjo: »Der Stress schwächt mein Immunsystem. Alle Viren haben dadurch ein leichtes Spiel mit mir. Nachdem du abgereist warst, hatte ich erst einen heftigen Magen-Darm-Infekt und jetzt das.«

Das konnte im Allgemeinen durchaus zutreffen, und die Erkältung klang sogar echt, aber sie kannte ihn einfach zu gut und merkte ihm an, dass er nicht ernsthaft krank war. Trotz allem wünschte sie ihm ja keineswegs etwas Schlechtes. Sie hatte keine Wut auf ihn, sondern eher auf seine Mutter, weil sie gelogen hatte.

Zuversichtlich sagte Franjo: »Sobald du wieder zu Hause bist, werde ich bestimmt schnell wieder gesund.«

»Ich komme in den nächsten Tagen, damit wir über alles reden können«, kündigte Christin in unheilschwangerem Ton an, in der Hoffnung, dass er begriff, was ihn erwartete, und er sich innerlich wappnete. Sie wollte ihn mit der Bitte um die Scheidung nicht eiskalt erwischen.

Sie wusste, dass sie die Aussprache hinter sich bringen musste. Aber sie hatte darauf genauso wenig Lust wie auf einen Zahnarztbesuch. Bestimmt würden sich Monika und Petar einmischen, wenn es darum ging, die Details der Ehescheidung zu klären. Sie wollten schließlich das Beste für ihren Sohn und würden ihm helfen, so viel wie möglich vom Hausstand zu behalten. Sollte er ruhig den Löwenanteil bekommen. Alles, was Christin wollte, war hier auf Föhr.

Unglücklicherweise hatte Franjo den Unterton nicht wahrgenommen. »Endlich«, sagte er fröhlich. »Kochst du uns als Wiedersehensessen diese Asiapfanne mit Erdnussbutter und Kaiserschoten, die ich so gerne mag?«

Christin konnte es kaum glauben. Anstatt sich darauf zu freuen, sie endlich wieder in die Arme zu schließen, dachte er ans Essen. »Nein, ganz bestimmt nicht. Die Dinge werden sich ab sofort ändern. Ich werde in einem Hotel übernachten.«

»Wozu?«, fragte er verständnislos. »Das Geld können wir uns sparen.«

»Es gibt kein wir mehr.« Bange wartete sie auf Franjos Reaktion. Eigentlich hatte sie vorgehabt, erst Klartext zu sprechen, wenn sie sich gegenübersaßen. Aber da er sich schwer damit tat, zwischen den Zeilen zu lesen, hatte sie nicht anders gekonnt, als das Thema Trennung jetzt schon zur Sprache zu bringen.

Franjo schwieg. Nach ein paar Sekunden hakte er unsicher nach: »Ist es wegen Patrizia?«

»Nein, nicht wegen ihr, sondern wegen dir«, stellte Christin klar, stand auf und schloss das Fenster. »Es geht hier um dein Verhalten und nicht um ihres. Du hast mich gleich zwei Mal enttäuscht: Als du fremdgegangen bist und später dann, als du mir nicht nach Föhr hinterhergefahren bist.«

Hilflos stieß er aus: »Ich konnte doch wegen des Geschäfts nicht weg.«

»Deine Eltern hätten für dich übernehmen können.« Christin war selbst überrascht darüber, wie ruhig sie klang.

Jammervoll erzählte er: »Sie meinten, sie bräuchten dringend ein paar freie Tage, und du würdest ohnehin bald vor meiner Tür stehen und deine kopflose Aktion bereuen. Das könnte jeden Tag der Fall sein. Die Fahrt könnte ich mir sparen. Außerdem wärst *du* schließlich weggelaufen.«

Christin schnappte entrüstet nach Luft. »Du solltest nicht alles glauben und tun, was deine Eltern sagen, sondern deinen eigenen Verstand einschalten.«

»Es tut mir leid wegen der Sache mit Patrizia. Ich wünschte, ich wäre nicht schwach geworden. Ich weiß selbst nicht, was in mich gefahren ist. Sie hat neuartige Fantasien in mir geweckt. Das war nicht ich.« Franjo schniefte. Weinte er etwa oder lief ihm die Nase?

»Doch, das ist eben auch eine Seite an dir, die du da entdeckt hast«, widersprach sie sanft. »Wir verändern uns eben, ich genauso wie du. Wenn du Fantasien hast, dann lebe sie aus, nachdem die Dinge zwischen uns geklärt sind. Eine Ehe, in der du sexuell frustriert bist und ich mich unterdrückt fühle, ist für uns beide nicht gut.«

Er fiel aus allen Wolken. »Du fühlst dich unterdrückt?«

»Von dir und deinen Eltern.« Christin wollte nicht, dass er sich angegriffen fühlte und es zum Streit kam, das hätte niemandem geholfen. Selbstkritisch wandte sie ein: »Ich kann euch aber nicht allein einen Vorwurf machen, ich habe mir das auch selbst zuzuschreiben. Schließlich war ich es, die sich von euch in ein Korsett hat sperren lassen.«

»Unsere Ehe engt dich ein?«, fragte er fassungslos. »Ich lasse dir doch alle Freiheiten.«

»Aus deiner Sicht vielleicht, aber nicht aus meiner«, gab sie zu bedenken. »Morgens bin ich zur Bank gehetzt und abends zum Supermarkt und dann nach Hause, weil du pünktlich ein warmes Abendessen auf dem Tisch haben wolltest.«

Franjo nahm einen Schluck, von dem Christin vermutete, dass es heißer Tee war. Dann wandte er ein: »Daran sehe ich nichts Falsches. Das ist das einzige Mal am Tag, an dem wir zusammen essen können.«

»Es hat mir die Luft zum Atmen genommen. Ich habe nur noch die Bedürfnisse anderer gestillt und meine eigenen vernachlässigt.« Christin wusste nicht, ob sie zu ihm durchdringend konnte, denn Franjo fühlte sich wohl in den ausgetretenen Pfaden. Sie dagegen sehnte sich danach auszubrechen. »Du hast einen kritischen Blick auf meine Ausgaben geworfen, dabei verdiene ich mein eigenes Geld. Deine Mutter wollte ständig wissen, was ich für dich koche, als würde sie glauben, ich würde mich nicht gut genug um ihren Sohn kümmern. Dein Vater und du, ihr habt beim Sonntagsessen am Tisch gesessen und euch von deiner Mutter und mir bedienen lassen wie Könige. Ich könnte die Liste noch unendlich weiterführen. Das mag sich wie Kleinigkeiten anhören, aber sie waren wie Nadelstiche in mein Herz.«

Ein paar Sekunden lang hörte sie nur seinen Atem durch die Leitung. Dann wollte er betreten von ihr wissen: »Warum hast du das nicht schon früher gesagt?«

»Habe ich, aber du hast es überhört«, warf Christin ihm vor. »Wahrscheinlich war mein Protest auch nicht laut genug. Wie auch immer, dir schien immer wichtiger, dass deine Eltern zufrieden sind.«

»Das tut mir leid. Ich konnte ja nicht ahnen, wie unglücklich du mit mir bist«, sagte Franjo bedrückt.

»Du bist doch auch nicht glücklich mit mir, sonst wärst du nicht fremdgegangen.« Aufgewühlt lief sie im Schlafzimmer auf und ab. »Dein Seitensprung war nicht nur ein Moment der Schwäche, es steckte schon mehr dahinter.«

Zögerlich gab Franjo zu: »Vielleicht hast du recht. Es ist

doch so, du schläfst nicht mehr mit mir. Ich habe auch Bedürfnisse.«

Seine Worte verletzten sie, aber er hatte recht. Ihr unerfüllbarer Kinderwunsch hatte ihr die Lust geraubt. Doch wenn sie an Tjorben dachte, konnte sie kaum erwarten, seinen Körper zu erkunden. Es gab also noch andere Gründe.

»Den Schuh muss ich mir anziehen.« Christin ging in die Küche, goss sich ein Glas Wasser ein und trank. »Aber es ist nicht nur der Sex. Wir küssen uns nicht einmal mehr zur Begrüßung nach einem langen Arbeitstag. Wir sitzen nicht nachts in den Gartenstühlen, schauen zum Sternenhimmel hinauf und kuscheln uns aneinander. Wir halten nicht Händchen, wenn wir durch die Schildergasse bummeln.«

»Da war ich seit einer Ewigkeit nicht mehr«, wandte er schnippisch ein, als hätte er sie beim Lügen ertappt.

»Ja, du hast recht. Wir waren ewig nicht aus, weil du nur noch zu Hause hocken willst.« Während sie sprach, spürte sie die Sorgen, die sie in den vergangenen Jahren mit sich herumgetragen hatte, schwer auf ihren Schultern lasten. Es wurde Zeit, sie loszuwerden. »Wenn ich früher shoppen oder ausgegangen bin, dann mit Anja. Seit sie auf Föhr wohnt, bin ich kaum noch vor die Tür gekommen, außer zum Arbeiten und Einkaufen.«

In doppeltem Sinne verschnupft warf er ein: »Und zu deinem Tai-Chi-Kurs.«

»Ein hart erkämpftes Stückchen Freiheit. Die Wahrheit ist ...« Christin machte einen tiefen Atemzug. »Es ist nichts mehr von unserer Liebe übrig. Wir waren nur so betäubt von der täglichen Routine, dass wir nicht bemerkt haben, wie sie verloren gegangen ist.«

Traurig fragte Franjo: »Siehst du das wirklich so?«

»Ja«, antwortete sie betrübt. Das Aus ihrer Ehe tat ihr weh. Es fiel ihr schwer, etwas loszulassen, von dem sie einst geglaubt hatte, dass es gut war und ewig halten würde. »Wenn du mich noch lieben würdest, hättest du mich jeden Tag auf Föhr angerufen und angefleht, zu dir zurückzukommen.«

Er hustete, doch es klang eher nach Verlegenheit als nach Erkältung. »Nachdem, was du gerade gesagt hast, denke ich nicht, dass das geholfen hätte.«

»Vielleicht doch. Liebe kann neu erblühen.« Christin setzte sich auf die Couch und ließ die Schultern hängen. »Du hättest romantische Nachrichten mit unzähligen roten Herzchen schicken können.«

Ungeniert zog er die Nase hoch. »So etwas machen nur Teenager.«

»Dann eben einen riesigen Blumenstrauß zum *Lüttes Glück* schicken.« Sie seufzte. »Du hättest etwas unternehmen können, egal was. Aber du hast fast nichts getan, außer zwei Mal kurz mit mir zu chatten.«

»Du kennst mich doch und weißt, dass ich meine Gefühle nicht auf der Zunge trage.« Franjo holte tief Luft. »Ich wollte anrufen«, sagte er mit zitternder Stimme, »das musst du mir glauben, aber ich konnte einfach nicht. Ich war wie gelähmt. Als du mich im Pfandleihhaus erwischt hast, wäre ich am liebsten tot umgefallen. In dem Moment habe ich mich mit deinen Augen gesehen und mich wahnsinnig für mich selbst geschämt. Danach habe ich mich zurückgezogen, sogar von meinen Eltern, und nur noch funktioniert. Ich habe alles wie immer erledigt und war trotzdem mit den Gedanken woanders, nämlich bei dir.«

Das nahm sie ihm ab, aber es änderte nichts. Nicht erst seit Föhr kam es ihr vor, als würde sie auf einer anderen Insel leben als er. »Du hast nicht um mich gekämpft.«

»Das kann ich immer noch tun. Ich kann mich ändern, und ich schwöre, nie wieder fremdzugehen«, beteuerte er und klang hilflos. »Wir können auch mal spazieren gehen, wenn du das denn unbedingt willst.«

»Würdest du auch mit mir umziehen?«, fragte Christin probeweise und glaubte, die Antwort zu kennen. »Du arbeitest schon mit deinen Eltern zusammen. Musst du denn auch noch neben ihnen wohnen?«

»Das würde ich nur ungern tun.« Wohl um sie zu überzeugen, bemühte sich Franjo, positiv zu klingen, als er erklärte: »Unser Haus liegt in einem so schönen Viertel, hier wird nur selten ein Objekt frei. Wohnraum in Köln ist zudem furchtbar teuer. Wir haben echt Glück gehabt, als wir den Mietvertrag bekamen. Den sollten wir nicht leichtfertig kündigen.«

Christin fiel siedend heiß ein, dass sie ihm noch gar nicht von ihrer Kündigung bei der Bank erzählt hatte. Aber sie behielt es für sich, es hatte nur noch Auswirkung auf ihr Leben und nicht mehr auf seins.

Optimistisch fuhr er fort: »Außerdem hat es doch Vorteile, neben meinen Eltern zu leben. Wir können uns ihren Rasenmäher leihen, müssen nicht selbst einen kaufen und sparen somit Geld. Sie sind im Notfall für uns da. Sonntags musst du nicht kochen und hast auch mal frei.«

»Mir sind andere Dinge wichtiger«, fiel Christin ihm ins Wort, bevor er diese unsägliche Liste fortführen konnte.

Rasch schlug Franjo vor: »Wir können an uns arbeiten, du und ich. Lass uns doch zu einer Eheberatung gehen!«

»Liebst du mich denn noch? Überleg bitte einen Moment, bevor du das sagst, wovon du denkst, dass ich es hören will«, bat Christin ihn. »Was sagt dir dein Herz?«

Franjo zögerte. »Ich ... ich glaube schon.«

»Du glaubst ...?« Ungehalten schnaubte sie. »Du hast nur Angst, dir die Wahrheit einzugestehen.« Schon allein, weil er wusste, was für ein Theater seine Eltern machen würden, wenn sie von der Scheidung erfuhren. »Deine Gefühle für mich mögen ja noch vorhanden sein, aber sie sind stumpf geworden. Gib es schon zu! Im Grunde war unsere Ehe schon lange nur noch ein verschlissener Mantel, den wir getragen haben, weil wir es gewohnt waren. Es ist Zeit, ihn abzulegen.«

Atemlos wollte er wissen: »Redest du etwa von Scheidung?«

»Ja«, antwortete sie und war froh, dass er ihre feuchten Augen nicht sehen konnte, denn er hätte die falschen Schlüsse daraus gezogen. Sie weinte ihm nicht nach, sondern war nur unendlich traurig, dass es mit dem Schwur, bis ans Lebensende zusammenzubleiben, nicht geklappt hatte.

Franjo keuchte entsetzt. »Das wird meine Eltern umbringen.«

Fast hätte Christin gelacht. Er machte sich mehr Sorgen um seine Eltern als um sich selbst. Das zeigte ihr, dass er die Trennung besser verkraften würde, als sie gedacht hatte. Er würde klarkommen.

Franjo war ja auch nicht allein. Seine Eltern würden ihn auffangen. Plötzlich war sie froh, dass er neben Monika und Petar wohnte. Franjo würde moralische und praktische Unterstützung brauchen. Er wusste ja nicht einmal, wie man die Waschmaschine anstellte.

»Meine Eltern werden auch nicht begeistert sein, aber wir müssen tun, was für uns das Richtige ist«, versuchte sie, ihn zuversichtlich zu stimmen. »Wir stehen das zusammen durch.«

»Zusammen, obwohl wir uns trennen?«, fragte Franjo verwundert. »Das klingt schräg.«

Christin lächelte. »Aber gut.«

»Ja, das tut es«, pflichtete er ihr bei und hörte sich kaum noch erkältet an.

Erleichtert reckte sie sich. »Ich geb dir noch Bescheid, wann ich nach Köln komme.«

»Mach das.« Plötzlich stieß er erfreut aus: »Ich kann wieder durch die Nase atmen. Ich glaube, meine Grippe wird besser.«

»Das nennt man Blitzgenesung«, frotzelte Christin und beendete das Telefonat. Eine große Last fiel von ihr ab.

Leichtfüßig ging sie ins Badezimmer, zog sich aus und trat unter die Dusche. Sie konnte nicht aufhören zu lächeln. Mutig hatte sie ihr Schicksal an den Hörnern gepackt, sich von Dingen und Menschen, die ihr nicht guttaten, getrennt, und die Welt war nicht untergegangen. Christin lebte noch, und es ging ihr besser als jemals zuvor. Sie fühlte sich so wunderbar, dass sie den ganzen Erdball umarmen hätte können.

Sie stemmte sich an den Kacheln ab und genoss die heiße Dusche. Wasser lief über ihren Handrücken. Der helle Streifen an ihrem Ringfinger war längst nachgebräunt. Man sah schon nicht mehr, wo ihr Ehering gesessen hatte.

Christin war inzwischen klar, dass sie Franjo schon vor langer Zeit losgelassen hatte. Sie hatte aber den Schock seiner Untreue und den räumlichen Abstand zu ihm gebraucht, um das zu erkennen. Bestimmt hätte sie sich ohnehin über kurz oder lang von ihm getrennt.

Nun war Christin frei für Tjorben.

Kapitel 20

Nach dem Duschen stieg Christin die Treppe ins Erdgeschoss hinab, wobei sie beschwingt zwei Stufen auf einmal nahm. Je intensiver der Kaffeeduft wurde, desto schneller bewegte sie sich. In der Küche angekommen, stand plötzlich Tjorben vor ihr. Ihr Herz begann wie verrückt zu klopfen.

Arian und Joris waren auch da. Die drei Brüder hatten ihre Köpfe zusammengesteckt und tuschelten. Ertappt sahen sie Christin an. Dann begrüßten sie sie erfreut.

»Ich werde in den Garten gehen«, sagte Arian mit gedämpfter Stimme zu seinen beiden Brüdern. »Sollte Beck Lunte riechen und versuchen, durch den Hinterausgang zu fliehen, werde ich ihn daran hindern.«

Joris zeigte durchs Fenster auf den Dorfanger hinaus und machte eine finstere Miene. »Und ich werde da draußen Posten beziehen und die Vordertür bewachen.«

»Ich gebe euch Bescheid, sobald er den Frühstücksraum endlich verlässt und auf sein Gästezimmer geht.« Verschwörerisch nickte Tjorben ihnen zu.

Arian und Joris erwiderten die Geste und verschwanden in entgegengesetzte Richtungen.

»Was habt ihr mit Lutz Beck vor?«, fragte Christin beunruhigt.

»Heute ist er fällig«, knurrte Tjorben. »Wir wollen nicht

warten, bis der Journalist abgereist ist. Wagner ist gerade mit seiner Familie zum Hafen aufgebrochen, sie wollen einen Tagesausflug zur Hallig Hooge machen. Er scheint ohnehin schwer in Ordnung zu sein.«

»Ja, das ist er«, pflichtete sie ihm bei. Sie war Michael Wagner noch immer unendlich dankbar, weil er verhindert hatte, dass das *Lüttes Glück* schlechtgemacht wurde. Nach dem Duschen hatte sie im Internet nach dem Video, das Beck von dem Verleumdungsversuch gedreht hatte, gesucht, es aber nicht gefunden. Hoffentlich würde er es nicht online stellen. Die tote Fliege im Kuchen hatte sich ja als Täuschung herausgestellt. »Aber ihr wollt Beck doch wohl nicht verprügeln?«

Entsetzt riss Tjorben die Augen auf. »Um Himmels willen, nein! Wir wollen ihn zur Rede stellen, er muss uns endlich sagen, was ihn mit unserer Mutter verbindet und was dieser Psychoterror soll. Aber wir wollen das auf seinem Zimmer tun, damit es keine Szene vor Gästen oder so gibt.«

Christin konnte nachvollziehen, dass die Brüder Lutz Beck auf den Zahn fühlen wollten, schon um ihre Mutter besser vor diesem hartnäckigen Verfolger beschützen zu können. Dennoch mahnte sie Tjorben: »Seid vorsichtig! Er könnte euch sonst anzeigen, und jeder blaue Fleck, egal wie klein, käme ihm nur recht.«

»Das werden wir«, beteuerte er. Augenzwinkernd erklärte er: »Wir setzen ganz auf unsere Furcht einflößende Wirkung.«

Sie lachte. »In dem Fall reicht es, wenn du allein zu ihm gehst.«

»Ganz schön mutig, kleine Lady.« Tjorben neigte sich zu ihr herunter, kam mit seinem Gesicht dicht an ihres heran und sah sie warnend an.

Sein sexy Blick ging Christin durch und durch, seine Nähe zu spüren, löste Verlangen in ihr aus. Sie wollte ihre Arme um seinen Hals schlingen, ihn fest an sich ziehen und leidenschaftlich küssen.

Bevor sie dem Wunsch nachgehen konnte, richtete Tjorben sich allerdings auf und lächelte sie verliebt an.

»Außerdem wollen wir ihn aus dem *Lüttes Glück* rauswerfen«, sagte er dann ernst. »Ja, ja, ich weiß, wir werden vorsichtig sein. Anja hat uns gesagt, dass alle Übernachtungsgäste entweder am Morgen abgereist sind oder die Insel erkunden. Jetzt wäre der perfekte Moment. Aber er sitzt immer noch im Frühstücksraum, dabei ist die Frühstückszeit längst vorbei. Sein Kaffee müsste längst kalt sein. Wie gesagt, wir wollen ihn auf seinem Zimmer in die Mangel nehmen.«

»Glaubst du, er ahnt, dass ihr ihm auflauert?«, fragte sie besorgt. Wenn Beck stur blieb, würden sie Hand an ihn legen müssen, um ihn aus der kleinen Inselpension hinauszubringen. Aber das konnten sie sich nicht erlauben.

»Ich weiß es nicht. Schon möglich.« Tjorben zuckte mit den Schultern und lehnte sich gegen den Kühlschrank. »Vielleicht ist er auch einfach nur ein Arschloch, und es ist ihm egal, dass er Hilde davon abhält, mit ihrer Arbeit fertig zu werden.«

»Wenn einer ihn dazu bringt, aufzustehen und zu gehen, dann sie«, sagte Christin amüsiert und goss sich eine Tasse Kaffee ein. Sie bot Tjorben Tee an, doch er lehnte ab.

»Wie recht du hast!« Er grinste. »Im Moment hat sie noch genug anderes zu tun. Aber es ist nur eine Frage der Zeit, bis er genervt auf sein Zimmer gehen wird. Und dann werden Arian, Joris und ich ihm folgen.«

Tjorben sah ihr in die Augen. »Du siehst verändert aus«, sagte er plötzlich, wobei er sanft ihren Arm berührte.

Das tat so gut, dass sie ihn gar nicht mehr weglassen wollte. »Tue ich das?«

»Ja. Du strahlst von innen heraus.«

Das war gut möglich, seit dem Telefonat mit Franjo trug sie die Sonne im Herzen. »Ich habe meine Leinen in Köln gekappt und suche nun nach einem neuen Heimathafen.«

Tjorben machte große Augen. Dann lächelte er. »Im Wyker Hafen ist ein Liegeplatz frei geworden. Die Rodenstocks sind überstürzt abgereist, hat mir mein Vater erzählt. Aber die Polizei wird ihren Fall trotzdem weiterverfolgen.«

»Das ist gut! Aber was ich damit sagen wollte, ist, dass ich mich von Franjo getrennt habe.« Das war nicht das einzige Thema, über das sie mit Tjorben sprechen musste. Ihre Hand zitterte, rasch trank Christin etwas Kaffee und stellte dann die Tasse ab. Sie musste ihm eröffnen, dass sie keine Kinder kriegen konnte. Wie würde er darauf reagieren? Sie bekam Angst. Ihm lief die Zeit davon. Wenn er Kinder wollte, dann jetzt.

»Das habe ich mir schon gedacht.« Betreten sah er auf seine Schuhe. »Mir ist das Thema nur unangenehm.«

Christin war ein wenig enttäuscht, dass er keinen Luftsprung machte. »Warum? Ich dachte, du würdest dich freuen.«

»Das tue ich auch, aber ich will nicht der Grund für eure Scheidung sein«, gab er zu und sah sie befangen an. »Ich wollte mich nie in eure Ehe drängen.«

»Das hast du nicht, wirklich!«, versicherte sie ihm. »Ich kann Franjo einfach nicht verzeihen, dass er fremdgegangen ist. Aber das ist es nicht allein. Wir haben schon lange nebeneinanderher gelebt, wie Zombies.«

Tjorben schmunzelte. »Wie Zombies?«

»Ja, irgendwie passt der Begriff.« Sie erklärte: »Unsere Liebe ist schon länger tot, aber wir haben es nicht gemerkt, weil wir abgestumpft der täglichen Routine gefolgt sind.«

Er legte zwar die Hände an ihre Hüften, klang aber immer noch ein wenig unsicher, als er nachhakte: »Franjo geht es da genauso wie dir?«

»Ja, ich denke schon. Er wird aber noch eine Weile brauchen, um mit der neuen Situation klarzukommen.« Christin hoffte für Franjo, dass er bald eine neue Liebe fand und diese so leidenschaftlich und stark war, dass sie die Ketten zu seinen Eltern sprengen konnte.

Sollte er das jedoch nicht schaffen, sah sie ihn eher als Dauersingle, der nach dem Abendessen im Haus seiner Eltern mit ihnen zusammen fernsah und von seiner Mutter zum Nachtisch mit *Cupavci*, kroatischen Küchlein mit Schokolade und Kokosraspeln, verwöhnt wurde.

Hoffnungsvoll fragte Tjorben: »Wirst du auf Föhr bleiben?«

»Das wünsche ich mir von ganzem Herzen«, antwortete sie inbrünstig und sah ihm tief in die Augen. »Aber es wird schwer werden, einen Job und ein Apartment zu finden. Ich kann nicht ewig bei Anja wohnen bleiben. Wie ich weiß, ist Joris ganz scharf auf meine Betthälfte.«

Tjorben lachte und zog sie eng an sich. »Ja, die beiden sind ganz verrückt aufeinander und können es kaum abwarten, dass er zu ihr ins *Lüttes Glück* zieht. So lieb ich meine Tante habe, aber für mich wäre es ja nichts, mit ihr unter einem Dach zu leben.«

»Das ist halb so schlimm.« Christin legte die Hände an seinen Oberkörper und streichelte ihn zärtlich. »Hilde und Godo sind total süß zusammen und bringen mich jeden Tag zum Lachen.«

»Ich habe auch ein Doppelbett, und eine Seite ist frei.« Kaum hatte er das ausgesprochen, riss er die Hände hoch und trat einen Schritt zurück. »Aber ich kann auch auf der Couch schlafen, wenn dir das lieber ist. Ich will dich auf keinen Fall bedrängen! Vielleicht geht dir das auch alles zu schnell. Ich wollte dir nur meine Hilfe anbieten, damit du bleiben kannst, auf Föhr und …«, sein Blick wurde intensiver, »bei mir.«

Ihr Herz schlug Purzelbäume, doch sie wagte nicht, sich dem Freudentaumel hinzugeben. Noch stand ihr neues Glück auf wackeligen Beinen. Sie verschränkte die Arme vor ihrem Körper, denn das Geständnis, das sie nun machen musste, ließ sie frösteln. »Das ist lieb von dir, aber ich muss erst mit dir über etwas Wichtiges sprechen. Es könnte sein, dass dein Angebot danach nicht mehr gilt.«

»Das kann ich mir nicht vorstellen.« Als er sich durchs Haar fuhr, lösten sich einige Strähnen aus seinem Zopf, und er musste sich die Haare neu im Nacken zusammenbinden.

»Es gibt einen Grund, warum Franjo und ich … keine Kinder haben.« Vor Nervosität bebte sie, selbst ihr Atem zitterte. Sie wartete darauf, dass Tjorben etwas erwiderte, aber er schwieg. Also fuhr sie aufgeregt fort: »Ich bin dieser Grund.«

»Wie meinst du das?«, fragte er und strich immer wieder über seinen gestutzten Bart.

»Ich kann nicht schwanger werden«, erklärte Christin und sah weg. Sie wünschte sich so sehr, eine Frau zu sein, die einem Mann alles schenken konnte, doch die Natur hatte ihr Grenzen auferlegt. Sie hatte trotzdem sehr viel zu geben, hoffentlich erkannte Tjorben das.

Nachdenklich mutmaßte er: »Und jetzt hast du Angst, ich könnte darum nicht mit dir zusammen sein wollen?«

»Du bist jung und gut aussehend«, begann sie und bekam Sodbrennen, weil der Kaffee in ihrem Magen gärte.

»In beiden Punkten gehen die Meinungen stark auseinander«, wandte er mit einem Lächeln in der Stimme ein. »Ein Jugendlicher scherzte mal, ich würde aussehen wie Wolverine, nur ohne Muskeln. Na, besten Dank auch! Und im Dezember werde ich immerhin auch schon vierzig. Jung ist eine Frage der Perspektive.«

»Du weißt, wie ich das meine«, sagte Christin und seufzte.

Christin wünschte, er würde ernst bleiben. Aber wahrscheinlich merkte er ihr an, wie schwer es ihr fiel, über ihre Unfruchtbarkeit zu sprechen und wollte es ihr leichter machen. »Du hattest nie Probleme, eine Freundin zu finden, und kannst auch noch mit vierzig Jahren und darüber hinaus eigene Kinder haben.«

Tjorben legte die Hand unter ihr Kinn und hob ihr Gesicht an, damit sie ihn wieder ansah. »Ich will dich!«

»Dann müsstest du aber auf Nachwuchs verzichten.« Sie war angespannt. Ihre Augen wurden feucht.

Mit butterweicher Stimme schwor er ihr: »Das ist in Ordnung, wirklich. Meine Beziehungen waren nie lange genug, um über Familienplanung nachzudenken. Inzwischen habe ich mich damit abgefunden, keine eigenen Kinder zu haben. Ich kann auch ohne glücklich sein, aber nicht ohne dich. Denn ich brauche dich.«

Christin schluchzte vor Erleichterung. Tränen rannen über ihre Wangen. Glücklich stürzte sie sich in Tjorbens Arme und drückte ihr nasses Gesicht an seinen warmen Hals. Wie gut er duftete! Er strahlte eine unglaubliche Kraft aus. Sie wusste, dass er sie stets auffangen würde, egal, wie tief sie fiel.

Zärtlich küsste er ihr Haar. »Das heißt ja nicht, dass wir keine eigene kleine Familie haben können.«

»Wie meinst du das?« Verwirrt sah sie zu ihm auf. Sprach er davon, ein Kind zu adoptieren?

»Magst du Hunde?«, fragte Tjorben unvermittelt. Er war so euphorisch, dass er fortfuhr, ohne auf ihre Antwort zu warten. »Ich habe schon als Junge von einem eigenen Hund geträumt und wollte ihn *Bootsmann* nennen, wie den Bernhardiner in Astrid Lindgrens Buch *Ferien auf Saltkrokan*.« Er lachte. Seine Wangen waren vor Aufregung gerötet. »Der Wunsch ist immer noch da. Das *Tierhuus* vermittelt ja unter anderem Hunde, dort könnten wir nächstes Jahr mal vorbeischauen, falls du magst. Tagsüber würde ich *Bootsmann* mit auf Wattwanderungen und Bootstouren nehmen. Die Urlauber würden das bestimmt auch toll finden. Und abends könntest du dein Fellkind verwöhnen. Was meinst du?«

»Ja, das wäre schön. Aber einen Schritt nach dem anderen«, bremste Christin seine Begeisterung, vorher gab es noch andere Dinge zu regeln, wie ihre Sachen aus Köln zu holen und einen Rechtsanwalt für die Scheidung zu finden.

»Selbstverständlich.« Sein Lächeln ließ etwas in ihr schmelzen. »Wir haben ja Zeit bis an unser Lebensende.«

»Bis ans Lebensende«, wiederholte sie verzückt und hing an seinen Lippen. »Ich nehme das Angebot, zu dir nach Wrixum zu ziehen, gerne an. Dann kann ich mich ganz darauf konzentrieren, einen neuen Job zu suchen.«

»Im Hafenamt gibt es eine freie Stelle, sie wäre sogar unbefristet, hat mein Vater gesagt. Schau mich nicht so an. Ich habe heute Morgen schon mal rumgefragt.« Tjorben tippte ihr auf die Nasenspitze. »Aber ich weiß nicht, ob der Job für dich infrage käme.«

Neugierig fragte Christin: »Um was geht es genau?«

»Die Verwaltung des Hafenbetriebs. Du müsstest dich um die Einhaltung der hafenrechtlichen Vorschriften kümmern. Zu deinen Aufgaben würden unter anderem das Überwachen der Hafenanlagen und Grundstücke und das Koordinieren der Liegeplätze zählen. Natürlich gäbe es auch furchtbar viel Bürokram zu erledigen, was absolut nichts für mich wäre.« Er verzog das Gesicht. »Aber ich bin mir sicher, du mit deiner Bankausbildung würdest dich schnell einarbeiten.«

Sie runzelte die Stirn. »Braucht man dazu keine speziellen Vorkenntnisse?«

»Sie suchen jemanden mit einer Ausbildung in einem kaufmännischen Beruf oder im Bereich öffentlicher Verwaltung.« Mit dem Daumen fuhr er durch die Kerbe auf ihrem Kinn.

Enttäuscht schüttelte Christin den Kopf. »Dann werden sie mich als Bankkauffrau nicht nehmen.«

»Das werden sie«, widersprach er und klang absolut zuversichtlich.

Sie zog die Augenbrauen hoch. »Wie kannst du so sicher sein?«

»Wie gesagt, deine Erfahrung in der Bank ist einiges wert. Außerdem hast du einen gewichtigen Fürsprecher.« Tjorben räusperte sich. »Den Hafenmeister höchstpersönlich.«

Christin kniff die Augen zusammen. »Deinen Vater.«

»Rein zufällig ist er das.« Er versuchte, unschuldig dreinzublicken, musste aber schließlich grinsen. »Er kann natürlich nur ein gutes Wort für dich einlegen. Beim Vorstellungsgespräch musst du selbst überzeugen.«

»Das werde ich«, versicherte sie ihm. »Die Stelle klingt interessant! Ich könnte mir vorstellen, dass mir die Arbeit Spaß machen würde, und werde mich so schnell wie möglich bewerben.«

Dankbar und voller Verlangen küsste Christin Tjorben. Mit heftigem Herzklopfen schmiegte sie sich eng an ihn. Er strahlte Selbstsicherheit und Optimismus aus, und das färbte auf sie ab. Sie würde sich voller Elan und Freude ein neues Leben auf dieser wunderschönen Wattenmeerinsel aufbauen. Bestimmt würde nicht alles glattlaufen, und es würde auch mal schwierigere Phasen geben, doch sie war sich sicher, die Hürden meistern zu können. Denn sie hatte ja Tjorben, ihren Wikinger. Und dann waren da auch noch Anja und ihre wunderbaren Nachbarn in Walsum, mit denen sich Christin angefreundet hatte.

Tjorben löste sich gerade so weit von ihr, dass er sprechen konnte. Sinnlich flüsterte er: »Ich liebe dich, und ich werde alles dafür tun, dass du dich auf meiner Heimatinsel zu Hause fühlst.«

»Ich liebe dich auch«, erwiderte sie aus ganzem Herzen.

Plötzlich ging jemand durch den Korridor an der Küche vorbei. Christin erkannte die Person erst, als diese die Treppe hochstieg. Es war Lutz Beck. Er hatte sie nicht bemerkt.

Arian folgte ihm in sicherem Abstand. Verschwörerisch gab er Tjorben ein Zeichen und eilte dann weiter, wohl um Joris auf dem Dorfanger Bescheid zu geben.

»Es ist so weit.« Sanft schob Tjorben Christin von sich weg. »Es tut mir leid, aber ich muss jetzt gehen.«

»Schnapp ihn dir!«, feuerte sie ihn an und gab ihm einen Klaps auf den Po.

Kapitel 21

Tjorbens Puls raste, als er die Tür zu Lutz Becks Gästezimmer aufriss und hineinstürmte. Seine Brüder folgten ihm auf dem Fuße. Einer von ihnen schloss die Tür wieder. Tjorben nagelte Beck mit seinem Blick fest.

Erschrocken riss der die Augen auf. Er spähte hinüber zum Fenster. Vielleicht überlegte er, ob er dort hinaus fliehen konnte, doch der Sprung aus dem ersten Stock wäre riskant gewesen. Möglicherweise dachte er auch darüber nach, das Fenster aufzureißen und um Hilfe zu rufen. Das würde Tjorben nicht zulassen. In der kleinen Inselpension konnte Beck schreien, so viel er wollte. Niemand würde kommen, um ihn aus seiner misslichen Lage zu retten.

»Bleiben Sie ruhig, und Ihnen wird nichts geschehen«, versicherte Tjorben ihm und blockierte den Ausgang. »Es liegt an Ihnen, ob die Situation eskaliert oder nicht.«

Arian stellte sich mit dem Rücken vor das Fenster und starrte Beck finster an. »Wir wollen Ihnen nur ein paar Fragen stellen.«

»Danach werden Sie Ihren Koffer packen, auschecken und in Zukunft einen großen Bogen um das *Lüttes Glück* machen«, wies Joris ihn an.

Lutz Beck wurde blass, denn er war zwischen Bett und Wand gefangen. Ängstlich sah er von einem der Brüder zum anderen. Er wischte sich die Handflächen an der Hose ab und schien nachzudenken. Schließlich nickte er. »Okay, am besten gehe ich sofort.«

Er wollte zum Kleiderschrank, doch Tjorben versperrte ihm den Weg. »Haben Sie nicht zugehört? Erst werden Sie uns Antworten liefern.«

»Dabei kann ich doch schon mal packen«, wandte Lutz Beck kleinlaut ein. Anscheinend fühlte er sich in seinem Zimmer wie ein Tier im Käfig und wollte nur noch raus. Er hatte den Ernst der Lage erkannt.

Das stimmte Tjorben positiv, dass sie dieses unangenehme Gespräch schnell hinter sich bringen würden. Er trat vom Schrank weg, stellte sich jedoch so hin, dass Beck nicht zur Tür hinaus fliehen konnte.

»Ihre Mutter hat alle Antworten. Haben Sie sie denn nicht gefragt?«, wollte Beck wissen, während er den Koffer, der neben dem Schrank stand, nahm und aufs Bett legte.

»Das geht Sie nichts an. Sie werden unsere Mutter ab sofort in Frieden lassen, sonst ziehen wir andere Seiten auf«, fuhr Arian ihn warnend an.

Tjorben erkannte seinen jüngeren Bruder nicht wieder. So wütend hatte er ihn noch nie gesehen. Joris und er liebten ihre Mutter auch sehr, aber Arian hatte ein besonderes starkes Verhältnis zu ihr, und sein Auftreten machte klar, dass die Zeit der Zurückhaltung vorbei war und er sie mit Klauen und Zähnen verteidigen würde.

Lutz Beck hatte nicht viele Kleidungsstücke mitgebracht, mit wenigen Handgriffen waren sie im Koffer verstaut. »Ich bin hier nicht der Schuldige.«

»Unsere Mutter ist eine gute Frau, sie hat nichts getan!«, knurrte Arian.

»Sind Sie sich da wirklich sicher?« Für einen Moment hing Becks Frage schwer im Raum. Er kniff die Augen zusammen und sah Arian an. »Sie kennen sie nicht so gut, wie Sie denken.« Dann trat er vors Badezimmer.

Zögerlich machte Joris Platz. Er stellte jedoch sicherheitshalber einen Fuß in die Tür, damit Beck sie nicht schließen und sich im Bad verschanzen konnte. »Wir haben Ihre geheimnisvollen Andeutungen satt. Sagen Sie uns endlich, warum Sie unsere Mutter verfolgen und tyrannisieren!«

»Fühlt sie sich denn von mir tyrannisiert?« Mit einem selbstzufriedenen Gesichtsausdruck kam Beck mit seiner Kulturtasche zurück in den Schlafbereich. Als er sie auf seine Kleidung in den Koffer legte, fiel Tjorben auf, dass seine Hände zitterten.

Joris packte Beck am Kragen und zischte: »Passen Sie ja auf! Sie glauben, wir würden Ihnen nichts tun, aber damit liegen Sie falsch.«

»Dann werde ich Sie anzeigen.« Aufsässig streckte Beck das Kinn vor.

Joris hielt ihn weiterhin fest. »Und unsere Mutter wird Sie wegen Stalking drankriegen.«

»Dafür haben Sie keine Beweise«, wandte Beck grinsend ein.

Joris lächelte kalt zurück. »Und Sie werden ohne Zeugen nicht beweisen können, woher Ihre blauen Flecken stammen.«

Lutz Beck wirkte verunsichert und wich Joris' Blick aus.

Er öffnete und schloss ständig seine Hände, was verriet, wie nervös er war, obwohl er sich kämpferisch gab.

Mahnend sah Tjorben seinen älteren Bruder an, damit er nicht zu weit ging. Sie hatten ausgemacht, nicht handgreiflich zu werden.

Joris zwinkerte ihm zu und ließ Beck los.

Anscheinend hatte er nur geblufft, als er Beck gedroht hatte. Tjorben war erleichtert.

»Wer ist der Fischer, den meine Mutter gemalt hat?«, wollte Arian von Lutz Beck wissen. Man sah ihm die Anspannung an. »Ich rede von dem Gemälde, das Sie bei mir gekauft haben.«

Es dauerte einen Moment, und Tjorben befürchtete schon, dass Lutz Beck weiter halsstarrig sein würde, doch schließlich antwortete er traurig: »Mein Vater Stefan, er ist für mich gestorben.«

»Ihr Vater?«, wiederholte Tjorben ungläubig. »Dann ist der Mann auf dem Gemälde nicht nur der Fantasie unserer Mutter entsprungen?«

Plötzlich blitzte Wut in Becks Augen auf. »Ich habe niemanden mehr, und daran ist Ihre Mutter schuld. Ilse Graf, die von allen, die ich auf Föhr gefragt habe, in den Himmel gelobt wurde. Die angeblich so eine herzliche Person ist, die keiner Fliege etwas zuleide tun könnte, die immer für alle da ist. Die Mutter Theresa von Föhr.« Er schnaubte und warf sein Laptop auf die Kleidung in seinem Koffer. »Diese angebliche Heilige hat mein Leben zerstört.«

»Das glaube ich nicht«, stieß Arian entsetzt aus.

»Sie machen sie ja nur absichtlich schlecht!«, rief Tjorben.

»Ach, ja?« Aufgebracht zog Beck den Reißverschluss seines Gepäcks zu. »Wenn alles, was ich sage, eine Lüge ist, warum hat sie Ihnen dann noch nicht die Wahrheit über meine Eltern erzählt? Sie haben sie doch bestimmt danach gefragt, und anscheinend hat sie Ihnen rein gar nichts verraten. Warum wohl? Weil Sie etwas zu verbergen hat, ein dunkles Geheimnis, das das madonnenhafte Bild von ihr zerstören würde.«

Arian fasste sich an den Brustkorb, Becks Worte mussten ihn schwer getroffen haben, und Joris verzog das Gesicht, als hätte er Magenschmerzen.

Auch Tjorben taten die Vorwürfe weh, sie waren wie Nadelstiche in sein Herz. Aber sturmerprobt, wie er durch seine Fahrten mit der *Seewievke* war, fing er sich bald wieder und fragte: »Was hat unsere Mutter Ihnen angetan?«

»Sie hat meine Mutter Manuela getötet«, antwortete Beck mit belegter Stimme. Tränen liefen ihm über die Wangen.

Arian wurde blass. »Niemals!«

»Das ist doch blanker Unfug«, wiegelte Joris ab und fuchtelte aufgebracht herum.

»Bevor sie anderen etwas antun würde, würde sie sich eher selbst eine Hand abhacken«, rief Arian, der um Luft zu ringen schien.

»Sie lügen, Herr Beck.« Joris' Gesicht war gerötet.

Aber Tjorben schwieg. Warum sollte Lutz Beck weinen, wenn er das, was er gesagt hatte, nicht ernst meinte? Beck selbst jedenfalls musste fest von der Anschuldigung überzeugt sein.

Plötzlich packte er seinen Koffer, stieß Joris beiseite und

rannte zur Tür. Wie ein Irrer stürzte er die Treppe hinunter.

Im ersten Moment waren Tjorben, Arian und Joris überrumpelt. Doch dann liefen sie Beck ins Treppenhaus nach, blieben am Absatz stehen und schauten hinunter. Im Erdgeschoss sprachen gerade zwei Handwerker mit Anja über das Toilettenhäuschen auf dem Campingplatz. Um kein Aufsehen zu erregen, folgten Tjorben und seine Brüder dem flüchtenden Beck nicht weiter. Er war ohnehin bereits aus dem *Lüttes Glück* getürmt.

»Jetzt hat er auch noch die Zeche geprellt!«, stieß Arian empört aus.

Anja und die Handwerker sahen verwundert zu ihnen herauf. Rasch grüßte Tjorben sie und ging zurück in das Gästezimmer, um zu besprechen, was sie jetzt tun wollten. Seine Brüder folgten ihm.

Joris beruhigte Arian: »Anja wird ihm die Rechnung einfach zuschicken.«

»Hoffentlich hat er die richtige Adresse angegeben.« Besorgt sah Arian ihn an.

Die Rechnung war Tjorbens geringste Sorge. »Falls nicht, zahle ich die Übernachtung.«

»Ich wette, Anja wird das Geld egal sein«, warf Joris gereizt ein und winkte ab. »Hauptsache, sie ist Beck los!«

Tjorben nickte. Die Arme musste sich die ganze Zeit gefühlt haben, als würde sie über dünnes Eis laufen. Ein Fehltritt und sie wäre eingebrochen. Sie musste erleichtert sein, dass Beck weg war. Tjorben dagegen hätte ihn gerne noch mehr gefragt.

»Nach Anjas Einweihungsparty hat unsere Mutter zu uns gesagt, dass sie große Schuld auf sich geladen hat«, dachte Tjorben laut nach. »Ob sie damit den Tod von Manuela Beck gemeint hat?«

Arian gestikulierte heftig. »Aber bestimmt keine Bluttat. Beck spinnt doch!«

»Vielleicht war es ein Verkehrsunfall«, gab Joris zu bedenken.

Seufzend fuhr sich Tjorben mit der Hand durchs Gesicht. Es war noch nicht einmal Mittag, und er fühlte sich schon erschöpft. »Wilde Spekulationen bringen uns nicht weiter. Wir müssen Mutter fragen.«

»Wie sollen wir das denn anstellen?« Arian sah hilflos von einem zum anderen. »Wir können doch nicht sofort zur Sache kommen.«

Nachdenklich schob Joris die Augenbrauen zusammen. »Ja, solch eine schwerwiegende Anschuldigung bringt man nicht einfach so vor.«

»Wir haben Mutter lange genug Zeit gegeben, von selbst zu erzählen, warum Lutz Beck ihr und uns schaden will. Ich für meinen Teil lasse mich nicht länger von ihr hinhalten«, stellte Tjorben klar. »Er hat sich schon heimlich auf die *Seewievke* geschlichen. Mag schon sein, dass er mein Ausflugsschiff da nur auskundschaften wollte, aber beim nächsten Mal könnte er es sabotieren. So weit werde ich es nicht kommen lassen. Ich will endlich wissen, mit wem ich es zu tun habe und in welcher Gefahr wir alle schweben.«

»Du hast recht. Lass es uns versuchen und sie mit dem,

was wir gerade erfahren haben, konfrontieren«, schlug Joris vor. »Bestenfalls bringen wir sie dadurch zum Reden.«

Eindringlich bat Arian: »Aber wir werden behutsam vorgehen, versprecht mir das!«

»Das ist doch selbstverständlich.« Tjorben klopfte ihm brüderlich auf die Schulter.

»Ich werde das Reden übernehmen«, sagte Arian bestimmt. Dann wandte er sich an Tjorben: »Du bist manchmal etwas direkt.«

Tjorben sah ihn finster an. »Und du fasst Mutter mit Samthandschuhen an.«

»Lasst mich mit ihr sprechen, und ihr haltet euch beide zurück«, schaltete sich Joris ein.

Sie stiegen die Treppe hinunter, verließen das *Lüttes Glück* und fuhren schweigend nach Nieblum zur ehemaligen Windmühle ihrer Eltern. Da auf ihr Klingeln nicht geöffnet wurde, gingen sie um das Gebäude herum.

Sie fanden ihre Mutter im Garten. Ilse stand am Hochbeet und wischte sich gerade die schmutzigen Hände an der Blümchenschürze, die sie über ihren weißen Bermudas trug, ab.

Tjorben fragte sich, ob ihr Vater da war, doch er nahm im Haus keine Bewegung wahr. Johan musste arbeiten sein. Er war so gut wie immer im Hafen in Wyk. Oft schaute er selbst an seinen freien Tagen dort vorbei. Das führte immer wieder zu Unstimmigkeiten zwischen ihren Eltern.

Einmal hatte Tjorben an einem verregneten Sonntagnachmittag mit seinen Eltern und seinen beiden Brüdern zusammen in der Mühle Tee getrunken und Friesentorte gegessen.

Plötzlich sprang ihr Vater auf und verkündete: »Ich muss im Hafen nach dem Rechten sehen.«

»Lüder hat doch heute Dienst, außerdem gießt es in Strömen«, erwiderte seine Mutter verständnislos.

Er überging ihren Einwand. »Ich werde nicht lange weg sein.«

»Du lässt mich zu oft allein«, sagte sie vorwurfsvoll.

Tjorben war es unangenehm, die Spannungen zwischen seinen Eltern mitzubekommen, und auch Arian und Joris schauten betreten drein.

»Du hast doch deine Söhne bei dir«, wandte ihr Vater ein und lächelte.

»Aber was ist mit uns als Paar?«, fragte ihre Mutter bedrückt.

»Was soll mit uns sein?«, entgegnete er, während er sich die Jacke anzog.

Leise sagte sie: »Du merkst nicht einmal, dass wir Probleme haben.«

»Welche Probleme? Uns geht es doch gut«, erwiderte er.

Da presste sie die Lippen zusammen, funkelte ihn wütend an und wandte sich dann gekränkt ab.

Der Nachmittag lag zwei Jahre zurück, und nichts hatte sich an der Situation geändert. Ihre Mutter hatte sich zurückgezogen, um Beck nicht über den Weg zu laufen, und war oft allein, das konnte nicht gut sein.

Sie hatte das *Strandmohn* abgegeben, war nur noch passives Mitglied im *Fering Ferian* und verließ die Mühle kaum noch. Doch anstatt jede freie Minute zu Hause bei ihr zu sein, verbrachte ihr Vater weiterhin viel Zeit im Hafen.

Erst kürzlich hatte Tjorben ihn am frühen Nachmittag vor dem Hafenamt getroffen. Überrascht hatte er seinen Vater gefragt: »Was machst du denn hier? Hast du nicht Urlaub?«

»Ja, aber den brauche ich nicht«, erwiderte dieser. »Den habe ich nur auf dem Papier.«

Tjorben ging es ähnlich. Wenn er mal einen Tag nicht mit der *Seewievke* rausfuhr, fehlte ihm etwas. Aber er hatte ja auch keine Frau, die auf ihn wartete. Sein Vater schon. Darum hatte er vorgeschlagen: »Mutter würde sich bestimmt freuen, etwas mit dir zu unternehmen.«

»Wollte ich ja. Ich habe ihr angeboten, mit ihr einen Tagesausflug nach Husum oder St. Peter-Ording zu machen. Ich wäre sogar mit ihr nach Flensburg gefahren, und du weißt ja, wie unwohl ich mich in größeren Städten fühle. Aber sie will mal wieder das Haus nicht verlassen.« Sein Vater sah bedrückt aus. »Ich komme einfach nicht mehr an sie ran.«

Anscheinend wusste er da immer noch nichts von Lutz Beck, dem Dämon seiner Mutter. Tjorben hätte ihn gerne ins Bild gesetzt, aber das musste seine Mutter selbst tun. »Dann bleib doch bei ihr. Macht es euch gemütlich.«

»Das werden wir heute Abend.« Sein Vater betrachtete die im Wind schaukelnden Schiffe, atmete die Seeluft, die im Hafen so würzig wie nirgends sonst war, ein und lächelte. »Ich muss den Hafen einmal am Tag sehen. Er ist mein zweites Zuhause. Ohne ihn bin ich unglücklich.«

»Trifft das auch auf Mutter zu?« Tjorben konnte sich die vorwurfsvolle Bemerkung nicht verkneifen.

Sein Vater sah ihn überrascht an. Sein Gesicht wurde rot, er sprach nicht gerne über Gefühle. Umso mehr war Tjorben von seiner Antwort überrascht: »Ich liebe sie!«

»Mehr als den Hafen?«, bohrte Tjorben nach.

Sein Vater nahm seine dunkelblaue Schiffermütze vom Kopf und wischt damit durch die Luft. »Selbstverständlich! Was ist denn das für eine Frage?«

»Dann zeig es ihr jeden Tag, genauso wie du einmal täglich im Hafen vorbeischaust«, forderte Tjorben.

Ob sich seither etwas geändert hatte, wusste er nicht. Er war zu sehr damit beschäftigt gewesen, sich nicht in Christin zu verlieben, ein Vorhaben, mit dem er, zum Glück, kläglich gescheitert war.

Ihre Mutter bemerkte Tjorben, Arian und Joris, erstrahlte und winkte ihnen mit einem leeren Saatguttütchen zu. »Was für eine schöne Überraschung! Ich habe gerade den Feldsalat ausgesät. Es ist das erste Mal in diesem Jahr, dass ich mich ums Hochbeet kümmere, und das im August. Unglaublich, oder?«

»Besser spät als nie.« Tjorben umarmte sie und flüsterte ihr ins Ohr: »Wir haben Lutz Beck aus dem *Lüttes Glück* rausgeworfen.«

»Du kannst jetzt das Wandbild im Frühstücksraum fertig malen.« Arian küsste sie auf die Wange. »Er wird nicht mehr in der Pension auftauchen, das versprechen wir dir.«

Sanft drückte Joris sie. »Ich gehe fest davon aus, dass er Föhr noch heute verlassen wird. Wir haben ihm klargemacht, dass die Familie Graf sich ab sofort nichts mehr gefallen lässt.«

»Ihr habt ihm doch wohl nichts getan.« Ihre Mutter ließ das Tütchen aufs Hochbeet fallen und legte die Hände an die Wangen.

Arian beruhigte sie: »Natürlich nicht. Wir haben ihn nur zur Rede gestellt.«

»Er hat gesagt, dass der Fischer auf dem Gemälde, das er von dir gekauft hat, sein Vater Stefan wäre. Stimmt das?«, fragte Tjorben und erntete von Arian einen bösen Blick. Aber seiner Meinung nach war es Zeit, die Karten auf den Tisch zu legen.

Sie nickte befangen, sagte jedoch nichts.

Aufmunternd rieb er ihr über den Rücken. »Woher kanntest du ihn?«

»Das ist nicht mehr wichtig. Er ist Vergangenheit.« Sie knüllte das Saatguttütchen zusammen und steckte es in die Hosentasche.

Also war der Fischer tatsächlich tot, wie Lutz Beck angedeutet hatte. Tjorben gab nicht auf und bohrte sachte weiter: »Aber du hast mal gemeint, er wäre nur ein schöner Traum gewesen.«

»War er ja auch. Er war eins der schönsten Motive, die ich jemals gemalt habe. Das habe ich damit gemeint.« Sie lächelte verträumt. »Sein Gesicht war ausdrucksstark, und er strahlte eine solche Kraft und Lebendigkeit aus.«

Seine Mutter hatte einen Glanz in den Augen, den er schon lange nicht mehr an ihr gesehen hatte. Nachdenklich musterte er sie und sagte: »Stefan Beck war ein attraktiver Mann.«

»Mag sein.« Sie errötete. »Aber das ist nicht das, was das

Gemälde ausmacht, sondern dass ich einen magischen Moment eingefangen habe, ein Moment vollkommener Zufriedenheit, den wir alle viel zu selten erleben.«

»Lutz Beck hat etwas über dich gesagt, das wir einfach nicht glauben können.« Tjorbens Herz pochte hart in seiner Brust. Verzweifelt suchte er nach der richtigen Formulierung, aber die schien es nicht zu geben. Egal in welche Worte er Becks Anschuldigung kleiden würde, sie blieb hässlich.

Seine Mutter hob abwehrend die Hand, nahm das zweite Saatguttütchen, das auf dem Rand des Hochbeets lag, und wedelte damit herum. Mit aufgesetzter Fröhlichkeit bat sie: »Lasst uns das ein andermal besprechen. Ich möchte heute noch die Teltower Rübchen für die Herbsternte aussäen, sonst werden sie in diesem Jahr nicht mehr reif. Ich bin schon spät dran.«

»Es ging dabei um dich und seine Mutter Manuela«, tastete sich Tjorben an das Thema heran.

Ihre Augen wurden feucht. »Ich will nicht über sie sprechen.«

»Lass es gut sein, Tjorben«, kam Arian ihr zur Hilfe und nahm sie in den Arm.

»Nein, ich will es jetzt wissen, der ungeheuerliche Vorwurf macht mich noch krank«, rief Tjorben. Entschuldigend sah er seine Mutter an. »Du hast doch mal zu uns gesagt, du hättest große Schuld auf dich geladen, darum würde Lutz Beck dich verfolgen. War das auf Manuela Beck bezogen?«

»Ja. Na gut. Irgendwann musstet ihr es ja herausfinden.«

Tränen rannen über ihr Gesicht. Sie sah aus, als würde sie jeden Moment zusammenbrechen.

Seine Stimme zitterte, als er fragte: »Hast du etwas mit ihrem Tod zu tun?«

Sie nickte und weinte immer heftiger.

»Hast du Manuela Beck getötet?« Tjorben wagte kaum zu atmen. Er konzentrierte sich so sehr auf seine Mutter, dass er weder den Wind spürte noch irgendwelche Geräusche wahrnahm. Insgeheim hoffte er, dass sie ihm eine Ohrfeige geben und ihn fragen würde, ob er den Verstand verloren hätte.

Doch sie schluchzte herzzerreißend und nickte erneut.

»Das kann ich nicht glauben«, wiegelte Arian ab, doch er klang verunsichert.

Joris verschränkte die Arme vor dem Oberkörper. Kraftlos protestierte er: »Das muss alles ein großes Missverständnis sein.«

Ihre Mutter schüttelte den Kopf und weinte bitterlich. »Ich bin schuld, dass sie tot ist.«

»Was hast du getan?« Tjorben war speiübel. Er konnte kaum fassen, dass sie dieses Gespräch führten.

Sie schwankte, sodass Arian sie fester an sich drückte.

Joris stellte sich dicht neben sie und streckte die Hände aus, wohl um sie aufzufangen, sollten ihre Beine nachgeben.

Ihr Teint sah grau und ungesund aus. Ausweichend antwortete sie: »Sie hat wegen mir den Freitod gewählt.«

»Manuela Beck hat Selbstmord begangen?«, hakte Tjorben nach.

Sie wimmerte. Bebend lag sie in Arians Armen und schob das Gesicht unter sein Kinn, als wollte sie sich darunter verstecken. »Ich habe sie in den Tod getrieben.«

»Das kann ich mir nicht vorstellen. Das wäre boshaft, so bist du nicht«, sagte Tjorben.

Doch seine Mutter war unfähig weiterzusprechen. Sie sank auf dem Rasen zusammen und klammerte sich an Arian, der in die Hocke gegangen war. Wie betäubt kniete sie da, ihr Blick ging ins Leere, und sie weinte lautlos. Er sah den Schmerz auf ihrem Gesicht. Sie litt Höllenqualen.

Plötzlich fasste sie sich an die Stirn. »Ich brauche meine Medikamente.«

Joris zog sie wieder auf die Beine. Gemeinsam mit Arian stützte er sie und brachte sie ins Haus.

Nachdenklich und aufgewühlt blieb Tjorben im Garten zurück. Er hatte ein schlechtes Gewissen, weil er das Wort geführt hatte. Es tat ihm unglaublich leid, dass er das alles bei ihr ausgelöst hatte.

Wusste er jetzt mehr? Ja, und auch wieder nein. Die Antworten von ihr und von Lutz Beck warfen nur neue Fragen auf.

Was hatte seine Mutter Manuela Beck angetan? Trug sie überhaupt die Schuld an dem Suizid der Frau, oder hatte Lutz Beck ihr das nur eingeredet? Und was hatte zum Tod von Stefan Beck geführt? Woher kannte seine Mutter die Familie Beck, und was war zwischen ihnen vorgefallen?

Die grauenvollen Entdeckungen schienen kein Ende zu nehmen. Trotzdem würde Tjorben nicht eher ruhen, bis er die ganze Wahrheit kannte, egal wie schrecklich sie war.

Arian und Joris dachten bestimmt genauso darüber. Sie liebten ihre Mutter über alles, und nichts würde das ändern.

LESEPROBE

Marie Schönbeck

Ein Leuchten am Nordseehimmel

LÜTTES GLÜCK

ISBN: 978-3-453-42605-4

Erscheint im Juli 2024

Über den Roman:

Leonies Lebenstraum vom Auswandern nach Thailand ist gescheitert. Heimatlos, niedergeschlagen und pleite schlüpft sie bei ihrer Schwester Anja in der Pension *Lüttes Glück* unter. Sie lernt Arian, den dritten der attraktiven Graf-Brüder kennen, der die Galerie *Strandmohn* führt. Dank Arian kann sie endlich wieder töpfern, und die beiden verlieben sich. Obwohl sie so unterschiedlich ticken und Leonie trotz allem wieder zurück nach Thailand möchte. Er liebt die stürmische Seite des Wattenmeers, ihr ist es in Nordfriesland zu kalt. Doch dann wird Arians Familie von einem mysteriösen Fremden bedroht, der ein lang gehütetes Geheimnis lüften will. Gleichzeitig muss Arian sich auf seine neue Liebe konzentrieren und darauf hoffen, dass Föhr einfach jeden verzaubert: Gelingt es ihm, Leonie zum Bleiben zu bewegen?

Kapitel 1

Leonie Blumenthal trat aus der Tür ihres Bungalows und bekam Bauchschmerzen. Auf Koh Samui schüttete es wie aus Eimern, wie so oft seit Mitte September, und wenn es regnete, war Nico schlecht gelaunt. Wer bekam das für gewöhnlich ab?

Ich natürlich, dachte sie bedrückt und musste ihre Beine zwingen, in Richtung der Strandbar zu gehen, die sie gemeinsam mit ihrem Freund führte. Sie versuchte sich erst gar nicht, vor dem Regen zu schützen. Das hatte ohnehin keinen Sinn. Wenn es so stark und anhaltend goss, war man unweigerlich innerhalb kürzester Zeit nass bis auf die Haut.

»Der Monsun fällt dieses Jahr heftig aus und lässt sich immer schwerer vorhersagen, das muss der Klimawandel sein«, hatte ihr erst kürzlich ein Einheimischer erzählt. Solche Kommentare häuften sich.

Leonie sah die besorgten Gesichter und die wachsende Armut um sich herum. Der Regen überschwemmte die Plantagen, vernichtete Ernten, überflutete und zerstörte Häuser und legte die Infrastruktur lahm. Zurzeit kamen nur wenige Ortsansässige in die Bar, ihnen fehlte das Geld. Zu allem Übel besuchten bei dem Wetter kaum Touristen die tropische Insel.

»So haben wir uns den Urlaub nicht vorgestellt«, hatte erst gestern ein deutscher Stammgast zu ihr gesagt. Er hatte mit seiner Frau an der überdachten Theke gesessen. Die Tische standen unter freiem Himmel.

»Wusstet ihr denn nicht, dass jetzt im Oktober Monsunzeit ist?«, fragte Leonie vorsichtig hinter dem Tresen.

»Doch. Wir dachten, dass es aufregend wäre, ihn mal mitzuerleben, wie Land unter auf den Halligen. Dann hätten wir zu Hause was zu erzählen«, schrie der Mann gegen das Trommeln des Regens auf dem Dach der Bar an und drückte seine Zigarette im Aschenbecher aus. »Aber der Regen will ja gar nicht mehr aufhören.«

Eigentlich galt in Thailand in öffentlichen Räumen ein Rauchverbot, auch in Restaurants und Bars. Aber in der Strandbar saßen die Gäste im Freien, und Leonie und Nico hatten eine Ecke als Raucherzone ausgewiesen, damit hofften sie, unter die Ausnahmeregel zu fallen. Bisher hatte es noch keine Probleme mit der Polizei gegeben.

»Letztes Jahr hat der Monsun wenig Niederschlag gebracht, das holt die Natur gerade nach«, berichtete Leonie und nippte an ihrem Wasser. »Normalerweise hat man nur Wolkenbrüche, und nach ein oder zwei Stunden kommt wieder die Sonne raus. Doch diesmal legt der Regen kaum eine Pause ein.«

Nachdenklich strich die Frau über die zwei Elefanten auf dem Etikett ihrer *Chang*-Bierflasche. »Das Wetter spielt überall auf der Welt verrückt.«

»So macht Urlaub keinen Spaß«, sagte ihr Mann. »Wir reisen früher als geplant ab, morgen schon.« Er kippte seinen *Mekhong* runter und bestellte sofort einen weiteren Thai-Whiskey.

Leonie hatte sich noch nicht getraut, Nico zu erzählen, dass sie zwei weitere Stammgäste verloren hatten. Das Ehepaar würde Koh Samui bestimmt nicht ihren Freunden und Bekannten weiterempfehlen, somit auch nicht die Strandbar.

Leonies Bauchweh wurde stärker, als sie die *Coco* betrat. Sie hatten die Bar in Anlehnung an den *coconut tree*, Englisch für Palmen, benannt. Das war kurz und prägte sich in allen Sprachen gut ein. Die ersten Monate auf der Insel waren hart gewesen, aber sie hatten sich schließlich durchgebissen. Bis vor Kurzem waren sie gut über die Runden gekommen. Erst der Monsun hatte eine Flaute gebracht. Leonie blieb optimistisch, Nico dagegen quälten Existenzängste.

Sie fand ihn hinter der Theke vor. Missmutig starrte er vor sich hin. »Du siehst blass aus. Geht es dir nicht gut?«, sagte sie.

Das Kleid klebte an ihren Beinen, angespannt zog sie den Stoff von ihrer Haut weg.

»Es gießt in Strömen. Wie soll es mir da schon gehen?«, erwiderte er mürrisch. Das regenbogenfarbene Peace-Zeichen auf seinem T-Shirt passte ganz und gar nicht zu seiner Stimmung.

»Soll ich dir einen Tee kochen?«, fragte Leonie. Sie lächelte aufmunternd, um die Wogen zu glätten, noch bevor sie über sie hereinbrechen konnten. »Du hast auch noch nicht gefrühstückt.«

»Ich kriege nichts runter.« Wasser rann aus seinen blonden Rastazöpfen über seinen Rücken.

Auch ihre Frisur hatte sich auf dem kurzen Weg vom Bungalow hierher mit Wasser vollgesogen, der Haarknoten an ihrem Hinterkopf fühlte sich schwer an. »Iss doch wenigstens ein paar Rambutan, damit du etwas im Magen hast«, schlug sie vor.

Plötzlich fuhr Nico sie an: »Hör auf, mich zu bemuttern!«

»Schrei mich nicht an!«, erwiderte sie gereizt. »Ich kann nichts für den Monsun.«

Sie schnappte sich einen Lappen. Aufgeregt wischte sie damit über den Tresen, obwohl er sauber war. Sie wollte etwas zu tun haben, sich von dem Gewitter, das sich in Nico zusammenbraute, ablenken.

Er gab ein Murren von sich, nahm eine Flasche *Singha* aus dem Kühlschrank und öffnete sie.

»So früh schon Bier?«, bemerkte sie missbilligend. Eben noch hatte er behauptet, nicht einmal Tee runterzubekommen. War der Griff zum Alkohol purer Trotz? Wollte er sie ärgern?

Normalerweise bewirteten sie bis in die Morgenstunden Gäste und schliefen bis mittags. Aber am Vorabend hatten sie die Strandbar früh geschlossen, waren noch vor Mitternacht ins Bett gegangen und deshalb bereits beim ersten Hahnenschrei aufgestanden.

Demonstrativ nahm Nico einen kräftigen Schluck. »Ja, denn deine ewige gute Laune geht mir auf die Nerven.«

»Ich versuche nur, zuversichtlich zu bleiben«, stellte Leonie klar. Sie ließ sich von Nico nichts gefallen, trotzdem belastete es sie, ständig als Blitzableiter herhalten zu müssen.

Als er den Kronkorken von Weitem in den Mülleimer werfen wollte, traf er daneben, er ließ ihn auf dem Boden liegen. »Dann nervt mich eben dein Optimismus.«

»Heute lässt du wohl kein gutes Haar an mir. Soll ich vielleicht mit dir Trübsinn blasen? Was würde das bringen?«, wollte Leonie von ihm wissen und hielt bei ihrem Thekenputz inne. Wenn er erwartete, dass sie den Verschluss aufheben würde, hatte er sich getäuscht.

Nico ging um die Theke herum und setzte sich auf einen der Barhocker. »Das wäre immerhin ehrlicher, als so sorglos zu tun. Am Ende sind unsere Ersparnisse aufgebraucht, bevor das Geschäft wieder in Schwung kommt.«

»Wir wussten über den Monsun Bescheid«, erinnerte sie ihn und wrang ihr Putztuch aus.

»Das schon, ja«, gab er zu und knibbelte an dem Flaschenetikett. »Aber letztes Jahr war der Regen nicht so schlimm.«

Sie hängte den Lappen über den Wasserhahn. »Irgendwann wird der Monsun auch wieder vorbei sein, so viel ist sicher.«

»Bis dahin sind wir pleite.« Nico saß so krumm da, dass ihm der Regen, der vom Dach rann, über den Rücken lief. Ihm schien es egal zu sein, oder er merkte es nicht.

Leonies Brustkorb wurde enger. Wie oft hatten sie diese Diskussionen so oder so ähnlich schon geführt. Am Anfang hatte sie Nico noch besänftigen können, doch inzwischen hatte sie das Gefühl, gegen eine Wand anzureden. Sie drang nicht mehr zu ihm durch.

Hilflos versuchte sie es trotzdem, sie hatte auf der Insel nur ihn. »In den letzten Monaten haben wir doch gut verdient. Wir müssen nur noch bis Mitte Dezember, höchstens bis Januar durchhalten.«

»Der Scheißregen scheint nie wieder aufhören zu wollen. Er macht mich wahnsinnig. Selbst wenn er mal eine kurze Pause einlegt, kommt es mir mittlerweile so vor, als würde ich das Prasseln auf dem Dach hören.« Nico hielt sich die Ohren zu.

Sanft zog Leonie seine Hände weg. Früher hatte jede Berührung ein heftiges Kribbeln in ihr ausgelöst, das spürte sie schon lange nicht mehr. Seit einigen Wochen hielt sie sich sogar ungern in seiner Nähe auf, denn nichts, was sie in der Strandbar tat, war ihm gut genug. Ständig wies er sie zurecht. Weil sie sich nichts gefallen ließ, gerieten sie fast täglich aneinander. »Du klingst urlaubsreif.«

»Ich brauche keine Ferien, sondern Sonnenschein«, brüllte er.

Leonie zuckte zusammen. Sie wusste nicht mehr, was sie noch sagen und wie sie ihn aufheitern konnte. Irgendwann würde das Wetter besser werden, das war so sicher wie das Amen in der Kirche. Aber für vernünftige Argumente schien Nico zurzeit nicht zugänglich.

»Was machen wir, wenn keine Touristen mehr kommen? Wenn sie in die Strandbars gehen, die den Namen auch verdienen?«, fragte er verzweifelt.

Sie spähte zwischen den Palmen und den dichten Frangipani hindurch, die der Wind hin- und herpeitschte. Ab und zu tauchte für einen kurzen Moment das Meer zwischen den Blättern auf. Die Bar lag nicht unmittelbar am Strand, sondern hinter einer grünen Wand.

»Du wolltest die *Coco* unbedingt von deinem Bekannten übernehmen«, rief sie ihm in Erinnerung.

Nico stützte sich auf der Theke ab und lehnte sich vor. »Jetzt ist es meine Schuld, dass du hier festhängst?«, fragte er aufbrausend.

»So meinte ich das nicht«, sagte sie beschwichtigend und ärgerte sich darüber, dass sie ihm nach dem Mund redete. Wozu noch? Das hatte doch keinen Sinn mehr.

»Am Anfang warst du so überzeugt«, sagte sie. »Du wolltest unbedingt diese Bar eröffnen und auf Koh Samui leben. Jetzt hört sich das nicht mehr so an.«

»Das siehst du falsch! Ich bin bloß frustriert, bei so einem Wetter kriege ich halt schlechte Laune. Ich bin ein Sonnenkind, das weißt du.« Er zeigte auf sie. »Jetzt tust du so begeistert. Aber am Anfang musste ich *dich* doch überreden.«

»Zum Kauf der Bar, ja«, gab sie zu. Immerhin war sie das Risiko eingegangen, ihr ganzes Erspartes zu investieren. »Aber nicht, hierher auszuwandern. Das wollte ich von Anfang an auch.«

Ihre erste große Liebe Kamon hatte eine thailändische Mutter. Er hatte sie mit der Kultur bekannt gemacht, sie für Massaman Curry und Sticky Rice mit Mango begeistert und in ihr die Sehnsucht geweckt, mehr über Thailand zu erfahren. Wirklich kennenlernen konnte man ein Land jedoch nicht in einem Urlaub, man musste schon dort leben.

»Mir kommt es seit dem Sommer so vor, als würdest du an unserer Entscheidung zweifeln.« Nico verschränkte die Arme und musterte sie eindringlich.

Sein bohrender Blick war ihr unangenehm. Sie zögerte.

Ein Nein wäre eine Lüge, denn sie kam nur noch ungerne zur Arbeit, und ein Ja auch, denn grundsätzlich fühlte sie sich immer noch wohl auf Koh Samui. Das Leben hier könnte so schön sein, trotz Monsun, hoher Luftfeuchtigkeit und der sprachlichen Barrieren.

Sie liebte es, am Morgen nur ein Boho-Kleid über ihren Bikini zu ziehen und in Flipflops zu schlüpfen. Nico und sie wohnten ganz in der Nähe in einem einfachen Bungalow, dessen Mietvertrag sie vom Vorbesitzer der Bar übernommen hatten. Auch der kleine Supermarkt war zu Fuß erreichbar. Aber vor allen Dingen konnte sie jederzeit an den Strand. Das war ein Luxus, den sie dem, Designerhandtaschen und Diamantencolliers zu haben, vorzog.

»Wusste ich es doch«, zischte Nico und rümpfte die Nase. »Jetzt, wo es schwierig ist, willst du weg.«

Plötzlich war sie irgendwie an allem schuld, das hatte er ja schön hingedreht. Sie ertrug seinen Pessimismus nur noch schwer. Er zog sie mit runter, dabei war sie eigentlich eine Frohnatur.

»Ich hab's auf unserem Laptop gesehen, du hast nach Flügen nach Deutschland gesucht«, sagte er plötzlich. Vorwurfsvoll sah er sie an.

Sie fühlte sich ertappt und wurde rot. »Du hast mir hinterherspioniert?«

»Du redest ja kaum noch mit mir, machst dicht, ignorierst mich.« Er trank einen Schluck Bier und stellte die Flasche geräuschvoll ab. »Du sprichst mehr mit den Gästen als mit mir.«

»Ich halte die ständigen Streitereien nicht mehr aus, darum gehe ich dir aus dem Weg«, gestand sie und spürte, wie etwas in ihr aufbrach. »Du hast dich verändert, bist zänkisch und ein richtiger Miesepeter geworden.«

Vielleicht hatte sie ihn auch nie richtig gekannt. Vor ihrer Auswanderung waren sie erst neun Monate ein Paar gewesen. Sie hatten nie zusammengewohnt, den Alltag bestritten und gemeinsam Hürden überwunden. Nun schien sich ihre Beziehung als nicht krisenfest zu erweisen.

»Und du hast mich enttäuscht.« Seine Kiefer mahlten, als läge ihm eine bittere Pille auf der Zunge, die er nicht herunterschlucken wollte.

Der Vorwurf traf Leonie. »Enttäuscht?«, fragte sie erstaunt.

»Du machst deine Arbeit schlecht«, schalt Nico sie.

Empört schnappte sie nach Luft. »Das ist nicht wahr!«

»Statt die Gäste zu fragen, ob sie noch etwas essen oder trinken möchten, trödelst du herum«, hielt er ihr vor.

»Weil sie sich sonst bedrängt fühlen und gehen«, erklärte sie. »Sie rufen mich schon, wenn sie noch etwas wollen.«

»Du quatschst zu viel mit den Gästen«, fuhr er fort.

»Das nennt man Kundenbindung. Ich schaffe eine Wohlfühlatmosphäre. Eine Bar führt man nicht wie eine Behörde.« Small Talk gehörte mit zum Geschäft. Außerdem war Leonie froh, sich überhaupt mit jemandem unterhalten zu können. Sie hatte keine Freunde auf der Insel, nur einige wenige lockere Bekannte. Im Grunde gab es nur Nico, der ihr nahestand, oder besser gesagt, nahegestanden hatte. Sie hatten sich entfremdet.

Heftig gestikulierend sagte er: »Ja, aber zwischendurch

muss man auch mal aufräumen, putzen und spülen. Während ich in der Küche Essen zubereite oder Getränkenachschub aus dem Lager hole, starrst du Löcher in die Luft. Dabei gibt es immer etwas zu tun. Oft siehst du die Aufgaben nicht einmal.«

»Es muss nicht alles immer sofort erledigt werden. Es kann auch mal etwas fünf Minuten liegen bleiben. Die Arbeit läuft schließlich nicht weg«, hielt Leonie dagegen.

Nico leerte das *Singha*, kam hinter die Theke und stellte die Flasche weg. »Ich habe mitbekommen, dass Touristen an der Bar vorbeigegangen sind, weil auf allen Tischen schmutziges Geschirr stand.«

»Bestimmt sind sie weitergelaufen, weil sie gehört haben, wie du mich mal wieder angegiftet hast. Dein mürrisches Gesicht schreckt auch ab. Du bist nicht nur zu mir unfreundlich, sondern auch zu den Gästen. Merkst du das eigentlich nicht?«, fragte sie und stemmte die Hände in die Hüften.

»Endlich sind wir mal richtig ehrlich zueinander. Dann sag ich es frei heraus.« Nico baute sich vor ihr auf und sah auf sie hinab. »Du bist faul, Leonie.«

»Was fällt dir ein?«, schrie sie ihn an.

»Du bist langsam und geschwätzig, aber vor allen Dingen arbeitsscheu«, fuhr er fort. »Hätte ich das vorher gewusst, hätte ich niemals mit dir zusammen eine Strandbar gekauft.«

»Und wenn ich geahnt hätte, was für ein Pedant du bist, wäre ich gar nicht erst mit dir ausgewandert. Mit deinen Rastazöpfen und deiner Hippiekleidung siehst du aus wie ein lockerer Typ.« Sie bohrte ihm ihren Zeigefinger in den Oberkörper. »Aber du bist ein Spießer, Nico.«

Er starrte sie an.

»Du kannst nicht mit Geld umgehen«, entgegnete er dann.

Aufgeregt wischte Leonie den Vorwurf mit einer Handbewegung fort. »Ich drehe halt nicht jeden Baht dreimal um, wenn es nicht notwendig ist. Aber du bist geizig, handelst alle Lieferanten runter, dabei müssen sie auch von etwas leben. Du verschlechterst das Image der Deutschen auf der Insel.«

»Wenn wir pleitegehen, können wir sie gar nicht mehr bezahlen. Sie würden nichts mehr an uns verdienen. Wäre das besser?« Nico nahm ein neues Bier aus dem Kühlschrank. »Ich bin eben ein guter Geschäftsmann.«

»Und ich eine Geschäftsfrau«, erwiderte Leonie selbstbewusst. »Die Gäste kommen ja nicht, weil die Strandbar ihnen einen romantischen Blick aufs Meer bietet oder die Einrichtung so gemütlich ist, sondern wegen mir. Sie mögen mich, unterhalten sich gerne mit mir.«

»In all der Zeit hast du nur ein paar Brocken Thai gelernt. Sonst sprichst du Englisch oder mit Händen und Füßen. Das ist mir peinlich«, fügte er hinzu.

Sie wünschte auch, es wäre anders. »Ich tue mich nun einmal schwer damit, die Sprache zu lernen«, erwiderte sie kleinlaut.

»Manchmal denke ich, du versuchst gar nicht ernsthaft, auf Koh Samui Fuß zu fassen.« Als Nico trank, stieg ihm das Bier in die Nase. Er verzog das Gesicht und kniff sich in den Nasenrücken.

»Das ist nicht wahr.« Leonies Augen wurden feucht. »Weißt du, warum ich so gerne mit den Gästen rede? Weil ich das mit dir nicht mehr kann. Das sieht man doch jetzt auch wieder. Du verstehst mich einfach nicht.«

»Das könnte ich auch von dir sagen. Wir passen nicht zusammen«, zischte er und putzte sich die Nase. »Hätte ich die *Coco* allein gekauft, hätte ich mich längst von dir getrennt.«

Das war ein Schlag in die Magengrube. Leonie wandte sich ab. Tränen rannen über ihre Wangen. Im Grunde bedauerte sie nicht das Ende der Beziehung mit Nico, aber sie verspürte auch keine Erleichterung, denn ihr Leben lag in Trümmern.

Schließlich atmete sie tief durch, wischte sich mit dem Handrücken über die feuchten Augen und sagte: »Nur weil ich in die Strandbar investiert habe, werde ich jetzt nicht bei dir bleiben. Der Vorbesitzer war dein Bekannter. Er hatte dir angeboten, sie zu übernehmen. Daher werde ich das Feld räumen.«

»Das ist wohl besser so«, erwiderte er kalt.

»Ich werde so bald wie möglich zu Anja nach Föhr fliegen«, kündigte sie an und konnte es kaum erwarten, sich in die liebevolle Umarmung ihrer Schwester zu stürzen. Wenn eine Person auf der Welt sie trösten konnte, dann Anja.